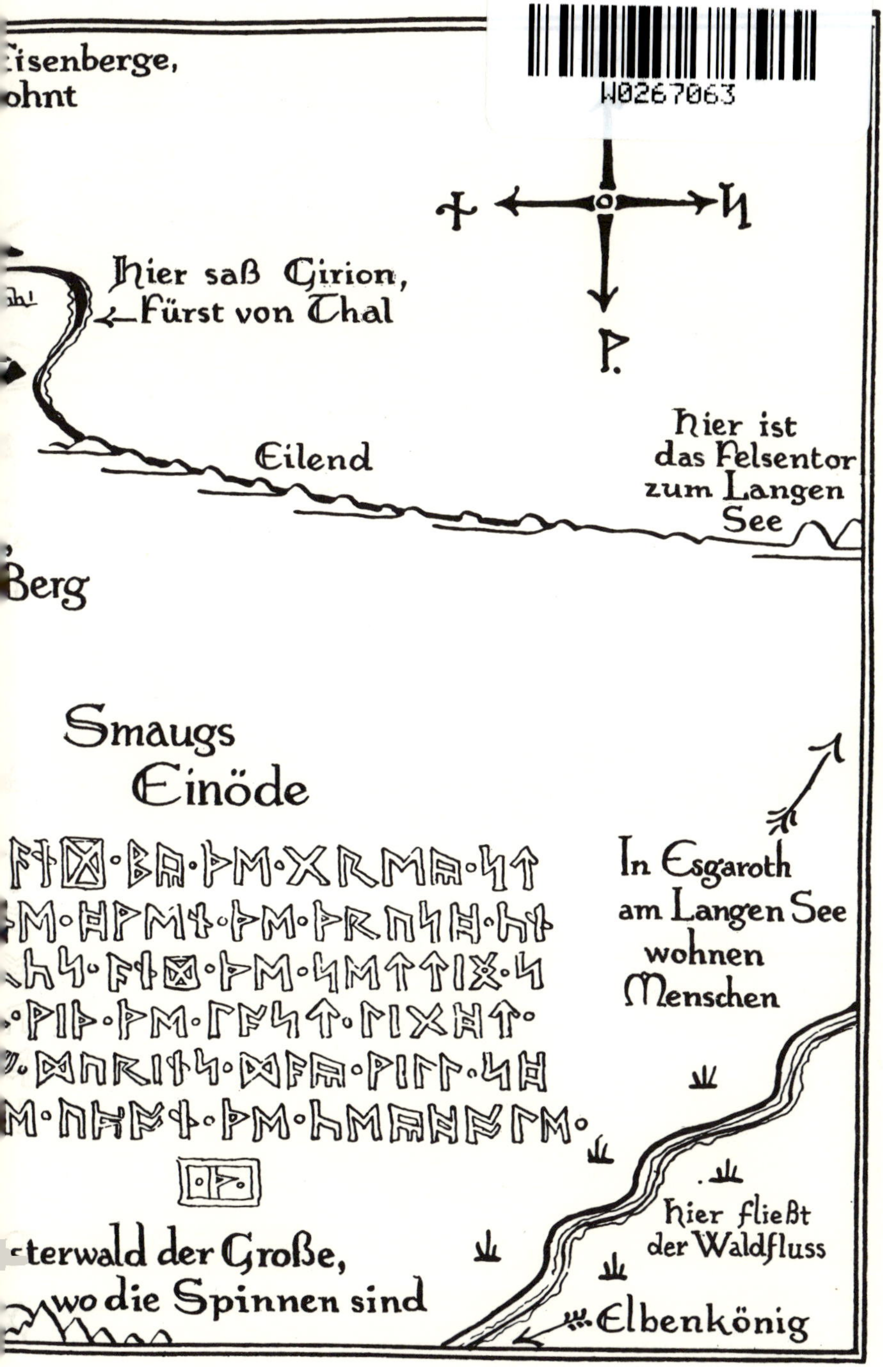
isenberge,
ohnt
Hier saß Girion,
Fürst von Thal
Eilend
Hier ist
das Felsentor
zum Langen
See
Berg
Smaugs
Einöde
In Esgaroth
am Langen See
wohnen
Menschen
terwald der Große,
wo die Spinnen sind
Hier fließt
der Waldfluss
Elbenkönig

€ 3.-
MF
W5

J. R. R. Tolkien

DER HOBBIT

oder Hin und zurück

Aus dem Englischen übersetztvon Wolfgang Krege

Büchergilde Gutenberg

Lizenzausgabe der Büchergilde Gutenberg
Frankfurt am Main, Wien und Zürich
mit freundlicher Genehmigung der
J. G. Cotta'sche Buchhandlung Nachfolger GmbH
Die Originalausgabe erschien unter dem Titel
»The Hobbit«
im Verlag George Allen & Unwin, London
Nach den Regeln der neuen Rechtschreibung

Einband- und Titelgestaltung:
Thomas & Thomas Design, Heidesheim
Satz: Hahn Medien GmbH, Kornwestheim
Druck und Bindung: Friedrich Pustet KG, Regensburg
Printed in Germany 2002
ISBN 3-7632-5208-8

www.buechergilde.de

ᛞᛖᚱ · ᚻᚩᛒᛒᛁᛏ

ᚩᛞᛖᚱ

ᚻᛁᚾ · ᚢᚾᛞ · ᛉᚢᚱᚢᛖᚳᚳ

Dies ist eine Geschichte aus alter Zeit. Die Sprachen und Schriftzeichen waren damals andere als unsere heutigen. Die Runen schnitt oder ritzte man ursprünglich in Holz, Stein oder Metall; darum waren sie dünn und eckig. Zur Zeit dieser Erzählung wurden sie nur von den Zwergen ständig benutzt, besonders in persönlichen oder geheimen Aufzeichnungen. Ihre Runen werden in diesem Buch durch altenglische Runen wiedergegeben, die heute nur noch wenige Leute kennen. Anhand der Runen auf Thrors Karte und ihrer Transkription in modernes Englisch lässt sich das Alphabet bestimmen, so dass auch der oben stehende (deutsche) Titel gelesen werden kann. Alle gebräuchlichen Runen finden sich auf der Karte, ausgenommen ᛉ für X. I und U können für J und V gebraucht werden. Eine Rune für Q gab es nicht (dafür kann man CW oder KW verwenden), auch nicht für Z (dafür, wo erforderlich, die Zwergenrune ᛦ). Man wird ferner sehen, dass manchmal eine einzige Rune zwei moderne Buchstaben vertritt: th, ng, ee; auch andere Runen wurden manchmal in dieser Weise gebraucht (ᛠ ea und ᛥ st). Die geheime Tür war mit D(oor) ᛞ bezeichnet. Unter der Hand, die von der Seite auf sie hindeutete, stand geschrieben:

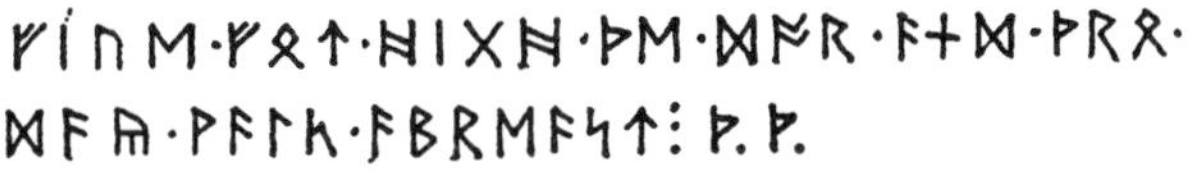

(»Türhöhe fünf Fuß, und drei können nebeneinander gehen«, vgl. S. 31).

Die beiden letzten Runen sind Thrors und Thrains Initialen.

Die Mondrunen, die Elrond las, waren:

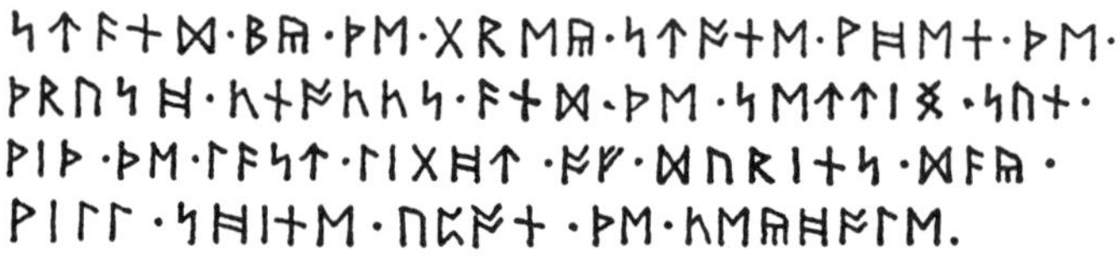

(»Stellt euch an den grauen Stein, wenn die Drossel schlägt und der letzte Sonnenstrahl an Durinstag auf das Schlüsselloch fällt«, vgl. S. 66).

Die Himmelsrichtungen sind auf der Karte mit Runen bezeichnet, mit Ost zuoberst, wie auf Zwergenkarten üblich. Im Uhrzeigersinn: E(ast, Ost), S(üd), W(est), N(ord).

INHALT

ERSTES KAPITEL

EIN UNERWARTETES FEST

In einem Loch im Boden, da lebte ein Hobbit. Nicht in einem feuchten, schmutzigen Loch, wo es nach Moder riecht und Wurmzipfel von den Wänden herabhängen, und auch nicht in einer trockenen, kahlen Sandgrube ohne Tische und Stühle, wo man sich zum Essen hinsetzen könnte: nein, das Loch war eine Hobbithöhle, und das heißt, es war sehr komfortabel.

Die Tür war kreisrund wie ein Bullauge, grün gestrichen, mit einem blanken gelben Messingknopf genau in der Mitte. Sie führte in eine röhrenförmige Diele, eine Art Tunnel, aber ein sehr komfortabler, luftiger Tunnel mit holzgetäfelten Wänden, gekacheltem und mit Teppichen belegtem Fußboden, lackierten Stühlen und einer Unmenge Haken an der Wand für Hüte und Mäntel – der Hobbit hatte gern Besuch. Die Diele zog sich in Windungen ein ganzes Stück weit hin, aber nicht tief in den Bühl hinein – so wurde die kleine Anhöhe von den Nachbarn auf etliche Meilen im Umkreis genannt –, und viele kleine runde Türen gingen darauf hinaus, abwechselnd zu beiden Seiten. Treppen brauchte der Hobbit nicht zu steigen: Schlafzimmer, Bad, Keller, Speisekammern (deren er mehrere hatte), Garderoben (ganze Kammern voller Kleider), die Küche und die Speisezimmer, alles lag auf gleicher Höhe und grenzte an diesen Gang. Die besten Zimmer waren auf der linken Seite (wenn man hereinkam), denn nur hier gab es Fenster, tief über dem Boden angesetzte runde Fenster, aus denen der Hobbit auf seinen Garten und die zum Fluss abfallenden Wiesen dahinter hinaussah.

Dieser Hobbit war ein sehr wohlhabender Hobbit, und er hieß Beutlin. Die Beutlins wohnten in der Gegend um den Bühl schon seit unvordenklichen Zeiten und galten als sehr achtbare Leute, nicht nur, weil die meisten von ihnen reich waren, sondern auch weil sie sich nie auf irgendwelche Abenteuer einließen oder etwas Unerwartetes taten: Was ein Beutlin auf irgendeine Frage sagen würde, wusste man immer schon, ohne die Frage erst stellen zu müssen. Unsere Geschichte nun handelt von einem Beutlin, der dennoch in ein Abenteuer hineingeriet und der sich dabei ertappen musste, wie er Dinge sagte und tat, die ihm niemand zugetraut hätte. Die Achtung seiner Nachbarn mag er dabei verloren haben, aber er gewann – na, ihr werdet ja sehen, ob er am Ende auch etwas gewann.

Die Mutter des Hobbits, von dem wir reden – aber was ist ein Hobbit? Ich glaube, ein paar Angaben sind nötig, denn die Hobbits sind heutzutage selten und gehen dem Großen Volk, wie sie uns nennen, scheu aus dem Weg. Sie sind (oder waren) kleine Leutchen, etwa halb so groß wie wir, kleiner noch als die langbärtigen Zwerge. Hobbits haben keine Bärte. Mit Zauberei haben sie wenig oder nichts zu tun, abgesehen von dem bisschen Alltagsmagie, das ihnen erlaubt, schnell und geräuschlos zu verschwinden, wenn große, täppische Leute wie du und ich dahergestapft kommen, mit einem Lärm wie eine Elefantenherde, den die Hobbits meilenweit hören. Sie werden oft ein wenig rund um die Leibesmitte und kleiden sich in helle Farben (vor allem Grün und Gelb). Schuhe tragen sie nicht, weil ihnen an den Füßen natürliche Ledersohlen und ein dichter brauner Pelz wachsen, ähnlich wie das Kraushaar auf ihren Köpfen. Sie haben lange und geschickte braune Finger, gutmütige Gesichter und eine tiefe, saftige Lache (besonders nach dem Mittagessen, das sie am liebsten zweimal täglich einnehmen). Damit wisst ihr über Hobbits fürs Erste genug. Wie schon gesagt, die Mutter dieses Hobbits – Bilbo Beutlins nämlich – war die fabelhafte Belladonna Tuk, eine der drei vortrefflichen Töchter des Alten Tuk. Der Alte Tuk war das Familienoberhaupt der Hobbits, die irgendwo jenseits der Wässer wohnten, des Flüsschens, das am Fuße des Bühls vorüberfloss. In den anderen Hobbitfamilien wurde gemunkelt, vor langer Zeit müsse ein Tuk einmal eine Elbin geheiratet haben. Das war natürlich Unsinn, aber immerhin war an dieser Sippe noch etwas nicht ganz Hobbitmäßiges, und dann und wann kam es vor, dass ein Tuk fortging und in Abenteuer verwickelt wurde. Meistens verschwand er dann unauffällig, und die Familie vertuschte die Angelegenheit; aber Tatsache blieb, dass die Tuks, obwohl zweifellos reicher als die Beutlins, doch keine ganz so ehrbaren Leute waren.

Nicht dass Belladonna Tuk je wieder ein Abenteuer erlebt hätte, nachdem sie einmal Bungo Beutlins Frau geworden war. Bungo, das war Bilbos Vater, baute für sie (und zum Teil mit ihrem Geld) die luxuriöseste Hobbithöhle, die es auf oder unter dem Bühl oder jenseits der Wässer zu sehen gab, und dort wohnten sie bis ans Ende ihrer Tage. Trotzdem ist es wahrscheinlich, dass Bilbo, ihr einziges Kind und in Aussehen und Benehmen ganz der behäbige Vater, etwas von einem Tuk mitbekommen hatte, eine absonderliche Ader, die bei passender Gelegenheit hervortreten konnte. Die Gelegenheit kam nie, bis Bilbo Beutlin erwachsen, das heißt, etwa fünfzig Jahre alt war, und noch immer wohnte er in der schönen Hobbithöhle, die sein Vater gebaut hatte und in der er nun so gut wie festgewachsen zu sein schien.

Es war ein merkwürdiger Zufall. Eines Morgens in der Frühe der Zeiten, als es noch mehr Grün und weniger Lärm auf der Welt gab, als die Hobbits noch zahlreich waren und es ihnen gut ging, stand Bilbo Beutlin nach dem Frühstück vor seiner Tür und rauchte eine gewaltige lange Holzpfeife, die fast bis zu seinen pelzigen (und sauber gebürsteten) Zehen herabreichte, als Gandalf daherkam. Gandalf! Wenn ihr nur den vierten Teil von all dem gehört hättet, was ich über ihn gehört habe – und ich weiß selbst nur wenig von dem, was es da zu wissen gibt –, dann würdet ihr euch auf eine erstaunliche Geschichte gefasst machen. Abenteuer und Gerüchte außergewöhnlichster Art schienen ihm auf dem Fuße zu folgen, wohin er auch ging. Unter dem Bühl war er seit ewigen Zeiten nicht mehr vorbeigekommen, seit sein Freund, der Alte Tuk, gestorben war, und die Hobbits hatten fast vergessen, wie er aussah. Das letzte Mal war er da gewesen, als sie alle noch kleine Hobbitjungen und Hobbitmädchen waren, und seither hatte er anderswo zu tun gehabt, irgendwo in den Gegenden hinter dem Bühl und jenseits der Wässer.

Alles, was der ahnungslose Bilbo an diesem Morgen sehen konnte, war ein alter Mann mit einem Stab. Er trug einen spitzen blauen Hut, einen langen grauen Mantel, ein silberweißes Halstuch, über dem ein weißer Bart bis zum Gürtel herabhing, und große schwarze Stiefel.

»Einen schönen guten Morgen!«, sagte Bilbo, und es war keine unpassende Bemerkung. Die Sonne schien, und das Gras war grün. Aber Gandalf, unter seinen buschigen Brauen, die weiter hervorstachen als die Krempe seines Hutes, sah ihn scharf an.

»Wie meinen Sie das?«, sagte er. »Wünschen Sie mir einen guten Morgen, oder meinen Sie, dass es ein schöner Morgen ist, egal was wir wünschen; oder dass Sie an diesem Morgen alles schön und gut finden, oder dass man an diesem Morgen gut oder schön sein muss?«

»Alles zugleich«, sagte Bilbo. »Und außerdem genau die richtige Zeit, um vor der Tür eine Pfeife zu rauchen. Wenn Sie eine Pfeife dabeihaben, setzen Sie sich doch her und stopfen Sie sich eine mit meinem Tabak! Wir haben keine Eile, der ganze Tag liegt noch vor uns!« Dann setzte Bilbo sich auf die Bank vor seiner Tür, schlug die Beine übereinander und blies einen schönen grauen Rauchring, der in die Luft aufstieg, ohne zu zerreißen, und über den Bühl davonschwebte.

»Sehr nett!«, sagte Gandalf. »Aber heute Morgen habe ich keine Zeit, Rauchringe zu blasen. Ich stecke in den Vorbereitungen für ein Abenteuer und suche jemanden, der noch mitmacht. Es ist sehr schwer, jemand zu finden.«

»Kann ich mir denken – hier in der Gegend. Wir sind alles einfache, ruhige Leute und haben für Abenteuer nichts übrig. Dabei hat man nur Ärger und Scherereien! Man kommt nicht mal mehr rechtzeitig zum Essen! Ich versteh nicht, was man daran finden kann«, sagte unser guter Bilbo Beutlin, klemmte einen Daumen hinter seinen Hosenträger und blies einen noch größeren Ring aus. Dann nahm er sich die Post vor, die am Morgen gekommen war, und fing an zu lesen, als ob der alte Mann nicht mehr da wäre. Er fand, das war kein Umgang für ihn; hoffentlich ginge der Kerl nun weiter. Aber der rührte sich nicht. Er stand da, auf seinen Stock gestützt, und schaute den Hobbit an, ohne etwas zu sagen, bis Bilbo ganz nervös und ein bisschen ungehalten wurde.

»Guten Morgen!«, sagte er schließlich. »Für Abenteuer haben wir hier keine Verwendung, nein danke! Versuchen Sie's doch mal hinter dem Bühl oder drüben jenseits der Wässer.« Damit wollte er sagen, dass er das Gespräch für beendet hielt.

»Was Sie mit einem *Guten Morgen* alles sagen können!«, sagte Gandalf. »Jetzt bedeutet es, dass Sie mich loswerden wollen und dass der Morgen erst gut werden kann, wenn ich fort bin.«

»Aber nicht doch, keineswegs, mein werter Herr – ach, ich weiß gar nicht, wie war doch Ihr Name?«

»Ja, ja, mein werter Herr! – aber Ihren Namen weiß ich, Herr Bilbo Beutlin. Und Sie kennen meinen Namen auch, Sie wissen nur nicht, dass er zu mir gehört. Ich bin Gandalf, Gandalf bin ich! Dass ich das noch erleben muss: Belladonna Tuks Sohn will mich mit einem Guten Morgen abwimmeln wie einen Hausierer, der Knöpfe verkauft!«

»Gandalf, Gandalf! Du liebe Güte, doch nicht der Wanderzauberer, von dem der Alte Tuk die magischen Manschettenknöpfe aus Diamant bekommen hat, die sich von selbst einhakten und nur auf Befehl wieder aufgingen? Doch nicht der alte Knabe, der an den Festtagen immer so wundervolle Geschichten erzählt hat, von Drachen, Orks, Riesen, von geretteten Prinzessinnen und vom unverhofften Glück armer Witwensöhne? Und der immer so ein unglaubliches Feuerwerk gemacht hat! Das weiß ich noch! Der Alte Tuk ließ immer zur Sommersonnenwende eines abbrennen. Herrlich! Das stieg auf wie große Lilien von Feuer, wie Löwenmaul und Goldregen, und hing den ganzen Abend am Himmel.« Ihr werdet schon bemerkt haben, dass Herr Beutlin nicht ganz so prosaisch war, wie er selbst gern glaubte, und dass er ein Blumenfreund war. »Du lieber Himmel!«, fuhr er fort, »doch nicht der Gandalf, der schuld war, dass so viele ganz vernünftige Jungen und Mädchen ins Blaue hinein auf verrückte Abenteuer auszogen, angefangen beim Herumklettern auf Bäumen bis hin zu Besuchen bei den Elben oder Seereisen zu fremden Küsten! Mein lieber Mann, das war schon ein ganz inter– Ich meine, Sie haben dann und wann hier in der Gegend allerhand Staub aufgewirbelt. Ich bitte um Verzeihung, aber ich hatte keine Ahnung, dass Sie immer noch im Geschäft sind.«

»Wo sollte ich sonst sein?«, sagte der Zauberer. »Trotzdem, es freut mich, dass Sie mich noch nicht ganz vergessen haben. Meine Feuerwerke wenigstens scheinen Ihnen in guter Erinnerung geblieben zu sein, und das lässt ein wenig hoffen. Und um Ihres seligen Großvaters Tuk und der armen Belladonna willen gewähre ich Ihnen, was Sie erbeten haben.«

»Verzeihen Sie, ich habe doch nichts erbeten!«

»Doch, eben schon zum zweiten Mal! Meine Verzeihung. Die haben Sie. Ich will sogar noch weiter gehn und Sie auf dieses Abenteuer mitnehmen. Wird sehr lustig für mich und sehr gut für Sie – und einträglich auch, sehr wahrscheinlich, wenn Sie's überleben.«

»Tut mir Leid! Ich wünsche keine Abenteuer, nein danke! Heute nicht. Guten Morgen! Aber bitte kommen Sie doch mal zum Tee – jederzeit, wenn es Ihnen passt! Warum nicht morgen? Kommen Sie doch morgen! Wiedersehn.« Und damit drehte der Hobbit sich um, huschte hinter seine runde grüne Tür und machte sie so schnell zu, wie er es glaubte riskieren zu können, ohne unhöflich zu erscheinen. Bei Zauberern konnte man nie wissen.

»Warum in aller Welt habe ich ihn bloß zum Tee eingeladen?«, sagte er zu sich selbst, als er in die Speisekammer ging. Er hatte zwar eben erst gefrühstückt, fand aber, dass ein paar Kekse und etwas zu trinken ihm nach dem Schreck gut tun würden.

Unterdessen stand Gandalf immer noch draußen vor der Tür und lachte lange still in sich hinein. Nach einer Weile trat er näher an die schöne grüne Tür des Hobbits heran und kratzte mit der Spitze seines Stabes ein sonderbares Zeichen hinein. Dann ging er fort, als Bilbo eben seinen zweiten Keks verzehrt hatte und sich allmählich bei dem Gedanken beruhigte, dass die Abenteuer noch mal an ihm vorübergegangen waren.

Am nächsten Tag hatte er Gandalf fast vergessen. Er behielt solche Dinge meistens nur, wenn er sie in seinen Terminkalender eintrug, etwa so: *Gandalf Tee Mittwoch.* Daran hatte er gestern in seiner Aufregung nicht gedacht.

Erst kurz vor der Teestunde, als es stürmisch an der Tür klingelte, fiel es ihm wieder ein! Er setzte rasch den Kessel auf, stellte eine zweite Tasse und Untertasse und ein paar Kekse mehr auf den Tisch und rannte zur Tür.

»Tut mir ja so leid, dass ich Sie warten lassen musste!«, wollte er gerade sagen, als er sah, dass es nicht Gandalf war, der vor ihm stand. Es war ein Zwerg mit blauem, unter einem goldenen Gürtel festgesteckten Bart und sehr hell leuchtenden Augen unter einer dunkelgrünen Kapuze. Sobald die Tür auf war, schob er sich herein, als glaubte er, erwartet zu werden.

Er hängte seinen Kapuzenmantel an den nächsten Haken. »Dwalin, zu Diensten!«, sagte er mit einer tiefen Verbeugung.

»Bilbo Beutlin, zu Diensten!«, sagte der Hobbit, zu verblüfft fürs Erste, um irgendwelche Fragen zu stellen. Als das Schweigen, das nun eintrat, drückend wurde, fügte er hinzu: »Ich bin grad beim Tee, bitte kommen Sie doch rein und nehmen Sie etwas zu sich!« Ein bisschen steif vielleicht, aber er meinte es freundlich. Und was würdet ihr tun, wenn ein uneingeladener Zwerg plötzlich vor eurer Tür stünde und ohne ein Wort der Erklärung seine Sachen in eurer Diele aufhängte?

Sie saßen noch nicht lange bei Tisch, waren kaum beim dritten Keks angelangt, als es schon wieder klingelte, lauter als das erste Mal.

»Entschuldigen Sie!«, sagte der Hobbit und ging zur Tür.

»Na, da sind Sie ja endlich!«, wollte er nun zu Gandalf sagen. Aber es war wieder nicht Gandalf. Sondern ein sehr alter Zwerg mit weißem Bart und scharlachroter Kapuze; und auch er kam gleich herein, als wäre er eingeladen.

»Aha, die andern kommen auch schon«, sagte er, als er Dwalins grüne Kapuze sah. Er hängte seine rote daneben. »Balin, zu Diensten!«, sagte er und legte die Hand auf die Brust.

»Danke!«, sagte Bilbo, nach Luft schnappend. Es war nicht die korrekte Antwort, aber das *Die-andern-kommen-auch-schon* hatte ihn sehr verwirrt. Er hatte gern Besuch, aber von Leuten, die er schon kannte, bevor sie kamen, und von solchen, die er eingeladen hatte. Der entsetzliche Gedanke kam ihm, dass die Kekse vielleicht nicht reichen würden, und dann müsste er – als Gastgeber kannte er seine Pflichten und erfüllte sie, so schwer es ihm fallen mochte – dann müsste er leer ausgehen.

»Kommen Sie doch rein auf eine Tasse Tee!«, brachte er schließlich heraus, nachdem er einmal tief durchgeatmet hatte.

»Ein kleines Bier wäre mir lieber, wenn es Ihnen nichts ausmacht, mein Bester«, sagte Balin mit dem weißen Bart. »Aber gegen ein Stück Kuchen hätte ich auch nichts – Kümmelkuchen, wenn Sie welchen haben.«

»Alles da!«, hörte Bilbo sich zu seiner eigenen Überraschung sagen; und schon hastete er los, zuerst in den Keller, um einen Bierkrug zu füllen, dann in die Speisekammer, um die zwei schönen runden Kümmelkuchen zu holen, die er sich erst am Nachmittag gebacken hatte, als Nachtisch zum Abendbrot.

Als er wiederkam, plauderten Balin und Dwalin am Tisch schon wie alte Freunde (tatsächlich waren sie sogar Brüder). Er stellte das Bier und den Kuchen vor sie hin, als es schon wieder laut an der Tür klingelte, einmal und dann noch einmal.

»Diesmal ist es aber sicher Gandalf«, dachte er, als er den Flur entlangkeuchte. Aber nein! Noch zwei Zwerge, beide mit blauen Kapuzen, silbernen Gürteln und gelben Bärten; und jeder von beiden trug einen Sack mit Werkzeugen und einen Spaten. Als die Tür aufging, drängten sie sich auch schon herein – was Bilbo nun kaum mehr überraschte.

»Was kann ich für Sie tun, meine Herren Zwerge?«, sagte er.

»Kili, zu Diensten!« sagte der eine. »Und Fili!«, ergänzte der andere, und sie streiften beide ihre blauen Kapuzen ab und verbeugten sich.

»Und zu Ihren und Ihrer Familie Diensten!«, antwortete Bilbo, denn dieses Mal besann er sich auf seine guten Manieren.

»Dwalin und Balin sind schon da, wie ich sehe«, sagte Kili. »Na, dann gehn wir mal zu dem Haufen!«

»Haufen!«, dachte Bilbo. »Wie sich das schon anhört! Jetzt muss ich mich erst mal eine Minute hinsetzen und einen Schluck trinken, damit ich zur Besinnung komme.« Und zu mehr als einem Schluck kam er nicht, in einer Ecke, während die vier Zwerge um den Tisch saßen, über Bergwerke, Gold, Probleme mit den Orks und mit räuberischen Drachen redeten und über tausend andere Dinge, von denen er nichts verstand und nichts verstehen wollte, denn sie klangen ihm viel zu abenteuerlich – da, *ding-dong-a-ling-dang,* klingelte es schon wieder, so laut, als ob irgendein Hobbitlausbub den Griff abzureißen versuchte.

»Da ist wohl jemand an der Tür«, sagte er blinzelnd.

»Mindestens vier, würde ich sagen, so wie es sich anhört«, sagte Fili. »Wir haben sie übrigens auch in einigem Abstand hinter uns herkommen sehn.«

Der arme kleine Hobbit setzte sich auf der Diele erst einmal hin, legte den Kopf in die Hände und fragte sich, was denn nur los sei, was noch alles passieren könnte und ob der ganze Klüngel wohl zum Abendessen dableiben würde. Dann klingelte es noch einmal, lauter denn je, und er musste sich beeilen, dass er zur Tür kam. Es waren nicht vier, es waren FÜNF. Einer war noch nachgekommen, während er in der Diele gegrübelt hatte. Kaum hatte er den Türknopf umgedreht, als sie auch schon drinnen waren, sich verbeugten und einer nach dem andern ihr »zu Diensten« aufsagten. Sie hießen Dori, Nori und Ori, Oin und

Gloin; und schon hingen zwei purpurrote Kapuzenmäntel, ein grauer, ein brauner und ein weißer an den Kleiderhaken, und die Neuankömmlinge stapften hinein zu den anderen, die breiten Hände unter ihre goldenen und silbernen Gürtel geklemmt. Nun war es fast schon wirklich ein Haufen. Manche riefen nach Ale, manche nach Porter, einer nach Kaffee, und alle wollten Kuchen. Eine ganze Weile hatte der Hobbit alle Hände voll zu tun.

Gerade hatte er eine große Kanne Kaffee zum Warmhalten in den Kamin gestellt, die Kümmelkuchen waren verschwunden, und die Zwerge machten sich über Kekse mit Butter her, als – als es laut an die Tür pochte. Nicht klingelte, sondern pochte: ein hämmerndes Rattatatt an der schönen grünen Tür der Hobbithöhle. Jemand musste mit einem Stock dagegen stoßen!

Er stürmte die Diele entlang, in heller Wut, aufgeregt und verwirrt – dies war der schlimmste Mittwoch, den er je erlebt hatte. Mit einem Ruck riss er die Tür auf, und sie purzelten alle herein, einer über den andern. Wieder Zwerge, noch vier! Und hinter ihnen stand Gandalf, auf seinen Stab gestützt, und lachte. In die schöne Tür hatte er eine ansehnliche Delle geschlagen und dabei zugleich das geheime Zeichen getilgt, das er am Morgen des vorigen Tages hineingekratzt hatte.

»Sachte, sachte!«, sagte er. »Ist das eine Art, Bilbo Beutlin, Freunde auf der Matte warten zu lassen und dann knallbumms die Tür aufzureißen? Darf ich vorstellen: Bifur, Bofur und Bombur und vor allem Thorin.«

»Zu Diensten!«, sagten Bifur, Bofur und Bombur, die in einer Reihe standen. Dann hängten sie zwei gelbe Kapuzen und eine hellgrüne an die Wand, außerdem eine himmelblaue mit einer langen silbernen Quaste. Diese gehörte Thorin, einem ungemein prominenten Zwerg – ja, er war niemand anders als der große Thorin Eichenschild persönlich und fand es überhaupt nicht lustig, an Bilbos Tür auf die Nase zu fallen, und das auch noch zuunterst, denn Bifur, Bofur und Bombur fielen über ihn, und der dicke Bombur hatte allein schon ein beträchtliches Gewicht. Darum war Thorin nun sehr kurz angebunden und sagte nichts von wegen »zu Diensten«; aber der unglückliche Herr Beutlin entschuldigte sich so oft und so ausdauernd, dass Thorin schließlich knurrend versicherte, nun nichts mehr davon hören zu wollen, und etwas weniger grimmig dreinschaute.

»Jetzt sind wir alle beisammen«, sagte Gandalf und blickte auf die Reihe der dreizehn Kapuzen – die besten abknöpfbaren Ausgehkapuzen –, die neben seinem Hut an der Wand hingen. »Eine ganz muntere Versammlung! Hoffentlich ist auch für die später Gekommenen noch etwas zu essen und zu trinken übrig. Was ist das, Tee? Nein, danke! Ein Gläschen Rotwein für mich bitte!«

»Und für mich auch«, sagte Thorin.

»Himbeermarmelade und Apfeltorte«, sagte Bifur.

»Rosinentörtchen und Käse«, sagte Bofur.

»Schweinshaxe und Salat«, sagte Bombur.

»Und noch mehr Kuchen ... noch mehr Ale ... und noch Kaffee, wenn's Ihnen nichts ausmacht!«, riefen die anderen Zwerge durch die Tür.

»Und setzen Sie ein paar Eier auf, sein Sie so lieb!«, rief Gandalf ihm nach, als er losstapfte zu seinen Kammern. »Und das kalte Huhn und die sauren Gurken können Sie auch gleich mitbringen.«

»Der scheint meine Speisekammern besser zu kennen als ich«, dachte der Hobbit, der nun nicht mehr aus noch ein wusste und sich fragte, was für ein lästiges Abenteuer ihm da in seinen eigenen vier Wänden auf den Leib gerückt war. Bis er alle die Flaschen und Schüsseln, Messer und Gabeln, Gläser, Teller, Löffel und was nicht noch alles auf die großen Tabletts gestapelt hatte, war er ganz erhitzt, rot im Gesicht und wütend.

»Dass ihnen die Bärte verhageln, diesen Zwergen!«, sagte er laut. »Warum können sie nicht ein bisschen mit anfassen?« Und siehe da, schon standen Balin und Dwalin in der Küchentür, hinter ihnen Fili und Kili, und bevor er einen Mucks sagen konnte, hatten sie die Tabletts ins Wohnzimmer geschafft, ein paar Tischchen zusammengerückt und ordentlich gedeckt.

Gandalf saß am Kopfende der Tafel, die Zwerge ringsum. Bilbo, auf einem Hocker am Kamin, knabberte an einem Keks (der Appetit war ihm so ziemlich vergangen) und gab sich Mühe, so dreinzuschauen, als fände er dies alles ganz normal und überhaupt nicht abenteuerlich. Die Zwerge aßen und aßen und redeten und redeten, und die Zeit verging. Endlich schoben sie ihre Stühle zurück, und Bilbo machte Anstalten, die Teller und Gläser abzuräumen.

»Ich denke, Sie bleiben doch alle zum Abendessen?«, fragte er allerhöflichst, so dass sich niemand gedrängt fühlte.

»Selbstverständlich«, sagte Thorin. »Und noch länger. Es wird spät werden, bis wir fertig sind, und jetzt brauchen wir erst mal ein bißchen Musik. Jetzt wird abgetragen!«

Sofort sprangen die zwölf Zwerge auf – nicht Thorin, der war zu wichtig und blieb da, um mit Gandalf zu plaudern – und türmten alles Geschirr zu hohen Stapeln auf. Schon gingen sie los, ohne sich mit den Tabletts aufzuhalten, balancierten Säulen von Tellern mit einer Flasche obendrauf in einer Hand, während der Hobbit, fast kreischend vor Entsetzen, um sie herumtanzte: »Bitte Vorsicht! Bitte, machen Sie sich doch nicht die Mühe! Ich schaff es schon selbst.« Aber da fingen die Zwerge nur an zu singen:

Werft die Gläser an die Wand,
Schlitzt das Tischtuch von Damast,
Kork und Gummi steckt in Brand,
Tut, was Bilbo Beutlin hasst!

Spritzt den Wein an jede Tür,
In den Boden stampft das Fett,
Tränkt die Chaiselongue mit Bier,
Schmeißt die Knochen unters Bett!

Wir zerkleinern mit dem Beil
Töpfe, Schüsseln, Porzellan.
Und ist dann noch etwas heil,
Fangen wir von vorne an.

Alle mal mit angefasst!
Tut, was Bilbo Beutlin hasst!

Aber natürlich verübten sie keine von diesen Schandtaten wirklich, sondern blitzschnell wurde alles abgewaschen und ordentlich wieder an seinen Platz gestellt, während sich der Hobbit in der Mitte der Küche im Kreis drehte, um sie im Auge zu behalten. Als sie wieder ins Besuchszimmer kamen, saß Thorin am Kamin, die Füße aufs Gitter gestützt, und rauchte eine Pfeife. Er blies gewaltige Rauchringe und konnte sie schicken, wohin er wollte – in den Rauchfang, hinter die Uhr auf dem Kaminsims, unter den Tisch oder in eine Kreisbahn unter der Decke; aber wohin sie auch flogen, sie waren nicht schnell und wendig genug, um Gandalf zu entkommen. Popp! schickte er einen kleineren Ring aus seiner kurzen Tonpfeife durch jeden einzelnen von Thorins Ringen. Dann wurde Gandalfs Ring grün, kehrte zu dem Zauberer zurück und blieb über seinem Kopf in der Schwebe. Er war schon von einer ganzen Wolke umgeben, und in dem trüben Licht sah er damit wie ein wahrer Hexenmeister aus. Bilbo stand regungslos da und schaute ihm zu – er liebte Rauchringe –, und er errötete bei dem Gedanken, wie stolz er gestern Morgen auf die Ringe gewesen war, die er mit dem Wind über den Bühl geschickt hatte.

»Und jetzt ein bisschen Musik!«, sagte Thorin. »Holt die Instrumente!«

Kili und Fili liefen hinaus zu ihren Säcken und kamen mit zwei kleinen Geigen zurück; Dori, Nori und Ori fischten aus ihren Mänteln jeder eine Flöte; Bombur brachte aus der Diele eine Trommel herein; Bifur und Bofur holten Klarinetten, die sie zwischen Bilbos Spazierstöcken abgestellt hatten. Dwalin und Balin sagten: »Entschuldigt bitte, ich habe meines draußen vor der Tür gelassen.« – »Dann bringt meines auch gleich mit!«, sagte Thorin. Zurück kamen sie mit zwei Bratschen, so groß wie sie selber, und mit Thorins Harfe, die in ein grünes Tuch eingewickelt war. Es war eine schöne goldene Harfe, und als Thorin sie anschlug, setzte die Musik mit einem Mal ein, so lieblich, dass Bilbo alles andere vergaß und davongetragen wurde in dunkle Lande unter fremden Monden, weit jenseits der Wässer und fern von seiner Hobbithöhle unter dem Bühl.

Durch das kleine Fenster im Hang des Bühls kroch die Dunkelheit ins Zimmer; das Feuer im Kamin warf ein flackerndes Licht – es war April –, und sie spielten und spielten, während der Schatten von Gandalfs Bart an der Wand tanzte.

Die Dunkelheit erfüllte den ganzen Raum, das Feuer brannte nieder, die Schatten verblassten, und sie spielten noch immer. Und plötzlich, erst einer, dann ein anderer, begannen sie, während sie spielten, auch zu singen; tiefkehliger Zwergengesang, wie aus den tiefen Kammern ihrer alten Wohnstätten erschallend; und dies ist vielleicht ein Stück aus ihrem Lied, soweit es ihrem Gesang nahe kommen kann, ohne dass man die Musik hört.

Über die Nebelberge weit
Zu Höhlen tief aus alter Zeit,
Da ziehn wir hin, da lockt Gewinn
An Gold und Silber und Geschmeid.

Wo einst das Reich der Zwerge lag,
Wo glockengleich ihr Hammerschlag
Manch Wunder weckt, das still versteckt
Schlief in Gewölben unter Tag.

Das Gold und Silber dieser Erd
Geschürft, geschmiedet und vermehrt.
Sie fingen ein im edlen Stein
Das Licht als Zierat für das Schwert.

An Silberkettchen Stern an Stern,
Des Sonn- und Mondlichts reiner Kern,
Von Drachenblut die letzte Glut
Schmolz ein in Kronen großer Herrn.

Über die Nebelberge weit
Zu Höhlen tief aus alter Zeit,
Dahin ich zieh in aller Früh
Durch Wind und Wetter, Not und Leid.

Aus goldnen Bechern, ganz für sich,
Da zechten sie allabendlich
Bei Harfenklang und Chorgesang,
Wo manche Stunde schnell verstrich.

Und knisternd im Gehölz erwacht
Ein Brand. Von Winden angefacht,
Zum Himmel rot die Flamme loht.
Bergwald befackelte die Nacht.

Die Glocken läuteten im Tal,
Die Menschen wurden stumm und fahl.
Der große Wurm im Feuersturm
Sengt' ihre Länder schwarz und kahl.

Die Zwerge traf das Schicksal auch,
Im Mondschein stand der Berg in Rauch.
Durchs Tor entflohn, sanken sie schon
Dahin in seinem Feuerhauch.

Über die Nebelberge hin
Ins wilde Land lockt der Gewinn.
Dort liegt bereit seit alter Zeit,
Was unser war von Anbeginn.

Bei diesem Gesang spürte der Hobbit, wie die Liebe zu den schönen, von geschickter und zauberkräftiger Hand gefertigten Dingen auch ihn ergriff, eine grimmige, eifersüchtige Liebe, die Herzensbegierde der Zwerge. Da erwachte etwas in ihm, das er von den Tuks haben musste, und er wünschte sich, mit fortzuziehen und die hohen Berge zu sehen, die Kiefernwälder und die Wasserfälle rauschen zu hören, die Höhlen zu erkunden und statt des Spazierstocks ein Schwert bei sich zu tragen. Er blickte aus dem Fenster. Die Sterne standen am dunklen Himmel über den Bäumen. Er dachte an die schimmernden Edelsteine der Zwerge in ihren dunklen Höhlen. Plötzlich leuchtete im Wald auf dem andern Flussufer eine Flamme auf – wahrscheinlich machte jemand ein Lagerfeuer –, und er dachte an raubgierige Drachen, die auf seinen kleinen Hügel herabstießen und alles in Brand steckten. Er erschauerte, und gleich darauf war er wieder der solide Herr Beutlin von Beutelsend unter dem Bühl.

Zitternd stand er auf. Er war sich nicht recht im Klaren, ob er eine Lampe holen sollte, aber überaus klar war ihm, dass er unter diesem Vorwand hinausgehen könnte, sich hinter den Bierfässern im Keller verstecken und erst wieder hervorkommen, wenn die Zwerge alle fort wären. Plötzlich merkte er, dass die Musik und der Gesang aufgehört hatten und dass sie alle ihn anblickten, mit im Dunkeln leuchtenden Augen.

»Wo wollen Sie hin?«, fragte Thorin in einem Ton, der anzuzeigen schien, dass er sowohl den Gedanken wie den Hintergedanken des Hobbits erraten hatte.

»Wie wär's, wenn wir ein bisschen Licht machten?«, sagte Bilbo schuldbewusst.

»Wir sind für Dunkelheit«, sagten die Zwerge alle auf einmal. »Dunkelheit bei dunklen Geschäften! Bis es wieder hell wird, haben wir noch viele Stunden.«

»Natürlich«, sagte Bilbo und setzte sich schnell wieder hin. Er verfehlte den Hocker und setzte sich stattdessen aufs Kamingitter, wobei er mit Gepolter die Schaufel und den Schürhaken umwarf.

»Pssst!«, sagte Gandalf. »Lasst Thorin reden!« Und dann setzte Thorin zu einer Rede an.

»Verehrter Gandalf, liebe Mitzwerge, werter Herr Beutlin! Wir sind heute hier zusammengekommen im Hause unseres lieben Freundes und Mitverschworenen, dieses vortrefflichen und verwegenen Hobbits – mögen ihm die Haare auf den Zehen nie ausfallen! Und alle Achtung vor seinem Wein und Bier! –« Er machte eine Pause, zum Atemholen und um dem Hobbit Gelegenheit zu einem höflichen Einwurf zu geben, aber er verschwendete seine Komplimente: Der arme Bilbo Beutlin machte den Mund auf und zu, aus Protest dagegen, dass man ihn als *verwegen* und, noch schlimmer, als *Mitverschworenen* bezeichnete, brachte aber keinen Ton heraus, so entgeistert war er. Darum fuhr Thorin fort:

»Wir sind zusammengekommen, um unsere Pläne zu erörtern, unsere Mittel und Vorgehensweisen, Strategie und Taktik. Bald, vor Tagesanbruch, werden wir zu unserer langen Reise aufbrechen, einer Reise, von der vielleicht manche von uns oder sogar alle (außer unserem Freund und Ratgeber, dem erfindungsreichen Zauberer Gandalf) nie zurückkehren werden. Dies ist ein historischer Moment. Unser Ziel, wie ich wohl annehmen darf, ist uns allen bekannt. Für unseren werten Herrn Beutlin und vielleicht auch für den einen oder anderen jungen Mann unter uns Zwergen (ich glaube, ich gehe nicht fehl, wenn ich hier zum Beispiel an Kili und Fili denke) könnte aber der genaue Stand der Dinge im Augenblick einer kurzen Erläuterung bedürfen –«

Das war Thorins Stil. Er war eben ein sehr wichtiger Zwerg. Hätte man ihn gelassen, so hätte er vermutlich so weitergeredet, bis ihm die Luft ausging, und doch niemandem etwas gesagt, das man nicht schon wusste. Aber er wurde rücksichtslos unterbrochen. Der arme Bilbo hielt es nicht länger aus. Bei den Worten *nie zurückkehren* spürte er, wie sich ein Schrei in ihm ballte, und gleich darauf brach er aus ihm hervor wie der Pfiff einer Lokomotive aus einem Tunnel. Alle Zwerge sprangen auf und stießen dabei den Tisch um. Gandalf schlug ein blaues Licht aus der Spitze seines Zauberstabs, in dessen gleißendem Schein man den Hobbit auf dem Kaminvorleger knien sah, zitternd wie ein Wackelpudding. Dann fiel er platt zu Boden und rief »vom Blitz getroffen, vom Blitz getroffen!« – immer wieder; und das war für eine ganze Weile das Einzige, was sie aus ihm herausbekamen. Darum brachten sie ihn ins Nebenzimmer und legten ihn auf ein Sofa, stellten ihm ein Getränk in Reichweite und ließen ihn dann allein, um sich wieder ihren dunklen Geschäften zuzuwenden.

»Leicht erregbar, das Kerlchen«, sagte Gandalf, als sie sich gesetzt hatten. »Kriegt so komische Anfälle, ist aber einer der Besten, einer der Besten – rabiat wie ein Drache mit dem Rücken zur Wand.«

Wenn ihr je einen Drachen mit dem Rücken zur Wand gesehen habt, dann wird euch klar sein, dass man dies ohne poetische Übertreibung wohl von keinem Hobbit sagen konnte, nicht einmal von Bullenrassler Tuk, dem Urgroßonkel des Alten Tuk, der ein solcher Hüne war (für einen Hobbit), dass er auf einem Pferd reiten konnte. Der drang in der Schlacht bei Grünfeld in die Reihen der Orks vom Gramberg ein und schlug ihrem König Golfimbul mit einer Holzkeule glatt den Kopf ab, dass der hundert Schritte weit durch die Luft flog und in ein Kaninchenloch fiel. Auf diese Weise wurde die Schlacht gewonnen und das Golfspiel erfunden.

Bullenrasslers zahmerer Nachkomme jedoch musste sich im Wohnzimmer erst mal eine Weile von seinem Schreck erholen. Nachdem er etwas getrunken hatte, schlich er ängstlich an die Tür zum Besuchszimmer. Er hörte, wie Gloin gerade sagte: »Mhmh!« (oder so ähnlich), »ob das wohl gehn wird, mit dem? Was meint ihr? Schön und gut, wenn Gandalf behauptet, das sei ein ganz rabiater Bursche, aber ein einziger Schrei wie dieser im falschen Augenblick, und er weckt den Drachen mit seiner ganzen Sippschaft. Das wäre das Ende für uns alle. Ich finde auch, es hörte sich mehr wie ein Angstschrei als wie ein Kampfruf an. Überhaupt, wäre das Zeichen nicht an der Tür gewesen, so wäre ich mir sicher, dass wir ins falsche Haus geraten sind. Als ich das Kerlchen auf der Türmatte herumhüpfen sah, kamen mir gleich Zweifel. Das soll ein Meisterdieb sein? Er sieht mir eher wie ein Krämer aus.«

Da drehte Herr Beutlin den Türknopf und trat ein. Der Tuk in ihm hatte gesiegt. Er fand plötzlich, um für einen rabiaten Burschen gehalten zu werden, könnte er sogar auf sein Bett und sein Frühstück verzichten, wenn es nötig sein sollte. Und bei dem *Kerlchen, das auf der Türmatte herumhüpfte,* wurde er beinahe wirklich rabiat. Seine Beutlinsche Hälfte bedauerte später noch oft, was er jetzt tat: »Bilbo, du Trottel!«, sagte er sich dann, »wie konntest du nur sehenden Auges in diese Geschichte hineintappen?«

»Verzeihen Sie«, sagte er, »wenn ich mitgehört habe, was Sie eben sagten. Ich behaupte nicht, verstanden zu haben, wovon Sie reden, oder was das mit dem Meisterdieb heißen soll, aber ich gehe wohl nicht fehl in der Annahme« (dies fand er sehr würdevoll ausgedrückt), »dass Sie mir nichts zutrauen. Sie sollen mich kennen lernen! Ich habe zwar keine Zeichen an der Tür – sie wurde vor einer Woche erst frisch gestrichen – und bin ganz sicher, dass Sie ins falsche Haus geraten sind. Als ich Ihre komischen Gesichter vor meiner Tür sah, kamen mir gleich Zweifel. Aber nehmen Sie es jetzt als das richtige. Sagen Sie mir, was ich für Sie tun kann, und ich werde es versuchen, und wenn ich von hier bis in den östlichsten Osten marschieren und es mit den rabiatesten Werwürmern in der letzten Wüste am Ende der Welt aufnehmen müsste! Ich hatte nämlich einst einen Ururgroßonkel namens Bullenrassler Tuk, und der –«

»Ja, ja, aber das ist lange her«, sagte Gloin. »Ich habe über *Sie* gesprochen. Und ich versichere Ihnen, das Zeichen steht an Ihrer Tür, das in diesem Beruf übliche, oder zumindest war es früher so üblich. *Meisterdieb sucht lohnende Aufgaben – extreme Belastbarkeit bei angemessener Bezahlung,* so wird das Zeichen gewöhnlich verstanden. Für *Meisterdieb* können Sie, wenn Sie wollen, auch *Schatzsucher mit langjähriger Berufserfahrung* sagen; manche hören das lieber. Uns ist es egal. Gandalf hat uns gesagt, hier in der Gegend soll es einen Mann dieses Schlages geben, der kurzfristig einen Auftrag übernehmen kann, und er hat hier für diesen Mittwoch zur Teestunde ein Treffen mit ihm verabredet.«

»Natürlich steht das Zeichen da«, sagte Gandalf. »Ich habe es selbst an die Tür gekratzt. Und das aus sehr guten Gründen. Ihr habt mich gebeten, den vierzehnten Mann für eure Expedition ausfindig zu machen, und ich habe mich für Herrn Beutlin entschieden. Soll nur einer sagen, ich hätte den Falschen oder das falsche Haus ausgesucht, dann könnt ihr von mir aus dreizehn bleiben und euer Unglück herausfordern, oder ihr geht wieder Kohle schürfen!«

Er funkelte Gloin so wütend an, dass der Zwerg auf seinem Stuhl ganz klein wurde; und als Bilbo den Mund aufmachte, um eine Frage zu stellen, da funkelte er ihn ebenso an und streckte seine buschigen Augenbrauen weit heraus, bis Bilbo den Mund wieder zuklappte. »So ist's recht«, sagte Gandalf. »Schluss jetzt mit dem Streit! Ich habe Bilbo Beutlin ausgesucht, und das sollte euch genügen. Wenn ich sage, er ist ein Meisterdieb, dann ist er ein Meisterdieb, oder wird einer sein, wenn die Zeit gekommen ist. In ihm steckt mehr, als ihr erraten könnt, und sogar noch einiges mehr, als er selber ahnt. Ihr werdet es (möglicherweise) alle noch erleben und mir dankbar sein. Und jetzt, Bilbo, mein Junge, brauchen wir eine Lampe, damit wir das hier ein bisschen genauer ansehen können.«

Und im Schein einer großen Lampe mit rotem Schirm breitete er ein Blatt Pergament auf dem Tisch aus, das ganz wie eine Landkarte aussah.

»Die hat dein Großvater Thror gezeichnet, Thorin«, antwortete er auf die erregten Fragen der Zwerge. »Es ist eine Karte vom Einsamen Berg.«

»Ich glaube nicht, dass sie uns viel nützen wird«, sagte Thorin enttäuscht, nachdem er einen Blick darauf geworfen hatte.

»An den Berg und die Länder ringsum erinnere ich mich noch gut. Und ich weiß auch, wo der Düsterwald ist und die Verdorrte Heide, wo die großen Drachen brüten.«

»Da ist ein Drache auf dem Berg rot eingezeichnet«, sagte Balin, »aber der wird auch ohne Karte unschwer zu finden sein, wenn wir je dort hinkommen.«

»Eines habt ihr nicht bemerkt«, sagte der Zauberer, »nämlich den geheimen Eingang. Seht ihr diese Rune auf der Westseite und die Hand, die von den anderen Runen her dort hinzeigt? Das ist das Zeichen für einen geheimen Durchgang zu den Unteren Hallen.«

»Er war vielleicht mal geheim«, sagte Thorin, »aber wie sollen wir wissen, ob er es immer noch ist? Der alte Smaug haust nun schon lange genug dort und könnte längst alles herausgefunden haben, was man über diese Höhlen nur wissen kann.«

»Mag sein – aber benutzt haben kann er den Zugang in all den Jahren nicht.«

»Warum?«

»Weil er zu eng ist. ›Türhöhe fünf Fuß, und drei können nebeneinander gehen‹, besagen die Runen, aber in ein so kleines Loch könnte Smaug nicht hineinkriechen, nicht mal, als er noch ein junger Drache war, und schon gar nicht, seit er so viele Zwerge und so viele Menschen von Thal gefressen hat.«

»Mir kommt das Loch ziemlich groß vor«, piepste Bilbo (er hatte eben noch keine Erfahrungen mit Drachen und kannte nur Hobbithöhlen). Er geriet schon wieder in gespannte Erregung und vergaß darum, dass er eigentlich den Mund halten sollte. Landkarten interessierten ihn mächtig, und bei ihm auf der Diele hing eine große von der näheren Umgebung, auf der seine liebsten Fußwege mit roter Tinte eingezeichnet waren. »Wie könnte man eine so große Tür denn überhaupt vor irgendwem draußen geheim halten, von dem Drachen ganz abgesehen?«, fragte er. Man darf nicht vergessen, er war eben nur ein kleiner Hobbit.

»Auf mancherlei Weise«, sagte Gandalf. »Aber wie nun diese Tür versteckt gehalten wurde, können wir nicht wissen, bevor wir nicht dort gewesen sind, um nachzusehen. Nach dem, was auf der Karte steht, würde ich vermuten, dass es eine verschlossene Tür ist, die man so angelegt hat, dass sie genauso aussieht wie alles Übrige an diesem Berghang. So machen es die Zwerge doch gewöhnlich, nicht wahr?«

»Sehr richtig«, sagte Thorin.

»Außerdem«, fuhr Gandalf fort, »habe ich vergessen zu sagen, dass zu der Karte noch ein Schlüssel gehört, ein kleiner, merkwürdiger Schlüssel. Hier ist er!« Er gab Thorin einen Schlüssel mit langem Schaft und fein gezacktem silbernem Bart. »Verwahre ihn gut!«

»Und ob!«, sagte Thorin und befestigte ihn an einem Kettchen, das er unter der Jacke um den Hals trug. »Nun werden unsere Aussichten schon etwas besser. Diese Neuigkeit gibt uns Hoffnung. Bisher hatten wir keine klare Vorstellung, was wir tun können. Wir hatten vor, so still und heimlich wie möglich nach Osten zu gehen, bis zum Langen See. Und da würden dann die Probleme anfangen –«

»Schon viel früher, nach allem, was ich über die Straßen nach Osten weiß«, unterbrach ihn Gandalf.

»Von da könnten wir den Eilend flussaufwärts bis zu den Ruinen von Thal fahren«, fuhr Thorin fort, ohne den Einwand zu beachten, »der alten Stadt, die dort zu Füßen des Berges liegt. Aber keiner von uns konnte sich mit dem Gedanken befreunden, dort durch das Haupttor zu gehen. Der Fluss kommt durch die große Klippe auf der Südseite des Berges direkt daraus hervor, und daraus kommt auch der Drache – und zwar viel zu oft, wenn er seine Gewohnheiten nicht geändert hat.«

»Das ginge nicht«, sagte der Zauberer, »es sei denn, du hättest einen mächtigen Krieger oder sogar einen Helden. Ich habe versucht, einen zu finden, aber die Krieger bekämpfen sich lieber gegenseitig in fernen Ländern, und Helden sind hier in der Nachbarschaft rar oder schlicht unauffindbar. Die Schwerter sind in dieser Gegend meistens stumpf, die Äxte gebraucht man nur zum Bäumefällen, die Schilde als Wiegen für die kleinen Kinder oder als Topfdeckel; und die Drachen sind so angenehm weit weg, dass sie schon als Fabeltiere gelten. Darum habe ich mich für Diebstahl und Einbruch entschieden, besonders als ich mich an die Hintertür erinnerte. Und hier haben wir Bilbo Beutlin, den Meisterdieb, den berufenen und auserwählten Experten. Also lasst uns nun zur Sache kommen und Pläne machen.«

»Schön«, sagte Thorin, »unser Experte hat doch gewiß ein paar Ideen oder Vorschläge.« Er sah Bilbo spöttisch erwartungsvoll an.

»Zunächst mal wüsste ich gern etwas mehr über die Angelegenheit«, sagte Bilbo, innerlich ratlos und mit einem flauen Gefühl, aber immer noch mit der echt tukschen Entschlossenheit, die Sache, nachdem er sich einmal auf sie eingelassen hatte, voranzutreiben. »Ich meine, über das Gold und den Drachen und all das, wie ist es dort hingekommen, wem gehört es, und so weiter und so fort.«

»Meine Güte!«, sagte Thorin. »Haben Sie die Karte nicht gesehn? Haben Sie unser Lied nicht gehört? Und haben wir nicht eben stundenlang über all dies geredet?«

»Trotzdem, ich würde es alles gern noch mal klar und deutlich hören«, sagte er stur und setzte eine sachliche Miene auf (wie sonst nur gegen Leute, die sich von ihm Geld zu leihen versuchen). Er gab sich Mühe, klug, bedachtsam und professionell zu wirken, so wie ihn Gandalf empfohlen hatte. »Außerdem wüsste ich gern Näheres über Risiken, Kostenerstattung, Zeitaufwand und Honorar«, sagte er – und meinte damit: »Was habe ich davon? Und werde ich lebendig zurückkehren?«

»Meinetwegen«, sagte Thorin. »Vor vielen, vielen Jahren, zur Zeit meines Großvaters Thror, wurde unsere Familie aus dem hohen Norden vertrieben und kehrte mit all ihren Schätzen und Werkzeugen zu diesem Berg zurück, den man auf der Karte sieht. Schon mein Urahn Thrain der Alte hatte den Berg entdeckt, aber nun gruben sie viele Stollen und Schächte, erweiterten die Hallen und Werkstätten – und außerdem, glaube ich, fanden sie einiges an Gold und Edelsteinen. Jedenfalls, sie wurden unermesslich reich und berühmt, und mein Großvater war wieder König unter dem Berge und wurde von den sterblichen Menschen hoch in Ehren gehalten, die weiter im Süden lebten und sich allmählich den Eilend hinauf ausbreiteten, bis zu dem Tal, das im Schatten des Berges liegt. Dort bauten sie damals die Stadt Thal – eine Stadt voller Leben. Könige schickten nach unseren Schmieden, und sogar die Ungeschicktesten wurden noch reich belohnt. Väter baten uns händeringend, ihre Söhne in die Lehre zu nehmen – wofür wir sie tüchtig bezahlen ließen, besonders mit Nahrungsmitteln, so dass wir uns darum nicht mehr zu kümmern brauchten. Es waren herrliche Zeiten, und noch die Ärmsten von uns hatten so viel Geld, dass sie es verleihen konnten, und alle hatten Zeit für die schönen Dinge, die man rein zum Vergnügen macht, um von dem wundervollen Zauberspielzeug gar nicht zu reden, wie man es heutzutage auf der ganzen Welt nicht mehr findet. So füllten sich die Hallen meines Großvaters mit Juwelen, Rüstungen, Pokalen, Schnitz- und Steinmetzarbeiten, und der Spielzeugmarkt von Thal war das Wunder des Nordens.

Und sicherlich war es dieser Reichtum, der den Drachen anzog. Drachen, wie man weiß, rauben Gold und Edelsteine, wo immer sie welche finden, egal ob von Menschen, Elben oder Zwergen; und sie bewachen ihre Beute, solange sie leben (das heißt, praktisch ewig, wenn niemand kommt und sie tötet), gönnen sich keine Freude und geben keinen Messingring davon je wieder her. Sie können kaum gute von schlechter Arbeit unterscheiden, haben aber meistens eine zutreffende Vorstellung vom aktuellen Marktwert einer Sache. Selber machen können sie gar nichts, nicht mal eine lose Schuppe an ihrem Panzer wieder festkleben. Im Norden gab es damals einige Drachen zu viel, und das Gold wurde wohl schon knapp, weil die Zwerge nach Süden flohen oder getötet wurden. Die Verwüstungen, wie Drachen sie anrichten können, wurden von Tag zu Tag schlimmer. Ein besonders habgieriger, starker und schlauer Wurm namens Smaug kam eines Tages nach Süden geflogen. Das Erste, was wir von ihm hörten, war ein Lärm, wie wenn ein Hurrikan von Norden heranbrauste, und die Kiefern auf den Berghängen knarrten und knackten im Wind. Manche von den Zwergen, die gerade draußen waren, darunter auch ich – ein abenteuerlustiger Jüngling, der ich damals war, immer unterwegs, und das rettete mir an dem Tag das Leben – nun, wir sahen aus einiger Entfernung, wie der Drache in einer Stichflamme auf unseren Berg herabstieß. Dann kroch er die Hänge hinunter, und als er zu den Wäldern kam, gingen sie in Flammen auf. Inzwischen läuteten in Thal alle Glocken, und die Krieger legten ihre Rüstungen an. Die Zwerge kamen aus dem Haupttor gestürmt, aber da stand der Drache und wartete auf sie. Nicht einer entkam auf diesem Wege. Der Fluss kochte und verdampfte, und der Nebel senkte sich über die Stadt Thal, und in dem Nebel kam der Drache über sie und vernichtete die meisten der Krieger – dieselbe traurige Geschichte, wie sie sich damals nur allzu oft abgespielt hat. Dann kroch er zurück und durchs Vordertor in den Berg hinein, durchstöberte sämtliche Hallen, Gänge, Tunnels, Gassen, Keller, Paläste und Alleen. Danach war im Innern kein Zwerg mehr am Leben, und er bemächtigte sich aller unserer Wertsachen. Wahrscheinlich hat er nach altem Drachenbrauch tief im Innern alles auf einen Haufen geworfen und sich darauf schlafen gelegt wie auf einem Bett. Später ist er dann von Zeit zu Zeit wieder aus dem Tor herausgekrochen und nachts über Thal hergefallen, hat Menschen davongeschleppt, am liebsten Jungfrauen, um sie zu verspeisen, bis die Stadt in Trümmern lag und alle Menschen entweder tot oder geflüchtet waren. Wie es heute dort aussieht, weiß ich nicht mit Sicherheit, aber ich glaube nicht, dass jemand sich näher an den Berg heranwagt als bis zum Nordufer des Langen Sees.

Die wenigen von uns, die draußen und in sicherem Abstand

waren, saßen in ihrem Versteck, weinten und verfluchten Smaug; und dort stießen unerwartet mein Vater und mein Großvater zu uns, beide mit versengten Bärten. Sie schauten sehr finster drein, sprachen aber sehr wenig. Als ich sie fragte, wie sie davongekommen seien, sagten sie, halt den Mund; zur rechten Zeit würde ich es schon noch eines Tages erfahren. Dann sind wir fortgezogen, kreuz und quer durch die Lande, und mussten unseren Unterhalt verdienen, so gut wir konnten. Oft genug sind wir so tief heruntergekommen, dass wir als Hufschmiede arbeiteten oder uns mit dem Kohlebergbau abgeben mussten. Aber den Schatz, der uns geraubt wurde, haben wir nie vergessen. Und selbst jetzt, wo wir ein bisschen was auf die Seite gelegt haben und gar nicht so arm dran sind« – hier strich sich Thorin über die goldene Kette, die er um den Hals trug –, »gedenken wir immer noch, ihn wiederzuerlangen und dem Drachen unsere Flüche nahe zu bringen – wenn wir können.

Ich habe mich oft gefragt, wie mein Vater und mein Großvater entkommen sind. Ich verstehe jetzt, dass es einen geheimen Ausgang gegeben haben muss, den sie allein kannten. Aber offenbar haben sie eine Karte gezeichnet, und nun wüsste ich gern, wie Gandalf sie an sich gebracht hat und warum sie nicht an mich, den rechtmäßigen Erben, gelangt ist.«

»Ich habe sie nicht ›an mich gebracht‹, sie wurde mir anvertraut«, sagte der Zauberer. »Wie du weißt, wurde dein Großvater Thror in den Minen von Moria von dem Ork Azog getötet.«

»Verflucht soll sein Name sein, ja!«, sagte Thorin.

»Und dein Vater Thrain ist an einem einundzwanzigsten April, letzten Donnerstag vor hundert Jahren, fortgegangen, und du hast ihn seither nicht wiedergesehen –«

»Stimmt, stimmt«, sagte Thorin.

»Nun, und dein Vater hat mir die Karte für dich gegeben, und wenn ich Art und Zeitpunkt der Übergabe nach meinem Gutdünken gewählt habe, kannst du mir schwerlich einen Vorwurf machen, wenn du bedenkst, welche Mühe ich hatte, dich ausfindig zu machen. Als dein Vater mir das Pergament gab, wusste er nicht einmal mehr seinen eigenen Namen, und deinen Namen hat er mir nie gesagt; darum finde ich alles in allem, dass ich Dank und Anerkennung verdient hätte. Hier hast du's nun!«, sagte er und reichte Thorin die Karte.

»Ich verstehe nicht«, sagte Thorin, und Bilbo hätte gern dasselbe gesagt. Die Erklärung schien nichts zu erklären.

»Dein Großvater«, sagte der Zauberer langsam und finster, »gab die Karte seinem Sohn in Verwahrung, bevor er sich zu den Minen von Moria aufmachte. Nachdem dein Großvater getötet worden war, zog dein Vater mit der Karte los, um sein Glück zu versuchen; er erlebte allerlei Abenteuer von der unerfreulichsten Art, kam aber nie auch nur in die Nähe des Berges. Als ich ihn fand, war er ein Gefangener in den Verliesen des Nekromanten, aber wie er dorthin gelangt ist, weiß ich nicht.«

»Was hattest du denn dort zu suchen?«, fragte Thorin schaudernd, und alle Zwerge bekamen eine Gänsehaut.

»Lass das meine Sache sein! Ich wollte etwas herausfinden, wie gewöhnlich – eine undankbare und gefährliche Angelegenheit. Sogar ich, Gandalf, bin nur mit knapper Not davongekommen. Ich habe versucht, deinen Vater zu retten, aber es war zu spät. Er war nicht mehr bei Verstand und redete irre; er hatte fast alles vergessen, bis auf die Karte und den Schlüssel.«

»Mit den Orks von Moria haben wir die Rechnung längst beglichen«, sagte Thorin. »Irgendwann müssen wir uns den Nekromanten vornehmen.«

»Unsinn! Das ist ein Feind, den zu besiegen weit über eure Kraft geht, selbst wenn du die Zwerge von allen vier Enden der Welt zusammenholen könntest. Dein Vater wollte nur eines: dass sein Sohn diese Karte studiert und den Schlüssel benutzt. Mit dem Drachen und dem Berg fertig zu werden ist mehr als schwer genug für euch.«

»Hört, hört!«, sagte Bilbo, und zufällig sagte er es laut.

»Hört was?«, sagten sie alle und wandten sich plötzlich ihm zu, was ihn so verwirrte, dass er zur Antwort gab: »Hört, was ich zu sagen habe!«

»Was denn?«, fragten sie.

»Nun, ich würde sagen, dass ihr nach Osten gehen und euch mal umsehen solltet. Schließlich gibt es dort ja die Hintertür, und auch Drachen, nehme ich an, müssen ab und zu schlafen. Wenn ihr nur lange genug auf der Türschwelle sitzt, denke ich, wird euch schon etwas einfallen. Und na ja, findet ihr nicht auch, dass wir für heute lange genug geredet haben? Was haltet ihr davon, jetzt zu Bett zu gehn und morgen früh wieder auf den Beinen zu sein und so weiter? Ich mache euch ein gutes Frühstück, bevor ihr aufbrecht.«

»Bevor *wir* aufbrechen, meinen Sie wohl«, sagte Thorin. »Sind Sie nicht unser Meisterdieb? Wäre es nicht Ihre Aufgabe, auf der Türschwelle zu sitzen, um vom Überschreiten der Schwelle gar nicht zu reden? Aber was Bett und Frühstück angeht, bin ich einverstanden. Vor Antritt einer Reise brauche ich meine sechs Eier mit Schinken, gebraten, nicht gekocht, und das Gelbe nicht verlaufen lassen!«

Nachdem auch die andern ihr Frühstück bestellt hatten, ohne ein einziges Mal bitte zu sagen (was Bilbo sehr ärgerte), standen sie alle auf. Für jeden musste der Hobbit einen Schlafplatz finden. In allen seinen Gästezimmern machte er für sie Betten auf Stühlen und Sofas, bis sie alle untergebracht waren; dann ging er sehr müde und alles andere als glücklich in sein eigenes kleines Bett. Eines nahm er sich fest vor: Er würde sich hüten, am Morgen allzu früh aufzustehen und für dreizehn gefräßige Zwerge das Frühstück zu machen. Die tuksche Stimmung verflog, und er war nun gar nicht mehr so sicher, dass er am nächsten Morgen eine Reise antreten würde.

Als er im Bett lag, hörte er, wie Thorin im besten Schlafzimmer nebenan noch immer vor sich hin brummte:

Über die Nebelberge weit
Zu Höhlen tief aus alter Zeit
Dahin ich zieh in aller Früh
Durch Wind und Wetter, Not und Leid.

Mit diesem Lied im Ohr schlief er ein und hatte sehr unbehagliche Träume. Es war nicht besonders früh, als er aufwachte.

ZWEITES KAPITEL

HAMMELBRATEN

Bilbo sprang auf, zog den Morgenrock über und ging ins Esszimmer. Dort war niemand, aber alle Anzeichen sprachen dafür, dass die Gäste ausgiebig und in aller Eile gefrühstückt hatten. Im Zimmer herrschte ein fürchterliches Durcheinander, und in der Küche stand stapelweise ungespültes Geschirr. Fast jeder Topf und jede Pfanne, die er besaß, schien benutzt worden zu sein. Der Abwaschberg war so beklemmend wirklich, dass Bilbo sich gezwungen sah zu glauben, dass die Gesellschaft von gestern Abend nicht, wie er im Stillen gehofft hatte, nur ein Teil seiner bösen Träume in dieser Nacht gewesen war. Eigentlich war er sogar erleichtert, dass sie ohne ihn fortgegangen waren und sich nicht erst damit aufgehalten hatten, ihn zu wecken (»aber ohne jedes Dankeschön«, dachte er); andererseits konnte er sich nicht verhehlen, dass er auch ein bisschen enttäuscht war. Dieses Gefühl überraschte ihn.

»Sei kein Narr, Bilbo Beutlin!«, sagte er sich. »Drachen und all solche fremdländischen Flausen, und das in deinem Alter! Schlag sie dir aus dem Kopf!« Also band er sich eine Schürze um, machte Feuer und setzte Wasser auf, erledigte den Abwasch. Dann nahm er in der Küche gemütlich ein kleines Frühstück ein, ehe er anfing, das Esszimmer aufzuräumen. Inzwischen schien die Sonne; die Vordertür stand offen und ließ ein mildes Frühlingslüftchen hereinwehen. Bilbo begann zu pfeifen und hatte den gestrigen Abend fast schon vergessen. Eben wollte er sich am offenen Fenster im Esszimmer gemütlich zu einem kleinen zweiten Frühstück niederlassen, als Gandalf hereinkam.

»Mein lieber Mann«, sagte er, »*wann* gedenkst du denn nun endlich zu kommen? Wolltest du nicht früh wieder auf den Beinen sein? Und da sitzt du um halb elf noch beim Frühstück, oder wie immer man das nennen soll! Sie haben dir doch eine Nachricht dagelassen, weil sie nicht so lange warten konnten.«

»Was für eine Nachricht?«, sagte der arme Bilbo Beutlin ganz erschrocken.

»Ach du großer Elefant!«, sagte Gandalf. »Was ist denn heute Morgen nur in dich gefahren – hast du denn den Kaminsims nicht abgestaubt?«

»Was hat denn das damit zu tun? Ich hatte Arbeit genug mit dem Abwasch für vierzehn Mann!«

»Hättest du den Kaminsims abgestaubt, hättest du das hier unter der Uhr gefunden«, sagte Gandalf und gab ihm einen Brief (natürlich war er auf Bilbos eigenem Briefpapier geschrieben). Er las:

Thorin & Co. mit schönen Grüßen an Bilbo den Meisterdieb!

Für Ihre Gastfreundschaft verbindlichsten Dank. Zu Ihrem Angebot professioneller Hilfe unser freudiges Einverständnis. Bedingungen: Zahlung bei Lieferung, Gewinnbeteiligung maximal ein Vierzehntel des Gesamtprofits (sofern anfallend); Erstattung aller Reisekosten garantiert; Begräbniskosten (sofern anfallend) werden von uns oder unseren Stellvertretern getragen, soweit keine anderweitige Regelung erfolgt.

Um Ihrem geschätzten Schlaf keine unnötige Störung zu bereiten, sind wir schon aufgebrochen, um einige unerlässliche Vorbereitungen zu treffen, und erwarten Ihre geschätzte Person Punkt 11 Uhr im Gasthaus zum Grünen Drachen in Wasserau. Im Vertrauen auf Ihr pünktliches Erscheinen verbleiben wir

Ihre ergebensten
Thorin & Co.

»Da bleiben grad noch zehn Minuten. Du wirst rennen müssen«, sagte Gandalf.

»Aber –«, sagte Bilbo.

»Keine Zeit für aber! Los!«

Bis ans Ende seiner Tage konnte Bilbo nicht begreifen, wie er so hatte losgehen können, ohne Hut und Spazierstock, ohne Geld und ohne alles, was er gewöhnlich mitnahm, wenn er ausging. Sein zweites Frühstück ließ er zur Hälfte stehen, räumte nicht ab und spülte das Geschirr nicht, sondern drückte Gandalf die Schlüssel in die Hand und rannte, so schnell seine pelzigen Füße ihn trugen, den Weg hinunter, an der großen Mühle vorbei, über die Wässer und dann noch eine Meile oder ein bisschen weiter.

Er war ganz außer Atem, als er Punkt elf in Wasserau ankam und feststellen musste, dass er nicht mal ein Taschentuch mitgenommen hatte!

»Bravo!«, sagte Balin, der an der Gasthaustür nach ihm ausschaute.

Eben da kamen die andern um die Ecke der Straße vom Dorf her. Sie saßen auf Ponys, und jedes Pony war außerdem noch mit jederlei Bündeln, Beuteln, Paketen, Werkzeugen und Habseligkeiten behangen. Sie führten ein sehr kleines Pony mit, offenbar für Bilbo.

»Aufgesessen, ihr beiden, und los geht's!«, sagte Thorin.

»Es tut mir furchtbar Leid«, sagte Bilbo, »aber ich bin ohne Hut gekommen, ich habe mein Taschentuch vergessen, und Geld habe ich auch nicht bei mir. Ich bekam den Brief erst um zehn Uhr fünfundvierzig, um es genau zu nehmen.«

»So genau nehmen wir's nicht«, sagte Dwalin, »bis zum Ende unserer Reise wird es ohne Taschentücher gehn müssen, und ohne einiges andere auch. Aber mit einer Kopfbedeckung kann ich aushelfen, denn ich habe noch einen Mantel und eine Kapuze im Gepäck.«

Und so brachen sie auf, eines schönen Vormittags Ende April, vom Gasthaus zum Grünen Drachen, mit schwer beladenen Ponys; und Bilbo trug eine dunkelgrüne (vom Wetter schon etwas mitgenommene) Kapuze und einen dunkelgrünen Mantel, die ihm Dwalin geliehen hatte. Die Sachen waren ihm zu groß, und er sah darin ziemlich komisch aus. Was sein Vater

Bungo wohl dazu gesagt hätte, ist nicht auszudenken. Sein einziger Trost war, dass man ihn nicht für einen Zwerg halten konnte, weil er keinen Bart hatte.

Sie waren noch nicht sehr lange geritten, als Gandalf auf einem prächtigen weißen Pferd sie einholte. Er brachte einen reichlichen Vorrat Taschentücher mit, außerdem Bilbos Pfeife und seinen Tabak. Von da an waren sie alle bester Laune, erzählten sich Geschichten oder sangen Lieder, ritten den ganzen Tag lang, außer natürlich, wenn sie zu den Mahlzeiten Halt machten. Diese freilich gab es nicht so oft, wie Bilbo sie sich gewünscht hätte, aber trotzdem fand er allmählich das abenteuerliche Leben gar nicht so schlimm.

Zuerst waren sie durch die Gebiete der Hobbits geritten, ein großes ordentliches Land mit achtbaren Bewohnern, guten Straßen und einem Gasthaus hier und da, und manchmal kam ein Bauer auf dem Weg zum Markt oder ein Zwerg auf Wanderschaft vorüber. Dann kamen sie in Gegenden, wo die Leute fremdartig sprachen und Lieder sangen, die Bilbo noch nie gehört hatte. Und nun waren sie schon weit in den Leeren Landen, wo niemand mehr wohnte, wo es keine Gasthäuser gab und die Straßen immer schlechter wurden. Noch ein Stück weiter, und sie kamen zu finsteren Hügeln, die immer höher anstiegen, mit dunklen Wäldern bewachsen. Auf manchen standen alte Schlösser von üblem Aussehen, die von bösen Herren erbaut sein mussten. Alles schien sich verdüstert zu haben, denn auch das Wetter war an diesem Tag umgeschlagen. Meistens war es bisher so schön gewesen, wie es im Mai selbst in einer heiteren Geschichte schöner nicht sein kann, aber nun war es kalt und regnete. Auch in den Leeren Landen hatten sie ihr Lager unter freiem Himmel aufschlagen müssen, aber wenigstens war es da noch trocken gewesen.

»Und dabei wird es doch bald Juni!«, brummte Bilbo, als er hinter den anderen her durch den Schlamm platschte. Die Teestunde war vorüber, den ganzen Tag schon goss es in Strömen, aus seiner Kapuze tropfte es ihm in die Augen, sein Mantel war durchgeweicht, und sein Pony stolperte über Steine; die anderen waren unansprechbar verdrossen. »Sicher ist der Regen auch schon in die Säcke mit den trockenen Kleidern und dem Proviant eingedrungen«, dachte Bilbo. »Spuck doch auf die Meisterdieberei und alles, was damit zu tun hat! Ich wollte, ich säße in meiner warmen Höhle am Herd und der Teekessel finge zu pfeifen an!« Es sollte nicht das letzte Mal sein, dass er sich das wünschte.

Immer weiter ging es im gleichen Trott, und keiner von den Zwergen blickte sich einmal um oder achtete auf den Hobbit. Irgendwo hinter dem grauen Gewölk musste die Sonne untergegangen sein, denn es wurde dunkel, als sie in ein tiefes Tal hinabstiegen, auf dessen Grund sie einen Fluss überschreiten mussten. Wind kam auf, und die Weiden an den Ufern bogen sich und stöhnten. Zum Glück führte die Straße über eine alte steinerne Brücke, denn der Fluss war vom Regen angeschwollen und kam brausend von den Hügeln und Bergen im Norden herab.

Es war fast schon Nacht, als sie aufs andere Ufer kamen. Der Wind riss die grauen Wolken auf. Und zwischen den dahinfliegenden Fetzen über den Hügeln erschien ein irrlichternder Mond. Da hielten sie an, und Thorin knurrte etwas von Abendessen. »Und wo finden wir jetzt ein trockenes Fleckchen fürs Nachtlager?«

Erst jetzt bemerkten sie, dass Gandalf nicht mehr da war. Bisher war er den ganzen Weg mit ihnen geritten, hatte aber nie gesagt, ob er nun bei ihrem Abenteuer mit von der Partie war oder ihnen nur eine Weile Gesellschaft leistete. Er hatte am meisten gegessen, am meisten geredet und am meisten gelacht. Und nun war er einfach verschwunden!

»Und genau dann, wenn ein Zauberer mal wirklich nützlich sein könnte!«, maulten Dori und Nori (die über regelmäßige, reichliche und nicht zu seltene Mahlzeiten ebenso dachten wie der Hobbit).

Am Ende blieb ihnen nichts anderes übrig, als dort zu lagern, wo sie eben waren. Unter ein paar Bäumen, wo sie sich niederließen, war es zwar etwas trockener, aber der Wind schüttelte den Regen von den Blättern, und das tropf, tropf, tropf war überaus entnervend. Auch mit dem Feuer war es wie verhext. Zwerge können fast überall und aus fast allem ein Feuer machen, auch beim stärksten Wind, aber an diesem Abend bekamen sie es nicht fertig, nicht einmal Oin und Gloin, die sich besonders gut darauf verstanden.

Dann scheute plötzlich eines der Ponys wegen nichts und ging durch. Bevor sie es einfangen konnten, sprang es in den Fluss, und bevor sie es wieder herausziehen konnten, waren Fili und Kili beinah ertrunken, und alles Gepäck, mit dem das Pony beladen war, wurde weggeschwemmt. Es war ausgerechnet der größte Teil ihres Proviants, und darum blieb fürs Abendessen nicht viel übrig und fürs Frühstück noch weniger.

Mürrisch und durchnässt saßen sie da und schimpften, während Oin und Gloin immer noch versuchten, ein Feuer in Gang zu bringen, und sich zankten, wer schuld war, dass es nicht gelang. Bilbo sann traurig darüber nach, warum Abenteuer nicht nur Ponyritte in der Maisonne waren, als Balin, der immer den Ausguckposten versah, plötzlich sagte: »Da ist ein Licht, da drüben!« Und in der Tat, auf einem Hügel, nicht weit von ihnen, der stellenweise dicht bewaldet war, sahen sie aus der dunklen Masse der Bäume ein Licht hervorschimmern, ein rötliches, anheimelndes Licht wie von einem Lagerfeuer oder vom Flackern einer Fackel.

Nachdem sie eine Weile hingeschaut hatten, fingen sie an zu streiten. Manche wollten und manche wollten nicht hingehen. Manche sagten, man könne doch wenigstens mal gucken, und alles sei schließlich besser als wenig Abendbrot, kein Frühstück und die ganze Nacht in den nassen Kleidern.

Andere sagten: »Diese Gegend ist nicht hinreichend bekannt und liegt zu nah am Gebirge. Reisende nehmen diesen Weg heute nur selten. Die alten Landkarten nützen nichts mehr, denn die Lage hat sich verschlechtert, und die Straße wird nicht bewacht. Vom König hat man hier kaum je etwas gehört, und je weniger neugierig man ist, desto eher kommt man ungeschoren durch.« Manche sagten: »Aber schließlich sind wir doch vierzehn.« Andere sagten: »Wo ist Gandalf geblieben?« Diese Bemerkung wurde von allen wiederholt. Dann wurde der Regen heftiger denn je, und Oin und Gloin fingen wieder an, sich zu zanken.

Das gab den Ausschlag. »Wozu haben wir einen Meisterdieb bei uns?«, sagten sie und gingen los in Richtung auf das Licht, die Ponys (mit gebührender Vorsicht) am Zügel führend. Bald waren sie am Fuß des Hügels und im Walde. Sie stiegen bergauf; ein richtiger Weg, der zu einem Haus oder Gehöft hätte führen können, war nicht zu sehen; und so gab es unvermeidlich einiges Geraschel, Geknirsch und Geknacke (um vom Gemurr und Geschimpf gar nicht zu reden), als sie in der Stockfinsternis zwischen den Bäumen hindurchtappten.

Plötzlich leuchtete das rote Licht ganz hell und gar nicht weit voraus hinter ein paar Baumstämmen auf.

»Jetzt bekommt unser Meisterdieb Arbeit«, sagten sie. Sie meinten Bilbo. »Du musst weitergehn und herausfinden, was das für ein Licht ist, wozu es brennt und ob dort alles mit rechten Dingen zugeht«, sagte Thorin zu dem Hobbit. »Los jetzt, und komm schnell zurück, wenn alles in Ordnung ist! Wenn nicht, komm auch zurück, wenn du kannst! Wenn du nicht kannst, mach zweimal schuhuuh wie eine Schleiereule und einmal wie eine Schnee-Eule, und wir tun für dich, was wir können.«

Und Bilbo musste los, ehe er erklären konnte, dass er auch ein einziges Schuhuuh irgendwelcher Eulenarten ebenso wenig nachahmen konnte wie den Flug einer Fledermaus. Aber immerhin können Hobbits sich nachts im Walde absolut geräuschlos bewegen. Sie sind sehr stolz darauf, und Bilbo hatte mehr als einmal über den »Zwergenradau« die Nase gerümpft, mit dem sie den Hügel hinaufgestiefelt waren, obwohl du und ich sicherlich in einer so windigen Nacht nichts davon bemerkt hätten, auch nicht, wenn der ganze Tross in zwei Fuß Entfernung an uns vorbeigestapft wäre. Und so wie Bilbo sich nun an das rote Licht heranschlich, hätte wohl selbst ein Wiesel seinetwegen kein Schnurrhaar geregt. Darum gelangte er ganz selbstverständlich bis dicht an das Feuer – denn ein Feuer war es –, ohne irgendwen aufzustören. Und was sah er dort?

Drei sehr große Kerle saßen um ein Feuer aus Buchenkloben. Sie brieten Hammelfleisch an langen Holzspießen und leckten sich das Fett von den Fingern. Es roch sehr würzig. Ein Fass gutes Bier stand in der Nähe, und die drei hatten jeder einen Krug vor sich. Aber es waren Trolle. Unzweifelhaft Trolle. Sogar Bilbo, der doch aus einem behüteten Leben in gesitteten Gegenden kam, konnte es an ihren schweren, breiten Gesichtern erkennen, an ihrer Größe und der Form ihrer Beine, um von ihrer Sprache, die alles andere als stubenrein war, gar nicht zu reden.

»Gestern Hammel, heute Hammel, und ich will mich dreimal verschlucken, wenn's morgen nicht wieder Hammel gibt!«, sagte einer von den dreien.

»Verhext und verhagelt, lange schon keinen Fetzen Mensch mehr zwischen die Zähne gekriegt«, sagte ein anderer. »Was zur Hölle hat sich Hucki bloß dabei gedacht, uns in diese beknackte Gegend zu bringen? Ich kapier's nicht! Und das Bier ist auch bald alle – obendrein!« Dabei stieß er Hucki, der gerade einen Zug nahm, am Ellbogen an.

Hucki verschluckte sich. »Schnauze, Toni!«, sagte er. »Sollen die Leute vielleicht in Scharen hier angepilgert kommen, damit du und Berti sie fressen können? Zusammen habt ihr jetzt schon anderthalb Dörfer verspeist, seit wir von den Bergen runtergekommen sind. Was verlangt ihr denn noch? Und ihr habt auch schon Zeiten erlebt, da hättet ihr für so ein schönes fettes Stück Hammel wie das hier wenigstens ›danke schön, Hucki‹ gesagt.« Er biss einen großen Brocken von der Keule ab, die er gerade briet, und wischte sich den Mund mit dem Ärmel.

Ja, es tut mir Leid, aber so benehmen sich Trolle nun mal, sogar diejenigen, die jeder nur einen Kopf haben. Nachdem Bilbo dies mit angehört hatte, hätte er sofort etwas unternehmen müssen. Entweder hätte er zurückschleichen und seine Freunde warnen sollen, dass sie es hier mit drei ausgewachsenen und schlecht gelaunten Trollen zu tun hatten, die wahrscheinlich nicht ungern zur Abwechslung mal Zwergen- oder auch Ponybraten probieren würden; oder er hätte kurz und schnell unter Beweis stellen sollen, dass er den Titel eines Meisterdiebs zu Recht trug. Ein wirklich erstklassiger und sagenhafter Experte hätte unter diesen Umständen den Trollen die Taschen geleert – es lohnt sich fast immer, aber man muss ein Händchen dafür haben; er hätte ihnen den Hammel von den Spießen und das Bier aus dem Fass verschwinden lassen und wäre unbemerkt davongekommen. Ein anderer Dieb, einer mit mehr praktischem Sinn und weniger professionellem Ehrgefühl, hätte den dreien vielleicht, ehe sie wussten, wie ihnen geschah, erst mal je einen Dolchstoß verpasst und sich dann einen lustigen Abend gemacht.

Bilbo wusste das alles. Er hatte über vieles Bücher gelesen, das er nie gesehen oder getan hatte. Er war ebenso erschrocken wie angewidert; er wünschte sich hundert Meilen weit fort, und doch – und doch konnte er ja nicht einfach mit leeren Händen zu Thorin & Co. zurückkehren. Also blieb er im Dunkeln stehen und überlegte. Unter den mancherlei Methoden des Diebesberufs, von denen er gehört hatte, erschien ihm der Hosentascheneingriff als die am wenigsten schwierige. Darum kroch er schließlich hinter einen Baum, der dicht hinter Hucki stand.

Berti und Toni gingen zum Bierfass, Hucki setzte wieder seinen Krug an. Da nahm Bilbo seinen Mut zusammen und steckte seine kleine Hand in Huckis geräumige Hosentasche. Eine Geldbörse war darin, für Bilbo so groß wie ein Sack. »Ha!«, dachte er, als er sie sachte herauslupfte, und war erstmals bereit, sich für seinen neuen Beruf zu erwärmen, »das fängt ja gut an!«

Aber es war nur der Anfang. Trollbörsen sind tückisch, und diese war keine Ausnahme. »He, wer bist du?«, quiekte sie, als sie aus der Tasche herauskam, und Hucki fuhr herum und packte Bilbo beim Kragen, ehe der hinter dem Baum verschwinden konnte.

»Rotz und Reiher, Berti, guck mal, was ich hier geschnappt hab!«, sagte Hucki.

»Was ist denn das?«, sagten die beiden andern und traten näher.

»Wie soll ich das wissen? He, was bist du für einer?«

»Bilbo Beutlin, ein Taschen… – ein Hobbit«, sagte der arme Bilbo am ganzen Leibe zitternd. Verzweifelt überlegte er, wie er jetzt noch Eulenrufe zustande bringen sollte, bevor die Kerle ihn erwürgten.

»Ein Taschenhobbit?«, sagten die drei, etwas ratlos. Trolle sind schwer von Begriff und äußerst misstrauisch gegen alles, was ihnen neu ist.

»Auch wenn du ein Taschenhobbit bist, hast du trotzdem in meiner Tasche nichts zu suchen!«, sagte Hucki.

»Ob man ihn braten kann?«, sagte Toni.

»Mal versuchen«, sagte Berti und hob einen Bratspieß auf.

»Der gibt doch bloß einen Happen«, sagte Hucki, der schon eine kräftige Mahlzeit verdrückt hatte. »Mehr bleibt da nicht, ohne Haut und Knochen.«

»Vielleicht sind noch mehr von derselben Sorte hier in der Nähe, dann könnten wir eine Pastete machen«, sagte Berti. »He, du, hoppeln hier im Wald noch mehr solche wie du herum, du freches Karnickel?«, sagte er mit einem Blick auf die pelzigen Füße des Hobbits. Er packte ihn bei den Zehen und schüttelte ihn.

»Ja, scharenweise«, sagte Bilbo, bevor ihm einfiel, dass er ja seine Freunde nicht verraten durfte. »Nein, nicht einer«, verbesserte er sich sofort.

»Was soll das heißen?«, sagte Berti und hob ihn hoch in die Luft, dieses Mal bei den Haaren.

»Was ich gesagt hab«, sagte Bilbo keuchend. »Und bitte, braten Sie mich nicht, meine Herren! Ich bin selbst ein erfahrener Koch und würde mich nie braten. Ich brate Ihnen herrliche Sachen, aber meinerseits gebraten tauge ich nichts. Wenn Sie mich beim Abendessen übrig lassen, mache ich Ihnen ein wundervolles Frühstück.«

»Armer kleiner Käfer!«, sagte Hucki. Er war mehr als satt, außerdem auch voller Bier. »Lass den armen Käfer doch laufen!«

»Erst soll er uns sagen, was *scharenweise nicht einer* heißen soll«, sagte Berti. »Ich möchte nicht morgen mit durchgeschnittener Kehle aufwachen! Halten wir ihm mal die Zehen ins Feuer, bis er redet!«

»Kommt nicht in Frage!«, sagte Hucki. »Ich hab ihn doch gefangen.«

»Du bist ein doofer Fettwanst, Hucki!«, sagte Berti, »wie ich heute Abend schon mal gesagt habe.«

»Und du bist ein Schnösel!«

»Ich lass mich von dir nicht Schnösel nennen!«, sagte Berti und drosch Hucki die Faust aufs Auge.

Gleich darauf waren sie ein Knäuel. Bilbo war im Kopf gerade noch klar genug, um sich außer Reichweite ihrer Füße zu retten, als Berti ihn zu Boden fallen ließ, bevor die beiden wie bissige Hunde aufeinander losgingen. Sie erhoben die Stimmen bis zu einer ungeahnten Lautstärke und bedachten einander mit jederlei ehrenrührigen und vollkommen zutreffenden Ausdrücken, und gleich darauf hatten sie sich umklammert, rollten würgend, schlagend und tretend beinah ins Feuer, während Toni mit einem Ast auf sie einhieb, um sie wieder zur Vernunft zu bringen – vergeblich, denn damit machte er sie nur noch wilder.

Nun hätte Bilbo Zeit gehabt, zu verschwinden. Aber sein kleiner Fuß war in Bertis Pranke arg gequetscht worden, er hatte keine Luft mehr, und der Kopf schwamm ihm; darum blieb er eine Weile japsend liegen, knapp außerhalb des Feuerscheins.

Mitten in den Kampf hinein platzte Balin. Die Zwerge hatten aus einiger Entfernung den Lärm gehört, und nachdem sie noch eine Weile gewartet hatten, ob Bilbo wiederkam oder die Eulenrufe hören ließ, waren sie einer nach dem andern und so leise wie möglich auf das Licht zugekrochen. Kaum hatte Toni gesehen, wie Balin ins Licht trat, als er auch schon fürchterlich aufbrüllte. Schon der Anblick eines (ungebratenen) Zwergs ist für Trolle schlicht unerträglich. Berti und Hucki stellten sofort die

Kampfhandlungen ein und riefen: »Schnell, Toni, einen Sack!« Ehe Balin, der in diesem Durcheinander nach Bilbo suchte, wusste, wie ihm geschah, hatten sie ihm einen Sack über den Kopf gestülpt, und er lag am Boden.

»Da kommen noch mehr«, sagte Toni, »oder ich irre mich total. Scharenweise nicht einer, na klar! Keine Taschenhobbits, aber scharenweise solche Zwerge wie der hier. So sieht's aus!«

»Schätze, du hast Recht«, sagte Berti, »und wir gehn am besten mal ein bisschen aus dem Lichtschein.«

Und so machten sie's. Mit Säcken in der Hand, in denen sie sonst Schafe und anderes Plündergut wegschleppten, warteten sie im Dunkeln. Ein Zwerg nach dem andern kam heran, blickte zum Feuer, sah verdutzt die umgestoßenen Bierkrüge und angebissenen Hammelkeulen, und popp! hatte er einen dreckigen, stinkenden Sack überm Kopf und lag am Boden. Bald lagen sie alle da, Balin neben Dwalin, Fili und Kili Seite an Seite, Dori, Nori und Ori auf einem Haufen, Oin und Gloin, Bifur, Bofur und Bombur unangenehm dicht am Feuer übereinander gestapelt.

»Denen werd ich's zeigen!«, sagte Toni, denn mit Bifur und Bombur hatte er viel Mühe gehabt; die beiden hatten um sich geschlagen wie Verrückte – oder wie Zwerge, wenn man sie in die Enge treibt.

Thorin kam als Letzter – und er ließ sich nicht überrumpeln. Er ahnte Böses und musste nicht erst die Füße seiner Gefährten aus den Säcken herausgucken sehen, um zu begreifen, dass nicht alles zum Besten stand. Er blieb ein Stück weit vom Feuer im Schatten stehen und sagte: »Was geht hier vor? Wer hat sich erlaubt, meine Leute zu misshandeln?«

»Das waren die Trolle«, sagte Bilbo, der hinter einem Baum stand. Ihn hatten sie ganz vergessen. »Sie stehen im Gebüsch versteckt mit Säcken.«

»So, Trolle?«, sagte Thorin und sprang ans Feuer, bevor sie sich auf ihn stürzen konnten. Er griff sich einen großen Ast, der am einen Ende brannte, und dieses Ende bekam Berti ins Auge, der nicht rechtzeitig beiseite sprang. Damit war Berti für eine Weile außer Gefecht. Auch Bilbo tat sein Bestes. Er packte Toni am Bein – so gut er konnte, denn es war dick wie ein junger Baum –, wurde aber in hohem Bogen ins Gebüsch weggeschleudert, als Toni in die Glut trat, um Thorin die Funken ins Gesicht zu jagen.

Dafür bekam Toni den Ast in die Zähne gerammt und verlor einen der vorderen. Ich kann euch sagen, der hat gebrüllt! Aber genau in dem Moment tauchte Hucki hinter Thorin auf, streifte ihm einen Sack über den Kopf und runter bis zu den Zehen. Damit war der Kampf zu Ende. Und nun war guter Rat teuer: Alle dreizehn Zwerge lagen fest verschnürt in den Säcken, und bei ihnen saßen drei wütende Trolle (zwei davon mit ansehnlichen Beulen und Brandwunden), die nun zu streiten anfingen, ob sie die Gefangenen langsam rösten, klein gehackt kochen oder aber, indem man sich der Reihe nach auf sie draufsetzte, zu Sülze zerdrücken und marinieren sollte; während Bilbo mit zerfetzten Kleidern und zerschürfter Haut hoch in einem Busch hing und sich nicht zu rühren wagte, aus Angst, sie könnten ihn hören.

Und dann war plötzlich Gandalf wieder da. Aber niemand sah ihn. Die Trolle hatten gerade beschlossen, die Zwerge jetzt zu braten und später kalt zu verzehren – das war Bertis Idee gewesen, und nach langem Streit hatten sie sich schließlich darauf geeinigt.

»Keinen Sinn, sie jetzt zu braten, dauert ja die ganze Nacht«, sagte eine Stimme. Berti dachte, es sei Hucki.

»Fang doch den ganzen Streit nicht wieder von vorn an, Hucki«, sagte er, »sonst dauert's tatsächlich die ganze Nacht!«

»Wer fängt denn hier Streit an?«, sagte Hucki, in dem Glauben, Berti habe gesprochen.

»Du, wer sonst?«, sagte Berti.

»Du lügst!«, sagte Hucki, und schon begann die Auseinandersetzung von neuem. Dieses Mal beschlossen sie zuletzt, die

Zwerge klein gehackt zu kochen. Also holten sie einen großen schwarzen Topf und nahmen ihre Messer zur Hand.

»Keinen Sinn, sie zu kochen, wir haben kein Wasser, und bis zur Quelle ist's ein schönes Stück zu laufen«, sagte eine Stimme. Berti und Hucki dachten, es sei Toni.

»Schnauze!«, sagten sie, »oder wir werden nie fertig. Und das Wasser holst du selber, wenn du noch einen Ton sagst!«

»Selber Schnauze!«, sagte Toni, der dachte, es sei Hucki. »Wer außer dir fängt hier bloß immerzu Streit an, das möcht ich mal wissen!«

»Du bist ein Blödi!«, sagte Hucki.

»Selber Blödi!«, sagte Toni.

Und wieder fingen sie an, die Frage von Grund auf neu zu erörtern, ausführlicher und hitziger als zuvor, bis sie endlich übereinkamen, sich auf einen der Säcke nach dem andern zu setzen, um sie platt zu drücken und sie dann am nächsten Tag erst zu kochen.

»Auf wen setzen wir uns zuerst?«, sagte die Stimme.

»Am besten zuerst auf den Burschen, der zuletzt gekommen ist«, sagte Berti, dem Thorin das Auge verletzt hatte. Er dachte, Toni habe gesprochen.

»Halte hier keine Selbstgespräche!«, sagte Toni. »Aber wenn du dich auf den Letzten setzen willst, dann setz dich doch drauf! Welcher ist es denn?«

»Der mit den gelben Socken«, sagte Berti.

»Unsinn, der mit den grauen Socken«, sagte eine Stimme, die sich anhörte wie Hucki.

»Ich weiß genau, dass sie gelb waren«, sagte Berti.

»Klar waren sie gelb«, sagte Hucki.

»Warum sagst du dann erst, sie waren grau?«, sagte Berti.

»Hab ich nie gesagt. Das war Toni.«

»Ich doch nicht!« sagte Toni. »Das warst du!«

»Zwei gegen einen, also halt die Schnauze!«, sagte Berti.

»Weißt du, mit wem du redest?«, sagte Hucki.

»Fang nicht schon wieder an!«, sagten Toni und Berti im Chor.

»Die Nacht ist bald um, und der Tag bricht früh an. Bringen wir's hinter uns!«

»Der Tag soll euch treffen und zu Stein werden lassen!«, sagte eine Stimme, die sich wie Hucki anhörte. Aber es war nicht Hucki. Denn in diesem Augenblick drang der erste Lichtstrahl über den Hügel, und durch alle Zweige lief ein starkes Zittern. Hucki sagte nie wieder ein Wort, denn er wurde zu Stein, als er sich bückte; und Berti und Toni erstarrten zu Felsbrocken, als sie zu ihm hinblickten. Und so stehen sie da bis auf den heutigen Tag, ganz allein, wenn sich nicht ab und zu ein Vogel auf ihnen niederlässt; denn wie ihr ja sicher wisst, müssen Trolle vor Morgengrauen unter der Erde sein, oder sie werden wieder zu dem Gebirgsstoff, aus dem sie ursprünglich gemacht wurden, und rühren sich nie wieder. Und so war es Berti und Toni und Hucki nun ergangen.

»Gute Arbeit!«, sagte Gandalf, als er hinter einem Baum vorkam und Bilbo half, von einem Dornbusch herabzuklettern. Da begriff der Hobbit: Es war die Stimme des Zauberers gewesen, die das Gezänk der Trolle so lange immer wieder angestachelt hatte, bis das Licht ihm ein Ende machte.

Als Nächstes schnürten sie die Säcke auf und ließen die Zwerge heraus. Sie waren fast erstickt und alle sehr schlechter Laune: Dazuliegen und die Erwägungen der Trolle mit anhören zu müssen, ob sie gebraten, gekocht oder mariniert werden sollten, war kein Vergnügen. Was Bilbo passiert war, ließen sie sich zweimal von ihm berichten, ehe sie sich zufrieden gaben.

»Verrückte Idee, seine Fingerübungen als Taschendieb ausgerechnet dann zu machen, wenn wir nur ein Feuer und etwas zu essen brauchen!«, sagte Bombur.

»Und genau das hättet ihr von diesen Burschen ohne Kampf nun mal nicht bekommen«, sagte Gandalf. »Jedenfalls, ihr verschwendet jetzt eure Zeit. Ist euch denn nicht klar, dass die Trolle irgendwo in der Nähe eine Höhle oder ein Loch haben müssen, wo sie sich vor der Sonne verstecken konnten? Da müssen wir mal hineinschauen.«

Sie suchten die Umgebung ab und fanden bald die Stapfen der steinernen Trollstiefel, die in den Wald hinein führten. Sie folgten den Spuren den Hügel hinauf und kamen an die hinter Büschen verborgene steinerne Tür zu einer Höhle. Aber öffnen ließ sie sich nicht, obwohl sie sich alle mit vereinten Kräften dagegen stemmten, während Gandalf allerlei Beschwörungen ausprobierte.

»Ob das hier etwas nützt?«, fragte Bilbo, als sie schon müde und missmutig wurden. »Das habe ich auf dem Boden gefunden, wo die Trolle gerauft haben.« Er hielt einen ziemlich großen Schlüssel hoch, der Hucki aber sicherlich klein und diskret vorgekommen war. Er musste dem Troll aus der Tasche gefallen sein, zum Glück bevor er zu Stein wurde.

»Warum in aller Welt hast du das nicht früher gesagt?«, schrien sie ihn an. Gandalf griff sich den Schlüssel und steckte ihn ins Loch. Dann, auf einen kräftigen Schubs hin, schwang die Tür nach innen auf, und sie gingen alle hinein. Auf dem Boden lagen Knochen, und ein übler Gestank erfüllte die Luft; aber sie fanden auch allerlei Essbares, das achtlos verstreut auf Regalen und auf dem Boden herumlag, außerdem eine ungeordnete Ansammlung von Beutegut aller Art, von Messingknöpfen bis zu Töpfen voller Goldmünzen, die in einer Ecke standen. An den Wänden hingen Unmengen Kleidungsstücke – sämtlich zu klein für Trolle, in den Maßen ihrer bedauernswerten Opfer – und zwischen ihnen etliche Schwerter verschiedener Form, Machart und Größe. Zwei fielen ihnen besonders ins Auge wegen ihrer schön verzierten Scheiden und der juwelenbesetzten Hefte.

Von diesen beiden nahmen Gandalf und Thorin je eines; Bilbo nahm sich ein Messer in einer ledernen Scheide. Für einen Troll wäre es nur ein Taschenmesser gewesen, aber für den Hobbit war es so gut wie ein kurzes Schwert.

»Das scheinen gute Klingen zu sein«, sagte der Zauberer, nachdem er sie halb aus der Scheide gezogen und aufmerksam betrachtet hatte. »Die hat kein Troll geschmiedet und auch kein Mensch aus dieser Gegend und in diesen Zeiten; aber erst wenn wir die Runen darauf lesen können, werden wir mehr über sie erfahren.«

»Machen wir, dass wir aus diesem Gestank herauskommen!«, sagte Fili. Also schafften sie die Töpfe mit den Münzen ins Freie, außerdem alles Essbare, das zum Verzehr geeignet und noch nicht von den Trollen angebissen war, und ein volles Fass Ale. Inzwischen war es höchste Zeit für ein Frühstück, und weil sie sehr hungrig waren, nahmen sie sogar mit dem vorlieb, was sie in der Speisekammer der Trolle gefunden hatten. Ihre eigenen Vorräte waren knapp geworden. Immerhin hatten sie nun Brot und Käse, Speck, den sie in der letzten Glut des Trollfeuers rösten konnten, und reichlich Ale.

Danach schliefen sie eine Weile, denn nachts waren sie ja nicht zur Ruhe gekommen, und taten bis zum Nachmittag nichts mehr. Dann holten sie die Ponys heran und schafften die Töpfe mit dem Gold beiseite. Sie vergruben sie streng geheim am Fluss in der Nähe des Weges und belegten sie mit vielen Sprüchen, nur für den Fall, dass sie je Gelegenheit hätten, wiederzukommen und sie zu holen. Als das erledigt war, stiegen sie wieder auf ihre Ponys und trotteten weiter auf dem Weg nach Osten.

»Wo warst du übrigens abgeblieben, wenn ich das fragen darf?«, sagte Thorin zu Gandalf, als sie dahinritten.

»Einen Blick voraus werfen«, sagte der Zauberer.

»Und wie kam es, dass du gerade zur rechten Zeit wieder zurück warst?«

»Ich habe auch mal nach hinten geblickt.«

»Schön«, sagte Thorin, »aber könntest du dich auch etwas klarer ausdrücken?«

»Ich bin vorausgeritten, um die Straße auszukundschaften. Sie wird bald schwierig und gefährlich werden. Außerdem habe ich nach einer Gelegenheit gesucht, unsere knappen Vorräte zu ergänzen. Ich war aber noch nicht weit gekommen, als ich zwei von meinen Freunden aus Bruchtal traf.«

»Wo ist das?«, fragte Bilbo.

»Unterbrich mich nicht!«, sagte Gandalf. »Du wirst in ein paar

Tagen dort sein, wenn wir Glück haben, und dann erfährst du alles darüber. Wie gesagt, ich traf zwei von Elronds Leuten. Sie hatten es eilig, aus Angst vor den Trollen. Von ihnen hab ich erfahren, dass drei solche Kerle aus dem Gebirge gekommen sind und sich in den Wäldern unweit der Straße niedergelassen haben. Alle Bewohner der Gegend sind vor ihnen geflüchtet, und Reisenden haben sie aufgelauert.

Da hatte ich gleich so ein Gefühl, dass ich bei euch gebraucht würde. Als ich in die Richtung blickte, aus der ich gekommen war, sah ich in der Ferne ein Feuer und hielt darauf zu. So, nun weißt du Bescheid. Bitte seid nächstes Mal etwas vorsichtiger, oder wir kommen nirgendwohin!«

»Danke!«, sagte Thorin.

DRITTES KAPITEL

EINE KURZE RAST

Obwohl das Wetter besser wurde, sangen sie an diesem Tag keine Lieder und erzählten sich keine Geschichten; auch nicht am nächsten Tag und am übernächsten. Allmählich hatten sie das Gefühl bekommen, dass zu beiden Seiten des Weges Gefahr lauerte. Nachts lagerten sie unter den Sternen, und für ihre Pferde war besser gesorgt als für sie; denn Gras gab es genug, aber in ihren Proviantsäcken war nicht mehr viel, trotz allem, was sie aus der Trollhöhle mitgenommen hatten. Eines Vormittags durchquerten sie einen Fluss an einer flachen, breiten Furt, wo das Wasser laut und schäumend über Steine brauste. Das andere Ufer war steil und schlüpfrig. Als sie, die Ponys am Zügel führend, hinaufgelangten, sahen sie, dass ihnen die hohen Berge nun schon sehr nahe gerückt waren. Bis zum Fuß des nächstgelegenen schien es nur noch eine bequeme Tagesreise zu sein. Trüb und dunkel sah er aus, obwohl seine braunen Flanken vom Sonnenschein gefleckt waren und hinter seinen Schultern schneebedeckte Gipfel schimmerten.

»Ist er das, der Berg?«, fragte Bilbo in andächtigem Ton und machte große Augen. So ein großes Ding von einem Berg hatte er noch nie gesehen.

»Natürlich nicht!«, sagte Balin. »Das ist erst der Rand des Nebelgebirges, und da müssen wir irgendwie durch, drüber weg oder drunter, um nach Wilderland auf der andern Seite zu kommen. Und auch jenseits der Berge ist es noch ein Stück weit bis zum Einsamen Berg im Osten, wo Smaug auf unserem Schatz liegt.«

»Oh!«, sagte Bilbo. Er konnte sich nicht erinnern, schon einmal in seinem Leben so müde gewesen zu sein wie jetzt. Er musste wieder an seinen behaglichen Sessel vor dem Kaminfeuer denken, sein liebstes Plätzchen in seiner Hobbithöhle, und an den singenden Teekessel. Es sollte nicht das letzte Mal sein.

Gandalf ritt nun voran. »Wir dürfen den Weg nicht verlieren, oder es ist aus mit uns«, sagte er. »Wir brauchen Essvorräte, das ist das eine, und ein leidlich sicheres Quartier für eine Rast. Außerdem ist es unbedingt notwendig, ins Nebelgebirge auf dem richtigen Weg einzusteigen, sonst verirrt ihr euch dort und müsst umkehren und es von neuem versuchen, wenn ihr überhaupt zurückkommt.«

Sie fragten ihn, wo er denn hinwolle, und er antwortete: »Ihr seid jetzt ganz am Rande der Wildnis, wie manche von euch wohl wissen. Irgendwo vor uns liegt ein schönes, verborgenes Tal, Bruchtal, wo Elrond im Letzten Heimischen Haus wohnt. Ich habe ihm durch meine Freunde eine Nachricht geschickt, und wir werden erwartet.«

Das klang gut und beruhigend, aber noch waren sie nicht dort, und es erwies sich als gar nicht so leicht, das Letzte Heimische Haus westlich des Gebirges zu finden. Das Gelände vor ihnen schien nicht durch Bäume, Täler oder Hügel gegliedert, sondern ein einziger breiter Hang zu sein, der sachte zum Fuß des nächsten Berges hin anstieg, ein weites, heidekrautfarbenes Land voller Felsgeröll, mit Flecken und Streifen von Gras- oder Moosgrün, die vielleicht Wasser anzeigten.

Der Vormittag verging, der Nachmittag kam, doch in der stillen Einöde war noch immer kein Anzeichen einer Behausung zu sehen. Sie wurden immer unsicherer, denn sie erkannten nun, dass das Haus fast überall zwischen ihnen und den Bergen versteckt liegen konnte. Sie kamen zu Tälern, schmal und mit steilen Hängen, die ganz plötzlich vor ihren Füßen abfielen, und sie blickten überrascht auf Baumwipfel und einen Wasserlauf am Talgrund hinab. Es gab Rinnen im Boden, die sie fast überspringen konnten, aber sehr tief und mit Wasserfällen auf dem Grund. Sie sahen dunkle Schluchten, die man weder überspringen noch durchklettern konnte. Es gab Sumpflöcher, manche davon grün und ein freundlicher Anblick mit leuchtenden, hoch aufgewachsenen Blumen, aber wäre ein Pony mit seiner Last auf dem Rücken da hineingeraten, wäre es nicht wieder herausgekommen.

Der Landstreifen zwischen der Furt und den Bergen war überhaupt viel breiter, als sie gedacht hatten. Bilbo war erstaunt. Der einzige Weg war mit weißen Steinen markiert, von denen manche ziemlich klein und manche halb von Moos oder Heidekraut überwachsen waren. Obwohl Gandalf sie führte, der sich halbwegs auszukennen schien, war diese Spur schwer zu verfolgen, und sie kamen nur langsam voran.

Gandalfs Kopf und Bart zuckten hin und her, wenn er nach den Steinen suchte, und sie ritten ihm nach, aber als es zu dämmern begann, schienen sie ihrem Ziel nicht näher gekommen zu sein. Die Teestunde war längst vorüber, und die Abendbrotzeit wäre es wohl auch bald. Motten umflatterten sie, und das Licht wurde sehr trüb, denn der Mond war noch nicht aufgegangen. Bilbos Pony begann über Wurzeln und Steine zu stolpern. Sie kamen an einen steilen Hang, wo der Boden so plötzlich vor ihnen abfiel, dass Gandalfs Pferd beinah hinunterrutschte.

»Endlich, hier ist es!«, rief er, und die anderen drängten sich heran und blickten hinab. Tief unten sahen sie ein Tal liegen. Auf dem Grunde rauschte ein schnell fließendes Wasser in einem steinigen Bett; Geruch von Bäumen erfüllte die Luft, und vom andern Ufer des Baches auf der entfernteren Talseite schimmerte ein Licht herüber.

Niemals vergaß Bilbo, wie sie in der Dämmerung rutschend und schlitternd den steilen Zickzackpfad in das verborgene Tal hinuntergelangten. Die Luft wurde wärmer, je weiter sie hinabkamen, und der Kieferndauft machte ihn schläfrig, so dass er einige Mal einnickte und beinah vom Pony gefallen wäre oder mit der Nase an den Hals des Tieres stieß. Während des Abstiegs hob sich ihre Stimmung. Die Kiefern wurden von Buchen und Eichen abgelöst, und das Zwielicht schien eine behagliche Nachtruhe zu versprechen. Das Grün des Grases war fast zu einer Ahnung verblichen, als sie schließlich auf eine Lichtung nicht weit oberhalb des Bachufers hinauskamen.

»Hmhm, das riecht schon nach Elben!«, dachte Bilbo und blickte auf zu den Sternen. Sie schimmerten hell und bläulich.

Zwischen den Bäumen am Rand der Lichtung brach plötzlich ein Gesang hervor, der wie Gelächter klang:

Was sehen wir da denn, wer kommt da zu Pferde
Mit wehenden Bärten herab bis zur Erde?
Die Kurzen und Breiten!
Ja, könnt ihr denn reiten?

Wohin denn so eilig, und was wollt ihr suchen?
Es riecht schon erfreulich nach Braten und Kuchen.
Eure Ponys sind müde,
Nun lauscht unserm Liede!

Was gibt's zu berichten an Dichtung und Wahrheit?
Erzählt uns Geschichten, dass sich das Haar sträubt!
Ihr könnt heut nicht weiter,
Drum steigt ab, ihr Reiter!

So sangen und alberten sie in den Bäumen – reines Geblödel, werdet ihr sagen? Das würde sie nicht kümmern; sie würden nur umso lauter lachen, wenn ihr es ihnen sagtet. Es waren eben Elben. Bald, als es dunkler wurde, bekam Bilbo auch hier und da etwas von ihnen zu sehen. Er mochte die Elben, obwohl er nur selten einem begegnet war; aber ganz ohne Furcht vor ihnen war er auch nicht. Die Zwerge stehen sich mit den Elben nicht gut. Sogar ganz vernünftige Zwerge wie Thorin und seine Freunde finden die Elben allzu närrisch (was wiederum von den Zwergen nicht so ganz vernünftig ist) und sind schnell gereizt, wenn sie von ihnen veralbert werden, meistens wegen ihrer langen Bärte.

»Nanu!«, sagte eine Stimme. »Seht euch das an! Bilbo der Hobbit hoch zu Ross! Welch ein Anblick!«

Dann stimmten sie ein anderes Lied an, genauso unsinnig wie das erste, das ich vollständig aufgeschrieben habe. Zuletzt kam einer von ihnen, ein großer junger Bursche, zwischen den Bäumen hervor und verbeugte sich vor Gandalf und Thorin.

»Willkommen im Tal!«, sagte er.

»Danke!«, sagte Thorin, kurz angebunden; aber Gandalf war schon abgesessen, in munterem Wortwechsel mit den Elben.

»Ihr seid ein Stück vom Weg abgekommen«, sagte der Elb, »jedenfalls, wenn ihr den einzigen Weg übers Wasser zu dem Haus drüben finden wollt. Wir zeigen euch, wie ihr da hinkommt, aber ihr geht jetzt am besten zu Fuß weiter, bis ihr über die Brücke seid. Bleibt ihr ein Weilchen hier, dass wir euch unsere neuesten Lieder vorsingen können, oder wollt ihr gleich weiter? Drüben kochen sie schon das Abendessen. Ich kann die Holzfeuer bis hierher riechen.«

Bilbo wäre gern noch eine Weile dageblieben, so müde wie er war. Elbengesang im Juni unter den Sternen – das sollte man sich nicht entgehen lassen, wenn man für solche Dinge Sinn hat. Außerdem hätte er gern ein paar Worte im Vertrauen mit diesen Leuten geredet, die anscheinend nicht nur seinen Namen, sondern auch sonst noch einiges über ihn wussten, obwohl er sie noch nie gesehen hatte. Er hätte gern gehört, was sie von seinem Abenteuer hielten. Elben wissen allerhand und bekommen Nachrichten auf sehr eigenartigen Wegen. Schnell wie das Wasser fließt oder noch schneller erfahren sie, was unter den Völkern im Land vorgeht.

Aber die Zwerge drängten alle auf schnellstmögliche Einkehr zum Abendessen und wollten nicht bleiben. Also gingen sie weiter, die Ponys am Zügel führend, bis man sie auf einen guten Weg gebracht hatte, und kamen schließlich ans Ufer des Flüsschens. Es floss schnell und laut, wie jeder Bergbach an einem Sommerabend, wenn die Sonne den ganzen Tag auf den Schnee in den höheren Lagen geschienen hat. Nur eine schmale steinerne Brücke ohne Geländer führte hinüber, auf der keine zwei Ponys nebeneinander Platz hatten. Langsam und vorsichtig, einer nach dem andern, führten sie ihre Ponys aufs andere Ufer. Dort hatten die Elben sich mit hellen Fackeln aufgestellt und empfingen die Reisenden mit einem ihrer neckischen Lieder.

»Nicht den Bart eintunken, Vater!«, riefen sie Thorin zu, der fast auf allen vieren über die Brücke ging. »Er ist lang genug, auch ohne dass du ihn wässerst!«

»Nicht allen Kuchen verdrücken, Bilbo!«, riefen sie. »Du passt noch durch kein Schlüsselloch, so dick, wie du bist!«

»Pssst, pssst, Freunde, und gute Nacht!«, sagte Gandalf, der als Letzter kam. »Die Täler haben Ohren, und manche Elben haben ein loses Mundwerk. Gute Nacht!«

Und so kamen sie schließlich zum Letzten Heimischen Haus und fanden seine Türen weit offen.

Es ist seltsam, aber was es von freundlichen Orten und guten Zeiten zu sagen gibt, ist schnell erzählt und hört sich nach nichts an; während unangenehme oder sogar grausige Erlebnisse, bei denen das Herz klopft, vielleicht eine gute Geschichte abgeben und auf jeden Fall ausführlich berichtet sein wollen. Sie blieben lange in diesem guten Haus, mindestens vierzehn Tage, und mochten es nur ungern wieder verlassen. Bilbo wäre mit Freuden für immer dort geblieben – selbst wenn er kraft eines Wunsches ohne Beschwerlichkeiten in seine Hobbithöhle hätte zurückversetzt werden können. Und doch gibt es über ihren Aufenthalt wenig zu erzählen.

Der Herr des Hauses war ein Elbenfreund – einer von denen, deren Väter schon an den seltsamen Ereignissen vor Beginn der Weltgeschichte Anteil gehabt hatten, an den Kriegen der Elben und der ersten Menschen in den Nordlanden gegen die bösen Orks. Zur Zeit unserer Erzählung lebten immer noch manche, die sowohl Elben als auch manche Helden des Nordens zu ihren Vorfahren zählten, und ihr Oberhaupt war Elrond, der Herr des Hauses.

Er war edel und schön von Angesicht wie ein Elbenfürst, stark wie ein Krieger, weise wie ein Zauberer, würdevoll wie ein Zwergenkönig und freundlich wie der Sommer. Von ihm ist in vielen Erzählungen die Rede, aber in der Geschichte von Bilbos großem Abenteuer spielt er nur eine kleine, obgleich wichtige Rolle, wie ihr sehen werdet, wenn wir je bis ans Ende gelangen. In seinem Haus stand alles zum Besten, ob es einem nun auf gutes Essen oder ruhigen Schlaf ankam, auf tüchtige Arbeit, spannende Geschichten und schöne Lieder oder einfach auf ruhiges Dasitzen und Nachdenken oder auf eine angenehme Mischung von alledem. Nichts Böses kam in jenes Tal.

Ich wünschte, ich hätte die Zeit, euch auch nur einige wenige von den Geschichten oder ein, zwei Lieder aufzuschreiben, die sie in diesem Haus hörten. Binnen weniger Tage waren sie alle, mitsamt ihren Ponys, erfrischt und neu gestärkt. Ihre Kleider wurden ausgebessert, ihre Schrammen geheilt, und ihre Launen und Hoffnungen wurden besser. Die Proviantsäcke wurden mit Nahrung gefüllt, die leicht zu tragen und doch kräftig genug war, um sie über die Gebirgspässe zu bringen. Ihre Pläne wurden mit den besten Ratschlägen verfeinert. So kam der Abend der Sommersonnenwende heran, und am nächsten Morgen wollten sie bei Sonnenaufgang wieder aufbrechen.

Elrond, der sich mit jederlei Runen auskannte, sah sich an diesem Abend die Schwerter an, die sie aus der Trollhöhle mitgenommen hatten. Er sagte: »Die sind nicht von Trollen geschmiedet. Es sind alte, sehr alte Schwerter der Hochelben aus dem Westen, meiner Sippe. Sie wurden in Gondolin für die Orkkriege geschmiedet. Sie müssen aus einem Drachenhort oder einer Beutekammer der Orks stammen, denn Drachen und Orks haben diese Stadt vor vielen Zeitaltern zerstört. Dieses Schwert, Thorin, nennen die Runen Orkrist, Orkspalter, in der alten Sprache von Gondolin; es war eine berühmte Klinge. Und dieses, Gandalf, war Glamdring, Feindhammer, das einst der König von Gondolin trug. Hütet sie gut!«

»Ich frage mich nur, wo die Trolle sie herhatten«, sagte Thorin und betrachtete sein Schwert mit neu erwachtem Interesse.

»Schwer zu sagen«, sagte Elrond, »aber man kann vermuten, dass eure Trolle sie anderen Plünderern abgenommen hatten; oder vielleicht sind sie auf Reste alter Raubgüter in irgendeiner Kammer im Gebirge gestoßen. Ich habe gehört, dass noch immer vergessene Schätze aus alter Zeit in den verlassenen Höhlen der

Minen von Moria zu finden sind, seit dem Krieg der Zwerge mit den Orks.«

Thorin dachte über seine Worte nach. »Ich werde dies Schwert in Ehren halten«, sagte er. »Möge es bald wieder Orks spalten!«

»Ein Wunsch, der dir in den Bergen schnell genug erfüllt werden könnte«, sagte Elrond. »Aber zeig mir nun deine Karte!«

Er nahm sie und betrachtete sie lange; er schüttelte den Kopf, denn wenn er auch mit den Zwergen und ihrer Liebe zum Gold nicht ganz einverstanden war, so hasste er doch von ganzem Herzen die grausamen und tückischen Drachen, und betrübt dachte er an die zerstörte Stadt Thal mit ihren klimpernden Glocken und an die versengten Ufer des klaren Flusses Eilend. Der Mond stand am Himmel, eine breite, silberne Sichel. Er hielt die Karte hoch, und das weiße Licht schien hindurch. »Was ist das?«, sagte er. »Hier stehen Mondbuchstaben, neben den einfachen Runen, die besagen ›Türhöhe fünf Fuß, und drei können nebeneinander gehen‹.«

»Was sind denn Mondbuchstaben?«, fragte der Hobbit ganz aufgeregt. Wie schon gesagt, Karten interessierten ihn, ebenso Runen, Buchstaben und kunstvolle Handschriften, obwohl seine eigene Schrift etwas krakelig und spinnenbeinig war.

»Mondbuchstaben sind Runenzeichen«, sagte Elrond, »aber man sieht sie nicht, wenn man einfach draufblickt. Man sieht sie nur, wenn man sie gegen den Mond hält, und manche sind noch raffinierter: da muss es obendrein ein Mond in gleicher Form und Phase sein wie an dem Tag, als sie geschrieben wurden. Die Zwerge haben dies erfunden, sie schrieben dabei mit silbernen Federn, wie deine Freunde dir sagen könnten. Diese hier müssen an einem Sonnenwendabend bei zunehmendem Mond vor langer Zeit geschrieben worden sein.«

»Was besagen sie denn?«, fragten Gandalf und Thorin gleichzeitig, die es ein bisschen wurmte, dass ausgerechnet Elrond dies zuerst entdeckt hatte; dabei hatte es vorher dazu ja noch gar keine Gelegenheit gegeben, und eine neue Gelegenheit würde es so bald nicht wieder geben.

»Stellt euch an den grauen Stein, wenn die Drossel schlägt«, las Elrond vor, »und der letzte Sonnenstrahl am Durinstag auf das Schlüsselloch fällt.«

»Durin, Durin!«, sagte Thorin. »Er war der Vater der Väter des ältesten Zwergenvolkes, mein Urahn: Ich bin sein Erbe.«

»Und was ist der Durinstag?«, fragte Elrond.

»Der erste Tag des neuen Jahres im Kalender der Zwerge«, sagte Thorin, »wie wohl jeder wissen sollte, ist der erste Tag des letzten Herbstmondes an der Schwelle zum Winter. Als Durinstag bezeichnen wir ihn aber nur dann, wenn der letzte Herbstmond und die Sonne zugleich am Himmel stehen. Aber dies wird uns leider nicht viel weiterhelfen, denn heutzutage sind wir nicht mehr so himmelskundig, dass wir einen solchen Tag voraussagen könnten.«

»Wir werden sehn«, sagte Gandalf. »Steht da noch mehr geschrieben?«

»Nichts, das bei diesem Mond zu sehen ist«, sagte Elrond und gab Thorin die Karte zurück. Dann gingen sie zum Wasser hinunter, wo die Elben zur Sommersonnenwende sangen und tanzten.

Der nächste Morgen war ein klarer, frischer Mittsommermorgen, wie man ihn sich schöner nicht wünschen konnte: wolkenloser blauer Himmel, und die Sonnenstrahlen tanzten auf dem Wasser. Unter Abschiedsgesängen und Segenswünschen ritten sie davon, im Herzen gestärkt für neue Abenteuer und in Kenntnis des Weges, dem sie folgen mussten, um übers Nebelgebirge in das Land dahinter zu gelangen.

VIERTES KAPITEL

DRÜBER HIN UND UNTEN DURCH

Viele Wege führten in die Berge hinauf, und viele Pässe führten über sie hinweg. Aber die meisten Wege waren Irrwege oder Fallen, auf denen man nirgendwohin oder zu einem schlimmen Ende kam; und an den meisten Pässen lauerten Gräuel und Gefahren. Doch dank Elronds Ratschlägen und Gandalfs kundiger Führung fanden die Zwerge und der Hobbit den richtigen Weg zum richtigen Pass.

Einige lange Tage, nachdem sie aus dem Tal aufgestiegen waren, als das Letzte Heimische Haus schon viele Meilen weit hinter ihnen lag, ging es noch immer bergauf. Es war ein steiniger und gefährlicher Weg, krumm, einsam und lang. Wenn sie sich umblickten, konnten sie nun die Länder, durch die sie gekommen waren, tief unter sich hingebreitet sehen. Weit, weit im Westen, wo alles in blassem Blau verschwamm, wusste Bilbo seine Heimat, ein Land des Wohlseins und der Sicherheit, und dort war seine kleine Hobbithöhle. Er bibberte. Es wurde bitter kalt hier oben, und der Wind pfiff schrill durch die Felsen. Steinbrocken, von der Mittagssonne auf dem Schnee losgelassen, kamen manchmal die Berghänge herabgaloppiert und rasten zwischen ihnen hindurch (ein Glück!) oder über ihre Köpfe weg (immer noch Glück, aber ein bisschen knapp). Die Nächte waren kalt und unbehaglich. Sie getrauten sich nicht zu singen oder sehr laut zu sprechen, denn das Echo war nicht geheuer, und die Stille schien gegen jede Störung außer durch das Rauschen des Wassers, das Heulen des Windes und das Krachen der Steinbrocken empfindlich zu sein.

»Da unten wird es jetzt Hochsommer«, dachte Bilbo, »mit Heumachen und Picknicks. Sie werden schon geerntet haben und beim Brombeerpflücken sein, bevor wir bei diesem Tempo den Abstieg auf der andern Seite auch nur beginnen können.«

Und die andern hingen ebenso trüben Gedanken nach, obwohl sie doch in der Hochstimmung des Mittsommermorgens, als sie Elrond Lebewohl sagten, noch ganz leichthin vom Überschreiten des Gebirges und von einem zügigen Ritt durch die Lande dahinter gesprochen hatten. Sie glaubten, bis zu diesem letzten Herbstmond könnten sie die geheime Tür zum Einsamen Berg erreicht haben – »und vielleicht wird dann gerade Durinstag sein«, hatten sie gesagt. Nur Gandalf hatte den Kopf geschüttelt und geschwiegen. Die Zwerge waren seit vielen Jahren nicht mehr durch diese Gegenden gekommen, aber Gandalf kannte den Weg und wusste, wie viele Schrecknisse und Gefahren im wilden Land herangewachsen und gediehen waren, seit die Drachen die Menschen verjagt und die Orks sich nach der Schlacht bei den Minen von Moria in aller Stille wieder vermehrt und ausgebreitet hatten. Selbst die guten Absichten eines weisen Zauberers wie Gandalf und eines guten Freundes wie Elrond können fehlschlagen, wenn man sich über den Rand der Wildnis in gefährliche Abenteuer vorwagt; und Gandalf war weise genug, es zu wissen.

Er wusste, dass etwas Unerwartetes geschehen konnte, und wagte kaum zu hoffen, dass sie ohne gefährliche Zwischenfälle über dieses große und hohe Gebirge mit seinen einsamen Gipfeln und Tälern hinwegkämen, wo kein König regierte. Und er sollte Recht behalten. Alles ging gut, bis sie eines Tages in ein Gewitter hineinliefen – in mehr als nur ein Gewitter, in eine Donnerschlacht. Ihr wisst, wie schon ein einziges schweres Unwetter im flachen Lande oder in einem Flusstal wüten kann, um so mehr, wenn zwei starke Gewitter aufeinander prallen. Noch gewaltiger aber sind Donner und Blitz in den Bergen bei Nacht, wenn die Stürme von Osten und Westen zugleich heraufziehen und sich bekriegen. Blitze zersplittern an den Gipfeln, Felsen beben, Donnerschläge spalten die Luft und rollen polternd in jede Höhle und jedes Loch; und die Dunkelheit ist erfüllt von ohrenbetäubendem Krachen und plötzlich aufzuckendem Licht.

Bilbo hatte noch nie etwas dergleichen gesehen oder für möglich gehalten. Sie waren hoch oben auf einem engen Fleckchen, zur einen Seite ein fürchterlicher Abgrund über einem kaum mehr erkennbaren Tal. Unter einem überhängenden Felsen hatten sie Schutz für die Nacht gesucht, und er lag unter einer Decke und zitterte von Kopf bis Fuß. Wenn er in den Blitzschein hinauslugte, sah er jenseits des Tales die Bergriesen toben und mit Felsbrocken Ball spielen. Sie warfen sie sich zu, fingen sie auf und schmissen sie dann in die Dunkelheit hinab, wo sie tief unten zwischen die Bäume krachten oder in tausend Stücke zersprangen. Dann peitschte der Wind Regen und Hagel in alle Richtungen, so dass der überhängende Felsen keinen Schutz mehr bot. Bald waren sie durchnässt; ihre Ponys standen da und ließen die Köpfe hängen, den Schwanz zwischen die Beine geklemmt, manche wiehernd vor Angst. Von allen Berghängen hörte man die Riesen johlen und brüllen.

»Hier können wir nicht bleiben«, sagte Thorin. »Wenn wir nicht ersaufen, weggeblasen oder vom Blitz getroffen werden, dann schnappt uns irgendein Riese und kickt uns in die Wolken wie Fußbälle.«

»Na, wenn du hier ein besseres Quartier weißt, dann bring uns hin!«, sagte Gandalf gereizt. Auch er war über die Riesen nicht eben glücklich.

Der Streit endete damit, dass Fili und Kili losgeschickt wurden, um nach einer besseren Zuflucht zu suchen. Sie hatten sehr scharfe Augen, und weil sie um etwa fünfzig Jahre jünger waren als die anderen Zwerge, wurden solche Aufgaben meistens ihnen zugeschoben (denn dass es absolut sinnlos gewesen wäre, Bilbo zu schicken, konnte jeder sehen). Um etwas zu finden, musst du erst einmal suchen, sagte Thorin immer zu den jugendlichen Zwergen. Du findest ganz sicher etwas, wenn du nur suchst, allerdings nicht immer das, was du gesucht hast. Und so war es auch hier.

Bald kamen Fili und Kili zurück, halb kriechend und sich gegen den Sturm an den Felsen festhaltend. »Wir haben eine trockene Höhle gefunden«, sagten sie, »nicht weit hinter der nächsten Wegbiegung. Die Ponys und alles andere würden auch hineinpassen.«

»Habt ihr sie *gründlich* untersucht?«, sagte der Zauberer, der wusste, dass Höhlen so hoch oben im Gebirge selten unbewohnt waren.

»Ja, ja!«, sagten die beiden, obwohl alle wussten, dass sie sich nicht sehr lange damit aufgehalten haben konnten; dazu waren sie zu schnell wiedergekommen. »So groß ist sie gar nicht, und sie reicht nicht tief hinein.«

Das ist natürlich das Bedenkliche an Höhlen: Man weiß manchmal nicht, wie tief sie in den Berg hineinreichen, ob dahinter ein Durchgang ist und wo er hinführt, oder was einen im Inneren erwartet. Jetzt aber schien ihnen Filis und Kilis Versicherung zu genügen. Sie standen auf und machten sich zum Umzug bereit. Der Wind heulte, und der Donner grollte noch immer, und sie hatten Mühe, mit den Ponys vorwärts zu kommen. Aber es war ja nicht weit, und bald kamen sie zu einem großen Felsen, der in den Weg hinausragte. Wenn man dahinter trat, kam man durch einen niedrigen Bogen in die Bergwand hinein. Er war eben breit genug, dass ein Pony, nachdem ihm Last und Sattel abgenommen waren, sich hindurchzwängen konnte. Es war wohltuend, als sie den Bogen passiert hatten, Wind und Regen nun draußen zu hören und nicht mehr ringsum angeblasen und begossen zu werden; und auch vor den Riesen und ihren Felsbrocken fühlten sie sich hier sicher. Aber der Zauberer wollte kein Risiko eingehen. Er ließ seinen Zauberstab aufleuchten – wie an dem Tag in Bilbos Esszimmer, wenn ihr euch erinnert, der nun schon so lange her zu sein schien, und bei diesem Licht untersuchten sie die Höhle von einem Ende zum andern.

Sie schien groß genug, aber nicht gar zu weitläufig und geheimnisvoll zu sein. Sie hatte ein paar behagliche Winkel, und der Boden war trocken. Am einen Ende war genug Platz für die Ponys, und dort standen sie dampfend (und hocherfreut über die neue Lage) und mampften aus ihren Futterbeuteln. Oin und

Gloin wollten am Eingang Feuer machen, um die Kleider trocknen zu können, aber davon wollte Gandalf nichts wissen. Also breiteten sie die nassen Sachen auf dem Boden aus und nahmen sich trockene aus ihren Bündeln. Dann machten sie es sich unter den Decken bequem, holten die Pfeifen hervor und bliesen Rauchringe, die Gandalf zu ihrer Aufmunterung in vielen Farben schillernd an der Decke tanzen ließ. Sie redeten und redeten, vergaßen das Unwetter und besprachen, was jeder mit seinem Teil des Schatzes anfangen würde (wenn sie ihn erst hätten, was für den Augenblick gar nicht so unmöglich zu sein schien); und allmählich, einer nach dem andern, schliefen sie ein. Und das war das letzte Mal, dass sie sich im Besitz ihrer Ponys, Säcke, Bündel, Werkzeuge und all der Habseligkeiten befanden, die sie mitgebracht hatten.

Nun erwies sich, wie gut es war, dass sie den Hobbit mitgenommen hatten. Denn aus irgendeinem Grund konnte er zuerst eine ganze Weile nicht einschlafen; und als er dann doch schlief, hatte er sehr unangenehme Träume. Er träumte, dass ein Spalt in der Rückwand der Höhle immer größer wurde und sich immer weiter und weiter auftat, und zu seinem tiefsten Bedauern konnte er nicht aufschreien oder etwas anderes tun als daliegen und zusehen. Dann träumte er, dass der Boden der Höhle nachgab und dass er ins Rutschen kam und zu fallen begann – tiefer und immer tiefer, wer weiß, wohin.

Darüber fuhr er entsetzt hoch und sah, dass er zum Teil die Wahrheit geträumt hatte. Ein Spalt hatte sich in der Rückwand der Höhle aufgetan und war nun ein breiter Durchlass. Er sah gerade noch den Schwanz des letzten Ponys darin verschwinden. Natürlich stieß er einen gellenden Schrei aus, so laut ein Hobbit nur schreien kann, und das ist für seine Körpergröße ganz erstaunlich.

Hervor sprangen die Orks, große, massige Orks, denen man gleich ansah, was für üble Burschen sie waren, Scharen von Orks, die plötzlich da waren, ehe ihr einmal *Zickezacke* sagen könntet. Mindestens zu sechst stürzten sie sich auf jeden Zwerg und zu zweit sogar noch auf Bilbo, und alle wurden sie gepackt und durch den Spalt weggetragen, ehe ihr *Blitzdonnerwetter* sagen könntet. Alle, bis auf Gandalf. So viel wenigstens hatte Bilbos Schrei genützt. Im Bruchteil einer Sekunde hatte er den Zauberer geweckt, und als die Orks ihm zu Leibe rücken wollten, gab es einen gewaltigen Blitzschlag in der Höhle, es roch wie nach Schießpulver, und mehrere Orks fielen tot um.

Der Spalt schnappte zu, und Bilbo und die Zwerge waren auf der falschen Seite. Wo war Gandalf? Das wussten weder seine Gefährten noch die Orks, und die Orks ließen sich keine Zeit, nach ihm zu suchen. Sie hielten Bilbo und die Zwerge fest im Griff und hasteten mit ihnen durch die Finsternis. Es war eine Stockfinsternis, ein dickes Schwarz-in-Schwarz, in dem nur solche Orks, die schon lange im Herzen der Gebirge hausen, etwas sehen können. Die Stollen, durch die sie kamen, kreuzten und verzweigten sich in allen Richtungen, aber die Orks fanden sich so sicher zurecht, wie ihr den Weg zum nächsten Postamt finden würdet. Die ganze Zeit ging es abwärts, und die Luft wurde furchtbar stickig. Die Orks behandelten ihre Gefangenen äußerst unzart, kniffen und boxten sie, grunzten und wieherten mit abscheulich knirschenden Stimmen; und Bilbo fühlte sich bei ihnen noch weniger gut aufgehoben als bei dem Troll, der ihn an den Zehen gepackt hatte. Zum soundsovielten und immer noch nicht zum letzten Mal wünschte er sich in seine schöne, helle Hobbithöhle zurück.

Nun schimmerte vor ihnen ein rotes Licht auf. Die Orks stimmten krächzend ein Lied an, im Takt ihrer über den Steinboden platschenden Füße, und im gleichen Takt schüttelten sie auch ihre Gefangenen durch.

Flatsch! Klatsch! Knuff und kniff!
Hab mein Bübchen fest im Griff!
Magenknurren, Ohrensausen,
Und wir brausen nach Orkshausen.
Hoho, mein Bübchen!

Ratter! Knatter! Stampf und fetz!
Dalli, Tempo, Laufschritt, wetz!
Schind dich, schufte, racker, schaff!
Nicht so schlaff, kleiner Aff!
Hoho, mein Bübchen!

Boff und boing! Quiek und quäk!
Jaul und jammer! Barm und blök!
Beule, Schramme, Pferdekuss
Und zum Schluss ein Bluterguss!
Hoho, mein Bübchen!

Es klang unglaublich. Das *Flatsch!* und *Klatsch!* hallte von den Wänden wider, und die fette Lache ihres *Nicht so schlaff, kleiner Aff!* dröhnte durch die Gänge. Die tiefere Bedeutung des Liedes wurde nur allzu klar, als die Orks ihre Peitschen zur Hand nahmen und sie auf die Gefangenen niederflatschen und -klatschen ließen, um sie zur schnellstmöglichen Gangart anzutreiben; und mehr als einer der Zwerge bewies, dass es auch mit dem Jaulen und Jammern seine Richtigkeit hatte, als sie in eine große Höhle hineinstolperten.

Sie wurde von einem großen roten Feuer in der Mitte und von Fackeln an den Wänden erhellt und war voller Orks, die johlten, pfiffen, trampelten und in die Hände klatschten, als die Zwerge (mit dem armen Bilbo am Schluss, dicht vor den Peitschen) hereingerannt kamen, während die Wärter hinter ihnen juhuhten und die Peitschen knallen ließen. Die Ponys standen schon zusammengedrängt in einer Ecke, und ihre Säcke und Bündel lagen aufgerissen daneben und wurden von Orks durchgewühlt, von Orks beschnüffelt, von Orks befingert und von Orks umzankt.

Es war leider das letzte Mal, dass sie diese vortrefflichen kleinen Ponys sahen, auch das stämmige kleine weiße, das Gandalf sich von Elrond geliehen hatte, weil sein Pferd nicht für die Gebirgspfade taugte. Orks fressen nun mal Ponys ebenso wie Pferde und Esel (und wer weiß, was noch alles), und Hunger haben sie immer. Jetzt aber dachten die Gefangenen nur an sich selbst. Die Orks ketteten ihnen die Hände auf den Rücken, banden sie alle zu einer Reihe zusammen und schleiften sie ans andere Ende der Höhle, mit dem kleinen Bilbo als Letztem.

Im Schatten dort auf einem flachen Stein saß ein mächtiger Ork mit riesigem Kopf, und um ihn standen seine Soldaten, mit Äxten und, wie bei den Orks üblich, mit Krummschwertern bewaffnet. Die Orks sind ein grausames, tückisches und herzensböses Volk. Sie machen nichts Schönes, aber viel Zweckmäßiges. Tunnels, Schächte und Stollen anlegen können sie, wenn sie sich Mühe geben, so gut wie die geschicktesten Bergleute unter den Zwergen; meistens aber sind sie schmutzig und schlampig. Hämmer, Äxte, Schwerter, Dolche, Spitzhacken, Zangen und Folterwerkzeuge herzustellen verstehen sie sehr gut, lassen sie sich aber oft auch nach ihren Entwürfen von anderen anfertigen, von Gefangenen und Sklaven, die für sie schuften müssen, bis sie aus Mangel an Licht und Luft tot umfallen. Es ist nicht unwahrscheinlich, dass sie manche Maschinen erfunden haben, von denen seither die Welt unsicher gemacht wird, besonders jene raffinierten Geräte, mit denen große Menschenmassen auf einen Schlag umgebracht werden können, denn für Räder, Motoren und Explosionen haben sie sich schon immer begeistert, vor allem, weil sie bei der Arbeit so wenig wie möglich die eigenen Hände gebrauchen; aber zu jener Zeit und in jenen wilden Gegenden waren sie noch nicht so weit fortgeschritten (wie man das heute nennt). Sie hassten die Zwerge nicht mehr, als sie alle und jeden hassten, vor allem die gesitteten und wohlhabenden Völker; und in manchen Gegenden hatten bösartige Zwerge mit ihnen sogar Bündnisse geschlossen. Aber auf Thorins Volk hatten sie eine ganz besondere Wut, wegen des Krieges, von dem ihr schon gehört habt, von dem aber in dieser Geschichte nicht die Rede sein soll. Im Übrigen ist es den Orks ganz egal, wen sie gefangen nehmen, wenn es nur heimlich und hinterrücks erledigt wird und die Opfer sich nicht wehren können.

»Wer sind diese erbärmlichen Kreaturen?«, fragte der Großork.

»Zwerge und so einer!«, sagte der eine Aufseher und zog an Bilbos Kette, so dass der vornüber auf die Knie fiel. »Sie waren in der vorderen Eingangshalle untergekrochen.«

»Was habt ihr euch dabei gedacht?«, sagte der Großork zu Thorin. »Ihr führt nichts Gutes im Schilde, ganz klar! Die inneren Angelegenheiten meines Volkes ausspionieren, was? Diebe sowieso, höchstwahrscheinlich auch Mordbuben und Elbenfreunde! Na los, was hast du zu sagen?«

»Thorin der Zwerg, zu Diensten«, antwortete er – eine reine Höflichkeitsfloskel. »Von allem, was du argwöhnst und dir vorstellst, hatten wir keine Ahnung. Wir haben vor einem Unwetter in einer Höhle Schutz gesucht, die uns angenehm und unbewohnt vorkam; nichts lag uns ferner, als dem Volk der Orks irgendwelche Unannehmlichkeiten zu bereiten.« Das war nicht gelogen.

»Mhmhm!«, sagte der Großork. »Das sagst du! Darf ich wohl mal fragen, was ihr überhaupt hier in den Bergen zu suchen habt, wo ihr hergekommen seid und wo ihr hinwolltet? Eigentlich wüsste ich gern alles ganz genau über euch. Nicht, dass es euch viel nützen wird, Thorin Eichenschild, denn über dein Volk weiß ich schon viel zu viel, aber nun sag gefälligst mal die Wahrheit, oder ich lasse dir eine sehr ungemütliche Sonderbehandlung zuteil werden!«

»Wir waren unterwegs zu einem Verwandtenbesuch, bei unseren Neffen und Nichten, bei unseren Vettern ersten, zweiten und dritten Grades und den anderen Nachkommen unserer Großväter, die östlich dieses gastfreundlichen Gebirges wohnen«, sagte Thorin, ohne recht zu wissen, was er für den Augenblick sagen sollte, wo doch die reine Wahrheit wohl besser unausgesprochen blieb.

»Das ist ein Lügner, oh, und was für einer!«, sagte einer von den Peitschenknallern. »Mehrere von unseren Leuten wurden in der Höhle vom Blitz getroffen, als wir diese Kreaturen einladen wollten, doch mit uns nach unten zu kommen; und die sind jetzt mausetot. Außerdem hat er noch nicht erklärt, wozu er das hier bei sich getragen hat.« Er hielt Thorins Schwert hoch, das Schwert, das er aus der Trollhöhle mitgenommen hatte.

Als der Großork es sah, ließ er ein markerschütterndes Wutgeheul los, und alle seine Soldaten knirschten mit den Zähnen, hämmerten an ihre Schilde und stampften mit den Füßen auf. Das Schwert erkannten sie sofort. Es hatte seinerzeit Hunderte von Orks getötet, als die blonden Elben von Gondolin in den Bergen Jagd auf sie machten oder vor den Mauern der Stadt mit ihnen kämpften. Die Elben hatten es Orkrist, Orkspalter, genannt, aber die Orks nannten es nur Beißer. Sie hassten es, und noch mehr hassten sie jeden, der es trug.

»Mordbuben und Elbenfreunde!«, brüllte der Großork. »Fetzt sie! Hackt sie! Beißt sie! Kaut sie! Schafft sie weg ins dunkelste Schlangenloch, und lasst sie nie wieder ans Tageslicht kommen!« Er hatte eine solche Wut, dass er von seinem Sitz aufsprang und sich mit gefletschten Zähnen auf Thorin stürzen wollte.

Doch im gleichen Augenblick erloschen alle Lichter in der Höhle, und das große Feuer verpuffte in einer blau schimmernden Rauchsäule, die bis zur Decke emporstieg und bohrende weiße Funken über die Orks streute.

Was nun für ein Gejaul und Gejammer losbrach, ein Geknurr und Gekrächz, Sabbern und Schnattern, Heulen und Zähneklappern, Kreischen und Toben, spottet jeder Beschreibung. Einige hundert Wölfe und Wildkatzen, bei lebendigem Leibe langsam geröstet, hätten nicht so rasen können. Die Funken brannten den Orks Löcher ins Fleisch, und der Rauch, der von der Decke herabsank, machte die Luft so dick, dass selbst Orkaugen nicht mehr durchblickten. Bald fielen sie übereinander, rollten in Knäueln auf dem Boden herum, bissen, traten und schlugen um sich wie verrückt.

Plötzlich blitzte ein Schwert auf, das ein eigenes Licht warf. Bilbo sah, wie es den Großork, der sprachlos vor Wut dastand, glatt durchsäbelte. Er sank zu Boden. Schreiend flüchteten seine Soldaten vor dem Schwert in die Dunkelheit.

Das Schwert kehrte in seine Scheide zurück. »Rasch, fort von hier, mir nach!«, sagte eine Stimme, barsch, aber ruhig; und ehe Bilbo begriffen hatte, was los war, rannte er wieder so schnell er konnte am Ende der Kette dahin, weitere dunkle Gänge entlang, während das Geschrei in der Orkhalle hinter ihm leiser wurde. Ein fahles Licht leuchtete ihnen voraus.

»Schneller, schneller!«, trieb die Stimme sie an. »Die Fackeln haben sie bald wieder angezündet.«

»Moment!«, sagte Dori, Bilbos Vordermann in der Reihe, ein netter Kerl. Er nahm den Hobbit huckepack, so gut es sich mit gefesselten Händen machen ließ, und dann ging es im Laufschritt weiter, mit Kettengeklirr und mit viel Gestolper, weil sie die Hände nicht frei hatten, um sich im Gleichgewicht zu halten. Erst nach einer langen Strecke, als sie schon tief im Innern des Berges sein mussten, machten sie Halt.

Gandalf ließ seinen Stab aufleuchten. Natürlich, es war Gandalf, aber im Augenblick hatten sie anderes zu tun, als danach zu fragen, wie er denn hierher kam. Er zog wieder sein Schwert, und wieder leuchtete es im Dunkeln von selbst. In dem Schwert brannte ein Zorn, der es aufschimmern ließ, wenn Orks in der Nähe waren, und jetzt strahlte es in hellem Blau vor Freude, den obersten Herrn der Höhle erschlagen zu haben. Mühelos durchtrennte es die Orkketten, und in kürzester Zeit waren sie von allen Fesseln befreit. Wie ihr euch erinnern werdet, hieß dieses Schwert Glamdring, Feindhammer, aber die Orks nannten es nur Schläger und hassten es womöglich noch mehr als Beißer. Auch Orkrist war gerettet worden, denn Gandalf hatte es einem der entsetzten Wachsoldaten entrissen und es mitgenommen. Gandalf dachte an alles, und wenn er auch nicht alles tun konnte, war er doch zu allerhand fähig, wenn es galt, Freunden aus der Klemme zu helfen.

»Sind wir alle da?«, sagte er und gab Thorin mit einer Verbeugung sein Schwert zurück. »Sehn wir mal – einer, das ist Thorin, zwei, drei, vier, fünf, sechs, sieben, acht, neun, zehn, elf – wo sind denn Fili und Kili? Da sind sie – zwölf, dreizehn –, und da ist Bilbo Beutlin, vierzehn! Na schön, es hätte schlimmer kommen können! Aber besser könnte ich mir unsere Lage auch denken: keine Ponys mehr, keinen Proviant; wir wissen nicht genau, wo wir hier sind, und haben Scharen von wütenden Orks auf den Fersen! Los, weiter!«

Und weiter ging es. Gandalf hatte Recht gehabt: Weit hinter sich hörten sie nun aus den Gängen, durch die sie gekommen waren, die Stimmen von Orks und ihr wüstes Gebrüll. Umso schneller liefen sie, und weil der arme Bilbo auch nicht halb so schnell laufen konnte – denn Zwerge können ein gewaltiges Tempo vorlegen, wenn es sein muss –, luden sie ihn sich abwechselnd auf den Rücken.

Aber noch schneller als die Zwerge können die Orks laufen, und diese Orks kannten die Wege besser (sie hatten die Stollen ja selbst angelegt), und eine Stinkwut hatten sie außerdem. So konnten die Zwerge sich noch so sehr beeilen, das Brüllen und Johlen kam immer näher. Bald hörten sie das Tapsen der Orkfüße, vieler, vieler Füße, die jeden Augenblick um die nächste Ecke kommen konnten. Hinter ihnen im Tunnel war schon ein roter Fackelschein zu sehen; und sie wurden allmählich todmüde.

»Ach, warum bin ich nur nicht in meiner Hobbithöhle geblieben!«, sagte der arme Herr Beutlin, als er auf Bomburs Rücken durchgeschüttelt wurde.

»Ach, warum habe ich nur so einen elenden kleinen Hobbit auf eine Schatzsuche mitgenommen!«, sagte der arme dicke Bombur und schleppte sich weiter, während ihm vor Angst und Hitze der Schweiß von der Nase tropfte.

Nun ließ sich Gandalf hinter die anderen zurückfallen und Thorin mit ihm. Sie kamen um eine scharfe Biegung. »Kehrt!«, rief Gandalf. »Zieh dein Schwert, Thorin!«

Es war das Einzige, was sie tun konnten, und den Orks kam es höchst ungelegen. Sie kamen in vollem Lauf mit Gebrüll um die Ecke gebraust, und plötzlich blitzten Orkspalter und Feindhammer kalt und hell vor ihren verblüfften Augen. Die Vordersten ließen die Fackeln fallen und brachten gerade noch einen Schrei heraus, ehe sie tot waren. Die Nächsten schrien noch lauter und sprangen zurück und rissen die anderen um, die hinter ihnen kamen. »Beißer und Schläger!«, brüllten sie, und bald waren sie nur noch ein wirrer Haufen, in dem die meisten es eilig hatten, dahin zurückzufinden, wo sie hergekommen waren.

Es dauerte eine ganze Weile, bis einer von ihnen sich wieder um diese Biegung wagte. Inzwischen waren die Zwerge ein gutes Stück weiter in die dunklen Stollen des Orkreiches hineingelaufen. Als die Orks das bemerkten, löschten sie ihre Fackeln, zogen weiche Schuhe an und schickten ihre schnellsten Läufer mit den schärfsten Ohren und Augen hinter den Flüchtenden her. Flink wie die Wiesel rannten sie durch die Dunkelheit, fast lautlos wie Fledermäuse.

Und darum hörte niemand sie kommen, weder Bilbo noch die Zwerge und nicht einmal Gandalf. Und sehen konnten sie ihre Verfolger auch nicht. Wohl aber konnten die Orks, die leise von 0 blasses Licht ausstrahlen, damit die Zwerge den Weg sahen.

Ganz plötzlich wurde Dori, der nun wieder Bilbo trug und hinter den andern herlief, im Dunkeln von hinten gepackt. Er schrie auf und stürzte; und der Hobbit rollte ihm von der Schulter in die Schwärze hinein, prallte mit dem Kopf gegen hartes Gestein und wusste von nichts mehr.

FÜNFTES KAPITEL

RÄTSEL IM DUNKELN

Als Bilbo die Augen aufschlug, wusste er nicht, ob er sie nun wirklich offen hatte, denn es blieb ebenso dunkel, wie wenn sie zu waren. Niemand schien in der Nähe zu sein. Stellt euch sein Entsetzen vor! Er konnte nichts hören, nichts sehen, und außer den Steinen am Boden konnte er auch nichts fühlen.

Ganz langsam rappelte er sich auf und tappte auf allen vieren umher, bis er die Stollenwand berührte; aber weder dort noch am Boden fand er irgendetwas: nichts, keine Spur von den Orks, keine Spur von den Zwergen. Ihn schwindelte; selbst der Richtung, in die sie gelaufen waren, als er stürzte, war er sich alles andere als sicher. Er entschied sich auf gut Glück für irgendeine und kroch ein ganzes Stück weit dahin, bis seine Hand am Boden plötzlich auf etwas traf, das sich wie ein kleiner Ring aus kaltem Metall anfühlte. Das war ein Wendepunkt in seinem Leben, aber er wusste es nicht. Ohne sich viel dabei zu denken, steckte er den Ring in die Tasche; gewiss konnte er damit im Augenblick nichts anfangen. Er kroch nicht viel weiter, sondern setzte sich auf den kalten Boden und überließ sich eine ganze Weile seinem trostlosen Elend. Er stellte sich vor, wie es wäre, jetzt zu Hause in seiner Küche zu sitzen und sich ein paar Eier mit Schinken zu braten – denn sein Magen erinnerte ihn daran, dass es höchste Zeit wurde, etwas zwischen die Zähne zu bekommen. Davon wurde ihm noch elender.

Er konnte sich nicht vorstellen, was er jetzt tun sollte, und ebenso wenig, was passiert war, warum man ihn zurückgelassen hatte oder warum ihn, wenn man ihn schon zurückgelassen hatte, die Orks nicht erwischt hatten; und auch, warum ihm der Kopf so wehtat, wusste er nicht. Die Wahrheit war, dass er längere Zeit still in einer sehr dunklen Ecke gelegen hatte: aus den Augen, aus dem Sinn.

Nach einer Weile tastete er nach seiner Pfeife. Sie war noch heil: schon mal etwas! Er tastete nach dem Tabaksbeutel, und es war noch genug drin: immer besser! Dann suchte er nach den Streichhölzern und fand keines; damit wurden alle seine Hoffnungen zunichte. Aber das war sein Glück, wie er bereitwillig zugab, als er wieder zur Besinnung kam, denn wer weiß, was ihm aus den dunklen Löchern an diesem unfreundlichen Ort womöglich zu Leibe gerückt wäre, hätte er ein Streichholz angezündet und Tabakrauch verbreitet! Trotzdem, für den Augenblick war es niederschmetternd. Aber als er alle seine Taschen durchwühlte und überall nach den Streichhölzern tastete, war seine Hand auch auf das Heft seines kleinen Schwertes gestoßen, das er von den Trollen mitgenommen und inzwischen so gut wie vergessen hatte. Zum Glück hatten auch die Orks es nicht bemerkt, denn er trug es unter dem Hosenbund.

Jetzt zog er es heraus. Es schimmerte fahl und schwach vor seinen Augen. »Also ist das auch eine Elbenklinge«, dachte er; »und die Orks sind nicht allzu nah, aber auch nicht allzu weit weg.«

Aber irgendwie beruhigte es ihn. Es war doch etwas Erhebendes, eine Waffe zu tragen, die in Gondolin für die vielbesungenen Orkkriege geschmiedet worden war; außerdem hatte er bemerkt, dass solche Waffen den Orks, die sich ihnen plötzlich gegenübersahen, einen starken Eindruck machten.

»Zurückgehen?«, dachte er. »Nützt gar nichts. Zur Seite? Unmöglich. Vorwärts? Das einzig Mögliche. Also los!« Er stand auf und trabte vorwärts, sein kleines Schwert vor sich haltend und mit der einen Hand die Wand entlangstreifend, und sein Herz klopfte gewaltig.

Nun war Bilbo gewiss in Nöten. Aber ihr müsst bedenken, dass die Lage für ihn nicht ganz so schlimm war, wie sie es für euch oder für mich gewesen wäre. Hobbits sind nicht ganz so wie gewöhnliche Menschen; und wenn auch ihre Höhlen freundliche, gut gelüftete Behausungen sind, sehr verschieden von den

Stollen der Orks, sind die Hobbits doch an das Leben in unterirdischen Gängen besser gewöhnt als wir. Sie verirren sich dort nicht so leicht – oder finden die gesuchte Richtung wieder, wenn ihr Kopf sich von der Wirkung eines Aufpralls erholt hat. Außerdem können sie sich sehr leise bewegen und gut verstecken, Schrammen und Verletzungen von einem Sturz heilen bei ihnen fabelhaft schnell, und sie haben einen Schatz an Spruchweisheiten, von denen die meisten Menschen nie gehört oder die sie längst vergessen haben.

Trotzdem, ich für mein Teil wäre nicht gern an Bilbo Beutlins Stelle gewesen. Der Stollen schien kein Ende zu nehmen. Bilbo wusste nur so viel, dass es ziemlich stetig bergab ging und, trotz einiger Kehren und Kurven, immer weiter in die gleiche Richtung. Ab und zu zweigte ein Gang zur Seite hin ab, wie er im Schimmer seines Schwertes erkennen oder an der Wand ertasten konnte. Diese Gänge beachtete er nicht, er beeilte sich nur, an ihnen vorbeizukommen, denn man konnte nicht wissen, ob nicht Orks oder wer weiß welche anderen dunklen Kreaturen daraus hervorstürzen würden. Immer weiter ging er, immer weiter bergab, und noch immer hörte er keinen Laut, nur hin und wieder das Schwirren einer Fledermaus dicht an seinen Ohren, was ihn zuerst erschreckte, dann aber nicht mehr kümmerte, weil es zu oft geschah. Wie lange er so einen Fuß vor den andern setzte, weiß ich nicht. Er konnte nicht mehr, wagte aber auch nicht anzuhalten, also weiter und immer weiter, bis er zum Umfallen müde war. Ihm kam es vor wie der Weg von heute nach morgen und übermorgen und alle Tage danach.

Völlig unvorbereitet platschten seine Füße in Wasser. Uch, war das eisig! Es ließ ihn jäh zusammenfahren. Er wusste nicht, ob es nur eine Pfütze auf dem Weg war, der Rand eines unterirdischen Wasserlaufs, der den Stollen kreuzte, oder das Ufer eines tiefen, dunklen, unterirdischen Sees. Das Schwert schimmerte kaum mehr. Er stand ganz still und horchte angespannt. Tropfen tröptröptröpfelten von einem unsichtbaren Dach ins Wasser; sonst war nichts zu hören.

»Also ist es ein Teich oder See und kein unterirdischer Fluss«, dachte er. Trotzdem wagte er nicht, in das dunkle Wasser hinauszuwaten. Er konnte nicht schwimmen, und er dachte auch an widerlich schleimige Tiere mit großen blinden Glotzaugen und schlängelnden Bewegungen. Seltsame Geschöpfe leben in den Seen und Teichen im Innern der Berge: Fische, deren Vorväter vor wer weiß wie vielen Jahren da hinein- und nie wieder hinausgeschwommen sind und die mit der Zeit immer größere Augen bekommen haben, weil sie versuchten, in der Stockfinsternis etwas zu sehen; und noch andere Geschöpfe, schleimiger als Fische. Sogar in den Höhlen und Stollen, die die Orks für sich selbst gebaut haben, leben auch andere Wesen, von denen sie nichts wissen und die sich von draußen eingeschlichen haben, um sich im Dunkeln verborgen zu halten. Manche dieser Höhlen sind auch in den Zeitaltern entstanden, bevor es die Orks gab, die sie nur erweitert und mit Gängen verbunden haben; während die ursprünglichen Besitzer noch immer schleichend und schnüffelnd in den entlegensten Winkeln hausen.

Tief unten dort an dem dunklen Wasser lebte der alte Gollum, ein kleines, schleimiges Geschöpf. Ich weiß nicht, wo er herkam, und auch nicht, wer oder was er war. Er war Gollum, dunkel wie die Dunkelheit, in der er lebte, abgesehen von den beiden großen runden und blassen Augen in seinem schmalen Gesicht. Er hatte ein kleines Boot, und darin paddelte er geräuschlos über den See – denn ein See war es, breit, tief und eiskalt. Er paddelte mit seinen großen Füßen, die er über den Rand hängen ließ, und nicht das leiseste Plätschern war zu hören. Mit seinen blassen, lampenartigen Augen spähte er nach den blinden Fischen aus, die er mit seinen langen Fingern in Gedankenschnelle packen konnte. Fleisch aß er auch gern, und Ork fand er sehr schmackhaft, wenn er welchen bekommen konnte; aber er gab Acht, dass er nie entdeckt wurde. Wenn einmal ein Ork alleine in die Nähe des Seeufers kam, schlich er sich an und erwürgte ihn von hinten. Die Orks kamen nur selten, denn sie hatten eine Ahnung, dass hier unten an den tiefsten Wurzeln des Berges etwas auf der Lauer lag, dem man besser aus dem Weg ging. Vor langer Zeit, als sie ihre Stollen gruben, waren sie auf den See gestoßen und hatten festgestellt, dass sie nicht weiter vordringen konnten. Daher war der Weg in dieser Richtung für sie zu Ende, und sie hatten keinen Grund, hierher zu kommen – es sei denn, der Großork schickte sie: Manchmal hatte er Appetit auf Fisch aus dem unterirdischen See, und manchmal blieb der Fisch dann aus, und auch der Fischer kam nicht wieder.

Genau genommen wohnte Gollum auf einer glitschigen Felseninsel in der Mitte des Sees. Jetzt beobachtete er Bilbo von weitem mit seinen blassen Teleskopaugen. Bilbo konnte ihn nicht sehen, aber Gollum konnte sehen, dass Bilbo kein Ork war, und das machte ihn neugierig.

Gollum stieg in sein Boot und legte von der Insel ab, während Bilbo vollkommen ratlos am Ufer saß; er wusste nicht mehr aus noch ein. Plötzlich kam Gollum dicht heran und flüsterte zischelnd:

»Spritz und Spucke, mein Schatzzzz! Was für eine erstklassige Mahlzeit, wenigstens ein saftiger Bissen, *gollum!*« Dieses *gollum,* von dem er seinen Namen hatte, war ein fürchterlicher Kehllaut, wie wenn er etwas gierig hinunterschlänge; er selbst allerdings redete sich immer mit »mein Schatz« an.

Der Hobbit fuhr hoch wie angestochen, als ihm die zischende Stimme ins Ohr drang, und plötzlich sah er die vorstehenden, blass schimmernden Augen, die ihn anglotzten.

»Wer sind Sie?«, sagte er und streckte das Schwert vor.

»Was ist das für einer, mein Schatzzz?«, flüsterte Gollum (der immer mit sich selbst sprach, weil er es nicht gewohnt war, mit jemand anderem zu sprechen). Nur um das in Erfahrung zu bringen, war er gekommen, denn im Moment hatte er keinen großen Hunger; er war nur neugierig, sonst hätte er erst zugepackt und dann geflüstert.

»Ich bin Bilbo Beutlin. Wir haben uns verloren, die Zwerge, der Zauberer und ich, und ich weiß nicht, wo ich bin, und will es auch nicht wissen, wenn ich nur hier wegkomme.«

»Was hat er da in seinen Pfoten?«, sagte Gollum und blickte auf das Schwert, das ihm gar nicht gefiel.

»Ein Schwert, eine Klinge aus Gondolin!«

»Sssss!«, machte Gollum und wurde gleich höflicher. »Vielleicht setzen wir uns ein bisschen zu ihm, auf einen Schwatzzzz, mein Schatzzzz! Mag er vielleicht Rätssssel, wie?« Für den Augenblick jedenfalls bemühte er sich, nett zu sein, wenigstens so lange, bis er wusste, was es mit diesem Schwert und dem Hobbit auf sich hatte, ob Bilbo wirklich ganz allein war, ob er gut schmecken würde und ob er wirklich Appetit auf ihn hatte. An Rätsel dachte er am liebsten. Rätsel aufgeben und manchmal auch selbst eines lösen war das einzige Spiel gewesen, zu dem er sich gern einmal mit anderen wunderlichen Kreaturen in ihren Löchern zusammengesetzt hatte – vor langer, langer Zeit, bevor er alle seine Freunde verloren und sich als einsamer Vertriebener in die Dunkelheit unter den Bergen verkrochen hatte.

»Na schön«, sagte Bilbo, seinerseits bemüht, sich gefällig zu zeigen, bis er mehr darüber wüsste, was dies für ein Geschöpf war, ob es ganz allein, bösartig oder hungrig und ob es ein Freund der Orks war.

»Fragen Sie zuerst«, sagte er, weil er noch keine Zeit gehabt hatte, sich ein Rätsel auszudenken.

Also zischelte Gollum:

Höher ist's als jeder Baum.
Wurzeln hat's, die sieht man kaum.
Auch im Licht
Wächst es nicht.

»Leicht!«, sagte Bilbo. »Berg, nehm ich an.«

»So gut im Raten? Er muss eine Wette mit uns machen, mein Schatzzz! Wenn mein Schatz fragt, und er antwortet nicht, essen wir ihn, mein Schatzzz. Wenn er uns fragt, und Schatzzz antwortet nicht, dann tun wir, was er wünscht, eh? Dann zeigen wir ihm den Ausgang, ja?«

»Meinetwegen«, sagte Bilbo, weil er sich nicht getraute zu widersprechen. Er zermarterte sich das Hirn nach einem Rätsel, das ihn vor dem Gegessenwerden bewahren konnte.

Dreißig Schimmel in einem roten Schloss:
Erst mampfen sie,
Dann stampfen sie,
Dann stehn sie regungslos.

Das war alles, was ihm einfiel – der Gedanke ans Essen lag ihm schwer auf der Seele. Es war ein ziemlich altes Rätsel, und Gollum wusste die Lösung so gut wie ihr alle.

»Alter Hut!«, rief er. »Uralt! Zähne! Zähne, mein Schatzzz, aber wir haben nur sechs!« Dann gab er das zweite Rätsel auf:

Schreit stimmlos,
Flattert flügellos,
Beißt zahnlos,
Murmelt mundlos.

»Sekunde!«, rief Bilbo, immer noch in unbehaglichen Gedanken ans Essen. Zum Glück hatte er etwas Ähnliches schon mal gehört; sein Verstand regte sich wieder, und er fand die Antwort. »Der Wind, Wind natürlich!«, sagte er und war so mit sich zufrieden, dass ihm gleich das nächste einfiel. »Da wird es was zu knacken haben, dieses widerliche Untergrundkerlchen!«, dachte er:

Ein Auge im blauen Gesicht
Sah ein Auge im grünen Gesicht.
»Jenes Auge gleicht diesem Auge«,
Sagte das erste Auge,
»Doch an einem niederen Platz
Und nicht an einem hohen Platz.«

»Ss, ss, ss!«, machte Gollum. Er hauste schon so lange unter der Erde, dass er solche Dinge allmählich vergaß. Aber als Bilbo schon hoffte, der Halunke werde die Antwort schuldig bleiben, kamen Gollum ein paar Erinnerungen aus seinem früheren Leben, vor ewigen Zeiten, als er mit seiner Großmutter in einer Höhle am Ufer eines Flusses gewohnt hatte. »Sss, sss, mein Schatzzzz!«, sagte er. »Die Sonne auf Gänseblümchen, das ist es, ja doch!«

Aber diese ganz gewöhnlichen oberirdischen Alltagsrätsel waren für ihn sehr anstrengend. Außerdem erinnerten sie ihn an die Zeiten, als er noch nicht so einsam, verstohlen und hinterlistig gewesen war, und verdarben ihm die Laune. Und obendrein machten sie ihn hungrig. Darum versuchte er es nun mit einem Rätsel, das schon ein bisschen schwieriger und sperriger war:

Kannst es nicht sehen, fühlen, hören,
Kannst es nicht riechen, schmecken, verzehren.
Liegt hinter Sternen und unterm Gestein,
Dringt in alle Löcher ein.
Kommt zuerst und allezeit,
Löscht das Leben, Freud und Leid.

Pech für Gollum, dass Bilbo dergleichen schon mal gehört hatte. Die Antwort war ihm vollkommen klar. »Das Dunkel«, sagte er, ohne sich auch nur einmal den Kopf kratzen zu müssen.

Ein Schloss, zu dem kein Schlüssel passt,
Schließt in sich eine goldne Last

fragte er dann gleich, um Zeit zu gewinnen und sich etwas wirklich Schwieriges auszudenken. Dieses fand er furchtbar leicht, uralt, obwohl er es nicht in dem üblichen Wortlaut gebracht hatte. Aber für Gollum erwies es sich als eine harte Prüfung. Er zischelte vor sich hin und gab immer noch keine Antwort; er brabbelte und fauchte.

Nach einer Weile verlor Bilbo die Geduld. »Na, was denn nun?«, sagte er. »Nach den Geräuschen, die Sie machen, könnte man denken, dass es ein überkochender Teekessel sein soll, aber die Lösung ist das nicht.«

»Lass uns eine Chance; er soll uns eine Chance lassen, Schatzzz – zz – zz . . .«

»Also nun«, sagte Bilbo, nachdem er ihm noch lange seine Chance gelassen hatte, »was ist mit der Antwort?«

Da fiel Gollum plötzlich ein, wie er vor langer Zeit Vogelnester geplündert und wie er mit seiner Großmutter unter der Uferböschung gesessen und ihr gezeigt hatte, wie man sie auslutscht. »Eier!«, rief er. »Eier, das ist es!« Dann fragte er:

Atemlos ohne Atemnot
Lebt es, kalt doch wie der Tod;
Trinkt, obwohl es Durst nicht spürt,
Trägt einen Panzer, der nicht klirrt.

Dies fand nun wieder er lachhaft leicht, weil die Antwort etwas war, das ihn ständig beschäftigte. Aber etwas Besseres fiel ihm im Moment nicht ein, so sehr hatte das Eierrätsel ihn verwirrt. Trotzdem war es eine harte Nuss für den armen Bilbo, der sich vom Wasser und allem, was darinnen war, nach Möglichkeit fern hielt. Ich kann mir denken, dass ihr die Antwort wisst oder sie ohne mit der Wimper zu zucken erraten könnt, aber ihr sitzt ja jetzt auch gemütlich zu Hause und seid nicht in Gefahr, verspeist zu werden – eine Lage, die dem klaren Denken nicht günstig ist. Bilbo saß da und räusperte sich ein- oder zweimal, aber keine Antwort kam heraus.

Nach einer Weile begann Gollum erwartungsvoll vor sich hin zu zischeln: »Sieht er nicht lecker aus, mein Schatzzz? Saftig, zart und bissfest?« Aus der Dunkelheit heraus verschlang er Bilbo schon mit den Augen.

»Sekunde!«, sagte der Hobbit, den es zu frösteln anfing. »Ich habe Ihnen eben auch sehr viel Zeit gelassen.«

»Er muss schnell machen, schnell!«, sagte Gollum und stieg schon aus seinem Boot ans Ufer, um Bilbo zu Leibe zu rücken. Aber als er seinen langen Paddelfuß ins Wasser steckte, sprang vor Schreck ein Fisch heraus und fiel Bilbo auf die Zehen.

»Uch!«, sagte er. »Wie kalt und glibberig!« – und schon hatte er die Lösung. »Fisch! Fisch!«, rief er. »Fisch ist es.«

Gollum war bitter enttäuscht; aber Bilbo stellte so schnell er nur konnte die nächste Frage, so dass Gollum wieder in sein Boot steigen musste, um besser nachdenken zu können.

Keinbein lag auf Einbein,
Zweibein saß auf Dreibein,
Vierbein bekam etwas ab.

Es war nicht der günstigste Moment für dieses Rätsel, aber Bilbo war in Eile. Zu einer anderen Zeit hätte es Gollum vielleicht Mühe gemacht, aber jetzt, wo sie gerade von »Fisch« gesprochen hatten, war »Keinbein« unschwer zu erraten, und dann war auch der Rest ganz einfach. »Fisch auf einem kleinen Tisch, Mensch sitzt davor auf einem Schemel, und die Katze kriegt die Gräten«: so lautet selbstverständlich die Antwort, und Gollum gab sie schon bald. Und dann fand er es an der Zeit, nach etwas wirklich Schwerem und Grausigem zu fragen. Und dies war sein nächstes Rätsel:

Etwas, das alles und jeden verzehrt:
Helm und Panzer, Axt und Schwert,
Tier, Vogel, Blume, Ast und Laub,
Aus hartem Steine mahlt es Staub,
Stürzt Könige, verheert die Stadt,
Macht Grades krumm, walzt Berge platt.

Der arme Bilbo saß im Dunkeln und entsann sich der entsetzlichen Namen all der Riesen und Unholde, von denen er in Geschichten gehört hatte, aber nicht einer von ihnen hatte all dies getan. Er hatte eine Ahnung, dass die Antwort eine ganz andere wäre und dass er sie kennen müsste, aber sie fiel und fiel ihm nicht ein. Er bekam es mit der Angst, und das ist nicht gut für das Denken. Gollum stieg schon wieder aus seinem Boot, platschte ins Wasser und paddelte ans Ufer; Bilbo konnte seine Augen auf sich zuschwimmen sehn. Die Zunge schien ihm im Munde zu kleben. Er wollte schreien: »Lassen Sie mir mehr Zeit! Lassen Sie mir mehr Zeit!«, aber alles, was er mit einem plötzlichen Aufkreischen herauswürgte, war:

»Zeit! Zeit!«

Schieres Glück hatte ihn gerettet. Denn das war natürlich die Antwort.

Wieder war Gollum enttäuscht, und allmählich wurde er wütend und hatte genug von dem Spiel. Einen mächtigen Hunger hatte er dabei bekommen. Dieses Mal kehrte er nicht in das Boot zurück. Er setzte sich im Dunkeln dicht neben Bilbo, was dem Hobbit äußerst unangenehm war und seine Gedanken noch mehr verwirrte.

»Er musss unzzz ein Rätsssel aufgeben, mein Schatzzz! Nur noch eines, einesss, ja, noch einesssss!«, sagte Gollum.

Aber Bilbo wollte einfach kein Rätsel mehr einfallen, seit dieser widerliche glibbrigkalte Bursche neben ihm saß, ihn stuppste und tätschelte. Er kratzte, kniff und zupfte an sich herum, und noch immer fiel ihm nichts ein.

»Fragt er bald?«, sagte Gollum.

Bilbo kniff sich, ohrfeigte sich; er griff nach seinem kleinen Schwert, und mit der anderen Hand wühlte er in seiner Tasche. Da fand er den Ring, den er im Stollen gefunden und seither vergessen hatte.

»Was hab ich da in meiner Tasche?«, sagte er laut. Er sagte es zu sich selbst, aber Gollum dachte, das sei ein Rätsel, und regte sich mächtig auf.

»Unfair! Unfair!«, rief er. »Das ist unfair, mein Schatz, unzzzz zu fragen, wass er in seiner sssscheußlichen kleinen Tassssche hat!«

Bilbo erkannte das Missverständnis, und weil ihm nichts Besseres einfiel, beharrte auf seiner Frage. »Was hab ich da in meiner Tasche?«, wiederholte er lauter.

»Sssss!«, zischte Gollum. »Er mussss unzzz dreimal raten lasssssen, mein Schatzzz, drei Versssuche!«

»Na schön! Erster Versuch!«, sagte Bilbo.

»Hände!«, sagte Gollum.

»Falsch«, sagte Bilbo, der zum Glück eben noch die Hand wieder herausgenommen hatte. »Zweiter Versuch!«

»Sssss!«, sagte Gollum und regte sich noch mehr auf. Er dachte an die Dinge, die er selbst in den Taschen hatte: Fischgräten, Orkzähne, feuchte Muscheln, ein Stück Fledermausflügel, einen scharfkantigen Stein, an dem er seine Krallen wetzte, und noch anderes eklige Zeug. Er überlegte, was andere Leute wohl in den Taschen hätten.

»Messer!«, sagte er schließlich.

»Falsch«, sagte Bilbo, der sein Taschenmesser vor einiger Zeit verloren hatte. »Letzter Versuch!«

Nun war Gollum noch viel übler dran als bei dem Eierrätsel. Er zischte und sabberte, wiegte sich vor und zurück, patschte mit den Füßen auf den Boden, wand sich und zappelte; aber noch immer wagte er nicht, seinen letzten Versuch zu riskieren.

»Nun bitte«, sagte Bilbo, »ich warte!« Es sollte forsch und munter klingen, aber er war gar nicht sicher, wie das Spiel enden würde, ob Gollum nun richtig riet oder nicht.

»Zeit ist um!«, sagte er.

»Schnur oder gar nichts!«, kreischte Gollum – was nicht ganz fair war, denn er gab zwei Antworten statt einer.

»Beides falsch!«, rief Bilbo sehr erleichtert, sprang sogleich auf, stellte sich mit dem Rücken gegen die nächste Wand und streckte sein kleines Schwert vor. Natürlich wusste er, dass das Rätselspiel heilig und ungemein altehrwürdig war, so sehr, dass sogar die übelsten Kreaturen sich scheuten, dabei zu mogeln. Aber dass dieser glibbrige Kerl ein Versprechen hielte, wenn es ihm unbequem wäre, darauf wollte er sich lieber nicht verlassen. Dem wäre jeder Vorwand recht, um sich herauszuwinden. Und schließlich war ja Bilbos letzte Frage auch kein echtes Rätsel gemäß den alten Regeln gewesen.

Aber immerhin griff Gollum ihn nicht sogleich an. Er konnte das Schwert in Bilbos Hand sehen. Er saß still da, bebend und vor sich hin flüsternd. Endlich mochte Bilbo nicht länger warten.

»Und nun?«, sagte er. »Was ist mit Ihrem Versprechen? Ich möchte weiter. Sie müssen mir den Weg zeigen.«

»Haben wir das gesagt, mein Schatz? Dem frechen kleinen Beutlin den Weg nach draußen zeigen, jaja! Aber wassss hat er in seinen Tassschen, eh? Keine Schnur, mein Schatzzz, aber auch nicht nichtsss. O nein! Gollum!«

»Das soll Sie nicht kümmern«, sagte Bilbo. »Versprochen ist versprochen.«

»Unverschämt ist er, mein Schatz«, zischte Gollum, »ungeduldig. Aber er wird warten müssen, ja, muss er. Wir können nicht so eilig in die Gänge hinauf. Wir müssen erst ein paar Dinge holen, ja, Dinge, die uns nützlich sein können.«

»Na, dann aber schnell!«, sagte Bilbo, eher erleichtert bei dem Gedanken, Gollum loszuwerden. Er glaubte, er suche nur eine Ausrede, um zu verschwinden und nicht wiederzukommen. Wovon redete dieser Gollum? Was für nützliche Dinge konnte er draußen auf dem dunklen See verwahren? Aber Bilbo irrte sich. Gollum gedachte wiederzukommen. Er war nun wütend und hungrig. Und er war ein übler, elender Bursche und wusste genau, was er wollte.

Nicht weit vom Ufer lag seine Insel, von der Bilbo nichts wusste, und in seinem Versteck dort verwahrte er unter manchem armseligen Krimskrams ein wunderschönes Ding – etwas sehr Schönes und sehr Wunderbares. Er besaß einen Ring, einen goldenen Ring, einen Ring, der ein Schatz war.

»Mein Geburtstagsgeschenk!«, flüsterte er im Selbstgespräch, wie schon so oft in diesen endlosen dunklen Jahren. »Das können wir jetzt gebrauchen, ja, wir können's gebrauchen!«

Er konnte es gebrauchen, weil es ein Ring der Macht war: Wenn man ihn sich auf den Finger steckte, wurde man unsichtbar. Nur im vollen Sonnenlicht war man zu erkennen, aber nur an seinem Schatten, und auch der blieb blass und undeutlich.

»Mein Geburtstagsgeschenk! An meinem Geburtstag ist er an mich gekommen, mein Schatz!« So hatte er es sich selbst immer wieder versichert. Aber wer weiß, wie Gollum in den alten Zeiten, als solche Ringe noch zu haben waren, zu diesem Geschenk gekommen war? Selbst der Meister, der die Ringe beherrschte, hätte es wohl nicht sagen können. Zuerst hatte Gollum den Ring am Finger getragen, bis es ihn ermüdete; dann verwahrte er ihn in einem Beutel, den er auf der bloßen Haut trug, bis sie wundgescheuert war; und jetzt versteckte er ihn meistens in einem Felsloch auf seiner Insel. Oft fuhr er zur Insel zurück, um nach ihm zu sehen. Und manchmal steckte er ihn noch immer auf, wenn er es nicht mehr ertragen konnte, von ihm getrennt zu sein, oder wenn er sehr, sehr hungrig war und die Fische satt hatte. Dann schlich er durch die dunklen Gänge und suchte nach einem allein herumstreunenden Ork. Manchmal wagte er sich sogar an Stellen vor, wo Fackeln brannten, von deren Licht ihm die Augen tränten und schmerzten; denn er wusste sich in Sicherheit. Ja, in vollkommener Sicherheit: Niemand würde ihn sehen, niemand würde ihn bemerken, ehe er nicht die Finger an seiner Gurgel hatte. Erst vor wenigen Stunden hatte er den Ring aufgesteckt und sich einen kleinen Orkbuben geschnappt. Was hatte der gequiekt! Ein paar Knochen zum Abnagen waren von ihm noch übrig, aber jetzt verlangte es Gollum nach zarterem Fleisch.

»Ganz sicher, ja!«, flüsterte er sich zu. »Er wird uns nicht sehn, nicht wahr, mein Schatz? Nein, der sieht uns nicht, und sein dummes kleines Schwert nützt ihm gar nichts!«

Das also ging ihm durch sein tückisches Köpfchen, als er sich plötzlich von Bilbo davonmachte, wieder in sein Boot platschte und in die Dunkelheit fuhr. Bilbo dachte, er würde nichts mehr von ihm hören. Trotzdem wartete er eine Weile, denn er hatte keine Ahnung, wie er den Ausgang allein finden sollte.

Plötzlich hörte er einen gellenden Schrei. Es lief ihm kalt den Rücken herunter. Gollum fluchte und jammerte irgendwo dort im Dunkeln, nicht sehr weit weg, so wie es sich anhörte. Er war auf seiner Insel, scharrte hier und da herum, suchte und wühlte vergebens.

»Wo issst er? Wo issst er?«, hörte Bilbo ihn schreien. »Er ist nicht da, mein Schatzzz, er fehlt, er fehlt! Verflucht und verhagelt, mein Schatz ist weg!«

»Was ist los?«, rief Bilbo. »Was fehlt Ihnen denn?«

»Er soll uns nicht fragen!«, kreischte Gollum. »Geht ihn nichts an, nein, gollum! Er fehlt uns, gollum, gollum, gollum!«

»Mir fehlt auch einiges«, rief Bilbo. »Vor allem, dass Sie sich an Ihr Versprechen erinnern und mich hier rausbringen. Denn ich habe die Wette gewonnen. Also machen Sie schon! Kommen Sie und bringen Sie mich raus, und dann können Sie ja weitersuchen!« So erbarmungswürdig Gollum auch klagte, Bilbo konnte nicht viel Mitleid empfinden, und er hatte das Gefühl, dass ein Ding, dem Gollum so nachtrauerte, schwerlich etwas Gutes sein würde. »Kommen Sie endlich!«, brüllte er.

»Nein, noch nicht!«, sagte Gollum. »Mein Schatz, wir müssen ihn erst suchen, er fehlt uns, gollum!«

»Darf ich Sie daran erinnern, dass Sie die Antwort auf meine letzte Frage nicht erraten und mir ein Versprechen gegeben haben?«, sagte Bilbo.

»Nicht erraten?«, sagte Gollum. Dann kam aus der Dunkelheit plötzlich ein scharfes Zischen. »Wasss hat er in seinen Tassschen? Sag uns! Dasss muss er uns erst sagen.«

Soviel Bilbo wusste, gab es keinen bestimmten Grund, warum er es ihm nicht sagen sollte. Gollum war schneller als er mit einem einzigen Gedankensprung zu der Lösung gekommen; kein Wunder, denn Gollum hatte eine Ewigkeit lang über dieser einen Sache gebrütet, immer in der Befürchtung, dass sie ihm gestohlen werden könnte. Aber Bilbo ärgerte der Aufschub. Schließlich hatte er doch die Wette gewonnen, auf halbwegs faire Art und mit hohem Einsatz. »Antworten sind zu erraten, nicht zu geben«, sagte er.

»Aber es war keine faire Frage«, sagte Gollum. »Kein Rätsel, mein Schatz, ach was!«

»Na, wenn wir nun zu den gewöhnlichen Fragen kommen, so hatte ich zuerst eine gestellt«, antwortete Bilbo. »Was fehlt Ihnen? Sagen Sie's mir.«

»Was hat er in seinen Taschen?« Das Zischen wurde immer lauter und schärfer, und als er in die Richtung blickte, aus der es kam, sah Bilbo zu seinem Schrecken zwei kleine leuchtende Punkte auf sich gerichtet. Mit dem zunehmenden Verdacht glühten Gollums Augen in einem fahlen Flammenschein auf.

»Was fehlt Ihnen?«, wiederholte Bilbo.

Aber nun war aus dem Licht in Gollums Augen eine grüne Glut geworden, und die kam rasch näher. Gollum saß wieder in seinem Boot und paddelte wie wild zum dunklen Ufer zurück; und vor Kummer und Argwohn war er so wütend, dass kein Schwert der Welt ihn mehr schreckte.

Bilbo konnte nicht erraten, was den armen Kerl so aufbrachte, aber er begriff, dass es zur Sache ging und dass Gollum ihn auf jeden Fall umbringen wollte. Eben noch rechtzeitig machte er kehrt und rannte blindlings, mit der linken Hand die Wand entlangstreifend, den dunklen Gang hinauf, durch den er gekommen war.

»Was hat er in seinen Taschen?«, zischte es hinter ihm her, und gleich darauf hörte er das Platschen, mit dem Gollum aus dem Boot sprang. »Was hab ich denn da, möcht ich selber wissen!«, sagte er sich, während er keuchend dahinstolperte. Er steckte die linke Hand in die Tasche. Der Ring fühlte sich sehr kalt an, als er ihm plötzlich auf den tastenden Zeigefinger glitt.

Das Zischen war dicht hinter ihm. Er drehte sich um und sah Gollums Augen wie zwei kleine grüne Lampen den ansteigenden Gang heraufkommen. Entsetzt versuchte er schneller zu rennen, aber da stieß er mit den Zehen gegen einen Höcker im Boden und fiel flach hin, sein kleines Schwert unterm Leib.

Im nächsten Augenblick war Gollum bei ihm. Doch bevor Bilbo etwas tun konnte, Luft schnappen, sich aufrappeln oder das Schwert in Stellung bringen, rannte Gollum fluchend und flüsternd an ihm vorüber, ohne ihn zu beachten.

Was hatte das zu bedeuten? Gollum konnte doch im Dunkeln sehen! Sogar von hinten sah Bilbo noch den fahlen Lichtschein seiner Augen. Mühsam stand er auf und steckte sein Schwert, das nun wieder schwach schimmerte, in die Scheide; dann schlich er Gollum vorsichtig nach. Was hätte er sonst tun sollen? Zu Gollums See zurückzugehen hätte ihm nichts genützt. Wenn er Gollum folgte, würde der ihn vielleicht zu einem Ausweg führen, ohne es zu wollen.

»Verflucht soll er sein! Verflucht soll er sein! Verflucht soll er sein, der Beutlin!«, zischte Gollum. »Er ist weg! Was hat er in seinen Taschen? Ach, erraten, erraten, mein Schatz! Er hat ihn gefunden, ja, er muss ihn haben. Mein Geburtstagsgeschenk!«

Bilbo hörte gespannt zu. Allmählich konnte er nun auch etwas erraten. Er beeilte sich ein wenig, um so nahe, wie er sich getraute, an Gollum heranzukommen, der noch immer schnell ausschritt, ohne sich umzublicken, aber ab und zu das Gesicht von einer Seite zur anderen kehrend, wie Bilbo an dem schwachen Lichtschein an den Wänden sehen konnte.

»Mein Geburtstagsgeschenk! Verflucht soll er sein! Wie konnten wir es nur verlieren, mein Schatz? Ja, so war's. Als wir zuletzt hier entlanggekommen sind, als wir dem widerlichen kleinen Quieker den Hals umgedreht haben. Da war's. Er muss uns runtergerutscht sein, nach all den Jahren! Und jetzt ist er weg, gollum!«

Gollum setzte sich hin und fing an zu weinen, mit einem pfeifenden und gurgelnden Geräusch, das sich grässlich anhörte. Bilbo blieb stehen und drückte sich platt gegen die Stollenwand.

Nach einer Weile hörte Gollums Geheul auf, und er begann zu reden, wie im Streit mit sich selbst.

»Dahin zurückgehn und suchen? Nein, nützt nichts. Wissen gar nicht mehr, wo wir überall gewesen sind. Und es hat keinen Sinn. Der Beutlin hat ihn in seinen Taschen; der freche Schnüffler hat ihn gefunden, das sagen wir uns.

Können nur raten, Schatz, nur raten. Wissen können wir's erst, wenn wir den frechen Kerl gefunden und ausgequetscht haben. Aber er weiß ja nicht, was das Geburtstagsgeschenk kann, nicht? Der behält es bloß in der Tasche. Der weiß nicht Bescheid und wird nicht weit kommen. Hat sich verirrt, der freche Schnüffler. Weiß nicht, wo es wieder rausgeht. Hat er gesagt.

Hat er gesagt, ja, aber der ist gerissen! Sagt nicht, was er denkt. Wollte nicht sagen, was er in den Taschen hat. Er weiß, wo. Er hat hereingefunden, er weiß auch, wo es hinausgeht, ja. Er will zum Hintereingang. Zum Hintereingang, da ist er hin!

Dann werden ihn die Orks schnappen. Da kommt er nicht raus, mein Schatz!

Ssss, sss, gollum! Orks! Ja, aber wenn er den Schatz hat, unser Geburtstagsgeschenk, dann kriegen's die Orks, gollum! Sie werden's finden, sie werden herauskriegen, was es damit auf sich hat. Wir werden nie wieder ruhig schlafen können, nie wieder, gollum! Ein Ork wird ihn aufstecken, und dann kann niemand ihn sehn. Er wird da sein, aber nicht zu sehn. Nicht mal unsere feinen Augen können ihn dann sehn. Er kommt still und leise und schnappt uns, gollum, gollum!

Dann hör auf zu reden, Schatz, und beeil dich! Wenn der Beutlin den Weg nehmen will, müssen wir schnell hin und nachsehen. Los, es ist nicht weit! Beeil dich!«

Gollum sprang auf und trabte in schnellem Tempo davon. Bilbo rannte ihm nach, immer noch vorsichtig, obwohl nun hauptsächlich besorgt, nicht wieder über einen Höcker zu stolpern und geräuschvoll zu stürzen. Hoffnung und Erstaunen wirbelten in seinem Kopf durcheinander. Anscheinend war der Ring, den er trug, ein Zauberring: Er machte unsichtbar! Natürlich wusste er aus uralten Geschichten, dass es solche Ringe gibt; aber es war schwer zu glauben, dass er tatsächlich einen gefunden haben sollte, rein zufällig. Immerhin, es ließ sich nicht leugnen: Gollum mit seinen Nachtaugen war kaum einen Schritt entfernt an ihm vorbeigerannt.

Und weiter ging es, Gollum platschfüßig voraus, zischend und fluchend, Bilbo hinterdrein, so leise, wie man nur auf Hobbitsohlen laufen kann. Bald kamen sie an die Stellen, wo Bilbo, als er den Weg herabkam, Einmündungen von Seitengängen bemerkt hatte, bald auf der einen, bald auf der andern Seite. Gollum begann gleich, sie zu zählen.

»Einer links, ja. Einer rechts, ja. Zwei rechts, ja, ja. Zwei links, ja, ja.« Und so immer weiter.

Als die Zahlen höher wurden, lief er langsamer und begann zaghaft und weinerlich zu werden, denn er entfernte sich immer weiter von seinem See und bekam es mit der Angst. Vielleicht waren Orks in der Nähe, und er hatte seinen Ring nicht mehr. Schließlich blieb er bei einer niedrigen Öffnung auf der linken Seite stehen.

»Sieben rechts, ja. Sechs links, ja!«, flüsterte er. »Hier ist es. Hier geht es zum Hintereingang. Das ist der Durchgang.«

Er lugte hinein und zuckte zurück. »Aber da dürfen wir nicht rein, Schatz, dürfen wir nicht! Orks sind da unten. Alles voller Orks. Können wir doch riechen. Ssss!

Was machen wir nun? Verflucht und zerstückelt sollen sie sein! Wir müssen hier warten, Schatz, bisschen warten und mal sehn.«

Nun saßen sie beide fest. Durch Gollum hatte Bilbo nun zwar den Weg zum Ausgang gefunden, aber der Weg war versperrt, denn Gollum hockte sich genau in die Öffnung, und die Augen schimmerten kalt in seinem Kopf, den er tief eingezogen zwischen den Knien hin und her wiegte.

Leiser als eine Maus kroch Bilbo von der Wand weg, aber Gollum erstarrte sofort, schnüffelte, und seine Augen wurden grün. Er zischte leise, aber drohend. Sehen konnte er den Hobbit nicht, aber nun war er auf der Hut, und er hatte noch andere Sinne, Ohr und Nase, die in der Dunkelheit geschärft waren. Er schien sich nun tief geduckt zu haben, die Hände flach auf dem Boden gespreizt, den Kopf vorgestreckt, die Nase fast am Boden. Obwohl er im Schimmer seiner eigenen Augen nur als ein schwarzer Schatten zu erkennen war, konnte Bilbo doch sehen oder spüren, dass er gespannt war wie eine Bogensehne, geduckt zum Sprung.

Bilbo hielt fast den Atem an und erstarrte ebenfalls. Er überlegte verzweifelt. Er musste hier weg, raus aus dieser entsetzlichen Finsternis, solange er noch bei Kräften war. Er musste sich durchkämpfen. Er musste diesem üblen Burschen die Augen ausstechen, ihn töten. Der wollte ihn ja auch töten. Nein, das wäre kein fairer Kampf. Er war nun unsichtbar. Gollum hatte kein Schwert. Eigentlich hatte ihn Gollum bis jetzt noch nicht bedroht oder zu töten versucht. Und wie elend der Kerl dran war, einsam und verlassen! Etwas wie Mitleid, vermischt mit Abscheu, überkam ihn, ein plötzliches Verstehen, der kurze Einblick in die endlose Folge namenloser Tage ohne Licht oder Hoffnung auf Besserung, harter Stein, kalter Fisch, Schleichen und Flüstern. All dies ging ihm in Sekundenschnelle durch den Kopf. Er zitterte. Und gleich darauf, ebenso schnell und plötzlich, wie von einer neuen Entschlusskraft getragen, sprang er.

Für einen Menschen wäre es kein großer Sprung gewesen, aber es war ein Sprung ins Dunkle. Glatt über Gollums Kopf sprang er hinweg, sieben Fuß weit und drei Fuß hoch; und beinah, was er freilich nicht wusste, hätte er sich an der niedrigen Decke des Durchgangs den Schädel eingerannt.

Gollum warf sich zurück und packte nach ihm, als er über ihn hinwegflog, aber zu spät: Seine Hände griffen ins Leere, und Bilbo, der sicher auf seinen kräftigen Füßen landete, rannte in den neuen Gang hinab. Er schaute sich nicht um nach Gollum. Zuerst war ihm das Zischen und Fluchen dicht auf den Fersen, dann blieb es zurück. Auf einmal hörte er einen Schrei voller Hass und Verzweiflung, einen Schrei, der ihm das Blut in den

Adern stocken ließ. Gollum war besiegt. Er wagte sich nicht weiter. Sein Opfer war ihm entkommen, und das Einzige, woran er je gehangen hatte, sein Schatz war fort. Der Schrei zerriss Bilbo fast das Herz, aber er ging weiter. Schwach wie ein Echo, aber drohend, rief die Stimme ihm nach:

»Dieb, Dieb, Dieb! Beutlin! Wir hassen ihn auf immerdar!«

Dann war es still. Aber auch die Stille kam Bilbo bedrohlich vor. »Wenn Orks so nahe sind, dass er sie riechen konnte«, dachte er, »dann werden sie sein Geschrei und Gefluche gehört haben. Aufgepasst jetzt, oder dieser Gang führt dich in wer weiß was hinein!«

Der Durchgang war niedrig, mit grob behauenen Wänden. Aber für den Hobbit war er nicht allzu schwer zu passieren, abgesehen von den zackigen Steinen am Boden, an denen er sich noch einige Mal die Zehen stieß. »Ein bisschen niedrig für Orks, wenigstens für die großen«, dachte Bilbo, aber er wusste nicht, dass auch die großen, die Orks aus dem Gebirge, mit hohem Tempo tief gebückt rennen können, die Hände fast auf dem Boden.

Bald begann der Gang, der zuerst abgefallen war, wieder anzusteigen, eine Zeit lang sachte, dann steil. Bilbos Schritte wurden langsamer. Aber endlich hörte die Steigung auf. Der Gang führte um eine Ecke und dann wieder abwärts, und dort, am Fuß einer kurzen Senkung, sah er einen Lichtschimmer, der um die nächs-te Ecke gesickert kam – kein rotes Licht wie von einem Feuer oder von Laternen, sondern blasses, wie an einem trüben Tag unter freiem Himmel. Da begann Bilbo zu rennen.

So schnell die Beine ihn trugen, flitzte er um die letzte Ecke und kam plötzlich auf eine offene Fläche hinaus, wo er das Licht nach all der Zeit im Dunkeln blendend hell fand. Tatsächlich war es nur ein Streifen Sonnenlicht, der durch einen Torweg hereinschien, dessen großes steinernes Tor offen stand.

Bilbo blinzelte, dann sah er die Orks: Orks in voller Rüstung mit gezogenen Schwertern, die innen am Tor saßen und die Augen weit aufsperrten, um es zu bewachen. Sie bewachten auch den Durchgang, der zum Tor hinführte. Sie waren alarmiert, in Bereitschaft, auf alles gefasst.

Sie sahen ihn, bevor er sie sah. Ja, sie sahen ihn. Ob es nun Zufall war oder eine letzte Tücke des Rings, bevor er sich einen neuen Herrn erwählte, jedenfalls hatte er ihn nicht am Finger. Mit Freudengebrüll gingen die Orks auf ihn los.

Ein Schauer der Angst und Verlassenheit, wie ein Nachhall von Gollums Elend, überlief Bilbo. Er dachte nicht einmal daran, sein Schwert zu ziehen, und steckte die Hände in die Taschen. Und da war der Ring noch, in der linken Hosentasche, und glitt ihm auf den Finger. Die Orks blieben mit einem Ruck stehen. Sie sahen keine Spur von ihm. Er war verschwunden. Sie brüllten doppelt so laut wie zuvor, aber nicht mehr so frohgemut.

»Wo ist er hin?«, riefen sie.

»Zurück in den Durchgang!«, brüllten einige.

»Hier lang!« schrien manche. »Da lang!«, schrien andere.

»Aufs Tor aufpassen!«, donnerte der Hauptmann.

Pfeifen schrillten, Panzer schepperten, Schwerter rasselten, Orks schimpften und meckerten, rannten hin und her, fielen übereinander und wurden sehr wütend. Es war ein wildes Gebrüll und Gedränge.

Bilbo hatte in seiner Angst noch genug Verstand, um zu begreifen, was passierte, und sich hinter ein großes Fass mit Wasser für die Wachtposten zu flüchten, wo er aus dem Weg und einigermaßen sicher war, nicht angerempelt, totgetrampelt oder festgehalten zu werden.

»Ich muss zum Tor, ich muss zum Tor!«, sagte er sich immerzu, aber es dauerte lange, bis er einen Versuch riskieren konnte. Es wurde ein gefährliches Blindekuhspiel. Der Raum war voller herumrennender Orks. Der Hobbit musste mal dahin, mal dorthin ausweichen, wurde dann doch von einem umgerannt, der sich wunderte, an was er da angestoßen war, krabbelte auf allen vieren weiter, schlüpfte dem Hauptmann knapp zwischen den Beinen durch, stand auf und rannte zum Tor.

Es stand immer noch einen Spaltbreit offen, aber einer der Posten hatte es fast zugeschoben. Bilbo, so sehr er sich anstrengte, bekam es nicht weiter auf. Er versuchte sich durch den Spalt zu zwängen. Er quetschte sich hinein, wand sich – und blieb stecken. Eine Klemme, buchstäblich: Seine Knöpfe hatten sich zwischen Torflügel und Torpfosten festgekeilt. Er konnte ins Freie hinaussehen: Ein paar Stufen führten in ein enges Tal zwischen hohen Bergen hinab; die Sonne kam gerade hinter einer Wolke vor und schien hell auf die Außenseite des Tores. Aber er kam nicht durch.

Plötzlich rief von innen einer der Orks: »Da ist ein Schatten am Tor. Draußen ist irgendwas!«

Bilbo klopfte das Herz bis zum Hals hinauf. Er gab sich einen verzweifelten Ruck. Die Knöpfe flogen in alle Richtungen davon. Er war durch, mit zerrissenem Mantel und zerrissener Jacke, sprang wie eine Gemse die Stufen hinab, während die verdutzten Orks an der Schwelle noch seine hübschen Messingknöpfe auflasen.

Natürlich kamen sie dann gleich hinter ihm her, brüllten und johlten und jagten zwischen den Bäumen herum. Aber das Sonnenlicht tut ihnen nicht gut; es macht ihnen die Knie weich und die Köpfe benommen. Sie konnten Bilbo nicht finden, denn er hatte den Ring am Finger, huschte schnell und geräuschlos von einem Baumschatten zum andern, um das Sonnenlicht zu vermeiden; und bald zogen sie sich fluchend wieder auf ihre Wachtposten am Tor zurück. Bilbo war entkommen.

SECHSTES KAPITEL

AUS DER PFANNE INS FEUER

Den Orks war er entkommen, aber er wusste nicht, wo er war. Er hatte keine Kapuze und keine Knöpfe mehr, kein Pony, nichts zu essen, sein Mantel hing in Fetzen, und seine Freunde waren weg. Er marschierte drauflos, immer weiter, bis die Sonne nach Westen zu sinken begann – hinter die Berge. Die Schatten der Gipfel fielen auf seinen Weg, und er blickte zu ihnen zurück. Dann blickte er voraus und sah nur noch Bergkämme und Hänge, die zu den Tieflanden und Ebenen hin abfielen, von denen er hier und da ein Stück zwischen den Bäumen erkennen konnte.

»Meine Güte!«, sagte er sich. »Anscheinend bin ich schon auf der andern Seite des Nebelgebirges, fast am Rand des Landes dahinter. Wo Gandalf und die Zwerge jetzt bloß sein mögen? Ich kann nur hoffen, dass sie nicht mehr dort hinten in der Gewalt der Orks sind.«

Immer noch ging er weiter, bis ans Ende des kleinen Hochtals, über den Rand hinaus und die angrenzenden Hänge hinunter; aber die ganze Zeit machte ihm ein sehr unangenehmer Gedanke zu schaffen. Er fragte sich, ob er nicht jetzt, wo er den Zauberring hatte, in die grässlichen Stollen zurückkehren und nach seinen Freunden suchen müsse. Eben hatte er sich zu dem Entschluss durchgerungen, dass es wohl oder übel seine Pflicht sei, umzukehren – ganz erbärmlich war ihm dabei zumute –, da hörte er Stimmen.

Er blieb stehen und horchte. Es hörte sich nicht nach Orks an, darum kroch er behutsam näher. Er befand sich auf einem steinigen, sich abwärts schlängelnden Pfad, zur Linken eine Felswand, auf der andern Seite sanft abfallender Boden mit einigen kleinen, von Büschen und niedrigen Bäumen überhangenen Mulden. In einer dieser Mulden redeten Leute unter den Büschen.

Er schlich noch näher heran, und plötzlich schaute zwischen zwei Felsblöcken ein Kopf mit einer roten Kapuze hervor: Es war Balin auf Ausguck. Bilbo hätte am liebsten vor Freude gejubelt und in die Hände geklatscht, ließ es aber sein. Aus Furcht vor unerwarteten und unerfreulichen Begegnungen hatte er noch immer den Ring aufgesteckt, und nun sah er, dass Balin ihn direkt anblickte, ohne ihn zu bemerken.

»Überraschen wir sie mal ein bisschen«, dachte er, als er in die Büsche am Rand der Mulde hineinkroch. Gandalf stritt mit den Zwergen. Sie besprachen alles, was in den Stollen passiert war, überlegten und debattierten, was sie nun machen sollten. Die Zwerge murrten, und Gandalf sagte, sie könnten unmöglich die Reise fortsetzen und Bilbo Beutlin in den Händen der Orks lassen, ohne jeden Versuch, herauszufinden, ob er tot oder lebendig sei, und ohne jeden Versuch, ihn zu retten.

»Er ist schließlich mein Freund«, sagte der Zauberer, »und kein übles Kerlchen. Ich trage eine Verantwortung für ihn. Ich wollte um alles in der Welt, ihr hättet ihn nicht verloren.«

Die Zwerge verlangten zu wissen, warum man den Hobbit überhaupt mitgenommen habe, warum er sich nicht an seine Freunde gehalten habe und mit ihnen gekommen sei, und warum der Zauberer nicht jemand Vernünftigeren mitgenommen habe. »Bis jetzt hat er uns mehr Ärger als Nutzen gebracht«, sagte einer. »Wenn wir noch mal in diese abscheulichen Stollen zurück müssen, um nach ihm zu suchen, dann sag ich, er kann mir gestohlen bleiben.«

Gandalf wurde böse. »Ich hab ihn mitgebracht, und ich bringe niemanden mit, der unnütz ist. Entweder helft ihr mir, ihn zu suchen, oder ich geh und lasse euch allein zusehen, wie ihr aus diesem Schlamassel herauskommt. Wenn wir ihn wiederfinden, werdet ihr mir noch dankbar sein, bevor wir dies alles hinter uns haben. Warum musstest du denn auch weiterlaufen, nachdem du ihn fallen gelassen hast, Dori?«

»Du hättest ihn auch fallen lassen«, sagte Dori, »wenn dich

ein Ork plötzlich im Dunkeln von hinten packt, dir ein Bein stellt oder dir in den Hintern tritt!«

»Warum hast du ihn dann nicht wieder aufgehoben?«

»Meine Güte, du kannst Fragen stellen! Wo doch die Orks überall im Dunkeln stachen und bissen, wo alles übereinander fällt und aufeinander eindrischt! Beinah hättest du mir mit Glamdring den Kopf abgesäbelt, und Thorin hat mit Orkrist in allen Richtungen herumgefuchtelt. Und ganz plötzlich lässt du einen von deinen Blendblitzen los, und wir sehn die Orks heulend davonrennen. Dann hast du gerufen: ›Alle mir nach!‹, und alle hätten dir nachkommen müssen. Wir dachten, es seien alle. Zum Zählen war keine Zeit, wie du selbst weißt, bevor wir nicht durch die Wachen am unteren Tor gestürmt waren und dann Hals über Kopf hier herunter. Und da sind wir nun – ohne den Meisterdieb, verhext und verhagelt!«

»Und da wäre auch der Meisterdieb!«, sagte Bilbo, streifte den Ring ab und trat zwischen sie.

Meine Güte, wie sie da hochfuhren! Sie schrien auf vor Überraschung und vor Freude. Gandalf war ebenso erstaunt wie alle andern, aber wahrscheinlich noch froher. Er rief Balin in deutlichen Worten zu, was er von einem Ausguckposten hielt, der jemanden so ohne Voranmeldung hereinließ. Tatsächlich stieg Bilbos Ansehen bei den Zwergen nach diesem Vorfall ganz beträchtlich. Hatten sie bisher noch, trotz Gandalfs Worten, bezweifelt, dass er ein echter Meisterdieb sei, so zweifelten sie nun nicht mehr. Am verblüfftesten war Balin; aber alle sagten, es sei eine schöne Probe seines Könnens gewesen.

Auch Bilbo freute sich so über ihr Lob, dass er nur in sich hineingrinste und kein Wort von dem Ring sagte; und als sie ihn fragten, wie er das gemacht habe, sagte er: »Ach, ihr wisst ja, man muss eben schleichen – still und leise.«

»Na, so still und leise ist mir noch keine Maus unter der Nase vorbeigeschlichen, ohne dass ich sie bemerkt hätte«, sagte Balin, »und ich ziehe meine Kapuze vor dir.« Und er zog sie wirklich.

»Balin, zu Diensten!«, sagte er.

»Beutlin, zu Diensten!«, sagte Bilbo.

Dann wollten sie hören, wie es ihm ergangen war, nachdem sie ihn verloren hatten, und er setzte sich hin und erzählte ihnen alles – alles, nur nichts von dem Ring (»nicht gerade jetzt!«, dachte er). Besonders interessierte sie die Rätselwette, und als er ihnen Gollum schilderte, erschauerten sie verständnisvoll.

»Und dann fiel mir einfach keine andere Frage mehr ein, wie er so neben mir saß«, erzählte er schließlich; »und darum fragte ich ihn, was ich in meiner Tasche hätte. Und er konnte's in drei Versuchen nicht erraten. Da hab ich gesagt: ›Was ist mit Ihrem Versprechen? Zeigen Sie mir den Weg zum Ausgang!‹ Aber er ist auf mich losgegangen und wollte mich umbringen. Ich bin weggerannt und fiel hin, und er ist im Dunkeln an mir vorbeigerannt. Dann bin ich ihm nachgeschlichen, weil ich gehört habe, wie er mit sich selbst redete. Er dachte, ich würde den Ausweg in Wirklichkeit doch kennen, und darum machte er, dass er dort hinkam. Und dann hat er sich in den Eingang gesetzt, und ich konnte nicht vorbei. Da bin ich über ihn weggesprungen und davongerannt, bis runter zum Tor.«

»Aber die Wachtposten?«, fragten sie. »Waren denn da keine?«

»Doch, haufenweise, aber um die bin ich herumgeflitzt. Dann bin ich im Tor stecken geblieben, weil es nur einen Spaltbreit aufstand, und habe die meisten Knöpfe verloren«, sagte er und blickte bekümmert an seinen zerrissenen Kleidern herab. »Aber irgendwie hab ich mich durchgezwängt – und da wär ich nun!«

Die Zwerge betrachteten ihn mit einem ganz neuen Respekt, als er davon sprach, wie er um die Wachen herumgeflitzt, über Gollum weggesprungen war und sich durchs Tor gezwängt hatte, als ob das alles gar nicht so schwierig und aufregend wäre.

»Was hab ich euch gesagt?«, sagte Gandalf und lachte. »An Bilbo Beutlin ist mehr dran, als ihr ahnt.« Unter seinen buschigen Brauen sah er Bilbo bei diesen Worten nachdenklich an, und der Hobbit fragte sich, ob der Zauberer wohl erraten könne, was er bei dieser Geschichte ausgelassen hatte.

Dann stellte er seinerseits einige Fragen, denn er war nicht dabei gewesen, als Gandalf den Zwergen alles erklärte. Er wollte wissen, wie der Zauberer so plötzlich wieder aufgetaucht sei und wo sie alle sich nun befänden.

Der Zauberer, der, wie der Wahrheit zuliebe nicht verschwiegen werden darf, nie abgeneigt war, seine klugen Pläne zum wiederholten Male zu erklären, berichtete Bilbo nun, dass sowohl er als auch Elrond gewusst hatten, dass sie in diesem Teil des Gebirges mit den Orks rechnen müssten. Aber das Haupttor der Orkstollen mündete früher auf einen anderen Pass, der leichter zu begehen sei, so dass sie oft Leute gefangen genommen hätten, die in der Nähe des Tores von der Nacht überrascht wurden. Offenbar hatten die Reisenden diesen Weg daher bald nicht mehr benutzt, und die Orks mussten ein neues Tor ausgerechnet auf der Passhöhe eröffnet haben, die die Zwerge überschreiten wollten – und zwar erst in letzter Zeit, denn bisher hatte dieser Pass als einigermaßen sicher gegolten.

»Ich muss sehen, ob ich nicht einen halbwegs anständigen Riesen finde, der es wieder zuschüttet«, sagte Gandalf, »sonst kommt man bald überhaupt nicht mehr über die Berge.«

Gleich als er Bilbos Schrei hörte, hatte Gandalf begriffen, was los war. Während des Blitzschlags, der die Orks tötete, die ihn packen wollten, war er durch den Spalt in der Höhlenwand geschlüpft, kurz bevor er zuschnappte. Er folgte den Gefangenen und ihren Aufsehern bis zum Rand der großen Halle, und dort setzte er sich hin und zauberte, so gut es in dem Halbdunkel dort eben ging.

»Eine sehr riskante Geschichte«, sagte er. »Alles musste ganz schnell gehn!«

Aber Gandalf hatte natürlich jederlei Licht- und Feuerzauber gründlich studiert. (Sogar der Hobbit, wie ihr euch erinnern werdet, hatte die magischen Feuerwerke bei den Sonnenwendfesten des Alten Tuk nicht vergessen.) Den Rest kennen wir schon – abgesehen davon, dass Gandalf auch über die Hintertür Bescheid wusste, wie die Orks das tiefer gelegene

Tor nannten, wo Bilbo seine Knöpfe eingebüßt hatte. Das Tor kannte eigentlich jeder, der mit diesem Teil des Gebirges vertraut war; aber um sich in den Stollen zurechtzufinden und die Richtung nicht zu verlieren, dazu musste man schon ein Zauberer sein.

»Sie haben dieses Tor schon vor langer Zeit angelegt«, sagte er, »teils als Fluchtweg für alle Fälle, teils als Zugang zu den Ländern jenseits der Berge, wo sie immer noch gern bei Nacht einfallen und viel Schaden anrichten. Es wird stets bewacht, und niemand hat es ihnen je versperren können. Nach dem, was heute passiert ist, werden sie die Wachen verdoppeln«, sagte er und lachte.

Die andern lachten auch. Schließlich hatten sie zwar viel verloren, aber sie hatten immerhin den Großork und etliche von seinen Leuten erschlagen und waren alle davongekommen; darum konnte man sagen, dass sie zur Heiterkeit allen Grund hatten.

Aber der Zauberer hatte Zweifel, ob sie nicht zu früh lachten. »Wir müssen gleich weiter, nachdem wir uns jetzt ein wenig ausgeruht haben«, sagte er. »Sie werden zu Hunderten hinter uns her sein, sobald es Nacht wird; und die Schatten werden schon länger. Sie können noch stundenlang, nachdem wir vorüber sind, unsere Fußspuren am Geruch erkennen. Wir müssen noch einige Meilen zurücklegen, bevor es dunkel ist. Wenn es schön bleibt, werden wir ein bisschen Mondschein haben, ein Glück! Der Mond stört sie zwar nicht sehr, aber uns wirft er etwas Licht auf den Weg.«

»Ach ja!«, sagte er, als der Hobbit noch einige Fragen stellte. »In den Orkstollen verliert man das Zeitgefühl. Heute ist Donnerstag, und als wir gefangen genommen wurden, war es Montagnacht oder Dienstagmorgen. Wir sind viele Meilen weit gelaufen, meistens bergab und geradewegs durchs Herz des Gebirges, und sind jetzt auf der andern Seite – eine schöne Abkürzung. Aber wir sind nicht da, wo der Pass uns hingeführt hätte; wir sind zu weit nach Norden geraten, und vor uns liegt ein unfreundliches Land. Und wir sind immer noch ziemlich hoch oben. Gehen wir weiter!«

»Aber ich hab einen entsetzlichen Hunger«, stöhnte Bilbo, dem plötzlich einfiel, dass er seit vorvorgestern Abend nichts mehr gegessen hatte. Stellt euch vor, wie einem Hobbit da zumute ist! Er hatte ein hohles, flaues Gefühl im Magen, jetzt, nachdem seine Aufregung sich gelegt hatte, und seine Beine waren ganz schlotterig.

»Da kann ich dir nicht helfen«, sagte Gandalf, »es sei denn, du wolltest zum Tor zurückgehen und die Orks schön bitten, dass sie dir dein Pony und dein Gepäck wiedergeben.«

»Nein, danke!«, sagte Bilbo.

»Dann bleibt uns nichts übrig, als die Gürtel enger zu schnallen und weiterzustapfen – oder wir werden selbst zu Abend gegessen, was noch um einiges schlimmer ist, als aufs Abendessen verzichten zu müssen.«

Während sie marschierten, suchte Bilbo am Wegrand nach etwas Essbarem, aber die Brombeeren standen erst in Blüte, und natürlich gab es auch keine Nüsse oder auch nur Hagebutten. Er knabberte ein bisschen Sauerampfer, trank aus einem kleinen Bergbach und aß drei wilde Erdbeeren, die er am Ufer fand. Satt wurde er nicht.

Sie liefen und liefen. Der holprige Pfad verschwand. Die Büsche und Spitzgräser zwischen den Felsblöcken, die von Kaninchen abgefressenen Rasenfleckchen mit Thymian, Salbei und Majoran und den gelben Ziströschen verschwanden ebenfalls, und sie standen am Rand eines breiten, steil abfallenden Hangs voller Felsgeröll, Überbleibsel eines Erdrutsches. Als sie sich an den Abstieg machten, rollten Kiesel und Splitter unter ihren Füßen weg, und bald polterten größere Steine hinterdrein und brachten andere Stücke unter ihnen ins Rutschen und Kullern; dann wackelten dicke Felsbrocken, lösten sich und krachten in einer Staubwolke bergab. Binnen kurzem schien der ganze Hang über und unter ihnen in Bewegung zu sein, und sie rutschten mit, dicht zusammengedrängt in einem wüsten Durcheinander ratternder, rumsender, knackender und knirschender Klötze und Brocken.

Die Bäume unten retteten sie. Sie rutschten in den Saum eines Kiefernwaldes hinein, der von den dichteren Wäldern der Täler den Berghang bis hier hinaufwuchs. Manche von ihnen hielten sich an den Stämmen fest und kletterten zwischen die unteren Äste, andere (wie der kleinwüchsige Hobbit) fanden hinter einem Baumstamm Schutz vor den nachrollenden Steinen. Bald war die Gefahr vorüber, der Steinschlag hatte aufgehört, und nur noch leise hörten sie, wie die größten der losgetretenen Brocken weiter unten durch Farne und über die Kiefernwurzeln polterten.

»Jedenfalls sind wir auf die Weise ein Stück vorangekommen«, sagte Gandalf, »und selbst den Orks, die uns verfolgen, wird es schwer fallen, hier ohne Lärm herunterzukommen.«

»Das kann man wohl sagen«, knurrte Bombur, »aber es wird ihnen nicht schwer fallen, uns Steine auf die Köpfe kullern zu lassen.« Den Zwergen (ebenso wie Bilbo) war gar nicht wohl in ihrer Haut; sie massierten sich die zerschrammten und gequetschten Beine und Füße.

»Unsinn! Wir biegen hier zur Seite ab und sind aus der Bahn des Steinschlags. Beeilt euch, es wird schon dunkel!«

Längst war die Sonne hinter den Bergen verschwunden. Schon wurden die Schatten um sie her dichter, obwohl durch die Bäume und über die dunklen Wipfel der tiefer gelegenen Wälder hinweg noch das Abendlicht auf den Ebenen zu sehen war. So schnell sie konnten, humpelten sie weiter, durch einen Kiefernwald, auf einem Pfad, der schräg zu den sanft abfallenden Hängen stetig nach Süden führte. Bald durchpflügten sie ein Meer von Farnkräutern, dessen hohe Wedel dem Hobbit bis über den Kopf reichten; bald schritten sie lautlos über einen Teppich von Kiefernnadeln; und während der ganzen Zeit wurde der Wald immer dämmeriger und stiller. Kein Windhauch regte an diesem Abend das Gezweig der Bäume, und sie hörten nicht das leiseste Rauschen.

»Müssen wir denn noch weiter?«, fragte Bilbo, als es so dunkel war, dass er gerade noch Thorins Bart neben sich herwackeln sah, und so still, dass ihm der Atem der Zwerge wie ein lautes Geräusch vorkam. »Meine Zehen sind wund und krumm, die Beine tun mir weh, und mein Magen schlottert wie ein leerer Sack.«

»Noch ein Stückchen«, sagte Gandalf.

Nach einem ewig langen Stückchen kamen sie plötzlich auf eine Fläche im Wald hinaus, wo keine Bäume standen. Der Mond war aufgegangen und schien auf die Lichtung herab. Irgendwie war es kein freundlicher Ort, fanden sie alle, obwohl nichts Bedenkliches zu sehen war.

Auf einmal hörten sie von weiter unten am Hang ein Heulen, ein schauriges, lang gezogenes Heulen. Ein zweites antwortete rechts von ihnen und um einiges näher, dann ein drittes nicht weit zur Linken. Es waren Wölfe, die den Mond anheulten, Wölfe, die sich sammelten.

Bilbo kannte den Ton, obwohl es daheim um seine Höhle weit und breit keine Wölfe gab. Oft genug hatte er in Geschichten gehört, wie dieses Heulen klang. Einer seiner älteren Vettern (unter den Tuks), der weit gereist war, hatte es manchmal nachgeahmt, um ihm Angst zu machen. Es nun hier draußen im mondbeschienenen Wald zu hören, war zu viel für Bilbo. Gegen Wölfe nützen selbst Zauberringe nicht viel, schon gar nicht gegen die bösen Rudel im Schatten der Berge, wo es von Orks wimmelte, an den Grenzen der wilden, unbekannten Länder. Wölfe dieser Art haben noch bessere Nasen als die Orks und müssen ihre Opfer nicht erst sehen, um sie zu fassen.

»Was machen wir nur, was machen wir nur?«, rief Bilbo. »Den Orks entkommen, von den Wölfen geschnappt!«, sagte er, und daraus wurde ein Sprichwort, eines wie »vom Regen in die Traufe« oder »aus der Pfanne ins Feuer«, die wir für dergleichen unerfreuliche Veränderungen heute gebrauchen.

»Auf die Bäume, schnell!«, rief Gandalf, und sie rannten zu den Bäumen am Rande der Lichtung, suchten nach solchen, bei denen die untersten Äste tief genug ansetzten oder die schlank genug waren, dass man hinaufklettern konnte. Sie fanden welche, schneller als sie es je für möglich gehalten hätten, und stiegen so hoch hinauf, wie die Äste sie nur tragen konnten. Ihr hättet gelacht – aus sicherer Entfernung –, hättet ihr die Zwerge mit baumelnden Bärten oben auf den Bäumen sitzen sehen, wie durchgeknallte alte Herren, die sich als Lausbuben aufführen. Fili und Kili saßen in der Krone einer hohen Lärche, die wie ein riesiger Weihnachtsbaum aussah. Dori, Nori, Ori, Oin und Gloin hatten es bequemer auf einer großen Kiefer mit in regelmäßigen Abständen wie Radspeichen herausragenden Ästen. Bifur, Bofur, Bombur und Thorin saßen auf einer anderen Kiefer. Dwalin und Balin hatten sich eine schlanke Fichte mit nur wenigen Ästen hinaufgehangelt und versuchten nun in der grünen Krone Sitzplätze zu finden. Gandalf, der um einiges größer war als die anderen, hatte einen Baum gefunden, auf den sie nicht klettern konnten, eine mächtige Kiefer dicht am Rande der Lichtung. Er saß gut versteckt zwischen ihren Zweigen, aber man konnte seine Augen im Mondlicht schimmern sehen, wenn er hervorlugte.

Und Bilbo? Er kam auf keinen Baum hinauf und hoppelte von einem Stamm zum andern wie ein Kaninchen, das sein Loch nicht findet und dem ein Hund auf den Fersen ist.

»Du hast den Meisterdieb wieder zurückgelassen«, sagte Nori zu Dori, als er hinunterblickte.

»Ich kann doch nicht immerzu Meisterdiebe huckepack nehmen«, sagte Dori, »in Stollen runter und auf Bäume rauf! Was denkst du, was ich bin, ein Gepäckträger?«

»Er wird gleich gefressen, wenn wir nicht etwas tun«, sagte Thorin, denn das Geheul kam nun näher und näher und von allen Seiten. »Dori!«, rief er, denn Dori war am weitesten unten auf dem am leichtesten ersteigbaren Baum, »schnell, zieh Beutlin hoch!«

Bei all seinem Gemaule war Dori ein wirklich lieber Kerl. Bilbo konnte seine Hand nicht erreichen, auch nicht, als Dori bis zum untersten Ast hinabgeklettert war und den Arm, so weit er irgend konnte, nach unten ausstreckte. Also stieg Dori ganz von dem Baum herunter und ließ Bilbo hochkrabbeln und auf seine Schultern treten.

In dem Augenblick trabten die Wölfe heulend auf die Lichtung. Hunderte von Augen waren plötzlich auf die beiden gerichtet. Aber Dori setzte Bilbo nicht wieder ab. Er wartete, bis der Hobbit von seinen Schultern ins Geäst gestrampelt war; dann sprang er selbst hinauf. Eben noch rechtzeitig! Ein Wolf schnappte nach seinem Mantel, als er sich hochzog, und hätte ihn beinah erwischt. Gleich darauf tobte ein ganzes Rudel um den Baum herum, kläffend, mit glühenden Augen und hängender Zunge am Stamm hochspringend.

Aber selbst die wilden Warge (denn so nannte man die bösen Wölfe hinter der Grenze zur Wildnis) können nicht auf Bäume klettern. Einstweilen waren Bilbo und die Zwerge in Sicherheit. Zum Glück war es warm und nicht windig. Längere Zeit auf Bäumen zu sitzen ist unter allen Umständen nicht sehr bequem; wenn es aber auch noch kalt und stürmisch ist und man unten von Wölfen erwartet wird, kann es echt ungemütlich werden.

Diese runde Lichtung im Walde war anscheinend ein Versammlungsplatz der Wölfe. Immer mehr von ihnen kamen hinzu. Sie stellten Wachen unter den Baum, auf dem Dori und Bilbo saßen, und dann fanden sie schnüffelnd auch alle andern Bäume heraus, auf denen jemand saß. Auch dort ließen sie Wachen, während die anderen (etliche hundert, wie es schien) auf die Lichtung hinausliefen und sich in einem großen Kreis niederließen. In der Mitte des Kreises stand ein großer grauer Wolf und hielt ihnen eine Rede in der entsetzlichen Sprache der Warge. Gandalf verstand ihn, Bilbo nicht, aber auch für ihn war klar, so wie es sich anhörte, dass er die ganze Zeit von nichts anderem als von Grausamkeiten und Gemeinheiten redete. Ab und zu erhoben die Warge im Kreis ihre Stimmen alle zugleich, um ihrem grauen Häuptling beizupflichten, und dabei machten sie einen solchen Lärm, dass der Hobbit fast von seiner Kiefer gefallen wäre.

Ich will euch erzählen, was Gandalf mit anhörte, obwohl Bilbo es nicht verstand. Die Warge und die Orks waren sich bei ihren Schandtaten oft gegenseitig behilflich. Orks wagen sich für gewöhnlich nicht sehr weit von ihren Bergen fort, es sei denn, sie werden von dort verjagt und müssen sich neue Behausungen suchen, oder sie ziehen in den Krieg (was zum Glück schon lange nicht mehr vorgekommen ist). Aber zu jener Zeit gingen sie manchmal auch auf Raubzüge, meistens um sich Nahrung oder Arbeitssklaven zu verschaffen. Dabei riefen sie dann oft die Warge zu Hilfe und teilten die Beute mit ihnen. Bisweilen ritten sie auf Wölfen wie die Menschen auf Pferden. Ein solches Unternehmen in großem Stil schien gerade für diese Nacht geplant gewesen zu sein. Die Warge waren zu der Lichtung gekommen, um sich mit den Orks zu treffen, und die Orks ließen auf sich warten. Der Grund waren zweifellos der Tod ihres großen Häuptlings und die Verwirrung, die Bilbo, Gandalf und die Zwerge gestiftet hatten, denen sie vermutlich immer noch nachhetzten.

Allen Gefahren dieses fernen Landes zum Trotz waren in letzter Zeit wieder mutige Menschen von Süden dorthin vorgedrungen, hatten Bäume gefällt und sich in den freundlicheren Wäldern der Täler und Flussufer niedergelassen. Sie waren zahlreich, tapfer und gut bewaffnet, und die Warge wagten bei Tage, oder wenn viele Menschen beisammen waren, nicht, sie anzugreifen. Nun aber gedachten sie mit Hilfe der Orks einige Dörfer zu überfallen, die dem Gebirge am nächsten lagen. Wäre ihr Plan ausgeführt worden, so wäre am nächsten Tag dort keiner von den Bewohnern mehr übrig geblieben; alle wären umgebracht worden, bis auf die wenigen, die die Orks den Wölfen nicht gönnten und die sie als Gefangene in ihre Höhlen mitschleppten.

Es war furchtbar, sich das alles anhören zu müssen, nicht nur im Gedanken an die armen Waldbewohner und ihre Frauen und Kinder, sondern auch wegen der Gefahr, die Gandalf und seinen Freunden nun drohte. Die Warge waren verblüfft und wütend, sie ausgerechnet hier an ihrem Versammlungsplatz vorzufinden. Sie hielten sie für Freunde der Waldmenschen, für Spione, die mit der Nachricht von ihren Plänen die Täler alarmieren könnten, und dann würden die Orks und die Wölfe eine blutige Schlacht schlagen müssen, statt einfach Gefangene zu machen und sich an Leuten satt fressen zu können, die eben erst aus dem Schlaf erwacht waren. Darum dachten die Warge nicht daran, abzuziehen und die Leute, die da oben auf den Bäumen saßen, entkommen zu lassen, zumindest nicht vor dem Morgen. Und lange vorher, sagten sie, würden Orksoldaten von den Bergen herabkommen; und Orks können auf Bäume klettern oder sie umhauen.

Ihr werdet verstehen, warum Gandalf, während er ihrem Kläffen und Knurren zuhörte, einige Sorgen bekam, denn bei allem Vertrauen in seine Zauberei musste er sich doch sagen, dass sie sich in einer üblen Lage befanden und noch keineswegs entkommen waren. Trotzdem konnte er die Wölfe nicht machen lassen, was sie wollten. Allerdings, so wie er da festsaß, hoch oben auf dem Baum und mit dem Gewimmel am Boden ringsum, konnte er sehr viel nicht ausrichten. Er pflückte die großen Kienäpfel von den Zweigen des Baumes, zündete einen an und warf ihn zwischen die Wölfe. Funken sprühend und mit leuchtend blauer Flamme traf das Geschoss einen auf dem Rücken, und sofort fing der zottige Pelz Feuer, und der Wolf raste erbärmlich winselnd hin und her. Und schon kamen die nächsten Kienäpfel geflogen, einer in blauen, einer in roten und einer in grünen Flammen. Sie barsten auf dem Boden in der Mitte des Kreises und zerstoben in farbige Funken und Rauchwolken. Ein besonders großer traf den Wolfshäuptling auf die Nase. Er sprang zehn Fuß hoch in die Luft, und dann raste er im Kreis herum, biss und schnappte in seiner Wut und Angst nach den anderen Wölfen.

Die Zwerge und Bilbo johlten und jubelten. Die Raserei der Wölfe war ein schrecklicher Anblick und brachte den ganzen Wald in Aufruhr. Feuer lieben die Wölfe unter keinen Umständen, dies aber war ein besonders tückisches, unheimliches Feuer. Wenn sie auch nur einen Funken an den Pelz bekamen, blieb der stecken und sengte sich tief ein, und wenn sie sich dann nicht schleunigst herumwälzten, standen sie gleich darauf lichterloh in Flammen. Bald kugelten sich auf der ganzen Lichtung Wölfe am Boden, um die Funken am Rücken zu löschen, während andere, die schon brannten, heulend umherrannten und andere in Brand steckten, bis sie von ihren besten Freunden verjagt wurden und die Hänge hinunter flohen, winselnd und jammernd auf der Suche nach Wasser.

»Was ist da heute Nacht für ein Tumult im Wald?«, sagte der Fürst der Adler. Schwarz saß er im Mondlicht auf einer einsamen Felszinne am Ostrand des Gebirges. »Ich höre Wolfsgeheul. Treiben die Orks wieder ihren Unfug in den Wäldern?«

Er schwang sich in die Lüfte auf, und sogleich folgten ihm zwei seiner Leibwächter, die auf den Felsen rechts und links von ihm gesessen hatten. Sie kreisten hoch am Himmel und blickten auf den Ring der Warge hinab, einen winzigen Fleck tief, tief unten. Adler haben scharfe Augen und können kleine Dinge aus großer Entfernung erkennen. Der Fürst der Adler aus dem Nebelgebirge hatte Augen, die ohne zu blinzeln in die Sonne blicken oder die Bewegung eines Kaninchens eine Meile tief unter ihm am Boden sehen konnten, sogar im Mondschein. Darum konnte er jetzt zwar die Flüchtlinge in den Bäumen nicht sehen, aber das wüste Durcheinander unter den Wölfen und die winzigen Flammenblitze konnte er ausmachen, und auch das Geheul und Gekläff drang von unten schwach bis zu ihm empor. Und was er noch sehen konnte, war das Blinken der Orkhelme und Orkspeere im Mondlicht, denn lange Kolonnen dieser üblen Burschen krochen nun vom Tor die Berghänge herunter und schlängelten sich in den Wald hinein.

Adler sind keine freundlichen Vögel. Manche sind feige und grausam. Aber die Adler vom alten Stamm aus dem nördlichen Gebirge waren die größten von allen Vögeln; und sie waren stolz, stark und edelmütig. Vor den Orks hatten sie weder Angst noch Achtung. Wenn sie sich überhaupt um sie kümmerten (was selten genug war, denn solche Kreaturen fraßen sie nicht), dann stießen sie auf sie herab, dass die Halunken kreischend in ihre Höhlen flüchten mussten und die Gräueltaten, mit denen sie gerade beschäftigt waren, nicht zu Ende führen konnten. Die Orks hassten die Adler und fürchteten sie, konnten sie aber nicht aus dem Gebirge vertreiben, denn ihre Horste waren in unerreichbaren Höhen.

Heute Nacht war der Fürst der Adler neugierig zu erfahren, was da unten vorging. Darum rief er viele andere Adler herbei, und sie stiegen von ihren Bergen auf und gingen langsam kreisend und kreisend immer tiefer auf den Versammlungsplatz der Wölfe und ihren Treffpunkt mit den Orks nieder.

Und da kamen sie wie gerufen! Grässlich war es inzwischen dort zugegangen. Die Wölfe, die brennend in den Wald geflohen waren, hatten ihn an mehreren Stellen in Brand gesteckt. Es war Hochsommer, und auf der Ostseite des Gebirges war in letzter Zeit wenig Regen gefallen. Vergilbter Farn, abgebrochene Äste, die dicke Schicht der Kiefernnadeln am Boden und hier und da ein abgestorbener Baum standen bald in Flammen. Rings um die Lichtung der Warge loderten Feuer auf. Trotzdem blieben die Wölfe, die unter den Bäumen Wache hielten, auf ihren Posten. Rasend und mit Wutgeheul sprangen sie um die Stämme, beschimpften die Zwerge mit den schlimmsten Wörtern ihrer barbarischen Sprache, während die Zungen ihnen weit aus den Mäulern hingen und die Augen rot und wild glühten wie die Flammen.

Dann kamen plötzlich mit Gebrüll die Orks angerannt. Sie glaubten, eine Schlacht mit den Waldmenschen sei im Gange; aber schnell erfuhren sie, was wirklich los war. Manche mussten sich vor Lachen erst mal hinsetzen; andere schwenkten die Speere und schlugen mit den Schäften an die Schilde. Orks fürchten sich nicht vor dem Feuer, und schnell hatten sie sich etwas ausgedacht, das sie sehr lustig fanden.

Manche trieben alle Wölfe zu einer Herde zusammen. Andere schichteten Farn und Unterholz um die belagerten Bäume auf. Wieder andere liefen herum und stampften und trampelten die Brände aus – bis auf diejenigen, die den Bäumen, auf denen die Zwerge saßen, am nächsten waren. Diese speisten sie im Gegenteil mit Laub, Farn und trockenen Ästen. Bald hatten sie einen Rauch- und Flammenring um die Zwerge geschlossen und gaben Acht, dass er sich nicht nach außen erweiterte. Nach innen aber wurde der Ring immer enger, bis die Flammen zu den Scheiterhaufen unter den Bäumen hinzüngelten. Rauch stieg Bilbo in die Augen, er spürte die Hitze der Flammen, und durch die Schwaden hindurch konnte er die Orks um sie her Ringelreihen tanzen sehen wie um ein Sommersonnenwendfeuer. Außerhalb des Rings der tanzenden Krieger mit ihren Speeren und Äxten standen die Wölfe, lauernd, in respektvollem Abstand.

Er hörte, wie die Orks ein misstönendes Lied anstimmten:

Zwei, zwei, eins, sechs und noch vier:
Fünfzehn Vögel sitzen hier
Auf fünf Bäumen, ohne Schwingen,
Könnt nicht fliegen – doch könnt ihr singen?
Fressen euch, öffnet ihr nur den Schnabel,
Wie sich's schickt mit Dolch und Gabel.

Dann riefen sie: »Nun fliegt doch, Vögelchen! Versucht's mal! Kommt doch runter, oder ihr werdet in euren Nestern gebraten! Oder singt endlich! Warum wollt ihr nicht singen?«

»Verschwindet, ihr Lausbuben!«, rief Gandalf zur Antwort hinunter. »Vogelnester könnt ihr ein andermal ausnehmen. Und Bengels, die mit dem Feuer spielen, kriegen eins auf die Finger!« Er sagte das, um sie zu reizen und um ihnen zu zeigen, dass er keine Angst vor ihnen hatte – aber natürlich hatte er Angst, Zauberei hin, Zauberei her. Aber sie kümmerten sich nicht drum und sangen weiter:

Flammen brüllt laut durch Strauch und Kraut!
Sollt schrumpfen und wackeln als lebende Fackeln,
Als schmorendes Aas, zu unserm Spaß.
Juhuuu!

Backt sie und toastet, würzt sie und kostet!
Die Augen schmoren im Fett aus den Ohren!
Die Haut ist zu gerben – für eure Erben!
Ju-hei!
Ju-hu-hei!
Juhuuuuu!

Und bei diesem *Juhuuuuu!* sprangen die Flammen unter Gandalfs Baum. Gleich darauf griffen sie zu den anderen hinüber. Die Rinde fing Feuer, die untersten Äste knackten.

Gandalf kletterte bis in die Krone des Baumes. Sein Stab strahlte plötzlich ein Gewitter leuchtender Farben aus, als er sich bereit machte, von hoch oben mitten zwischen die Speere der Orks zu springen. Das wäre sein Ende gewesen, obwohl er gewiss viele von ihnen getötet hätte, wenn er wie Blitz und Donner auf sie herabfuhr. Aber er sprang nicht.

Denn in diesem Augenblick schwebte der Fürst der Adler von oben herab, packte ihn mit seinen Klauen, und sie verschwanden.

Die Orks brüllten auf vor Wut und Verblüffung. Der Fürst der Adler, mit dem Gandalf inzwischen gesprochen hatte, stieß einen lauten Befehlsruf aus. Und die großen Vögel, die bei ihm waren, machten kehrt und kamen wieder herabgeschwebt wie riesige schwarze Schatten. Die Wölfe winselten und knirschten mit den Zähnen; die Orks kreischten und stampften mit den Füßen auf vor Entrüstung und durchlöcherten die Luft mit ihren schweren Spießen. Die Adler senkten sich auf sie herab; der dunkle Schwall ihrer Flügelschläge warf die Orks zu Boden oder fegte sie weit davon; ihre Klauen zerfetzten den Feinden die Gesichter. Andere Adler flogen zu den Baumwipfeln und fassten die Zwerge, die nun so weit hinaufgeklettert waren, wie sie es nur irgend wagen konnten.

Unser armer kleiner Bilbo wäre beinah zurückgeblieben. Er bekam gerade noch Doris Beine zu fassen, des Letzten von allen, die davongetragen wurden; und zusammen flogen sie auf, hoch über Feuer und Lärm, Bilbo nur an seinen Armen hängend, die beinahe rissen.

Tief unter ihnen rannten nun die Orks und die Wölfe kreuz und quer durch die Wälder. Einige Adler kreisten noch über dem Schlachtfeld oder stießen herab. Die Flammen um die Bäume schossen plötzlich bis über die höchsten Zweige empor. Prasselnd loderten die Bäume auf, in einem Gestöber von Qualm und Funken. Bilbo war eben noch rechtzeitig entkommen.

Bald wurde der Feuerschein schwächer, ein rotes Flackern auf dem schwarzen Grund; sie waren nun hoch in der Luft und stiegen in mächtigen Kreisbahnen immer noch höher. Nie vergaß Bilbo diesen Flug, bei dem er an Doris Knöchel geklammert in der Luft hing. »Meine Arme, meine Arme!«, stöhnte er, und Dori ächzte: »Meine Beine, meine Beine!«

Solcher Höhen hätte es nicht bedurft, um Bilbo schwindlig zu machen. Gewöhnlich wurde ihm schon mulmig, wenn er nur über den Rand einer ganz harmlosen Klippe blickte; und Leitern hatte er noch nie gemocht, um von Bäumen gar nicht zu reden (denn er hatte ja auch noch nie mit Wölfen zu tun gehabt). Ihr könnt euch vorstellen, wie ihm der Kopf schwamm, als er zwischen seinen baumelnden Zehen hindurch auf die dunklen Lande blickte, die nun weit hingestreckt unter ihm lagen, hier und da mit einem Schimmer von Mondlicht auf einem Felshang oder auf einem Bach in der Ebene.

Die fahlen Berggipfel kamen immer näher, mondbeschienene Felszacken, die aus tiefem Schatten aufragten. Es mochte zwar Sommer sein, aber ihm kam es sehr kalt vor. Er machte die Augen zu und fragte sich, ob er sich noch länger festhalten könnte. Dann stellte er sich vor, was wäre, wenn nicht. Ihm war übel.

Der Flug endete im letzten Moment, bevor seine Arme nachgaben. Mit einem Seufzer ließ er Doris Knöchel los und fiel auf die raue Plattform eines Adlerhorstes. Ohne ein Wort zu sagen, blieb er liegen, und in seinen Gedanken mischte sich das Staunen über die unerwartete Rettung aus dem Feuer mit der Angst, von diesem schmalen Fleckchen in die schattige Tiefe zu beiden Seiten zu stürzen. Inzwischen war ihm schon sehr mulmig im Kopf von all diesen grässlichen Abenteuern in den letzten drei Tagen, in denen es so gut wie nichts zu essen gegeben hatte, und plötzlich hörte er sich laut sagen: »Jetzt weiß ich, wie einem Stück Speck zumute sein muss, wenn es vor dem Braten mit der Gabel aus der Pfanne gepickt und wieder in die Speisekammer gebracht wird.«

»Nein, du weißt es nicht!«, hörte er Dori antworten, »denn der Speck weiß, dass er früher oder später doch wieder in der Pfanne landet; während wir hoffen können, dass es uns nicht so ergeht. Außerdem haben Adler Klauen und keine Gabeln.«

»O nein! Und sie sind ja auch keine Orks – von den Gabeln und Pfannen ganz abgesehen«, sagte Bilbo, während er sich aufsetzte und ängstlich zu dem Adler hinschaute, der sich ganz in der Nähe niedergelassen hatte. Er wunderte sich selbst über den Unsinn, den er eben geredet hatte, und hoffte, dass der Adler nicht beleidigt wäre. Einem Adler sollte man nie dumm kommen, wenn man nur so groß ist wie ein Hobbit und bei Nacht in seinem Horst sitzt.

Aber der Adler wetzte nur seinen Schnabel an einem Stein, putzte sein Gefieder und kümmerte sich nicht um das Gerede des Hobbits.

Bald kam ein anderer Adler geflogen. »Der Fürst ersucht dich, die Gefangenen zur Großen Platte zu bringen«, rief er und flog wieder davon. Der erste Adler nahm Dori in die Klauen und flog mit ihm in die Nacht hinaus; Bilbo blieb ganz allein. Er war eben noch imstande, darüber nachzudenken, was der Bote wohl mit den »Gefangenen« gemeint hatte, und fing schon an sich vorzustellen, wie einem Kaninchen zumute wäre, wenn es zur Abendmahlzeit zerstückelt wird, als er selbst an die Reihe kam.

Der Adler kehrte wieder, nahm ihn mit seinen Klauen beim Mantelkragen und rauschte los. Dieses Mal flog er nicht weit. Gleich wurde Bilbo, der vor Angst zitterte, auf einer breiten Felsplatte an der Flanke eines Berges abgelegt. Von weiter oben führte kein Weg hier herunter, es sei denn, man konnte fliegen; und auch nach unten gab es keinen Weg, es sei denn den Sprung von einer Klippe. Alle andern waren schon da und saßen mit dem Rücken zur Bergwand. Auch der Fürst der Adler war da und redete mit Gandalf.

Anscheinend sollte Bilbo also doch nicht verspeist werden. Der Zauberer und der Adlerfürst kannten sich offenbar schon oder standen sogar auf freundschaftlichem Fuß. Ja, Gandalf, der schon oft im Gebirge gewesen war, hatte den Adlern einmal einen Dienst erwiesen und ihren Fürsten von einer Pfeilwunde geheilt. Es war also klar, dass »Gefangene« nur die »vor den Orks geretteten Gefangenen« bedeutet hatte und nicht Gefangene der Adler. Als Bilbo dem Zauberer zuhörte, begriff er, dass sie nun drauf und dran waren, aus diesen entsetzlichen Bergen wahrhaftig zu entkommen. Er besprach mit dem großen Adler, wie sie die Zwerge, ihn selbst und Bilbo ein gutes Stück weit tragen und sie an einer günstigen Stelle ihres Wegs über die Ebenen absetzen könnten.

Der Fürst der Adler mochte sie nicht irgendwohin bringen, wo Menschen in der Nähe wären. »Sie würden mit ihren großen Eibenholzbogen auf uns schießen«, sagte er, »weil sie glauben, dass wir es auf ihre Schafe abgesehen haben. Und zu anderer Zeit könnten sie damit Recht haben. Nein! Wir freuen uns, dass wir den Orks das Spiel verderben und dir unseren Dank abstatten konnten, aber für Zwerge mögen wir uns nicht in Gefahr begeben und uns bis in die südlichen Ebenen vorwagen.«

»Schön«, sagte Gandalf, »dann bringe uns, wohin du willst und so weit du willst. Wir sind dir auf jeden Fall zu Dank verpflichtet. Aber im Augenblick sterben wir vor Hunger.«

»Ich bin schon so gut wie tot«, sagte Bilbo mit so schwacher Stimme, dass ihn niemand hörte.

»Dem können wir wohl abhelfen«, sagte der Fürst der Adler.

Später hättet ihr ein helles Feuer auf der Felsplatte sehen können und die Gestalten der Zwerge ringsherum, wie sie Fleisch über die Glut hielten und einen würzigen Bratenduft aufsteigen ließen. Die Adler hatten trockene Zweige als Brennholz geholt und ein paar Kaninchen, Hasen und ein kleines Schaf heraufgebracht. Die Zubereitung besorgten die Zwerge. Bilbo war zu kaputt, um zu helfen; außerdem verstand er auch nicht viel davon, wie man einem Kaninchen das Fell abzieht oder Fleisch zerlegt, denn er bekam gewöhnlich alles von seinem Metzger topffertig geliefert. Auch Gandalf legte sich untätig hin, nachdem er das Seine dazu getan hatte, das Feuer in Gang zu bringen, denn Oin und Gloin hatten ihre Zunderbüchsen verloren. (Die Zwerge benutzen bis heute noch keine Streichhölzer.)

So endeten ihre Abenteuer im Nebelgebirge. Bald hatte Bilbo im Magen wieder ein sattes, wohliges Gefühl. Er merkte, dass er zufrieden einschlafen würde, obwohl ihm Butterbrot eigentlich lieber gewesen wäre als das an Stöcken gebratene Fleisch. Zusammengerollt auf dem harten Felsboden schlief er besser, als er in seinem Federbett in der heimischen Höhle je geschlafen hatte. Aber die ganze Nacht träumte er von zu Hause und wanderte im Schlaf durch all seine Zimmer, auf der Suche nach etwas, das er nicht fand und von dem er auch nicht wusste, wie es aussah.

SIEBTES KAPITEL

EIN SELTSAMES QUARTIER

Am nächsten Morgen erwachte Bilbo, als ihm die ersten Sonnenstrahlen in die Augen fielen. Er sprang auf, wollte auf die Uhr sehen und den Teekessel aufsetzen – und merkte, dass er nicht daheim war. Er setzte sich hin und dachte sehnsüchtig an Waschlappen und Zahnbürste. Beides musste er entbehren, ebenso wie er statt Tee, Toast und gebratenem Speck zum Frühstück nur kaltes Lamm- und Kaninchenfleisch bekam. Und gleich danach musste er sich zum Aufbruch ins nächste Abenteuer bereitmachen.

Dieses Mal durfte er einem Adler auf den Rücken steigen und sich zwischen seinen Flügeln festhalten. Die Luft brauste über ihn hinweg, und er machte die Augen zu. Die Zwerge riefen Abschiedsgrüße und versprachen, den Fürsten der Adler für seine Dienste zu bezahlen, wenn sie je dazu imstande sein sollten; und schon stiegen die fünfzehn großen Vögel von der Bergflanke auf. Die Sonne stand noch tief über dem östlichen Rand der Welt. Der Morgen war kühl, Nebel lagen in den Tälern und Niederungen und kräuselten sich hier und da um die Gipfel und Felszacken der Berge. Bilbo machte ein Auge auf und sah, dass die Adler schon hoch am Himmel schwebten. Tief unten lag die Welt, und hinter ihnen verblassten die Berge in der Ferne. Er machte das Auge wieder zu und klammerte sich noch fester an.

»Kneif mich nicht!«, sagte der Adler. »Du brauchst keine Angst zu haben wie ein Kaninchen, auch wenn du wie eines aussiehst. Es ist ein schöner Morgen ohne viel Wind. Was wäre da besser als fliegen?«

»Ein warmes Bad und danach ein spätes Frühstück auf dem Rasen«, hätte Bilbo gern geantwortet, aber er sagte lieber nichts und lockerte seinen Griff ein klein wenig.

Nach einer ganzen Weile mussten die Adler, trotz der großen

Höhe, in der sie flogen, die Stelle ausgemacht haben, der sie zustrebten, denn sie begannen in weiten Bögen abwärts zu kreisen. Dies dauerte einige Zeit, und zuletzt machte der Hobbit wieder die Augen auf. Der Erdboden war nun schon viel näher. Er sah Bäume, anscheinend Eichen und Ulmen, dazwischen ausgedehnte Wiesen und einen Fluss, der mitten hindurch strömte. Aber steil aufragend lag mitten im Flusslauf, der sich um ihn zerteilte, ein großer Felsen, fast ein steinerner Berg, wie ein äußerster Vorposten des fernen Gebirges oder ein gewaltiger Brocken, den ein Riese unter den Riesen meilenweit in die Ebene hinausgeschleudert hatte.

Auf die Kuppe dieses Felsens gingen die Adler nun rasch einer nach dem andern nieder, und dort setzten sie ihre Passagiere ab.

»Fahrt wohl!«, riefen sie, »wohin eure Fahrt auch führt, bis ihr heil wieder in euren Horsten landet!« Dies ist der höfliche Abschiedsgruß unter Adlern.

»Möge der Wind unter euren Schwingen euch dorthin tragen, wo die Sonne segelt und der Mond wandert«, sagte Gandalf, der die korrekte Erwiderung kannte.

So trennten sie sich. Und obwohl der Adlerfürst in späteren Jahren der König aller Vögel wurde und eine goldene Krone trug, wie seine fünfzehn Häuptlinge goldene Halsbänder (aus dem Gold, das ihnen die Zwerge gaben), sah Bilbo sie nie wieder, es sei denn hoch am Himmel oder aus weiter Ferne in der Schlacht der fünf Heere. Aber die kommt erst am Ende dieser Geschichte, und darum wollen wir davon einstweilen nichts mehr sagen.

Auf der Kuppe des Felsens war eine ebene Fläche, und ein ausgetretener Pfad mit vielen Stufen führte zum Fluss hinab. Über eine Furt aus großen, flachen Steinen gelangte man ans grasbewachsene Ufer auf der anderen Seite. Am Fuß des Stufenwegs und dicht bei der Furt war eine kleine Höhle (luftig und hell, mit Kieselboden), und hier versammelten sie sich, um zu besprechen, wie es weitergehn sollte.

»Ich hatte von Anfang an vor, euch alle so sicher wie möglich über die Berge zu bringen«, sagte der Zauberer, »und mit etwas Sachverstand *und* mit viel Glück hab ich's geschafft. Wir sind nun sogar schon ein ganzes Stück weiter nach Osten gekommen, als ich euch begleiten wollte, denn schließlich ist dies ja nicht mein Abenteuer. Ich werde vielleicht noch mal nach dem Rechten sehen, bevor alles vorbei ist, aber in der Zwischenzeit muss ich mich um ein paar wichtige andere Dinge kümmern.«

Die Zwerge stöhnten und schauten sehr bekümmert drein, und Bilbo weinte. Sie hatten sich an den Gedanken gewöhnt, dass Gandalf sie auf dem ganzen Weg begleiten und immer da sein würde, um ihnen aus Schwierigkeiten herauszuhelfen. »Ich werde nicht jetzt gleich verschwinden«, sagte er. »Ein oder zwei Tage kann ich schon noch dranhängen. Wahrscheinlich kann ich euch in eurer augenblicklichen Notlage helfen; ein bisschen Hilfe brauche ich auch selbst. Wir haben keinen Proviant, kein Gepäck und keine Ponys; und ihr wisst gar nicht, wo ihr seid. Das wenigstens kann ich euch sagen. Ihr seid immer noch einige Meilen nördlich von dem Weg, den wir eingeschlagen hätten, wenn wir den Gebirgspass nicht so eilig hätten verlassen müssen. In dieser Gegend leben nur wenige Menschen, es sei denn, sie wären neu hergezogen, seit ich das letzte Mal hier war, was schon einige Jahre her ist. Aber nicht weit von hier wohnt jemand, den ich kenne. Er ist es, der auch die Stufen in den Felsen gehauen hat – ich glaube, er nennt ihn den Carrock. Er kommt nicht oft hierher, jedenfalls nicht bei Tag, und es hätte keinen Sinn, hier auf ihn zu warten. Das wäre sogar sehr gefährlich. Wir müssen hingehen und ihn aufsuchen, und wenn bei dieser Begegnung alles gut geht, kann ich wohl verschwinden und euch wie die Adler ›fahrt wohl‹ sagen.«

Sie flehten ihn an, sie nicht zu verlassen. Sie versprachen ihm Drachengold, Silber und Juwelen, aber er ließ sich von seinen Plänen nicht abbringen. »Sehn wir mal, sehn wir mal!«, sagte er, »und ich denke, ich habe von eurem Drachengold sowieso schon ein bisschen was verdient – wenn ihr es erst habt.«

Da baten sie ihn nicht weiter. Sie legten die Kleider ab und badeten im Fluss, der an der Furt seicht, klar und steinig war. Als sie sich in der Sonne hatten trocknen lassen, die nun kräftig und warm herabschien, waren sie erfrischt, wenngleich immer noch voller Schrammen und Beulen und schon wieder ein bisschen hungrig. Bald darauf durchquerten sie die Furt (mit dem Hobbit huckepack) und begannen den Marsch durch das hohe grüne Gras, an Reihen von breitästigen Eichen und hohen Ulmen entlang.

»Und warum heißt es Carrock?«, fragte Bilbo, der neben dem Zauberer ging.

»Er hat es Carrock genannt, weil Carrock eben sein Wort dafür ist. Solche Felsen nennt er Carrocks, und dieser ist *der* Carrock, weil er der einzige in der Nähe seines Hauses ist und weil er ihn genau kennt.«

»Wer nennt ihn so? Wer kennt ihn?«

»Der Jemand, von dem ich gesprochen habe – ein sehr bedeutender Mann. Ihr müsst alle ausgesucht höflich sein, wenn ich euch mit ihm bekannt mache. Ich glaube, es wird eine Weile dauern, bis ich euch alle vorgestellt habe, ihr kommt immer zu zweit dran; und ihr müsst unbedingt vermeiden, ihn zu ärgern, oder der Himmel weiß, was euch passiert. Er kann sehr unangenehm werden, wenn er wütend ist; aber wenn man ihn richtig behandelt, ist er ein sehr netter Kerl. Trotzdem, seid vorsichtig, denn er ist sehr schnell eingeschnappt.«

Die Zwerge drängten sich um sie, als sie hörten, was Gandalf zu Bilbo sagte. »Ist das der Mann, zu dem du uns jetzt bringst?«, sagten sie. »Könntest du nicht jemanden finden, der ein bisschen ausgeglichener ist? Könntest du das nicht mal etwas näher erklären?« – und so weiter.

»Ja, natürlich ist er das! Nein, konnte ich nicht! Und ich hab es schon alles sehr genau erklärt«, antwortete der Zauberer barsch. »Wenn ihr noch mehr wissen wollt, er heißt Beorn. Er ist sehr stark und ein Hautwechsler.«

»Was ist denn das?«, fragte Bilbo. »Doch nicht ein Kürschner, der Kaninchenfelle als Biber-, Otter- oder Eichhörnchenpelze verkauft?«

»Du lieber Himmel, nein, nein und noch mal NEIN!«, sagte Gandalf. »Stell dich nicht blöder an als nötig, Bilbo Beutlin! Und bei allen Weltwundern, sag nie wieder etwas von Kürschnern, Pelzhandel, Pelzmänteln, Pelzkrägen und so weiter – das sind auf hundert Meilen im Umkreis seines Hauses gefährliche Wörter! Er ist ein Hautwechsler. Das heißt, er kann seine Haut wechseln: Manchmal ist er ein riesiger schwarzer Bär, und manchmal ist er ein großer, starker, schwarzhaariger Mann mit dicken Armen und einem mächtigen Bart. Viel mehr kann ich euch nicht sagen, aber das sollte genügen. Manche meinen, er sei ein Bär, der von den großen alten Bären abstammt, die in den Bergen gelebt haben, bevor die Riesen kamen. Andere sagen wieder, er ist ein Mensch, ein Nachkomme der ersten Menschen, die in dieser Weltgegend gelebt haben, bevor Smaug und die anderen Drachen kamen und bevor die Orks von Norden her das Gebirge unsicher machten. Ich kann es nicht sagen, halte aber das Letztere für richtig. Ihm selbst stellt ihr besser keine Fragen.

Jedenfalls, er ist nicht irgendwie verhext, es sei denn von sich selbst. Er hat ein großes Holzhaus in einem Eichenwald; und als Mensch hält er sich Rinder und Pferde, die fast ebenso sonderbar sind wie er. Sie arbeiten für ihn und reden mit ihm. Er isst ihr Fleisch nicht; und er jagt oder isst auch keine wilden Tiere. Er hält viele Völker großer, wilder Bienen und lebt vor allem von Milch und Honig. Als Bär schweift er weit umher. Einmal hab ich ihn gesehen, wie er nachts ganz allein oben auf dem Carrock saß und dem Mond zusah, als er über dem Nebelgebirge allmählich niederging. In der Bärensprache hat er vor sich hin gebrummt: ›Der Tag wird kommen, wo sie verrecken und ich zurückkehre!‹ Darum glaube ich, dass er selbst einst aus dem Gebirge gekommen ist.«

Nun hatten Bilbo und die Zwerge einigen Stoff zum Nachdenken, und sie stellten keine weiteren Fragen. Sie hatten noch eine lange Strecke zu gehen. Hügelauf und hügelab stapften sie; und es wurde sehr heiß. Ab und zu machten sie Rast unter den Bäumen. Bilbo hatte einen Hunger, dass er Eicheln gegessen hätte, wären sie nur schon reif genug gewesen, um herunterzufallen.

Um die Mitte des Nachmittags bemerkten sie, dass die Blumen auf den Wiesen dichter standen, und zwar immer solche der gleichen Art beieinander, als ob sie jemand angepflanzt hätte. Vor allem wuchs viel Klee: leise wogende Flächen mit Hornklee, Rotklee und dem kurzen weißen Honigklee. Überall summten, brummten und dröhnten die Bienen. Aber was für Bienen! Solche hatte Bilbo noch nie gesehen.

»Sollte eine mich stechen«, dachte er, »würde ich doppelt so dick anschwellen, wie ich jetzt bin.«

Sie waren größer als Hornissen, die Drohnen ein ganzes Stück dicker als euer Daumen, und die gelben Streifen auf ihren tiefschwarzen Körpern leuchteten wie glühendes Gold.

»Wir sind bald da«, sagte Gandalf. »Wir sind schon am Rand seiner Bienenweiden.«

Nach einer Weile kamen sie zu einem Streifen hoher, uralter Eichen und dahinter zu einer hohen Dornenhecke, die weder zu durchblicken noch zu durchdringen war.

»Wartet lieber hier«, sagte der Zauberer zu den Zwergen, »und wenn ich rufe oder pfeife, kommt ihr mir langsam nach – ihr werdet sehen, wo ich langgehe –, aber immer nur paarweise, wohlgemerkt, und jedes Paar etwa fünf Minuten nach dem vorigen. Bombur ist der Dickste und kann für zwei gelten; er soll besser allein und als Letzter kommen. Los, gehn wir, Bilbo Beutlin! Irgendwo hier herum ist eine Pforte.« Und damit ging er los, an der Hecke entlang, begleitet von dem verängstigten Hobbit.

Bald kamen sie an eine hohe und breite hölzerne Pforte. Dahinter sahen sie Gärten und eine Gruppe niedriger Holzbauten, manche davon strohgedeckt und aus unbehauenen Baumstämmen: Scheunen, Ställe, Schuppen und ein langes, niedriges Haus. Innen, auf der Südseite der Hecke standen viele Reihen Bienenstöcke mit glockenförmigem Oberteil aus Stroh. Die Geräusche der hin und her fliegenden und krabbelnden Riesenbienen erfüllten die Luft.

Der Zauberer und der Hobbit schoben die schwere, knarrende Pforte auf und gingen auf einem breit ausgetretenen Pfad dem Haus zu. Ein paar Pferde mit sehr glattem, wohlgepflegtem Fell trotteten über die Wiese heran und betrachteten sie sehr aufmerksam und mit intelligenten Gesichtern; dann galoppierten sie davon zu den Gebäuden.

»Sie melden ihm, dass Fremde gekommen sind«, sagte Gandalf.

Sie kamen auf einen Hof, der auf drei Seiten von den Wänden des Holzhauses und seiner beiden Seitenflügel umschlossen war. In der Mitte lag ein großer Eichenstamm mit vielen abgehackten Ästen daneben. Dahinter stand ein riesiger Mann mit dichtem schwarzem Haar und Bart, die bloßen Arme und Beine dick mit Muskeln bepackt. Er trug ein wollenes Gewand, das ihm bis zu den Knien reichte, und stützte sich auf eine breite Axt. Bei ihm standen die Pferde, mit den Nüstern an seiner Schulter.

»Uch, da sind sie ja!«, sagte er zu den Pferden. »Gefährlich sehn sie nicht aus. Ihr könnt uns allein lassen.« Er lachte dröhnend, stellte seine Axt hin und kam ihnen entgegen.

»Wer seid ihr, und was wollt ihr?«, fragte er barsch, als er vor ihnen stand. Er überragte Gandalf bei weitem, und Bilbo hätte ihm sogar bequem zwischen den Beinen durchlaufen können, ohne den Kopf einzuziehen.

»Ich bin Gandalf«, sagte der Zauberer.

»Nie gehört«, brummte der Mann. »Und wer ist der kleine Kerl hier?«, sagte er und bückte sich, um Bilbo unter seinen buschigen schwarzen Brauen einen finsteren Blick zu schenken.

»Das ist Herr Bilbo Beutlin, ein Hobbit aus guter Familie und von untadeligem Ruf«, sagte Gandalf. Bilbo machte eine Verbeugung. Den Hut konnte er nicht lüften, weil er keinen hatte, und die vielen fehlenden Knöpfe an seinem Mantel waren ihm sehr peinlich. »Ich bin Zauberer«, fuhr Gandalf fort. »Ich jedenfalls habe von Ihnen gehört, auch wenn Ihnen mein Name nichts sagt; aber Sie haben vielleicht schon von meinem lieben Vetter Radagast gehört, der am Südrand des Düsterwalds wohnt?«

»Ja, kein übler Kerl, glaube ich, für einen Zauberer. Früher hab ich ihn dann und wann gesehn«, sagte Beorn. »Immerhin weiß ich nun, wer ihr seid oder wer ihr sagt, dass ihr seid. Und was wollt ihr?«

»Um die Wahrheit zu sagen, wir sind unser Reisegepäck losgeworden und hätten uns beinah auch verirrt. Jetzt sind wir leider auf Hilfe oder wenigstens Rat angewiesen. Ich muss sagen, wir haben mit den Orks im Gebirge allerhand Ärger gehabt.«

»Orks?«, sagte der Hüne, schon weniger barsch. »Ach so, mit *denen* hattet ihr Ärger? Wieso seid ihr ihnen denn zu nahe gekommen?«

»Wir hatten es nicht vor. Sie haben uns nachts auf dem Pass überrascht, als wir übers Gebirge gingen – wir sind aus dem Land drüben im Westen herübergekommen, aber das ist eine lange Geschichte.«

»Dann kommt lieber rein und erzählt mir ein bisschen davon, wenn's nicht den ganzen Tag dauert«, sagte Beorn und ging ihnen voraus durch eine dunkle Tür, die vom Hof ins Haus hineinführte.

Sie kamen in eine geräumige Halle mit einem Herd in der Mitte. Obwohl Sommer war, brannte ein Holzfeuer, und der Rauch stieg zu dem geschwärzten Gebälk auf, wo er durch eine Öffnung im Dach abzog. Sie gingen durch diesen halbdunklen Raum, in den außer von dem Feuer und dem Loch darüber kein Licht fiel, und traten durch eine andere, kleinere Tür auf eine Art

Veranda hinaus, die auf Pfosten aus Stücken von ganzen Baumstämmen ruhte. Sie lag nach Süden zu und war noch durchwärmt und erhellt von der Abendsonne, die schräg hereinschien und mit ihrem Licht die Blumen im Garten vergoldete, die bis an die Stufen heran wuchsen.

Hier setzten sie sich auf hölzerne Bänke, und Gandalf begann zu erzählen. Bilbo ließ die Beine baumeln, betrachtete die Blumen und überlegte, wie sie wohl heißen mochten, denn die meisten von ihnen hatte er noch nie gesehen.

»Ich kam mit ein, zwei Freunden über die Berge . . .«, sagte der Zauberer.

»Zwei? Ich sehe nur einen, und noch dazu so einen kleinen«, sagte Beorn.

»Na, um die Wahrheit zu sagen, ich wollte Sie nicht gleich mit unserem ganzen Haufen überfallen, bevor ich nicht wusste, ob wir stören. Ich rufe sie mal, wenn's erlaubt ist.«

»Los, ruf sie!«

Gandalf stieß einen langen, schrillen Pfiff aus, und gleich darauf kamen Thorin und Dori auf dem Gartenweg ums Haus und machten ihre Verbeugung.

»Aha, ein oder drei meintest du!«, sagte Beorn. »Aber dies sind keine Hobbits, dies sind Zwerge!«

»Thorin Eichenschild, zu Diensten!« – »Dori, zu Diensten!«, sagten die beiden Zwerge und verbeugten sich noch einmal.

»Eure Dienste brauch ich nicht, danke!«, sagte Beorn. »Aber ich denke, ihr braucht meine. Ich bin kein großer Freund von Zwergen, aber wenn es wahr ist, dass du Thorin bist (Thrainthrorssohn – und so weiter, glaub ich), dass dein Begleiter ein anständiger Kerl ist und dass ihr Feinde der Orks seid und in meinem Land keinen Unfug treiben wollt – was wollt ihr hier übrigens?«

»Sie sind unterwegs zu einem Besuch im Land ihrer Väter weit im Osten, jenseits des Düsterwalds«, warf Gandalf ein, »und es ist reiner Zufall, dass wir überhaupt durch dieses Land kommen. Wir wollten über den Hohen Pass gehen, der uns auf die Straße geführt hätte, die südlich von Ihrem Land verläuft, als wir von den Orks angegriffen wurden, wie ich gerade erzählen wollte.«

»Dann erzähl schon weiter!«, sagte Beorn, der auch an seinen besten Tagen nie besonders höflich war.

»Es gab ein furchtbares Gewitter; die Steinriesen waren draußen und schmissen mit Felsen, und auf der Passhöhe sind wir in einer Höhle untergekrochen, der Hobbit, ich und noch so einige . . .«

»Zwei – nennst du das noch so einige?«

»Nein, nein! Tatsächlich waren es noch mehr als zwei.«

»Und wo sind sie? Getötet, gefressen, wieder nach Hause gegangen?«

»Das nicht. Es scheint, sie wollten nicht gleich alle kommen, als ich gepfiffen habe. Schüchternheit, nehme ich an. Wir wollten niemandem zur Last fallen mit dem ganzen Haufen.«

»Mach schon, pfeif noch mal! Anscheinend muss ich eine ganze Gesellschaft bewirten, und da kommt's auf einen oder zwei auch nicht mehr an«, knurrte Beorn.

Gandalf pfiff wieder, aber Nori und Ori waren fast schon da, bevor er aufhörte, denn wie ihr euch erinnern werdet, hatte Gandalf sie angewiesen, dass alle fünf Minuten zwei kommen sollten.

»Hallo!«, sagte Beorn. »Ihr seid aber schnell da – wo habt ihr euch denn versteckt? Rein mit euch, ihr Stehaufmännchen!«

»Nori, zu Diensten, Ori, zu . . .«, fingen sie an, aber Beorn unterbrach sie.

»Danke, danke! Wenn ich eure Dienste brauche, sag ich's. Setzt euch, dass wir mit dieser Geschichte weiterkommen, oder es wird Essenszeit, bevor sie zu Ende ist.«

»Sobald wir eingeschlafen waren, ist ein Spalt in der Rückwand der Höhle aufgegangen; Orks kamen heraus, schnappten sich den Hobbit, die Zwerge und die Ponys für den ganzen Trupp –«

»Ponys für einen ganzen Trupp? Was seid ihr, ein Wanderzirkus? Oder hattet ihr viel an Waren dabei? Oder sind sechs Mann für dich ein Trupp?«

»O nein! Es waren schon noch etwas mehr als sechs Ponys, denn wir waren ja auch mehr als sechs – und, nun ja, da sind noch zwei!« Im gleichen Moment tauchten Balin und Dwalin auf und machten so tiefe Verbeugungen, dass ihre Bärte über den Boden fegten. Der Hüne schaute zuerst finster drein, aber sie waren so unglaublich höflich, nickten so freundlich und verbeugten sich so tief, wobei sie nach alter Zwergensitte ihre Kapuzen in weitem Bogen vor den Knien schwenkten, dass er schließlich nicht mehr an sich halten konnte und in ein glucksendes Gelächter ausbrach: Sie sahen so spaßig aus!

»Trupp war schon richtig«, sagte er. »Ein Komikertrupp, das seid ihr! Also kommt rein, ihr Spaßvögel, und sagt mir eure Namen! Nein, eure Dienste brauch ich im Moment nicht, nur eure Namen, und dann setzt euch hin und hört endlich auf, mit den Bärten zu wackeln!«

»Balin und Dwalin«, sagten sie und wagten nicht, eingeschnappt zu sein. Sie ließen sich auf dem Boden nieder und schauten ein wenig verdutzt drein.

»Los, erzähl weiter!«, sagte Beorn zu dem Zauberer.

»Wo war ich doch? Ach ja – ich wurde *nicht* geschnappt. Ich habe ein, zwei Orks mit einem Blitz erschlagen –«

»Schön!«, knurrte Beorn. »Manchmal ist es doch zu etwas gut, wenn man zaubern kann.«

»– und bin mit durch den Spalt geschlüpft, bevor er wieder geschlossen wurde. Ich folgte den Orks abwärts in ihre große Halle, die dicht gedrängt voll war. Der Großork saß da mit dreißig oder vierzig bewaffneten Leibwächtern. Ich dachte mir, auch wenn sie nicht aneinander gekettet wären, was kann ein Dutzend gegen so viele ausrichten?«

»Ein Dutzend! Dass acht ein Dutzend sein sollen, höre ich zum ersten Mal. Oder hast du noch ein paar Stehaufmännchen hier versteckt?«

»Nun ja, mir scheint, da kommen noch zwei, Fili und Kili, glaub ich«, sagte Gandalf, als diese beiden nun auftauchten und lächelnd ihre Verbeugungen machten.

»Das reicht!«, sagte Beorn. »Setzt euch hin und seid still! Also weiter, Gandalf!«

Und Gandalf erzählte weiter, bis er zu dem Kampf im Dunkeln kam, zur Entdeckung des unteren Tores und ihrem Entsetzen, als sie merkten, dass Herr Beutlin ihnen abhanden gekommen war. »Wir zählten uns und stellten fest, dass der Hobbit nicht da war. Wir waren nur noch vierzehn.«

»Vierzehn? Zehn weniger eins ist vierzehn? Du meinst neun, oder du hast mir noch immer nicht alle deine Freunde vorgestellt.«

»Ach richtig, wir haben ja Oin und Gloin noch nicht gesehen. Meine Güte, da kommen sie. Ich hoffe, Sie können ihnen verzeihen, dass sie Sie auch noch behelligen.«

»Nun lass sie doch endlich alle kommen! Macht schneller! Los, ihr beiden, setzt euch! Aber hör mal, Gandalf, jetzt sind es erst zehn Zwerge, du und der verschwundene Hobbit. Das gibt nur elf, plus dem Abhandengekommenen, nicht vierzehn, es sei denn, Zauberer rechnen anders als unsereins. Aber nun bitte weiter!« Allmählich interessierte Beorn die Geschichte wirklich, aber er zeigte es so wenig wie möglich. Ihr müsst wissen, dass er aus alten Zeiten gerade den Teil des Gebirges kannte, von dem Gandalf redete. Er nickte und brummte, als er hörte, wie der Hobbit plötzlich wieder da gewesen war, wie sie mit dem Steinschlag gerutscht und dann im Wald von den Wölfen umringt worden waren.

Als Gandalf dazu kam, wie sie auf die Bäume kletterten, während unter ihnen die Wölfe tobten, stand Beorn auf, ging hin und her und murmelte: »Schade, dass ich nicht dabei war! Da hätten sie etwas mehr erleben können als ein Feuerwerk!«

»Jedenfalls«, sagte Gandalf, hocherfreut, dass seine Geschichte gut ankam, »ich tat, was ich konnte. Da saßen wir also, unter uns rasten die Wölfe, und an manchen Stellen fing der Wald zu brennen an, als die Orks von den Bergen herunterkamen und uns entdeckten. Sie johlten vor Freude und sangen hämische Lieder auf uns: *Zwei, zwei, eins, sechs und noch vier, fünfzehn Vögel sitzen hier . . .*«

»Du lieber Himmel!«, knurrte Beorn. »Sag bloß nicht, Orks könnten nicht zählen! Sie können's. Zwölf ist nicht fünfzehn, das wissen sie immerhin.«

»Und ich weiß es auch. Da waren noch Bifur und Bofur. Ich hatte mich noch nicht getraut, sie vorzustellen, aber da sind sie.«

Bifur und Bofur traten ein. »Und ich auch noch!«, knurrte Bombur, der keuchend hinterdrein kam. Er schnaufte, weil er so dick war, und außerdem ärgerte es ihn, dass er zuletzt kommen sollte. Darum hatte er die fünf Minuten nicht abgewartet, sondern war den andern beiden auf dem Fuße gefolgt.

»Schön, nun seid ihr wirklich fünfzehn, und weil die Orks zählen können, nehme ich an, dass es nun alle sind, die auf den Bäumen gesteckt haben. Vielleicht können wir die Geschichte nun ohne weitere Unterbrechungen bis zu Ende hören.« Bilbo begriff, wie gerissen Gandalf gewesen war. Die Unterbrechungen hatten Beorn immer noch neugieriger auf die Geschichte gemacht, und die Geschichte hatte ihn davon abgehalten, die Zwerge sofort wie verdächtige Bettler von der Schwelle zu weisen. Sonst ließ er nie Leute in sein Haus ein, wenn er es irgend vermeiden konnte. Er hatte sehr wenige Freunde, und die lebten ein gutes Stück weit entfernt, und auch von ihnen lud er nie mehr als zwei zugleich zu sich ein. Und nun saßen da gleich fünfzehn Fremde auf seiner Veranda!

Als der Zauberer zu Ende erzählt hatte, von ihrer Rettung durch die Adler und wie sie von ihnen auf den Carrock gebracht wurden, war die Sonne schon hinter den Gipfeln der Nebelberge versunken, und die Schatten waren lang geworden in Beorns Garten.

»Das war eine sehr gute Geschichte«, sagte er. »Seit langem die beste, die ich gehört habe. Wenn alle Bettler so etwas zu erzählen wüssten, wäre ich freundlicher zu ihnen. Natürlich habt ihr euch alles vielleicht bloß ausgedacht, aber trotzdem, für die Geschichte habt ihr ein Abendbrot verdient. Zu Tisch!«

»Ja gern!«, sagten sie alle zugleich. »Vielen herzlichen Dank!«

In der Halle war es nun recht dunkel. Beorn klatschte in die Hände, und hereingetrabt kamen vier schöne weiße Ponys und mehrere große, langleibige graue Hunde. Beorn sagte etwas zu ihnen in einer seltsamen Sprache, die sich anhörte, wie wenn Tierlaute als Worte gebraucht würden. Sie trabten wieder hinaus und kamen gleich darauf mit Fackeln in den Mäulern zurück, die sie am Feuer anzündeten und dann rings um den Herd in der Mitte des Raums in niedrige Halter an den Pfeilern steckten. Die Hunde konnten, wenn nötig, auf den Hinterläufen stehen und mit den Vorderpfoten Gegenstände tragen. Schnell holten sie Platten und Stellböcke von den Wänden und bauten daraus nahe beim Feuer einen Tisch auf.

Dann war ein Bääh-bääh-bääh zu hören, und einige schneeweiße Schafe kamen herein, angeführt von einem großen kohlschwarzen Widder. Das eine brachte eine weiße Tischdecke, die an den Rändern mit Tierfiguren bestickt war; andere trugen Tabletts auf dem breiten Rücken, mit Schüsseln und Schalen, Messern und Holzlöffeln, die ihnen die Hunde abnahmen und rasch auf dem Tisch verteilten. Der Tisch war so niedrig, dass sogar Bilbo bequem daran sitzen konnte. Ein Pony schob zwei Sessel mit breitem Rohrgeflechtsitz und kurzen, dicken Beinen für Gandalf und Thorin heran, und ans andere Ende stellte es Beorns großen schwarzen Sessel, der von gleicher Art war (und von dem aus er seine dicken Beine weit unter den Tisch streckte). Dies waren die einzigen Sitzgelegenheiten in Beorns Halle, niedrig wie die Tische, wahrscheinlich, um den wundervollen Tieren, die ihn bedienten, die Arbeit leicht zu machen. Und worauf sollten die anderen sitzen? Auch daran war gedacht. Die Ponys rollten trommelförmige Baumklötze herein, die glatt poliert und auch für Bilbo niedrig genug waren. Bald saßen sie alle an Beorns Tisch, und die Halle hatte seit vielen Jahren keine so große Gesellschaft mehr versammelt gesehen.

Dort aßen – oder besser, tafelten – sie, wie sie es nicht mehr getan hatten, seit sie vom Letzten Heimischen Haus im Westen und von Elrond Abschied genommen hatten. Die Fackeln und das Herdfeuer verbreiteten ein flackerndes Licht, und auf dem Tisch standen zwei große rote Bienenwachskerzen. Die ganze Zeit, während sie aßen, erzählte Beorn mit seiner tiefen Brummstimme Geschichten aus den wilden Landen diesseits des Gebirges und besonders von dem finsteren, gefährlichen Wald, der sich, noch einen Tagesritt entfernt, weit von Norden nach Süden erstreckte und ihnen den Weg nach Osten versperrte: der schreckliche Düsterwald.

Die Zwerge hörten mit wackelnden Bärten zu, denn ihnen war klar, dass sie sich bald in diesen Wald hineinwagen mussten; nach dem Gebirge war dies die größte Gefahr, die sie zu bestehen hatten, ehe sie zum Lager des Drachen kämen. Als das Essen vorüber war, begannen sie ihrerseits Geschichten zu erzählen, aber Beorn schien schläfrig zu werden und hörte kaum mehr zu. Sie sprachen meistens von Gold, Silber und Juwelen und von der Schmiedekunst, und solche Dinge schienen Beorn nicht zu interessieren: In seiner Halle gab es nichts, das von Gold oder Silber war, und abgesehen von den Messern kaum etwas aus Metall.

Lange saßen sie noch bei Tisch und tranken Met aus hölzernen Krügen. Draußen wurde es Nacht. Das Feuer in der Mitte der Halle wurde mit neuen Scheiten frisch angefacht, die Fackeln wurden gelöscht, und noch immer saßen sie im Licht der tänzelnden Flammen, hinter ihnen die hohen Tragpfeiler des Hauses, nach oben zu dunkel wie Waldbäume. Ob es nun Zauberei war oder nicht, Bilbo war, als hörte er aus dem Dachgebälk Eulenrufe und ein Rauschen, wie wenn Wind durch die Zweige fährt. Bald wurde er schläfrig und ließ den Kopf sinken; und die Stimmen der anderen schienen aus weiter Ferne zu kommen, bis er mit einem Ruck auffuhr.

Die große Tür hatte geknarrt und war zugefallen. Beorn war fort. Die Zwerge saßen mit gekreuzten Beinen ums Feuer und fingen gerade zu singen an. Manche Strophen gingen etwa so, aber es waren noch etliche mehr, und sie sangen eine ganze Weile:

Der Wind kam vom Gebirge kalt,
Wie eine Springflut brausend wallt;
Er zischt durchs Farn, die Bäume knarrn,
Und kahl entblättert sich der Wald.

Und weiter weht er, Ost von West,
Zurück bleibt regloses Geäst.
Durch Ried und Rohr in Marsch und Moor
Er schrille Pfeifentöne bläst.

Dann fegt er durch die dicke Luft
Am Berg über der Drachengruft,
Durch Felsen nackt und scharf gezackt,
Wo schwarzer Qualm zum Himmel pufft.

Hoch oben flimmert Sternenpracht,
Doch unter ihm die Welt verflacht.
Der Mondfährmann hängt sich ihm an,
Und fort geht's übers Meer der Nacht.

Bilbo nickte wieder ein.

Plötzlich stand Gandalf auf.

»Es wird Zeit, schlafen zu gehn«, sagte er, »für uns, meine ich, aber vielleicht nicht für Beorn. In dieser Halle können wir uns unbesorgt zur Ruhe legen, aber vergesst nicht, was Beorn gesagt hat, bevor er ging: Lauft nicht draußen herum, bevor die Sonne aufgegangen ist, sonst seid ihr in Gefahr.«

Bilbo sah, dass an der Seite der Halle, auf einer erhöhten Plattform zwischen den Pfeilern und der Außenwand, Betten bereitet worden waren. Er selbst bekam eine kleine Strohmatratze und Wolldecken. Er kuschelte sich warm ein, obwohl es doch Sommer war. Das Feuer war niedergebrannt, und er schlief ein. Doch später in der Nacht wachte er auf. Vom Feuer waren nur noch ein paar glühende Holzstücke zu sehen; alle Zwerge und Gandalf, so wie ihr Atem ging, schienen zu schlafen. Der hochstehende Mond, der durch den Rauchabzug im Dach hereinschien, zeichnete einen weißen Fleck auf den Boden.

Von draußen hörte er ein Brummen und ein Geräusch, wie wenn ein großes Tier vor der Tür scharrte. Er fragte sich, was das wohl sein mochte. Vielleicht Beorn in seiner verwandelten Gestalt, und ob er wohl gleich als Bär hereinkommen würde, um sie zu töten? Er tauchte mit dem Kopf unter die Decken und schlief weiter, allen Befürchtungen zum Trotz.

Es war spät am Morgen, als er erwachte. Einer der Zwerge war im Halbdunkel, wo er lag, über ihn gestolpert und von der Plattform auf den Fußboden geplumpst. Es war Bofur, und er knurrte Bilbo deswegen an, als der die Augen aufschlug.

»Aufgestanden, du Faulenzer«, sagte er, »oder es gibt nichts mehr zum Frühstück!«

Mit einem Satz war Bilbo auf den Beinen. »Frühstück!«, rief er. »Wo ist das Frühstück?«

»Gegessen, größtenteils«, antworteten die anderen Zwerge, die in der Halle herumliefen, »aber was wir dir übrig gelassen haben, steht auf der Veranda. Wir haben seit Sonnenaufgang nach Beorn gesucht, aber er ist nirgendwo zu sehen. Das Frühstück allerdings stand schon bereit, als wir herauskamen.«

»Und wo ist Gandalf?«, fragte Bilbo, bevor er losging, um sich schleunigst etwas zu essen zu holen.

»Ach, weg, irgendwohin«, sagten sie ihm. Aber bis zum Abend sahen sie von dem Zauberer keine Spur. Kurz vor Sonnenuntergang trat er in die Halle, wo der Hobbit und die Zwerge beim Abendessen saßen, wiederum bedient von Beorns wunderbaren Tieren, die sie schon den ganzen Tag umsorgt hatten.

Von Beorn hatten sie seit der vorigen Nacht nichts gehört oder gesehen, und sie fingen an sich zu wundern.

»Wo ist unser Gastgeber, und wo hast du selbst den ganzen Tag gesteckt?«, riefen sie alle.

»Eine Frage nach der andern – und keine vorm Abendbrot! Ich habe seit dem Frühstück nichts mehr gegessen.«

Als Gandalf endlich seinen Teller und seinen Krug wegschob – er hatte zwei ganze Laibe Brot verspeist, mit Unmengen Butter, Honig und dicker Milch und mindestens einen Liter Met dazu getrunken –, holte er erst mal seine Pfeife hervor. »Die zweite Frage will ich zuerst beantworten«, sagte er, »– aber meine Güte, ist das ein schöner Platz hier für den Rauchringtanz!« Und tatsächlich war nun eine ganze Weile nichts mehr aus ihm herauszubekommen, so sehr war er damit beschäftigt, Rauchringe um die Pfeiler der Halle kreisen zu lassen, wo sie die verschiedensten Formen und Farben annahmen, und sie schließlich einen nach dem andern durch das Abzugsloch im Dach hinauszuscheuchen. Von draußen muss es ganz seltsam ausgesehen haben, wie sie in langer Reihe hervorgeschwebt kamen, grüne, blaue, rote, silbergraue, gelbe, weiße, große und kleine, wie sich die kleinen durch die großen fädelten, wie sie sich paarweise zu Achten vereinigten oder wie ein Vogelschwarm in die Ferne stoben.

»Ich habe Bärenfährten gelesen«, sagte er endlich. »Letzte Nacht muss hier draußen eine richtige Volksversammlung der Bären stattgefunden haben. Ich sah gleich, dass die Spuren nicht alle von Beorn sein konnten; es waren viel zu viele, außerdem von verschiedener Größe. Ich würde sagen, es waren kleine Bären, große Bären, normale Bären und Riesenbären, und alle haben sie hier draußen die Nacht durch fast bis zum Morgengrauen getanzt. Sie kamen aus fast allen Richtungen, nur nicht von Westen, vom Gebirge her und über den Fluss. In diese Richtung führte nur eine Spur – führte dorthin, keine, die von dort kam. Der bin ich gefolgt bis zum Carrock. Dort verschwand sie im Fluss, und ich konnte nicht hinüber, denn hinter dem Felsen war das Wasser zu tief und die Strömung zu stark. Wie ihr wisst, ist es nicht schwer, von diesem Ufer durch die Furt zum Carrock zu waten, aber auf der anderen Seite steigt das Ufer als steile Klippe aus einer strudelnden Wasserrinne auf. Ich musste meilenweit laufen, bis ich eine Stelle fand, wo der Fluss breit und flach genug war, dass ich watend und schwimmend hinüberkam, und dann am andern Ufer meilenweit zurück, um die Fährte wiederzufinden. Inzwischen war es mir zu spät, um sie noch weit zu verfolgen. Sie führte genau in die Richtung der Kiefernwälder am Osthang des Nebelgebirges, wo wir vorgestern den netten Abend mit den Wargen verbracht haben. Und nun glaube ich, dass ich eure erste Frage auch schon beantwortet habe«, schloss Gandalf und verstummte für eine Weile.

Bilbo glaubte verstanden zu haben, was der Zauberer meinte. »Was machen wir nur«, rief er, »wenn er die Warge und die Orks hierher führt? Dann werden wir alle gefangen und getötet! Ich dachte, du hättest gesagt, er ist kein Freund von denen.«

»Und ob ich das gesagt habe! Bist du denn blöd? Geh lieber zu Bett, dein Verstand ist schon am Einnicken!«

Bilbo wurde ganz kleinlaut, und weil es nichts anderes zu tun gab, ging er tatsächlich zu Bett. Während die Zwerge noch ihre Lieder sangen, schlief er ein, den Kopf voll wirrer Vermutungen über Beorn, bis ihm ein Traum kam, in dem er Hunderte von schwarzen Bären im Mondschein auf dem Hof einen langsamen, stampfenden Ringelreihen tanzen sah. Da erwachte er, während alle andern schliefen, und hörte wieder das gleiche Kratzen, Scharren, Schnauben und Brummen wie in der Nacht zuvor.

Am nächsten Morgen wurden sie von Beorn selbst geweckt. »Da seid ihr ja alle noch!« Er hob den Hobbit hoch und lachte: »Na, noch nicht von den Wargen gefressen, von den Orks oder den bösen Bären?« Er stupste Herrn Beutlin höchst unehrerbietig in die Leibesmitte. »Bleibt ihr länger meine Gäste, brauchst du bald 'ne neue Weste, Dickerchen!«, alberte er. »Komm, es gibt Frühstück!«

Und dann frühstückten sie alle mit ihm. Beorn war ausnahmsweise nicht mürrisch, sondern strahlend guter Laune; er blödelte und erzählte Witze. Sie brauchten auch nicht lange zu rätseln, wo er gewesen war oder warum er auf einmal so nett zu ihnen war, denn er erklärte es ihnen selbst. Er war über den Fluss und dann hinauf in die Berge gegangen – woran zu sehen ist, wie gut er zu Fuß gewesen sein muss, jedenfalls in seiner Bärengestalt. An den Brandspuren auf der Wolfslichtung hatte er gesehen, dass zumindest ein Teil ihrer Geschichte stimmte; aber dann hatte er noch mehr erfahren: Er fing einen Warg und einen Ork ein, die durch den Wald streunten. Aus ihnen holte er einige Neuigkeiten heraus: Die Orks streiften mit den Wargen immer noch hinter den Zwergen her; sie waren in heller Wut, weil ihr großer Führer getötet worden war und weil Gandalfs Feuerwerk dem Oberwolf die Schnauze versengt und viele seiner Knechte verbrannt hatte. So viel sagten sie ihm, als er sie auf seine Weise zum Reden brachte, aber er vermutete, dass noch Ärgeres zu erwarten sei, womöglich ein großer Einfall des ganzen Orkheeres mitsamt wölfischen Bundesgenossen in das Land am Fuße des Gebirges, mit dem Ziel, die Zwerge zu finden, oder an den dort lebenden Menschen oder anderen Geschöpfen Rache zu nehmen, weil man annahm, dass sie den Zwergen Unterschlupf gewährten.

»Was ihr neulich erzählt habt, war eine gute Geschichte«, sagte Beorn, »aber jetzt gefällt sie mir noch besser, weil ich sicher bin, dass sie stimmt. Entschuldigt, dass ich euch nicht gleich aufs Wort geglaubt habe. Wenn ihr am Rand des Düsterwalds lebtet, würdet ihr auch niemandem aufs Wort glauben, den ihr nicht wenigstens so gut kennt wie euren Bruder. Nun aber wollte ich schleunigst nach Hause, um dafür zu sorgen, dass ihr in Sicherheit seid, und euch jede Hilfe zu leisten, die ich geben kann. Von jetzt an habe ich eine höhere Meinung über Zwerge. Den Großork zu erschlagen, den Großork, allerhand!«, sagte er und grinste ingrimmig in seinen Bart.

»Was hast du denn mit dem Ork und mit dem Warg gemacht?«, wollte Bilbo plötzlich wissen.

»Komm und sieh sie dir an!«, sagte Beorn, und sie gingen mit ihm ums Haus. Ein Orkkopf steckte mit dem Gesicht nach außen auf einem Torpfosten, und gleich daneben war ein Wargfell an einen Baum genagelt. Einen wie Beorn sollte man sich nicht zum Feind machen! Aber jetzt war er ja ihr Freund, und Gandalf hielt es für klug, ihm ihre ganze Geschichte und den Grund ihrer Reise anzuvertrauen, um so viel an Hilfe wie möglich aus ihm herauszuholen.

Und er versprach ihnen einiges: ein Pony für jeden und ein Pferd für Gandalf bis zum Waldrand; außerdem würde er sie mit Proviant versorgen, der bei sparsamem Verzehr wochenlang reichen könnte, in möglichst leicht tragbarer Verpackung: Nüsse, Mehl, verschlossene Töpfe mit Trockenfrüchten, rote Tontöpfe mit Honig und doppelt gebackene Biskuits, die sich lange hielten und schon in geringer Menge für einen langen Marsch ausreichten. Das Backrezept war Beorns Geheimnis, aber Honig war das Wichtigste daran, wie bei den meisten Speisen in seinem Haus. Die Biskuits waren schmackhaft, machten allerdings durs-tig. Wasser, sagte er, würden sie bis zum Waldrand nicht mitnehmen müssen, denn unterwegs fänden sie Bäche und Quellen genug. »Aber im Düsterwald wird der Weg schwierig und gefährlich«, sagte er. »Wasser ist dort nicht leicht zu finden, Nahrung auch nicht. Die Nüsse sind noch nicht reif (allerdings wird ihre Zeit vielleicht schon vorüber sein, bevor ihr auf der andern Seite aus dem Wald herauskommt), und Nüsse sind so ziemlich das einzig Essbare, was dort wächst. Alles in diesem Wald ist finster, wild und nicht ganz geheuer. Ich werde euch Schläuche geben, in denen ihr Wasser mitnehmen könnt, und auch Bogen und Pfeile. Aber ich bezweifle sehr, dass ihr im Wald irgendetwas finden werdet, das man ohne Bedenken essen oder trinken kann. Ein Bach fließt dort, soviel ich weiß, schwarz und schnell, der euren Weg kreuzt. Aus dem dürft ihr weder trinken noch darin baden, denn ich habe gehört, dass ein Zauber darauf liegt, der schläfrig und vergesslich macht. Und in dem Halbdunkel dort, glaube ich, werdet ihr nichts schießen können, ob genießbar oder nicht, ohne vom Weg abzukommen. Und das DÜRFT ihr nicht, auf gar keinen Fall!

Soweit mein Rat. Bis zum Waldrand kann ich euch helfen, danach kaum mehr; dann müsst ihr euch auf euer Glück, euren Mut und auf die Verpflegung, die ich euch mitgebe, verlassen. Ich muss euch bitten, dass ihr mir am Eingang in den Wald das Pferd und die Ponys zurückschickt. Aber ich wünsche euch eine gute Reise, und mein Haus steht euch offen, wenn ihr je auf diesem Weg wieder zurückkommt.«

Natürlich dankten sie ihm mit vielen Verbeugungen, mit Kapuzenschwenken und mit manch einem »zu Diensten, o Herr der großen hölzernen Hallen!« Aber der Mut sank ihnen bei seinen ernsten Worten, und sie hatten alle das Gefühl, dass dieses Abenteuer doch gefährlicher würde, als sie gedacht hatten. Und auf dem ganzen Weg, selbst wenn sie allen Gefahren entgingen, würde sie der Gedanke an den Drachen begleiten, der sie am Ende erwartete.

Den ganzen Vormittag verbrachten sie mit Reisevorbereitungen. Bald nach Mittag aßen sie zum letzten Mal mit Beorn, und dann stiegen sie auf die Reittiere, die er ihnen lieh. Unter vielen Abschiedsgrüßen ritten sie in flottem Trab durch seine Pforte hinaus.

Sobald sie die hohen Hecken an der Ostseite seines eingefriedeten Landes hinter sich hatten, wandten sie sich nach Norden, später dann nach Nordwesten. Auf Beorns Rat hin hatten sie beschlossen, nicht die alte Hauptstraße durch den Wald zu benutzen, die südlich seines Landes begann. Wären sie auf dem Pass übers Gebirge gekommen, wie sie es vorgehabt hatten, so wären sie dem Lauf eines Baches gefolgt, der von den Bergen herabfloss und einige Meilen südlich des Carrock in den großen Strom mündete. An dieser Stelle war eine tiefe Furt, die sie hätten passieren können, wenn sie ihre Ponys noch gehabt hätten, und auf der andern Seite führte ein schmaler Pfad zum Waldsaum und zum Eingang in die alte Waldstraße. Dieser Pfad aber, hatte Beorn sie gewarnt, wurde nun oft von den Orks unsicher gemacht, während die Waldstraße selbst, so hatte er gehört, stellenweise zugewachsen war und nach Osten zu nicht mehr benutzt wurde, weil sie in undurchdringliche Sümpfe hineinführte, in denen alle Wege sich längst verloren hatten. Außerdem hatte der Ostausgang so weit südlich vom Einsamen Berg gelegen, dass sie auf der anderen Seite noch einen langen und schwierigen Marsch nach Norden vor sich gehabt hätten. Nördlich des Carrock rückte der Saum des Düsterwaldes näher an den Großen Strom heran, und obwohl dort auch das Gebirge näher rückte, riet Beorn ihnen, diesen Weg einzuschlagen, denn an einer Stelle wenige Tagesritte nördlich des Carrock befand sich der Eingang zu einem wenig bekannten Pfad durch den Wald, der fast in gerader Linie auf den Einsamen Berg zuführte.

»Die Orks«, hatte Beorn gesagt, »werden es noch auf hundert Meilen weit nördlich des Carrock nicht wagen, den Großen Strom zu überschreiten, denn um mein Haus – es ist gut gesichert bei Nacht! – machen sie einen großen Bogen. Trotzdem solltet ihr nicht trödeln, denn wenn sie ihren Rachefeldzug bald beginnen, werden sie im Süden über den Fluss setzen und dann den ganzen Waldrand abkämmen, um euch den Weg abzuschneiden; und Warge können schneller rennen als Ponys. Jedenfalls seid ihr vor ihnen sicherer, wenn ihr nach Norden reitet, obwohl es so aussieht, als ob ihr dort ihren Festungen wieder näher kommt. Gerade dies werden sie am wenigsten erwarten, und sie werden einen weiteren Weg zurücklegen müssen, wenn sie euch erwischen wollen. Los nun, beeilt euch, so gut ihr könnt!«

Darum ritten sie nun schweigend dahin, fielen in Galopp, wo der Boden grasig und eben war, zur Linken das dunkle Gebirge und in einiger Entfernung voraus die Linie des Stroms mit seinen Uferwäldchen, die immer näher kamen. Die Sonne hatte sich eben erst nach Westen gewendet, als sie aufbrachen, und gegen Abend schien sie golden auf das Land ringsum. Es fiel schwer, jetzt daran zu denken, dass vielleicht die Orks hinter ihnen her waren, und als schon etliche Meilen zwischen ihnen und Beorns Haus lagen, begannen sie wieder zu plaudern und zu singen und den dunklen Waldweg zu vergessen, der vor ihnen lag. Aber abends, als es dämmerte und die Berggipfel den Sonnenuntergang verfinsterten, schlugen sie ein Lager auf und teilten Wachen ein, und die meisten von ihnen schliefen unruhig, von Träumen geplagt, in denen sie das Geheul jagender Wölfe und das Johlen der Orks hörten.

Doch der nächste Morgen wurde wieder hell und schön. Zuerst lag ein weißer Dunst, fast wie im Herbst, am Boden, und die Luft war kühl, aber bald stieg die Sonne rot im Osten auf, und die Dünste verschwanden. Die Schatten waren noch lang, als sie sich wieder auf den Weg machten. So ritten sie nun noch zwei Tage lang, und in der ganzen Zeit sahen sie nichts als Gras, Blumen, Vögel, vereinzelte Bäume und hier und da ein kleines Rudel Rotwild, äsend oder mittags im Schatten ruhend. Manchmal sah Bilbo die Geweihe der Hirsche aus dem hohen Gras ragen, und zuerst dachte er, es seien trockene Äste. An diesem dritten Abend hatten sie es so eilig, weil Beorn gesagt hatte, sie müssten den Waldweg früh im Laufe des vierten Tages erreichen, dass sie auch in der Dämmerung und bis in die Nacht hinein im Mondschein weiterritten. Als das Licht schwand, war es Bilbo, als sähe er bald rechts, bald links von ihnen schattenhaft einen großen Bären in die gleiche Richtung traben wie sie. Aber als er sich getraute, Gandalf etwas davon zu sagen, antwortete der Zauberer nur: »Pssst! Achte nicht drauf!«

Am nächsten Tag brachen sie schon im ersten Morgengrauen auf, obwohl die Nachtruhe sehr kurz gewesen war. Sobald es hell war, konnten sie den Wald sehen; er schien ihnen entgegenzukommen oder sie zu erwarten, eine schwarze, drohende Wand. Das Gelände stieg langsam an, und dem Hobbit war, als würden sie allmählich von einer drückenden Stille umfangen. Immer weniger Vögel sangen. Hirsche waren nicht mehr zu sehen, nicht mal Kaninchen. Am Nachmittag erreichten sie den Waldrand und rasteten dicht bei den außen stehenden Bäumen, fast schon im Schatten ihrer großen, überhängenden Zweige. Die Baumstämme waren dick und knorrig, die Äste wie verrenkte Gliedmaßen, die Blätter dunkel und lang. Efeu kletterte an ihnen empor und schleppte sich über den Boden.

»So, das ist der Düsterwald«, sagte Gandalf, »der größte unter den Wäldern der nördlichen Welt. Hoffentlich gefällt er euch, so wie er aussieht. Nun müsst ihr diese vortrefflichen Ponys zurückschicken, die ihr euch geliehen habt.«

Das hörten die Zwerge nicht so gern, und sie murrten, aber der Zauberer fragte sie, ob sie nicht bei Trost seien. »Beorn ist nicht so weit weg, wie ihr anscheinend glaubt, und ihr solltet euer Versprechen lieber halten, denn er ist ein sehr unangenehmer Feind. Bilbo Beutlin hat schärfere Augen als ihr, wenn ihr nicht jeden Abend nach Einbruch der Dunkelheit den großen Bären bemerkt habt, der neben uns hertrottet oder in einiger Entfernung im Mondschein sitzt und unser Lager beobachtet. Nicht nur, um euch zu behüten und zu führen, sondern auch, um ein Auge auf die Ponys zu haben. Beorn ist zwar euer Freund, aber seine Tiere liebt er, als wären es seine Kinder. Ihr ahnt ja nicht, was für einen Freundesdienst er euch damit erweist, dass er Zwerge so weit und so schnell auf ihnen reiten lässt, geschweige denn, was euch zustoßen würde, wenn ihr versuchtet, sie in den Wald mitzunehmen.«

»Und was ist mit dem Pferd?«, sagte Thorin. »Du sagst kein Wort davon, dass du es zurückschickst.«

»Ich sage es nicht, weil ich es nicht zurückschicke.«

»Und *dein* Versprechen?«

»Das lass nur meine Sorge sein! Ich schicke das Pferd nicht zurück, ich reite es zurück.«

Da begriffen sie, dass Gandalf sie ausgerechnet hier am Rande des Düsterwalds verlassen wollte, und waren verzweifelt. Aber durch nichts, was sie sagten, ließ er sich umstimmen.

»Wir haben das schon besprochen, als wir auf dem Carrock gelandet sind«, sagte er. »Unnütz, weiter zu streiten. Wie ich euch schon sagte, ich habe im Süden ganz dringend etwas zu erledigen; und ich bin schon spät dran, weil ihr mich so lange aufhaltet. Vielleicht sehen wir uns wieder, bevor alles vorbei ist, vielleicht auch nicht. Es kommt auf euer Glück an, auf euren Mut und Verstand; und ich schicke Bilbo Beutlin mit euch. Ich habe es euch schon gesagt: Es steckt mehr in ihm, als ihr ahnt; ihr werdet es noch früh genug merken. Also, Kopf hoch, Bilbo, und schau nicht so belämmert drein! Kopf hoch, Thorin & Co.! Dies ist doch eure Expedition. Denkt an den Schatz, den ihr am Ende gewinnen wollt, und vergesst erst mal den Wald und den Drachen, wenigstens bis morgen früh!«

Und als der Morgen heran war, sagte er immer noch dasselbe. Es half also nichts, sie mussten ihre Wasserschläuche an einer klaren Quelle füllen, die sie nah am Waldeingang fanden, und die Lasten der Ponys auf die eigenen Schultern nehmen. Sie verteilten das Gepäck so fair wie möglich, doch Bilbo fand sein Bündel unangenehm drückend, und die Vorstellung, all das Zeug Meile um Meile auf dem Buckel schleppen zu müssen, gefiel ihm gar nicht.

»Keine Sorge!«, sagte Thorin. »Es wird nur allzu schnell leichter werden. Ich nehme an, es dauert nicht lange, dann wünschen wir uns alle, wir hätten schwerer zu tragen – wenn nämlich die Verpflegung knapp wird.«

Endlich sagten sie ihren Ponys Lebewohl und drehten ihnen die Köpfe heimwärts. Munter trabten sie davon, offenbar heilfroh, dem Schatten des Düsterwalds die Schwänze zeigen zu können. Bilbo hätte schwören können, etwas wie einen Bären gesehen zu haben, der sich aus dem Schatten der Bäume löste und rasch hinter ihnen hertrottete.

Nun nahm auch Gandalf Abschied. Bilbo saß tief unglücklich auf dem Boden und wünschte sich zu dem Zauberer auf sein großes Pferd. Eben erst hatte er nach dem (sehr kärglichen) Frühstück in den Wald hineingeschaut und hatte es dort am helllichten Morgen so dunkel wie in der Nacht gefunden. Alles schien etwas zu verschweigen und zu verbergen: »Ein Gefühl, wie wenn man belauert und beobachtet würde«, sagte er sich.

»Auf Wiedersehn!«, sagte Gandalf zu Thorin. »Auf Wiedersehn, ihr alle, macht's gut! Mitten durch den Wald geht euer Weg – kommt nur nicht von ihm ab! Sonst wette ich tausend gegen eins, dass ihr ihn nie wiederfindet und aus dem Wald nicht mehr herauskommt, und dann werdet ihr mich wohl nie wiedersehen und auch niemanden sonst.«

»Müssen wir denn wirklich da durch?«, stöhnte der Hobbit.

»Ja, ihr müsst«, sagte der Zauberer, »wenn ihr auf die andere Seite des Waldes gelangen wollt. Ihr müsst entweder da durch oder die Fahrt sein lassen. Und ich erlaube dir nicht, jetzt umzukehren, Bilbo! Es beschämt mich, dass du auch nur daran denkst. Du musst an meiner Stelle auf all diese Zwerge aufpassen«, sagte er lachend.

»Nein, nein«, sagte Bilbo, »so hab ich's nicht gemeint. Ich meine, gibt es denn keinen Weg um den Wald herum?«

»Den gibt es, wenn dir ein Umweg von etwa zweihundert Meilen nordwärts nichts ausmacht; nach Süden wäre es doppelt so weit. Aber einen sicheren Weg fändest du auch dort nicht. In dieser Weltgegend gibt es keine sicheren Wege. Vergesst nicht, ihr habt die Grenze zur Wildnis überschritten, und das kann heiter werden, wo ihr auch hinkommt! Wenn ihr den Düsterwald im Norden umgehen wolltet, kämt ihr mitten durchs Vorland des Grauen Gebirges, und dort treten sich die Orks und allerlei noch üblere Burschen geradezu auf die Zehen. Nach Süden herum kämt ihr ins Land des Nekromanten, und was das für einer ist, dieser Schwarzkünstler, das brauch ich wohl selbst dir, Bilbo, nicht erst zu sagen. Ich rate euch, macht einen großen Bogen um alle Gegenden, die er von seinem dunklen Turm aus überblickt. Bleibt auf dem Waldpfad, lasst den Kopf nicht hängen, erhofft das Beste, und mit einer Riesenportion Glück kommt ihr *vielleicht* eines Tages auf der andern Seite heraus und seht zu euren Füßen die Langen Sümpfe und dahinter, weit im Osten, den Einsamen Berg, wo der gute alte Smaug haust, von dem ich nur hoffe, dass er nicht schon auf euch wartet.«

»Sehr ermutigend bist du heute, kann man wohl sagen!«,

knurrte Thorin. »Wiedersehn! Wenn du schon nicht mitkommst, dann verschwinde jetzt lieber ohne weiteres Gerede!«

»Auf Wiedersehn denn«, sagte Gandalf, »und zwar wirklich auf ein Wiedersehen!« Er wendete sein Pferd und ritt hangabwärts nach Westen. Aber der Versuchung, noch ein letztes Wort zu haben, konnte er nicht widerstehen. Bevor er ganz außer Hörweite war, drehte er sich noch einmal um und legte die Hände zu einem Ruf an den Mund. Seine Worte waren gerade noch zu verstehen: »Wiedersehn! Macht's gut! Passt auf euch auf – und KOMMT NICHT VOM WEG AB!«

Dann galoppierte er davon und war bald nicht mehr zu sehen. »Ach, Wiedersehn, hau bloß ab!«, knurrten die Zwerge, die sich umso mehr ärgerten, weil es sie in Wirklichkeit davor graute, ohne ihn auskommen zu müssen. Nun begann der gefährlichste Teil der ganzen Reise. Jeder lud sich das schwere Bündel und den Wasserschlauch auf, die er zu tragen hatte, und dann traten sie aus dem Licht, das auf den Ländern draußen lag, ins Dunkel des Waldes ein.

ACHTES KAPITEL

FLIEGEN UND SPINNEN

Sie gingen einer hinter dem andern. Den Waldpfad, einen dämmerigen Tunnel, betraten sie durch eine Art Torbogen, bestehend aus zwei großen, zueinander geneigten Bäumen, die schon zu alt waren, zu sehr erstickt unter Efeu und Flechten, um noch mehr als ein paar schwärzliche Blätter zu tragen. Der Pfad selbst war schmal und wand sich zwischen den Stämmen hindurch. Bald war das Licht am Eingang nur noch ein kleines, helles Loch weit hinter ihnen, und die Stille war so tief, dass ihre Schritte einen stampfenden Lärm zu machen schienen, bei dem alle Bäume sich über sie neigten und lauschten.

Als ihre Augen sich an das Halbdunkel gewöhnten, konnten sie ein kleines Stück weit nach links und rechts in eine Art dunkelgrünes Geflimmer hineinsehen. Ab und zu kam ein dünner Sonnenstrahl herab, der das unwahrscheinliche Glück gehabt hatte, ein Schlupfloch in dem Laubwerk hoch oben zu finden und dann auch im Gewirr der Äste und verfilzten Zweige darunter nicht stecken zu bleiben, und bohrte sich hell und spitz vor ihnen in den Boden. Aber das war selten und hörte bald ganz auf.

Schwarze Eichhörnchen waren unterwegs. Als Bilbos scharfe, neugierige Augen sich an das Licht gewöhnt hatten, sah er hin und wieder eine Sekunde lang eines aus dem Weg flitzen oder hinter einen Baumstamm huschen. Auch sonderbare Geräusche waren zu hören, Grunzen, Scharren und Rascheln im Unterholz und in den Blätterhaufen, die an manchen Stellen dick aufgeschichtet den Waldboden bedeckten; aber was es war, das die Geräusche machte, konnte er nicht sehen. Das Abscheulichste, was sie sahen, waren die Spinnweben: dunkle, dichte Netze aus sehr dicken Fäden, oft von Baum zu Baum gespannt oder in die unteren Zweige beiderseits des Weges verflochten. Über den Weg gespannt waren keine, ob aber wegen eines Zaubers, der ihn freihielt, oder aus einem anderen Grund, konnten sie nicht erraten.

Binnen kurzem war ihnen dieser Wald ebenso von Herzen zuwider wie die unterirdischen Stollen der Orks, nur dass hier die Hoffnung, irgendwann einmal an sein Ende zu kommen, geringer schien. Aber sie mussten weiter, Schritt für Schritt tiefer hinein, auch als sie es vor Sehnsucht nach dem Anblick von Sonne und Himmel und nach einem Windhauch auf ihren Gesichtern schon kaum mehr aushielten. Unter dem Laubdach regte sich kein Lüftchen, und es war unveränderlich still, dunkel und stickig. Sogar die Zwerge waren bedrückt, obwohl sie es doch gewohnt waren, unter der Erde zu leben, und manchmal lange Zeit nicht ans Sonnenlicht kamen; der Hobbit aber, der Höhlen zwar gern als Behausung nahm, doch nicht, um Sommertage darin zu verbringen, hatte das Gefühl, langsam zu ersticken.

Am schlimmsten waren die Nächte. Dann wurde es stockfinster, eine pechschwarze Nacht, in der man tatsächlich nichts mehr sah. Bilbo bewegte die Hand vor seiner Nase hin und her und konnte sie nicht sehen. Aber vielleicht stimmt es doch nicht ganz, dass sie nichts sahen: Sie sahen Augen. Sie schliefen alle dicht zusammengedrängt und hielten abwechselnd Wache, und wenn Bilbo an der Reihe war, sah er in der Dunkelheit ringsum schimmernde Punkte, und manchmal glotzte ihn aus geringer Entfernung ein Paar rote, grüne oder gelbe Augen an, wurde langsam blasser, verschwand und leuchtete an anderer Stelle wieder auf. Und manchmal glotzte es von den Zweigen genau über ihm herab, was ihn am meisten ängstigte. Aber die Augen, die ihm am wenigsten gefielen, waren entsetzlich bleiche, knollenförmige Augen: »Insektenaugen«, dachte er, »nur dass sie viel zu groß sind!«

Obwohl es noch nicht sehr kalt war, unterhielten sie zuerst nachts ein Wachtfeuer, aber das ließen sie bald bleiben. Es schien Hunderte von Augen rings um sie anzuziehen, wobei die Kreaturen, welcher Art sie auch sein mochten, es sorgsam vermieden, sich jemals im schwachen Lichtschein der Flammen sehen zu lassen. Schlimmer noch, das Feuer lockte Tausende von dunkelgrauen und schwarzen Nachtfaltern an, manche davon fast so groß wie eine Hand, die ihnen um die Ohren flatterten und schwirrten. Das konnten sie nicht ausstehen, ebenso wenig wie die riesigen Fledermäuse, schwarz wie Zylinderhüte; und darum verzichteten sie auf das Feuer und saßen nachts dösend in der gewaltigen, unheimlichen Finsternis.

All dies nahm kein Ende, und dem Hobbit schien es schon eine Ewigkeit zu dauern. Er hatte ständig Hunger, denn mit ihren Vorräten gingen sie sehr sparsam um. Trotzdem, als so ein Tag nach dem andern verging und der Wald immer noch derselbe war wie zu Anfang, wurden sie allmählich nervös. Der Proviant würde nicht ewig reichen; er wurde jetzt schon knapp. Sie versuchten, Eichhörnchen zu schießen, und vergeudeten viele Pfeile, bis sie eines auf dem Pfad zur Strecke brachten. Aber als sie es gebraten hatten, schmeckte es so widerlich, dass sie kein zweites mehr schossen.

Durstig waren sie auch, denn allzu viel Wasser hatten sie nicht, und in der ganzen Zeit hatten sie weder eine Quelle noch einen Bach gesehen. So war es um sie bestellt, als sie eines Tages an einen Wasserlauf kamen, der ihren Pfad kreuzte. Er hatte eine schnelle, kräftige Strömung, war aber nicht sehr breit, und sein Wasser war schwarz oder sah in dem dämmrigen Licht so aus. Nur gut, dass Beorn sie gewarnt hatte, sonst hätten sie ungeachtet der Farbe davon getrunken und einige ihrer leeren Schläuche damit gefüllt. So aber dachten sie nur daran, wie sie hinüberkämen, ohne sich nass zu machen. Eine Holzbrücke hatte einst hier gestanden, aber sie war verfault und eingestürzt, und nur ein paar abgebrochene Pfosten nahe am Ufer waren von ihr noch übrig.

Bilbo kniete am Ufer nieder und spähte hinüber. Er rief: »Ein Boot liegt am andern Ufer! Warum kann es nicht auf dieser Seite sein!«

»Was meinst du, wie weit es ist?«, fragte Thorin, denn inzwischen wussten sie, dass Bilbo die besten Augen hatte.

»Nicht sehr weit. Ich würde sagen, ein bisschen mehr als zehn Meter.«

»Zehn Meter! Ich hätte gedacht, es sind mindestens dreißig, aber ich sehe nicht mehr so gut wie vor hundert Jahren. Trotzdem, zehn Meter sind so viel wie eine Meile. Hinüberspringen können wir nicht, waten oder schwimmen dürfen wir nicht.«

»Kann einer von euch ein Seil hinüberwerfen?«

»Wozu? Das Boot ist sicherlich festgebunden, und selbst wenn wir es anhaken können, was ich bezweifle, was soll es nützen?«

»Ich glaube nicht, dass es festgebunden ist«, sagte Bilbo. »Mit Sicherheit kann ich es bei diesem Licht natürlich nicht sagen, aber es sieht mir so aus, als ob es nur aufs Ufer gezogen ist, und das ist flach an der Stelle, wo der Pfad im Wasser verschwindet.«

»Dori ist der Stärkste, aber Fili ist der Jüngste und hat noch die besten Augen«, sagte Thorin. »Komm her, Fili, und schau rüber! Siehst du das Boot, von dem Bilbo Beutlin redet?«

Fili glaubte es zu sehen, und nachdem er eine ganze Weile hinübergestarrt hatte, um sich eine Vorstellung von der Richtung zu machen, brachten die anderen ihm ein Seil. Davon hatten sie mehrere bei sich, und am Ende des längsten befestigten sie einen der großen Eisenhaken, die sonst dazu dienten, ihre Traglasten an die Schulterriemen zu hängen. Den nahm Fili, wog ihn einen Moment in der Hand und schleuderte ihn dann über den Bach.

Aufklatschend fiel er ins Wasser. »Nicht weit genug!«, sagte Bilbo, der hinüberspähte. »Zwei Fuß weiter, und du hättest ins Boot getroffen. Versuch's noch mal! Ich denke, der Zauber wird nicht so stark sein, dass ein paar Tropfen von einem nassen Seil dir schaden können.«

Etwas zögernd nahm Fili den Haken, als er ihn ans Ufer gezogen hatte, wieder zur Hand. Dieses Mal warf er wuchtiger.

»Ruhig!«, sagte Bilbo. »Jetzt hast du ihn mitten in den Wald auf der andern Seite geworfen. Zieh ihn sachte heran!« Fili holte langsam das Seil ein, und nach einer Weile sagte Bilbo: »Achtung! Jetzt liegt es auf dem Boot – hoffentlich fasst der Haken.«

Er fasste. Das Seil straffte sich, und Fili zog vergebens. Kili kam ihm zu Hilfe, dann auch Oin und Gloin. Sie zogen aus Leibeskräften, und plötzlich fielen sie alle auf den Rücken. Aber Bilbo, der Ausschau hielt, packte das Seil und fing mit einem Stock das kleine schwarze Boot ab, als es über den Bach geschossen kam. »Hilfe!«, schrie er, und Balin kam gerade noch rechtzeitig, um das Boot festzuhalten, ehe es von der Strömung weggetragen wurde.

»Es war also doch festgebunden«, sagte er und betrachtete das abgerissene Stück Fangleine, das noch am Boot hing. »Das war ein Ruck, Jungs! Ein Glück, dass unser Seil stärker war.«

»Wer fährt zuerst hinüber?«, fragte Bilbo.

»Ich«, sagte Thorin, »und du mit mir, außerdem Fili und Balin. Mehr gehen nicht auf einmal hinein. Danach Kili mit Oin, Gloin und Dori; als Nächste Ori und Nori, Bifur und Bofur; zuletzt Dwalin und Bombur.«

»Immer ich als Letzter, das passt mir gar nicht!«, sagte Bombur. »Kann das heute nicht mal jemand anders sein?«

»Was bist du auch so dick! Darum musst du in die letzte und leichteste Fuhre. Fang nicht an, gegen meine Befehle zu maulen, oder dir passiert etwas Unangenehmes.«

»Es sind keine Ruder im Boot. Wie sollen wir es ans andere Ufer bringen?«, fragte der Hobbit.

»Gebt mir noch ein Seil und einen Haken!«, sagte Fili, und als sie beides bereitgemacht hatten, warf er es so hoch er konnte in die Dunkelheit vor ihnen. Daran, dass es nicht wieder herunterfiel, sahen sie, dass es in den Zweigen hängen geblieben sein musste. »Steigt ein«, sagte Fili, »und einer von euch zieht das Boot an dem Seil hinüber. Ein anderer nimmt den Haken mit, den wir beim ersten Mal geworfen haben, und wenn wir drüben sind, macht er ihn fest, und ihr könnt das Boot zurückziehn.«

Auf diese Weise kamen sie alle bald wohlbehalten ans andere Ufer des verzauberten Flusses. Eben war Dwalin mit dem aufgerollten Seil im Arm aus dem Boot gestiegen, und Bombur (immer noch maulend) schickte sich an, ihm zu folgen, als etwas Unangenehmes passierte. Auf dem Pfad vor ihnen trappelten Hufe. Aus der Dunkelheit tauchte die Gestalt eines fliehenden Hirschs auf. Er rannte in die Zwerge hinein und warf sie um, dann nahm er Anlauf zu einem Sprung. Hoch, mit einem mächtigen Satz, schnellte er sich über das Wasser. Aber das andere Ufer erreichte er nicht unbeschadet. Thorin, der als Einziger noch auf den Füßen stand, hatte einen klaren Kopf behalten. Sobald sie gelandet waren, hatte er seinen Bogen gespannt und einen Pfeil aufgelegt – für alle Fälle, denn es war möglich, dass das Boot bewacht wurde. Sein schnell abgeschossener Pfeil traf das Tier im Sprung. Als der Hirsch das andere Ufer erreichte, strauchelte er. Die Schatten verschluckten ihn, aber das Hufgeräusch wurde schnell matter, und dann war nichts mehr zu hören.

Für Loblieder auf den Schützen war keine Zeit. Ein gellender Aufschrei Bilbos verscheuchte alle Gedanken an frisches Wildbret. »Bombur ist reingefallen! Bombur ertrinkt!«, brüllte er. Es war nicht übertrieben. Bombur hatte erst einen Fuß an Land gesetzt, als der Hirsch auf ihn losraste und über ihn hinwegsprang. Er war gestolpert, hatte mit dem andern Fuß das Boot weggestoßen und war rücklings ins dunkle Wasser gefallen. Während seine Hände vergeblich an den schleimigen Wurzeln am Ufer Halt suchten, trieb das Boot langsam kreiselnd in die Dunkelheit davon.

Seine Kapuze sahen sie noch über Wasser, als sie herzugerannt kamen. Rasch warfen sie ein Seil mit Haken dorthin. Seine Hand packte zu, und sie zogen ihn an Land. Natürlich war er von Kopf bis Fuß durchnässt – nicht weiter schlimm. Aber als sie ihn am Ufer niederlegten, war er schon tief in Schlaf versunken. Mit einer Hand hielt er das Seil so fest umklammert, dass sie es nicht aus seinem Griff lösen konnten; und was sie auch mit ihm anstellten, er schlief unbeirrt weiter.

Sie standen noch bei ihm, verwünschten ihr Pech und Bomburs Tolpatschigkeit, jammerten über den Verlust des Bootes, der es unmöglich machte, noch einmal umzukehren und nach dem Hirsch zu suchen, als es ihnen plötzlich so vorkam, als hörten sie leisen Hörnerschall aus dem Wald und ein Geräusch wie von fernem Hundegebell. Sie wurden ganz still, setzten sich hin und horchten. Nördlich des Pfades schien eine große Jagd vorüberzuziehen. Zu sehen war nichts.

Lange blieben sie so sitzen und wagten nicht, sich zu rühren. Bombur schlief und schlief, mit einem Lächeln in seinem feisten Gesicht, als ob ihn alle ihre Sorgen nun nichts mehr angingen. Plötzlich erschienen auf dem Pfad vor ihnen mehrere weiße Hirsche, eine Kuh mit ihren Kälbchen, alle schneeweiß, während der Hirsch, der sie umgerannt hatte, braun gewesen war. Ihr Fell schimmerte durch das Halbdunkel. Bevor Thorin einen Befehl geben konnte, waren drei von den Zwergen aufgesprungen und schossen Pfeile ab. Keiner schien zu treffen. Die Hirsche machten kehrt und verschwanden so leise, wie sie gekommen waren, zwischen den Bäumen, und die Zwerge schossen vergeblich hinterher.

»Halt! Halt!«, brüllte Thorin, aber es war zu spät. In der Aufregung hatten die Zwerge ihre letzten Pfeile vergeudet, und die Bogen, die Beorn ihnen mitgegeben hatte, waren nun nutzlos.

An diesem Abend waren sie gedrückter Stimmung, die sich an den folgenden Tagen noch mehr verfinsterte. Den verzauberten Fluss hatten sie überschritten, aber der Weg schien sich ebenso endlos hinzuziehen wie zuvor, und im Wald zu beiden Seiten konnten sie keine Veränderung erkennen. Hätten sie den Wald besser gekannt und sich überlegt, was der Jagdlärm und die weißen Hirsche auf ihrem Weg zu bedeuten hatten, so hätten sie begriffen, dass sie sich endlich dem Ostrand näherten und, wenn Mut und Hoffnung sie nicht verließen, nun bald in lichtere Wälder und sogar an Stellen kämen, wo die Sonne wieder hereinschien.

Aber das wussten sie nicht, und nun hatten sie auch noch ihre liebe Not mit dem schwergewichtigen Bombur, den sie wohl oder übel mitschleppen mussten, eine Plackerei, in der sie sich zu je vieren abwechselten. Das Gepäck musste dann auf alle anderen verteilt werden, was nur möglich war, weil es in den letzten Tagen allzu leicht geworden war; und der lächelnd vor sich hin schlummernde Bombur war ein schlechter Ersatz für volle Proviantsäcke, mochten sie auch noch so schwer sein. Binnen weniger Tage würde es so weit sein, dass sie so gut wie nichts mehr zu essen und zu trinken hatten. Im Walde schien nichts Genießbares zu wachsen, nur verdächtig aussehende Pilze und blassblättrige Kräuter mit unangenehmem Geruch.

Etwa vier Tage nachdem sie über den Fluss gesetzt waren, kamen sie an eine Stelle, wo hauptsächlich Buchen standen, eine Abwechslung, die sie zunächst aufmunterte, denn hier wuchs kein Unterholz, und die Schatten waren nicht so dicht. Ein grünliches Licht drang durch die Baumkronen, und an manchen Stellen konnten sie zu beiden Seiten ein Stück weit in den Wald hineinsehen. Doch was das Licht ihnen zeigte, waren nur endlose Reihen gerader grauer Stämme, wie Säulen einer gewaltigen, dämmerigen Halle. Ein Lufthauch war zu spüren, und man hörte den Wind durch die Wipfel rauschen, aber es klang traurig. Ein paar Blätter fielen raschelnd herab und erinnerten sie daran, dass es draußen bald Herbst wurde. Ihre Füße schlurften durch trockenes Laub von ungezählten früheren Herbsten, Blätter, die von den dicken roten Teppichen auf dem Waldboden über den Pfad geweht wurden.

Bombur schlief immer noch, und sie waren nun sehr müde. Bisweilen hörten sie ein fernes Gelächter, das sie sehr beunruhigte, manchmal auch Gesang. Es war ein Gelächter von reinen Stimmen, nicht wie von Orks, und der Gesang klang schön, aber auch unheimlich und fremdartig. Ihnen war nicht wohl dabei, und sie nahmen ihre letzten Kräfte zusammen, um diese Gegend möglichst schnell hinter sich zu bringen.

Zwei Tage später merkten sie, dass der Weg bergab führte, und bald waren sie in einem Tal, das fast vollständig mit mächtigen Eichen zugewachsen war.

»Nimmt dieser verfluchte Wald denn kein Ende?«, sagte Thorin. »Jemand muss auf einen Baum klettern und versuchen, den Kopf durchs Blätterdach zu stecken, um einen Überblick zu bekommen. Es geht nur, wenn wir den höchsten Baum nehmen, der am Weg steht.«

»Jemand« – das hieß natürlich Bilbo. Ihm fiel die Aufgabe zu, weil die Kletterei nur dann etwas nützen konnte, wenn man mit dem Kopf über die obersten Blätter hinauskam, und das ging nur, wenn man so leicht war, dass auch die höchsten und dünnsten Äste einen noch trugen. Der arme Bilbo Beutlin war in seinem Leben noch nicht oft auf Bäumen herumgeklettert; trotzdem stemmten sie ihn hoch bis zu den untersten Ästen einer riesigen Eiche, um die sich der Weg herumwand, und dann musste er sehen, wie er weiterkam. Durchs Gewirr der Zweige drängte er sich hinauf, bekam manch eine Ohrfeige und beschmierte sich über und über mit grünlichem Dreck an der alten Rinde der dickeren Äste. Mehr als einmal rutschte er ab und konnte sich eben noch rechtzeitig festhalten, aber schließlich, nach einer letzten Anstrengung an einer schwierigen Stelle, wo überhaupt keine Äste zu sein schienen, die einen brauchbaren Anhalt boten, war er doch nahe am Wipfel. Die ganze Zeit fragte er sich, ob es an diesem Baum wohl Spinnen gab und wie er (außer durch einen Sturz) wieder hinunterkommen sollte.

Endlich steckte er den Kopf durchs Blätterdach, und freilich, da waren die Spinnen. Aber es waren nur kleine, von normaler Größe, und sie hatten es nur auf die Schmetterlinge abgesehen. Seine Augen wurden vom Licht beinah geblendet. Von tief unten hörte er die Zwerge zu ihm heraufrufen, aber er konnte nicht antworten, nur blinzeln und sich festhalten. Es dauerte eine ganze Weile, bis er das grelle Sonnenlicht ertragen konnte. Als er die Augen aufbekam, sah er ringsum ein dunkelgrünes Meer, hier und da vom Wind ein wenig gekräuselt, und wo er auch hinsah, waren Hunderte von Schmetterlingen. Ich nehme an, es waren Schillerfalter, eine Art mit purpurn gefleckten Flügeln, die die Wipfel der Eichenwälder liebt, doch diese hatten nichts von Purpur, sondern waren von einem tiefen, samtenen Schwarz ohne jede erkennbare Zeichnung.

Lange sah er den schwarzen Schillerfaltern zu und ließ sich den sanften Wind übers Gesicht und durch die Haare streichen; aber die Rufe der Zwerge, die vor Ungeduld stampfend unten warteten, erinnerten ihn endlich wieder an seine Aufgabe. Da war nichts zu machen! Wie sehr er auch seine Augen anstrengte und in welche Richtung er auch starrte, ein Ende des Laubmeeres war nirgendwo in Sicht. Sein Herz, das beim Anblick der Sonne und beim Anhauch des Windes leichter geworden war, rutschte ihm wieder tief in den leeren Magen: auch am Boden, wenn er wieder hinabkäme, erwartete ihn nichts, das satt machte.

Eigentlich, wie ich euch schon sagte, waren sie nicht mehr weit vom Rand des Waldes, und wenn Bilbo die Lage richtig erfasst hätte, wäre ihm aufgefallen, dass der Baum, auf den er gestiegen war, für sich genommen zwar hoch war, aber nahe an der Sohle eines breiten Tales stand, so dass von seiner Krone aus gesehen die Bäume ringsum anzusteigen schienen wie die Ränder einer großen Schüssel und Bilbo gar nicht erwarten konnte zu sehen, wie weit sich der Wald noch erstreckte. Aber das merkte er nicht, und so kletterte er voll Verzweiflung wieder hinab. Verschwitzt, zerkratzt und niedergeschlagen kam er unten an und konnte im Dämmerlicht nichts mehr sehen. Sein Bericht sorgte dafür, dass den andern bald ebenso elend zumute war wie ihm selbst.

»Der Wald reicht in allen Richtungen immer noch weiter und weiter! Was sollen wir nur machen? Was kommt schon dabei heraus, wenn man einen Hobbit raufschickt!«, riefen sie, als ob er an allem schuld wäre. Die Schmetterlinge interessierten sie kein bisschen, und als er ihnen von der herrlichen frischen Brise dort oben erzählte, die sie nicht spüren konnten, weil sie zu schwerfällig waren, um hinaufzuklettern, wurden sie nur noch wütender.

An diesem Abend verzehrten sie die letzten Bröckchen, die sie noch zu beißen hatten; und das Erste, was sie am nächsten Morgen gleich nach dem Erwachen spürten, war der nagende Hunger. Das Nächste war der Regen, der hier und da mit einem schweren Tropfen bis zum Waldboden durchdrang. Das erinnerte sie nur an den brennenden Durst, den sie ebenfalls spürten, ohne dass der Regen ihm hätte abhelfen können. Ein solcher Durst lässt sich nicht löschen, indem man sich unter eine riesige Eiche stellt und wartet, bis einem ein Tropfen auf die Zunge fällt. Ihr einziger kleiner Trost kam unerwartet von Bombur.

Er erwachte ganz plötzlich, setzte sich auf und kratzte sich am Kopf. Er begriff nicht, wo er war, und konnte sich nicht erklären, warum er einen solchen Hunger hatte; er hatte alles vergessen, was seit Beginn ihrer Reise an jenem längst vergangenen Maimorgen geschehen war. Das Letzte, woran er sich erinnerte, war die Versammlung in der Höhle des Hobbits, und sie mussten ihm lange zureden, ehe er die Geschichte von all den Abenteuern, die sie seither erlebt hatten, glaubte.

Als er hörte, dass sie nichts mehr zu essen hatten, setzte er sich hin und weinte. Er fühlte sich sehr schwach und wacklig in den Knien. »Warum bin ich nur aufgewacht?«, rief er. »Ich hatte doch so herrliche Träume! Ich habe geträumt, ich wäre in einem Wald etwa wie diesem, aber erhellt von Fackeln an den Bäumen, von Laternen, die an den Ästen baumelten, und von Lagerfeuern am Boden; und da war ein großes Festgelage, das nahm und nahm kein Ende. Ich habe einen Waldlandkönig mit einer Krone von Laub gesehen, es wurden muntere Lieder gesungen, und was es da alles zu essen und zu trinken gab, kann ich weder aufzählen noch beschreiben.«

»Versuch's gar nicht erst!«, sagte Thorin. »Überhaupt, wenn du von nichts anderm reden kannst, dann halte lieber den Mund! Wir hatten schon genug Ärger mit dir. Wenn du nicht endlich aufgewacht wärst, hätten wir dich mit deinen idiotischen Träumen im Wald liegen gelassen. Es ist nicht lustig, dich tragen zu müssen, nach Wochen mit knappen Rationen.«

Nun blieb ihnen nichts anderes übrig, als die Gürtel um die leeren Mägen enger zu schnallen, sich die leeren Säcke und Bündel auf den Buckel zu laden und weiterzustapfen, ohne viel Hoffnung, je an ein Ziel zu kommen, ehe sie sich hinlegten und nicht wieder aufstanden. So gingen sie den ganzen Tag, sehr langsam und schleppend; und immer wieder klagte Bombur, dass seine Beine ihn nicht mehr tragen könnten und dass er sich hinlegen wolle und schlafen.

»Nein, du legst dich nicht hin!«, sagten sie zu ihm. »Deine Beine können auch mal was tun; wir haben dich weit genug getragen.«

Trotzdem, einmal weigerte er sich, noch einen Schritt weiter zu gehn, und warf sich zu Boden. »Geht ihr nur weiter, wenn ihr's nicht lassen könnt!«, sagte er. »Ich bleibe hier liegen und schlafe und träume von einer Mahlzeit, wenn ich denn anders keine bekommen kann. Hoffentlich werde ich nie mehr wach.«

In dem Augenblick rief Balin, der ein wenig vorausging: »Was war das? Ich glaube, ich habe im Wald ein Licht blinken sehn.«

Sie starrten alle hin, und es war ihnen, als sähen sie aus beträchtlicher Entfernung etwas Rotes in der Dunkelheit blinken, und dann noch einen roten Funken und noch einen gleich daneben. Sogar Bombur raffte sich auf, sie eilten voran, und es kümmerte sie nicht, ob dort Trolle oder Orks waren. Das Licht war vor ihnen, aber links von ihrem Pfad, und als sie auf gleicher Höhe waren, schien klar zu sein, dass dort unter den Bäumen Fackeln und Feuer brannten, doch ein gutes Stück weit abseits.

»Das sieht ja aus, als ob meine Träume wahr würden«, sagte Bombur, der keuchend hinterdrein kam. Er wollte sofort in den Wald hinein und auf die Lichter losstürmen. Aber die anderen erinnerten sich nur allzu gut an Gandalfs und Beorns Warnungen.

»Ein Festgelage nützt uns nichts, wenn wir nicht lebendig daraus hervorgehen«, sagte Thorin.

»Aber ohne Festgelage bleiben wir auch nicht mehr lange am Leben«, sagte Bombur, und Bilbo stimmte ihm von ganzem Herzen zu. Sie stritten eine Weile hin und her, bis sie sich darauf einigten, zwei Späher auszuschicken, die an die Lichter heranschleichen und Näheres über sie in Erfahrung bringen sollten. Nun aber konnten sie sich nicht einigen, wen sie schicken sollten: Niemand drängte sich nach der Aufgabe, bei der die Gefahr bestand, sich zu verirren und seine Freunde nie wiederzufinden. Am Ende taten sie, allen Warnungen zum Trotz, was ihnen der Hunger gebot, denn Bombur hörte nicht auf, von all den guten Sachen zu schwärmen, die es seinem Traum zufolge bei diesem Waldfest zu essen gab: Sie verließen den Pfad alle zusammen und drangen in den Wald ein.

Nachdem sie eine Weile gekrochen und geschlichen waren, spähten sie hinter den Bäumen vor auf eine Lichtung, wo manche Bäume gefällt worden waren und der Boden geebnet. Viele Leute waren dort versammelt, elbisch aussehendes Volk, alle in Grün und Braun gekleidet und in einem großen Kreis auf runden Klötzen aus zersägten Baumstämmen sitzend. In der Mitte brannte ein Feuer, und an manchen Bäumen ringsum steckten Fackeln; aber den herrlichsten Anblick boten die Speisen und Getränke, unter denen die Leute dort offenbar in fideler Laune tüchtig zulangten.

Der Duft des gebratenen Fleisches wirkte so magisch, dass Bilbo und die Zwerge, ohne sich erst miteinander abzusprechen, einer wie der andere aufstanden und auf den Kreis zustürmten, einzig in der Absicht, um etwas Nahrung zu betteln. Doch kaum war der Erste von ihnen auf die Lichtung hinausgetreten, als alle Lichter wie mit einem Zauberschlag ausgingen. Jemand trat ins Feuer, und es schoss raketengleich in glitzernden Funken empor und verschwand. Nun irrten sie durch eine vollkommen lichtlose Finsternis und fanden nicht einmal mehr ihre Gefährten. Lange polterten sie umher, fielen über Blöcke, bumsten gegen Bäume, riefen und brüllten, bis sie auf Meilen im Umkreis jedes Lebewesen im Wald aufgeweckt haben mussten. Aber endlich gelang es ihnen, sich zu einem Haufen zu sammeln und durch Berührung abzuzählen. Inzwischen hatten sie natürlich jedes Gefühl dafür verloren, in welcher Richtung der Pfad lag, und wenigstens bis zum nächsten Morgen hatten sie nicht die geringste Aussicht, ihn wiederzufinden.

So blieb ihnen nichts weiter übrig, als da, wo sie gerade waren, die Nacht zu verbringen. Um nicht wieder getrennt zu werden, wagten sie nicht einmal den Boden nach Speiseresten abzusuchen. Aber nicht lange, nachdem sie sich hingelegt hatten, und als Bilbo eben erst schläfrig wurde, sagte Dori, der die erste Wache hatte, mit lauter Flüsterstimme:

»Da drüben sind wieder die Lichter – mehr als vorhin!«

Alle sprangen sie auf. Ja, kein Zweifel, nicht weit von ihnen blinkten Dutzende von Lichtern, und sie hörten ganz deutlich die Stimmen und das Gelächter. Langsam krochen sie dorthin, einer hinter dem andern und jeder auf Tuchfühlung mit seinem Vordermann. Als sie näher kamen, sagte Thorin: »Diesmal wird nicht drauflosgerannt! Niemand rührt sich aus unserm Versteck, ehe ich es sage! Ich schicke zuerst Herrn Beutlin allein hin. Er soll mit ihnen reden. Vor ihm werden sie keine Angst haben« – (»und ich vor ihnen?«, dachte Bilbo) – »und hoffentlich nichts Übles mit ihm anstellen.«

Als sie am Rand des Lichterkreises waren, gaben sie Bilbo von hinten einen Schubs. Bevor er seinen Ring auf den Finger streifen konnte, stolperte er vorwärts in den vollen Lichtschein der Feuer und Fackeln. Das war nicht das Richtige. Wieder gingen alle Lichter auf einen Schlag aus, und es war vollkommen dunkel.

Wenn es das vorige Mal schon schwer gewesen war, sich wieder zu sammeln, so wurde es diesmal noch schlimmer. Und den Hobbit fanden sie überhaupt nicht. Jedes Mal, wenn sie sich abzählten, kamen sie nur bis dreizehn. »Bilbo Beutlin!«, riefen sie. »Hobbit! Hallo, du verdammter Hobbit, wo steckst du?«, und dergleichen mehr, aber es kam keine Antwort.

Sie wollten die Hoffnung schon aufgeben, als Dori rein zufällig über ihn stolperte. Im Dunkeln fiel er über etwas, das er zuerst für einen Holzkloben hielt, dann aber als den Hobbit erkannte. Er lag zusammengerollt da und schlief fest. Sie mussten ihn lange schütteln, bis er wach wurde, und dann war er alles andere als erfreut.

»Ich hab so schön geträumt«, maulte er. »Die ganze Zeit saß ich bei einer leckeren Mahlzeit.«

»Du lieber Himmel, jetzt fängt er auch schon so an wie Bombur!«, sagten sie. »Erzähl uns nichts von deinen Träumen! Von Traummahlzeiten wird man nicht satt, und wir können nicht mitessen.«

»Sie sind aber noch das Beste, was ich in diesem abscheulichen Wald wohl bekommen werde«, brummte er, als er sich neben die Zwerge niederlegte, um weiterzuschlafen und seinen Traum fortzusetzen.

Aber die Lichter im Walde ließen ihnen keine Ruhe. Später, als die Nacht sich wohl schon zum Ende hin neigte, kam Kili, der nun Wache hatte, weckte sie und sagte:

»Da ist eine wahre Festbeleuchtung, nicht weit von hier – Hunderte von Fackeln und viele Feuer müssen ganz plötzlich durch Zauberei angezündet worden sein. Und hört nur den Gesang und die Harfen!«

Nachdem sie eine Weile still dagelegen und gelauscht hatten, konnten sie dem Wunsch nicht widerstehen, sich noch einmal zu nähern und um Hilfe zu bitten. Wieder machten sie sich auf, und diesmal war das Ergebnis katastrophal. Das Festgelage, das sie nun sahen, war noch größer und prächtiger als die vorigen; und am Kopfende einer langen Speisetafel saß ein Waldlandkönig mit einer Laubkrone auf seinem goldenen Haar, ganz wie Bombur die Erscheinung in seinem Traum beschrieben hatte. Das Elbenvolk reichte Schüsseln von Hand zu Hand und zwischen den Feuern herum, einige spielten Harfe und viele sangen. In ihr schimmerndes Haar waren Blumen geflochten; grüne und weiße Edelsteine glitzerten an Kragen und Gürteln; und ihre Gesichter waren ebenso munter wie ihre Lieder. Laut und rein und schön war ihr Gesang, doch da kam Thorin hervor und trat unter sie.

Mitten in einem Ton wurde es totenstill. Aus gingen alle Lichter. Die Flammen verschwanden in schwarzen Rauchwolken. Asche und Funken flogen den Zwergen in die Augen, und wieder war der Wald voll von ihrem Lärmen und Schreien.

Bilbo rannte immerzu im Kreis herum (oder so kam es ihm vor) und rief und rief nach Dori, Nori und Ori, Oin und Gloin, Fili und Kili, Bombur, Bifur und Bofur, Dwalin und Balin und Thorin Eichenschild, während andere, die er nicht sehen konnte, ringsum dasselbe taten (und ab und zu auch nach Bilbo riefen). Aber die Rufe der anderen wurden immer schwächer und kamen von immer weiter her, wobei ihm allerdings schien, dass sie nach einer Weile in Gebrüll und Hilfeschreie übergingen, bis schließlich alle Geräusche erstarben und er in tiefer Stille und Finsternis vollkommen allein war.

Das war einer seiner schlimmsten Augenblicke. Aber bald sagte er sich, dass es keinen Sinn hatte, etwas zu unternehmen, bevor der Tag nicht ein wenig Licht brachte. Was sollte es nützen, wenn er jetzt bis zur Erschöpfung umherirrte, ohne jede Hoffnung auf ein stärkendes Frühstück? Also setzte er sich mit dem Rücken an einen Baum und überließ sich nicht zum letzten Mal den Gedanken an seine ach so ferne Hobbithöhle und ihre köstlichen Speisekammern. Und als er so dasaß, in tiefem Nachsinnen über Eier und Speck, Toastbrot und Butter, spürte er, wie ihn etwas berührte. Etwas wie eine starke, klebrige Schnur lag an seiner linken Hand, und als er sich zu bewegen versuchte, merkte er, dass seine Beine schon mit demselben Zeug umwickelt waren, so dass er umfiel, als er aufstehen wollte.

Dann ging die große Spinne, die ihn fleißig eingepackt hatte, während er vor sich hin döste, von hinten auf ihn los. Sehen konnte er nur ihre Augen, aber er spürte die haarigen Beine, mit denen sie ihre scheußlichen Fäden noch und noch um ihn herumzuwickeln bemüht war. Ein Glück nur, dass er noch rechtzeitig zu sich gekommen war! Ein wenig später, und er hätte sich gar nicht mehr rühren können. Auch so schon war es ein verzweifelter Kampf. Er schlug das Biest zuerst mit den Fäusten zurück – sie versuchte ihn mit ihrem Gift zu lähmen, wie es die kleinen Spinnen mit den Fliegen machen –, aber dann fiel ihm ein, dass er ja ein Schwert hatte, und er zog es. Da sprang die Spinne zurück, und er hatte Zeit, sich die Fesseln von den Beinen zu schneiden. Dann ging er seinerseits zum Angriff über. Offenbar kannte sich die Spinne mit Wesen, die einen solchen Stachel an der Seite trugen, nicht aus, sonst wäre sie schneller geflüchtet. Bilbo rückte ihr auf den Leib, bevor sie sich davonmachen konnte, und stieß ihr sein Schwert zwischen die Augen. Die Spinne tanzte und tobte wie wahnsinnig und zappelte grässlich mit ihren langen Beinen, bis er ihr mit einem zweiten Stoß den Rest gab. Dann fiel er selber um und wusste lange von nichts mehr.

Bei trübgrauem Licht, wie es bei Tage in diesem Wald gewöhnlich herrschte, kam er wieder zu sich. Die Spinne lag tot neben ihm, und an seiner Schwertklinge waren schwarze Flecken. Dass er die Riesenspinne erstochen hatte, ganz allein in der Dunkelheit, ohne dass der Zauberer, die Zwerge oder sonst wer ihm halfen, hatte den guten Herrn Beutlin mächtig verändert. Er fühlte sich wie ein ganz neuer Hobbit, viel kühner und kampflustiger als der alte, als er nun sein Schwert im Gras abwischte und es wieder in die Scheide steckte.

»Ich will dir einen Namen geben«, sagte er zu seinem Schwert. »Du sollst *Stich* heißen.«

Dann machte er sich auf, seine Umgebung zu erkunden. Der Wald war wenig einladend, aber natürlich musste er zuerst einmal nach seinen Freunden suchen, die wahrscheinlich nicht weit weg waren, es sei denn, die Elben (oder jemand Schlimmeres) hatten sie gefangen genommen. Sein Gefühl sagte ihm, dass es riskant wäre, zu rufen; und lange stand er still und überlegte, in welcher Richtung der Pfad liegen könnte, und in welche Richtung er zuerst gehen müsste, um die Zwerge zu suchen.

»Ach, warum haben wir nur Beorns und Gandalfs Rat nicht befolgt!«, jammerte er. »Wie tief stecken wir jetzt in der Patsche! Ach was, wir! Ich wollte, *wir* wären es: ganz allein zu sein, ist das schlimmste.«

Am Ende versuchte er sich so gut er konnte über die Richtung klar zu werden, aus der in der Nacht die Hilfeschreie gekommen waren, und mit etwas Glück (das er schon bei seiner Geburt reichlich mit auf den Weg bekommen hatte) riet er, wie ihr sehen werdet, mehr oder weniger richtig. Überaus leise schlich er voran, denn Hobbits, wie ihr schon von früheren Gelegenheiten wisst, sind ja vorzügliche Leisetreter, besonders im Walde; und außerdem hatte Bilbo seinen Ring aufgestreift, bevor er losging. Darum konnten ihn die Spinnen, als er kam, weder sehen noch hören.

So hatte er schon ein ganzes Stück zurückgelegt, als er vor sich eine Stelle bemerkte, auf der ein dichter schwarzer Schatten lag, schwärzer noch als alles Übrige in diesem Wald, wie ein liegen gebliebenes Stück Mitternacht. Als er näher kam, sah er, dass die Schwärze aus Spinnweben bestand, eine hinter der andern und über der andern und alles dicht miteinander verfilzt. Und plötzlich sah er auch die Spinnen, riesige und grässliche Biester, die auf den Ästen über ihm saßen. Ring hin, Ring her, er zitterte vor Angst, von ihnen entdeckt zu werden. Hinter einem Baum stehend, beobachtete er sie eine Weile, und in der Totenstille des Waldes hörte und begriff er, dass die widerlichen Kreaturen miteinander sprachen. Ihre Stimmen klangen nicht schön, aber vieles von dem, was sie sagten, konnte er verstehen. Sie sprachen über die Zwerge.

»Es war ein harter Kampf, hat sich aber gelohnt«, knirschte die eine. »Klar, sie haben ein elend dickes Fell, aber ich wette, innen sind sie sehr saftig.«

»Ja, die sind sicher sehr lecker, wenn sie ein bisschen abgehangen sind«, quietschte eine andere.

»Nicht zu lange hängen lassen!«, pfiff eine dritte. »Die sind nicht so fett, wie sie sein könnten. Haben wohl in letzter Zeit zu wenig Futter bekommen, würd ich meinen.«

»Schlachtet sie gleich, sag ich euch!«, zischte die vierte. »Gleich schlachten und dann eine Weile abhängen lassen.«

»Die sind doch schon tot, unter Garantie!«, sagte die erste.

»Von wegen tot! Eben noch hab ich den einen zappeln sehn. Kam gerade wieder zu sich, würd ich sagen, nach einem schönen Schläfchen. Ich zeig es euch.«

Und schon rannte die eine fette Spinne an einem Seil entlang bis zu einem Dutzend Bündel, die in einer Reihe von einem hohen Ast herabhingen. Nun erst sah Bilbo zu seinem Entsetzen, was da im Schatten baumelte: Aus manchen der Bündel schaute unten ein Zwergenfuß heraus, hier und da war eine Nasenspitze, ein Zipfel von einem Bart oder einer Kapuze zu sehen.

Zu dem dicksten Bündel lief die Spinne hin – »ich wette, das ist der arme alte Bombur«, dachte Bilbo – und zwickte hart in die herausstehende Nase. Ein erstickter Schrei kam aus dem Bündel, eine Zehenspitze schoss hoch und trat der Spinne wuchtig und präzis in den Leib. Es war noch Leben in Bombur. Der Ton war wie beim Tritt gegen einen schlaffen Fußball, und die erboste Spinne fiel von dem Ast herunter und konnte sich eben noch an ihrem eigenen Faden auffangen.

Die andern lachten. »Du hattest Recht«, sagten sie. »Das Fleisch ist noch kicklebendig.«

»Das wollen wir gleich mal ändern!«, zischte die misshandelte Spinne und kletterte wütend wieder zu dem Ast hinauf. Es wurde höchste Zeit, fand Bilbo, dass er etwas tat. Er konnte nicht zu den Biestern hinaufklettern, und irgendetwas, womit er schießen konnte, hatte er auch nicht. Aber als er sich umschaute, sah er eine Stelle, wo viele Steine lagen, anscheinend ein ausgetrockneter kleiner Wasserlauf. Mit Steinen konnte Bilbo zielsicher umgehen, und er brauchte nicht lange, um einen schönen glatten, eiförmigen zu finden, der gut in der Hand lag. Als Junge hatte er Steinwürfe so lange geübt, dass alle Kaninchen, Eichhörnchen und sogar Vögel schleunigst das Weite suchten, wenn sie nur sahen, wie er sich bückte; und auch in reiferen Jahren hatte er noch viel Zeit mit Pfeil-, Ring-, Scheiben- und Ballwerfen oder mit Kegeln und anderen friedlichen Spielen zugebracht, bei denen es auf ein gutes Auge und eine sichere Hand ankommt – und überhaupt, er konnte außer Rauchringblasen, Rätsellösen und Kochen noch einiges mehr, wovon ich euch noch gar nichts erzählen konnte. Und auch jetzt ist dazu keine Zeit. Während er Steine aufsammelte, war die Spinne bei ihrem Opfer angelangt, und gleich wäre es aus gewesen mit Bombur. In dem Augenblick warf Bilbo. Der Stein traf die Spinne am Kopf, und sie stürzte betäubt vom Baum und plumpste mit angezogenen Beinen auf den Boden.

Der nächste Stein schwirrte durch ein großes Netz, zerfetzte seine Schnüre und holte die Spinne herunter, die in der Mitte saß. Pflatsch! und tot war sie. Ich kann euch sagen, das gab eine Aufregung in der Spinnenkolonie, und die Zwerge wurden dabei erst mal vergessen. Die Spinnen konnten Bilbo nicht sehen, aber sie konnten die Richtung erkennen, aus der die Steine geflogen kamen. In Windeseile rannten und hangelten sie auf Bilbo los, warfen ihre langen Fäden in alle Richtungen aus, bis die Luft voller Schlingen war.

Bilbo jedoch huschte rasch zu einer anderen Stelle. Er kam auf die Idee, die zornigen Spinnen immer weiter von den Zwergen wegzulocken; dazu wäre es am besten, wenn es ihm gelang, ihre Wut und Neugier bis zur Raserei aufzustacheln. Als etwa fünfzig von ihnen zu der Stelle gekommen waren, wo er zuerst gestanden hatte, warf er noch ein paar Steine nach ihnen und nach den anderen, die hinter ihnen zurückgeblieben waren; dann tanzte er zwischen den Bäumen hindurch und stimmte ein Lied von so beleidigendem Inhalt an, dass sie tobsüchtig werden und allesamt hinter ihm herrennen mussten. Außerdem war es auch gut, wenn die Zwerge hörten, dass er noch da war.

Und dies war das Lied:

Alte Spinne, juckt der Grind?
Fang mich, ehe ich verschwind!
Hopphopphopp!
Im Galopp!
Atterkopp!
Siehst mich nicht? Bist du denn blind!

Faule alte Wackelschlampe,
Brauchst du eine Taschenlampe?
Hopphopphopp!
Im Galopp!
Atterkopp!
Komm von deiner Krabbelrampe!

Es war wohl kein sehr schönes Lied, aber ihr müsst bedenken, dass er es in aller Eile und zu einer sehr ungelegenen Zeit erfinden musste. Jedenfalls erfüllte es seinen Zweck. Beim Singen stampfte er mit den Füßen den Takt und warf noch ein paar Steine. Fast alle Spinnen kamen auf ihn losgerannt. Manche ließen sich zu Boden fallen, andere hasteten die Äste entlang, schwangen sich von Baum zu Baum oder warfen neue Stricke über die dunklen Zwischenräume. Viel schneller, als er erwartet hatte, waren sie an der Stelle, wo das Geräusch herkam. Sie hatten eine Stinkwut. Ganz abgesehen von den Steinen: keine Spinne lässt sich gern Atterkopp nennen, und auch Wackelschlampe ist natürlich unter allen Umständen beleidigend.

Rasch huschte Bilbo an eine andere Stelle, aber mehrere Spinnen waren schon dabei, um die ganze Lichtung herum, auf der sie wohnten, zwischen den Bäumen Netze zu spannen. Sehr bald schon wäre der Hobbit ringsum in einem dichten Zaun gefangen gewesen – das zumindest war die Absicht. Als er nun so mitten unter den hin und her jagenden Riesenspinnen stand, nahm er allen Mut zusammen und stimmte ein neues Lied an:

Wabbelwanst und Krakelbein
Möchten mich gern fangen.
Schmackhaft ist mein Fleisch und fein,
Zart wie Mädchenwangen.

Hier, du fettes, faules Biest,
Bin ich – welch ein Happen!
Kannst mich, selbst wenn du mich siehst,
In dein Netz nicht schnappen.

Damit drehte er sich um und stellte fest, dass sein letztes Schlupfloch zwischen zwei hohen Bäumen nun von einem Netz versperrt war – aber zum Glück nicht von einem richtigen, sauber geflochtenen Netz, sondern nur von ein paar hastig von Baum zu Baum gespannten Strähnen extradickem Riesenspinnwebfaden. Schon hatte er sein kleines Schwert draußen, hieb die Fäden durch und schritt singend davon.

Ich glaube nicht, dass die Spinnen wussten, was ein Schwert war, aber jedenfalls sahen sie es, und sofort rannten sie alle über den Boden durch die Äste hinter dem Hobbit her, ein einziger Haufen haarige Wackelbeine, schnappende Mäuler und Beißzangen, wutschäumend und mit dick vorstehenden Glubschaugen. Sie verfolgten ihn in den Wald hinein, so weit wie Bilbo sich von den Zwergen zu entfernen wagte. Dann wurde er mucksmäuschenstill und schlich zurück.

Er wusste, er hatte nicht viel Zeit, denn die Spinnen würden die Jagd bald leid werden und zu den Bäumen zurückkehren, wo sie die Zwerge aufgehängt hatten. Inzwischen musste er seine Freunde retten. Das Schwierigste war, erst einmal zu dem langen Ast hinaufzuklettern, an dem die Bündel baumelten. Ich glaube nicht, dass er es geschafft hätte, wenn nicht glücklicherweise eine Spinne einen Faden hätte herabhängen lassen. Daran hangelte er sich hoch, obwohl er an den Händen klebte und ins Fleisch schnitt – nur um sich oben einem fetten alten Biest von einer Spinne gegenüberzusehen, die für die Verfolgungsjagd zu langsam und deshalb als Wache bei den Gefangenen zurückgeblieben war; sie hatte sich die Zeit damit vertrieben, sie zu kneifen, um zu sehen, welcher der saftigste war, mit dem Gedanken, sich über diese Leckereien schon mal herzumachen, solange die anderen noch fort waren. Aber Bilbo Beutlin hatte es eilig, und ehe die Alte wusste, wie ihr geschah, bekam sie einen Stich zu spüren und purzelte tot von dem Ast herunter.

Das Nächste, was er tun musste, war erst mal einen von den Zwergen zu befreien. Wie sollte er es nur machen? Wenn er das Seil durchschnitt, an dem der arme Kerl hing, würde er ziemlich tief hinab auf den Boden krachen. Er kroch den Ast entlang (wobei die Zwergenbündel geschüttelt und geschaukelt wurden wie reife Früchte) und kam zu dem ersten Bündel.

»Fili oder Kili«, dachte er, weil die Spitze einer blauen Kapuze oben herausstand. »Höchstwahrscheinlich aber Fili«, denn zwischen den Fäden schaute die Spitze einer langen Nase hervor. Er lehnte sich weit hinunter und konnte die meisten von den dicken, klebrigen Fäden durchschneiden, mit denen der Zwerg umschnürt war, und dann, nach einigem Gezerr und Gestrampel, kam Fili mehr oder weniger zum Vorschein. Ich kann nicht leugnen, dass Bilbo sogar lachen musste, als er den Zwerg mit den Spinnenfäden unter den Armen die steifen Glieder hin und her schmeißen sah wie ein Hampelmann an der Strippe.

Irgendwie bekamen sie Fili auf den Ast hinauf, und dann tat er, was er konnte, um dem Hobbit zu helfen, aber er war sehr schwach und elend von dem Spinnengift und weil er den größten Teil der Nacht und den nächsten Tag am Baum gehangen hatte, ringsum eingeschnürt, so dass er nur durch die Nase noch atmen konnte. Es dauerte ewig, bis er sich das widerliche Zeug aus den Augen und Augenbrauen gezupft hatte, und den Bart musste er sich überhaupt zum größten Teil abschneiden. Jedenfalls, zusammen fingen sie an, die Zwerge einen nach dem andern zuerst hochzuziehen und dann loszuschneiden. Keinem von ihnen ging es besser als Fili, einigen schlechter. Manche hatten überhaupt kaum atmen können (woran ihr seht, dass eine lange Nase manchmal doch zu etwas gut ist), und andere hatten mehr von dem Gift abbekommen.

Auf diese Weise retteten sie Kili, Bifur und Bofur, Dori und Nori. Der arme alte Bombur war so erschöpft – er war der fetteste und daher am meisten gezwickt und gekniffen worden –, dass er vom Ast rollte und plopp! auf den Boden stürzte, zum Glück auf einen Haufen trockene Blätter, und liegen blieb. Aber noch immer hingen fünf Zwerge am Ende des Astes, als die ersten Spinnen zurückkamen, wütender denn je.

Bilbo ging sofort zur Astgabel und wehrte die Spinnen ab, die heraufgekrabbelt kamen. Er hatte seinen Ring abgestreift, als er Fili befreite, und vergessen, ihn wieder aufzusetzen; und die Spinnen begannen zu keifen und zu zischen:

»Da sehn wir dich ja, du freches kleines Biest! Wir fressen dich und lassen deine Haut und die Knochen am Baum hängen. Uch, der hat einen Stachel, was? Na, wir kriegen ihn trotzdem, und dann hängen wir ihn ein, zwei Tage mit dem Kopf nach unten auf.«

Währenddessen waren die schon losgeschnittenen Zwerge damit beschäftigt, auch die anderen zu befreien, indem sie die Fesseln mit ihren Messern zerschnitten. Bald würden sie alle frei sein, aber es war nicht klar, wie es dann weitergehn sollte. In der vorigen Nacht hatten die Spinnen sie ohne viel Mühe überwältigt, aber da hatten sie die Zwerge im Dunkeln überrascht. Diesmal schien es ein wildes Gemetzel zu werden.

Einige Spinnen hatten sich um den alten Bombur gesammelt, der noch am Boden lag, hatten ihn von neuem eingeschnürt und wollten ihn fortschleppen. Als Bilbo es bemerkte, brüllte er die Spinnen laut an, die er vor sich hatte, und stach auf sie ein. Sie wichen schleunigst zurück, und er sauste halb krabbelnd, halb fallend den Baum hinunter, mitten unter die Spinnen am Boden. Sein kleines Schwert war ein Stachel, wie sie ihn noch nicht kannten. Wie es hin und her zuckte! Es leuchtete auf vor Freude bei jedem Stich. Ein halbes Dutzend waren tot, als die Übrigen sich davonmachten und ihm Bombur überließen.

»Kommt runter! Kommt runter!«, rief er den Zwergen zu, die noch auf dem Ast waren. »Da oben fangen sie euch wieder in ihren Netzen.« Denn er sah, wie die Spinnen über die zunächst stehenden Bäume ausschwärmten und schon auf die Äste über den Köpfen der Zwerge krochen.

Und sie kamen herunter, kletternd, springend oder fallend, elf Mann auf einen Haufen, die meisten sehr zittrig und unsicher auf den Beinen. Da waren sie nun endlich, zwölf, wenn man den armen alten Bombur mitzählte, der zu beiden Seiten von seinem Vetter Bifur und seinem Bruder Bofur gestützt wurde; und Bilbo tanzte um sie herum und versuchte mit seinem kleinen Schwert den Hunderten von wütenden Spinnen Eindruck zu machen, die sie von ringsum und von oben herab beglotzten. Es sah ziemlich hoffnungslos aus.

Der Kampf begann. Manche Zwerge hatten Messer, manche hatten Knüppel, und alle konnten Steine aufsammeln; und Bilbo hatte seinen Elbendolch. Wieder und wieder schlugen sie die Spinnen zurück und machten vielen den Garaus. Aber lange konnte es nicht mehr so weitergehen. Bilbo war zum Umfallen müde, und nur noch vier von den Zwergen standen fest auf den Beinen. Bald würden sie alle überwältigt werden wie müde Fliegen. Schon begannen die Spinnen rings um sie her ihre Netze von Baum zu Baum zu flechten.

Bilbo fiel am Ende nichts Besseres ein als ein Plan, bei dem er die Zwerge in das Geheimnis seines Ringes einweihen musste. Das tat er nicht gern, aber anders ging es nicht.

»Ich verschwinde jetzt gleich«, sagte er. »Ich werde versuchen, die Spinnen abzulenken, und ihr müsst zusammenbleiben und euch in die entgegengesetzte Richtung durchschlagen – da, nach links, das ist ungefähr der Weg zu der Stelle, wo wir die letzten Elbenfeuer gesehen haben.«

Es war ihnen nur schwer begreiflich zu machen, bei ihren

benommenen Köpfen, bei dem Kampfgeschrei, dem Krachen der Knüppel und Scheppern der Steine; aber schließlich fand Bilbo, dass er nicht länger zögern durfte: Die Spinnen umzingelten sie immer enger. Er streifte den Ring auf und war zur Verblüffung der Zwerge plötzlich verschwunden.

Bald hörte man von den Bäumen zur Rechten das »Atterkopp«-Lied. Das verwirrte die Spinnen mächtig. Sie drangen nicht weiter vor, und manche zogen ab in die Richtung, aus der die Stimme kam. »Atterkopp« brachte sie vor Wut schier um den Verstand. Da befahl Balin, der Bilbos Plan besser verstanden hatte als die anderen, den Angriff. Dicht geschlossen und einen Hagel von Steinen schleudernd gingen die Zwerge auf die Spinnen zur Linken los und durchbrachen die Einkreisung. Die Rufe und der Gesang hinter ihnen hörten plötzlich auf.

In der verzweifelten Hoffnung, dass sich Bilbo nicht hatte erwischen lassen, liefen die Zwerge weiter. Aber nicht schnell genug. Sie waren zu erschöpft, um mehr als einen Stolper- und Hoppelschritt zustande zu bringen, und viele Spinnen blieben ihnen dicht auf den Fersen. Immer wieder mussten sie kehrtmachen und die Biester zurückschlagen, die sie überholen wollten; und schon hockten etliche auf den Bäumen über ihnen und warfen ihre langen, klebrigen Fäden.

Es sah nicht gut aus für sie, als plötzlich Bilbo wieder da war und von der Seite auf die verdutzten Spinnen losging.

»Lauft weiter, weiter!«, rief er. »Lasst mich nur säbeln!«

Und er säbelte. Er stieß vorwärts und rückwärts, hackte nach Köpfen und Beinen und stach in die fetten Bäuche, wenn sie ihm zu nahe kamen. Die Spinnen schwollen an vor Zorn, sie schäumten, stotterten und zischten die ungeheuerlichsten Flüche heraus; aber vor dem Schwert hatten sie nun einen gesunden Respekt bekommen, und jetzt, nachdem es wieder aufgetaucht war, wagten sie sich nicht sehr nahe heran. So laut sie auch schimpften, ihre Beute machte sich langsam, aber sicher davon. Aber für Bilbo war es ein mühsames Geschäft und schien Stunden zu dauern. Aber endlich, als er schon glaubte, die Hand nicht mehr zum Schlag heben zu können, gaben die Spinnen mit einem Mal auf und verfolgten sie nicht weiter, sondern krochen enttäuscht zurück in ihre dunkle Siedlung.

Die Zwerge merkten nun, dass sie an den Rand einer runden Fläche gelangt waren, wo die Feuer der Elben gebrannt hatten. Ob es eine von denen war, die sie in der letzten Nacht gesehen hatten, konnten sie nicht sagen. Aber auf solchen Plätzen schien etwas wie ein freundlicher Zauber zu liegen, der den Spinnen gar nicht behagte. Jedenfalls war das Licht hier grüner, und die Äste der Bäume waren weniger dick und drohend, und die Zwerge hatten eine Gelegenheit, zu rasten und Atem zu schöpfen.

Keuchend und schnaufend lagen sie eine Weile dort auf dem Boden. Aber sehr bald schon begannen sie Fragen zu stellen. Die Sache mit dem Verschwinden wollten sie haargenau erklärt haben, und die Geschichte von dem Ringfund interessierte sie so sehr, dass sie für eine Weile ihre eigenen Sorgen vergaßen. Balin insbesondere beharrte darauf, dass Bilbo das ganze Abenteuer mit Gollum in aller Ausführlichkeit noch mal erzählte, mitsamt den Rätseln und mit dem Ring im richtigen Zusammenhang. Aber nach einiger Zeit wurde das Licht schwächer, und nun kamen andere Fragen zur Sprache. Wo waren sie? Wo war ihr Pfad? Wo gab es etwas zu essen? Und was sollten sie jetzt machen? Diese Fragen stellten sie immer von neuem, und die Antworten erwarteten sie anscheinend von niemand anderem als dem guten Bilbo. Woraus ihr seht, dass sie ihre Meinung über ihn entschieden geändert hatten und dass er in ihrer Achtung nun ziemlich hoch gestiegen war (wie Gandalf ja vorausgesagt hatte). Und jetzt maulten sie nicht nur, sondern erwarteten tatsächlich von ihm die geniale Idee, wie ihnen zu helfen wäre. Sie wussten nur allzu gut, dass es ohne den Hobbit mit ihnen allen wohl bald aus gewesen wäre, und sie dankten ihm viele Male. Manche standen sogar auf und verneigten sich vor ihm bis zum Boden, obwohl sie dabei vor Anstrengung umfielen und eine ganze Weile nicht wieder auf die Beine kamen. Dass sie über sein Verschwinden nun die Wahrheit wussten, schmälerte Bilbos Ansehen in ihren Augen nicht, denn sie begriffen, dass er sowohl etwas Verstand als auch Glück und einen Zauberring hatte – drei überaus nützliche Gaben. Ja, sie ergingen sich in solchen Lobsprüchen, dass Bilbo allmählich selber glaubte, etwas von einem verwegenen Abenteurer stecke in ihm. Allerdings hätte er sich noch viel verwegener gefühlt, hätte er etwas zu essen gehabt.

Aber zu essen gab es nichts, rein gar nichts; und keiner von ihnen war mehr imstande, loszugehn und nach etwas Ausschau zu halten oder den Pfad zu suchen, den sie verloren hatten. Der verlorene Pfad! Kein anderer Gedanke ging mehr in Bilbos müden Kopf hinein. Er saß da und starrte in das endlose Gewirr der Bäume; und nach einer Weile verstummten sie alle. Alle bis auf Balin. Als die andern längst zu reden aufgehört und die Augen zugemacht hatten, murmelte und schmunzelte er immer noch in sich hinein.

»Gollum, ach du meine Güte! Darum konnte er an mir vorbeischleichen, was? Jetzt kapier ich! Man muss eben schleichen, still und leise, nicht, Herr Beutlin? Und die Knöpfe an der Türschwelle! Der gute alte Bilbo – Bilbo – Bilbo – bo – bo – bo –« Dann schlief er ein, und lange herrschte völlige Stille.

Mit einem Mal schlug Dwalin die Augen auf und sah sie einen nach dem andern an. »Wo ist Thorin?«, fragte er.

Es war ein Schock. Natürlich, sie waren nur dreizehn, zwölf Zwerge und der Hobbit. Wo war bloß Thorin? Sie überlegten, welch ein böses Geschick ihn ereilt haben mochte, ob Magie oder Ungeheuer; und es grauste sie davor, so verlassen und verloren in dem finsteren Walde zu liegen. Dann sanken sie einer nach dem andern in einen unruhigen Schlaf voller Schreckensträume, während der graue Abend in die schwarze Nacht überging; und so, wie sie da lagen, zu müd und elend, um auch nur Wachen einzuteilen, müssen wir sie einstweilen verlassen.

Thorin war viel früher in Gefangenschaft geraten als sie. Erinnert ihr euch, dass Bilbo in einen bleiernen Schlaf gefallen war, als er in den Lichtkreis der Elben trat? Beim nächsten Mal war es Thorin gewesen, der zuerst vortrat, und als die Lichter ausgingen, fiel er um wie versteinert. Der Lärm der in der Nacht herumirrenden Zwerge, ihre Schreie, als die Spinnen sie fingen und fesselten, und all das Kampfgetöse am nächsten Tag waren ungehört über ihn hinweggegangen. Dann waren die Waldelben gekommen, hatten ihn gefesselt und davongetragen.

Denn die Leute bei den nächtlichen Festgelagen waren Waldelben gewesen, wer sonst? Waldelben sind kein bösartiges Volk. Wenn sie einen Fehler haben, dann ist es ihr Misstrauen gegen Fremde. Obwohl sie auch in jener Zeit noch über beträchtliche Zauberkräfte verfügten, waren sie sehr scheu. Sie waren anders als die Hochelben aus dem Westen, gefährlicher und nicht so klug. Denn die meisten von ihnen (ebenso wie ihre verstreut lebenden Verwandten in den Berg- und Hügelländern) stammten von jenen uralten Stämmen ab, die nie in den Westen, ins Elbenland gezogen waren. Dorthin waren die Lichtelben, die Tiefelben und die Meerelben gezogen und hatten lange Zeiten hindurch dort gelebt, waren schöner, weiser und gelehrter geworden, hatten magische Kräfte und Kunstfertigkeiten gewonnen, mit denen sie schöne und wunderbare Dinge schufen, bevor einige von ihnen in die weite Welt zurückkehrten. Hier waren die Waldelben immer geblieben, auch noch im Zwielicht von Sonne und Mond. Am liebsten aber war ihnen das Sternenlicht, und sie streiften durch die großen, hochgewachsenen Wälder in den Ländern, die heute verschollen sind. Meistens wohnten sie an den Waldrändern, von wo sie bisweilen zu einem Jagdzug aufbrachen oder bei Mond- und Sternenschein über offenes Land laufen oder reiten konnten; und nach der Ankunft der Menschen zogen sie sich immer mehr ins Abendrot und in die Dämmerung zurück. Trotzdem, sie waren und blieben Elben, und die Elben heißen das Gute Volk.

In einer großen Höhle im Düsterwald, wenige Meilen von seinem östlichen Rand, lebte zu dieser Zeit ihr mächtigster König.

Vor dem großen steinernen Tor floss ein Fluss vorüber, der von den bewaldeten Höhen herabkam und in die Sümpfe zu Füßen des Hochlandes mündete. Die große Höhle, an die sich nach allen Seiten ungezählte kleinere anschlossen, zog sich weit unter der Erde hin, mit vielen Gängen und geräumigen Hallen, aber sie war heller und reinlicher als die Orkstollen und auch nicht so tief und so gefahrenreich. Eigentlich lebten und jagten die Untertanen des Königs vor allem in den lichteren Teilen des Waldes; sie wohnten dort in Hütten auf dem Boden oder im Geäst. Von den Bäumen waren ihnen die Buchen am liebsten. Die Höhle des Königs war zugleich sein Palast, seine Schatzkammer und die Festung seines Volkes gegen Feinde.

Außerdem war sie der Kerker für seine Gefangenen. So viel über die Höhle, zu der die Waldelben Thorin schleppten – wobei sie nicht allzu sanft mit ihm umgingen, denn sie mochten die Zwerge nicht und hielten ihn für einen Feind. In alten Zeiten hatten sie mit manchen Zwergenvölkern Krieg geführt, denen sie vorwarfen, ihnen einen Schatz geraubt zu haben. (Fairerweise muss gesagt werden, dass die Zwerge die Sache anders sahen: Sie behaupteten, sich nur genommen zu haben, was ihnen zustand, denn ein Elbenkönig habe sie sein Rohgold und Rohsilber schmieden lassen und ihnen nachher den vereinbarten Lohn verweigert.) Wenn der Elbenkönig eine Schwäche hatte, so war es die Begierde nach Schätzen, besonders nach Silber und weißen Edelsteinen; und obgleich seine Schatzkammern schon übervoll waren, wollte er immer noch mehr haben, so viel wie andere Elbenfürsten in alter Zeit. Sein Volk hatte weder Bergwerke, noch konnte es die Metalle und Edelsteine bearbeiten; und auch um Handel und Ackerbau kümmerten sich die Elben nur wenig. All dies war jedem Zwerg bekannt, doch Thorins Familie hatte mit den alten Streitigkeiten nie etwas zu tun gehabt. Darum ärgerte es Thorin, wie sie ihn behandelten, als sie ihren Bann von ihm genommen hatten und er wieder zu sich kam. Er nahm sich vor, dass sie kein Wort von Gold oder Juwelen aus ihm herauslocken sollten.

Als er dem König vorgeführt wurde, sah der ihn finster an und stellte ihm viele Fragen. Aber Thorin sagte immer nur eines: dass er am Verhungern sei.

»Warum hast du mit deinen Leuten dreimal versucht, mein Volk während seines Festes anzugreifen?«, fragte der König.

»Wir haben euch nicht angegriffen«, antwortete Thorin; »wir wollten um etwas zu essen bitten, weil wir am Verhungern waren.«

»Wo sind deine Freunde jetzt, und was tun sie?«

»Ich weiß es nicht, aber ich nehme an, sie sind im Wald und haben Hunger.«

»Was wolltet ihr im Walde?«

»Nahrung und Wasser suchen, um nicht zu verhungern.«

»Aber weshalb seid ihr überhaupt in den Wald gekommen?«, fragte der König verärgert.

Da klappte Thorin den Mund zu und sagte kein Wort mehr.

»Na schön!«, sagte der König. »Nehmt ihn mit und verwahrt ihn sicher, so lange, bis er bereit ist, die Wahrheit zu sagen, und wenn es hundert Jahre dauern sollte.«

Dann legten die Elben ihm Fesseln an und sperrten ihn in eine der innersten Kammern, die mit dicken Holztüren verschlossen war, und ließen ihn allein. Sie gaben ihm zu essen und zu trinken, beides reichlich, wenn auch nicht vom Besten. Waldelben waren jedenfalls keine Orks und behandelten Gefangene, auch wenn sie ihre ärgsten Feinde waren, halbwegs anständig. Die einzigen Lebewesen, mit denen sie kein Erbarmen hatten, waren die Riesenspinnen.

Dort also lag der arme Thorin im Kerker; und nachdem er sich dankbar mit Brot, Fleisch und Wasser gestärkt hatte, begann er zu grübeln, was wohl aus seinen unglücklichen Freunden geworden sein mochte. Es sollte nicht sehr lange dauern, bis er es erfuhr; doch das gehört ins nächste Kapitel und an den Anfang eines neuen Abenteuers, in dem sich der Hobbit wiederum als nützlich erwies.

NEUNTES KAPITEL

FÄSSER UNVERZOLLT

Am Tag nach ihrem Kampf mit den Riesenspinnen unternahmen Bilbo und die Zwerge eine letzte verzweifelte Anstrengung, den Ausweg aus dem Wald wiederzufinden, bevor sie dem Hunger und dem Durst erlagen. Sie rafften sich auf und stolperten los in die Richtung, in der acht von den dreizehn, die sie waren, den Pfad vermuteten; ob sie aber Recht hatten, erfuhren sie nie. Schon wich das Tageslicht, sofern in diesem Wald davon die Rede sein konnte, wieder der Schwärze der Nacht, als plötzlich rings um sie her viele Fackeln aufflammten wie Hunderte von roten Sternen. Waldelben mit Bogen und Speeren sprangen hinter den Bäumen vor und geboten den Zwergen Halt.

An einen Kampf war nicht zu denken. Selbst wenn die Zwerge nicht in einer solchen Verfassung gewesen wären, dass sie eher froh sein mussten, gefangen genommen zu werden, hätten ihnen die kurzen Messer, ihre einzigen Waffen, nichts gegen die Pfeile der Elben genützt, die einem Vogel bei Nacht ein Auge ausschießen konnten. Also hielten sie einfach an, setzten sich auf den Boden und warteten – alle bis auf Bilbo, der seinen Ring aufstreifte und sich sofort seitwärts in die Büsche schlug. Als die Elben die Gefangenen in einer langen Reihe, einer hinter dem andern, aneinander fesselten und sie zählten, war der Hobbit längst verschwunden und wurde nicht mitgezählt.

Er war auch nicht zu hören oder zu bemerken, als sie die Gefangenen durch den Wald abführten und er in einigem Abstand hinter ihren letzten Fackeln her trabte. Allen Zwergen waren die Augen verbunden, aber das wäre kaum nötig gewesen, denn auch Bilbo konnte mit offenen Augen nicht sehen, wo sie hingingen; und wo sie zu Anfang gewesen waren, wusste sowieso keiner von ihnen. Bilbo hatte alle Mühe, mit den Fackeln

Schritt zu halten, denn die Elben trieben die Zwerge an, so schnell zu laufen, wie sie es in ihrer Erschöpfung irgend konnten. Der König hatte Eile befohlen. Plötzlich hielten die Fackeln an, und der Hobbit holte sie eben noch ein. Sie standen vor einer Brücke, die vor dem Tor der Königshöhle über den Fluss führte. Das Wasser strömte dunkel und schnell darunter hin, und auf der andern Seite war das große Tor, das sich in der Flanke eines baumbestandenen Steilhangs öffnete. Hohe Buchen wuchsen dort bis herab ans Ufer und streckten ihre Wurzeln in die Strömung.

Über diese Brücke stießen die Elben ihre Gefangenen, doch Bilbo zögerte, ihnen zu folgen. Der Anblick des Höhleneingangs gefiel ihm gar nicht, und den Entschluss, seine Freunde nicht im Stich zu lassen, fasste er erst im letzten Moment, gerade noch rechtzeitig, um hinter den letzten Elben durch die großen Torflügel zu huschen, ehe sie mit einem lauten Knall hinter ihnen zufielen.

Die Gänge im Innern waren von roten Fackeln erhellt, und die Elbenkrieger sangen, als sie ihre Gefangenen durch die hallenden Gänge führten, die sich hin und her wanden und kreuzten. Diese Gänge waren nicht wie die Stollen in den Orkstädten; sie waren kleiner, nicht so tief unter der Erde und besser gelüftet. In einer großen Halle mit Säulen, die aus dem lebenden Stein gehauen waren, saß der Elbenkönig auf einem mit Schnitzereien verzierten hölzernen Sessel. Auf dem Kopf trug er eine Krone aus Beeren und rotem Laub, denn es war Herbst geworden. Im Frühjahr trug er eine Krone aus Waldblumen. In der rechten Hand hielt er einen geschnitzten Eichenholzstab.

Die Gefangenen wurden ihm vorgeführt. Er schaute sie zwar finster an, befahl aber seinen Männern, ihnen die Fesseln abzunehmen, denn er sah, wie abgerissen und erschöpft sie waren. »Außerdem brauchen wir hier keine Stricke«, sagte er. »Durch meine magischen Türen entkommt keiner, der einmal darinnen ist.«

Lange und eingehend befragte er die Zwerge, was sie hier

wollten, wo sie hingingen und wo sie herkämen; aber er bekam nicht viel mehr aus ihnen heraus als aus Thorin. Sie waren mürrisch und beleidigt und gaben sich nicht einmal Mühe, höflich zu sein.

»Was haben wir getan, o König?«, sagte Balin, der nun ihr Ältester war. »Ist es denn ein Verbrechen, sich im Walde zu verirren, hungrig und durstig zu sein und den Spinnen in die Netze zu laufen? Sind die Spinnen vielleicht deine Schoßtiere, dass es dich so erzürnt, wenn wir einige getötet haben?«

Die Frage erzürnte den König natürlich nur noch mehr, und er antwortete: »Es ist ein Verbrechen, ohne meine Erlaubnis durch mein Gebiet zu ziehen. Habt ihr vergessen, dass ihr euch in meinem Königreich befandet und den Weg benutztet, den mein Volk angelegt hat? Habt ihr nicht dreimal im Wald mein Volk bedrängt und belästigt und mit eurem Krawall und Gebrüll die Spinnen aufgescheucht? Nach all euren Ruhestörungen habe ich ein Recht zu erfahren, was euch hierher führt, und wenn ihr es mir jetzt nicht sagen wollt, dann bleibt ihr so lange im Gefängnis, bis ihr Vernunft und Manieren annehmt!«

Dann gab er Befehl, jeden der Zwerge einzeln in eine Zelle zu sperren und sie mit Speise und Trank zu versorgen. Ihr enges Gefängnis sollten sie nicht verlassen dürfen, solange nicht wenigstens einer von ihnen bereit sei, ihm zu sagen, was er wissen wolle. Aber er verriet ihnen nicht, dass er auch Thorin gefangen hielt. Das sollte erst Bilbo herausfinden.

Der arme Bilbo Beutlin – eine lange, eintönige Zeit musste er an diesem Ort verbringen, ganz allein und immer im Verborgenen, ohne dass er je wagen konnte, den Ring abzunehmen. Er getraute sich kaum einmal zu schlafen, selbst wenn er sich in die dunkelsten und entlegensten Winkel verkroch. Weil er sonst nichts zu tun hatte, streifte er im Palast des Elbenkönigs umher. Das Tor war magisch verschlossen, aber wenn er den richtigen Moment abpasste, kam er manchmal hinaus. Von Zeit zu Zeit ritt ein Trupp der Waldelben, manchmal mit dem König an der

Spitze, zur Jagd aus oder zu anderen Geschäften in den Wäldern und in den Ländern im Osten. Wenn Bilbo sich dann sehr flink bewegte, konnte er dicht hinter ihnen mit hinausschlüpfen; allerdings war es nicht ungefährlich. Mehr als einmal hätten ihn beinahe die Torflügel zerquetscht, wenn sie mit einem Knall hinter dem letzten der Elben zufielen; doch mitten unter ihnen zu gehen, wagte er nicht, wegen seines Schattens (so blass und verwackelt er im Fackelschein auch zu sehen war) und aus Furcht, mit jemandem zusammenzustoßen und dabei entdeckt zu werden. Aber von diesen Ausflügen hatte er nichts, und darum unternahm er sie nicht sehr oft. Er wollte die Zwerge nicht im Stich lassen; er wusste ja gar nicht, wohin in aller Welt er ohne sie gehen sollte. Mit den Elben konnte er nicht die ganze Zeit, wenn sie auf Jagd waren, Schritt halten, darum fand er nie die Wege, die aus dem Wald herausführten. Er konnte draußen nur jämmerlich herumstreunen, immer in der Angst, sich zu verlaufen, bis eine Gelegenheit kam, wieder hineinzuschlüpfen. Außerdem musste er draußen hungern, denn er war kein Jäger, während er im Innern des Höhlenpalastes das Nötigste ergattern konnte, aus den Vorratskammern oder von einem gedeckten Tisch, wenn niemand aufpasste.

»Es geht mir wie einem Einbrecher, der nicht wieder ausbrechen kann, und nun muss er schäbigerweise tagaus, tagein immer dasselbe Haus plündern«, dachte er. »Das ist der ödeste und blödeste Teil von diesem ganzen lästigen, lausigen und langweiligen Abenteuer! Ich wollte, ich wäre daheim in meiner Hobbithöhle am warmen eigenen Herd und beim Lampenschein.« Oft wünschte er sich auch, er könnte dem Zauberer Nachricht schicken, dass seine Hilfe willkommen wäre, aber das ging natürlich nicht; und bald begriff er, dass alles, was hier vielleicht zu tun war, niemand anders tun konnte als Herr Bilbo Beutlin – allein und ohne fremde Hilfe.

Nach ein, zwei Wochen dieses Lebens auf Zehenspitzen, in denen er die Wachen beobachtete und verfolgte und jede Gelegenheit zum Spionieren beim Schopf griff, hatte er endlich heraus, wo jeder der zwölf Zwerge gefangen saß. Er hatte alle zwölf Zellen in den verschiedenen Teilen des Palastes gefunden, und inzwischen kannte er sich überall ziemlich gut aus. Welche Überraschung aber, als er eines Tages ein Gespräch der Wachen belauschte und erfuhr, dass noch ein anderer Zwerg gefangen saß, in einem besonders tiefen und dunklen Keller. Natürlich erriet er sofort, dass dies nur Thorin sein konnte, und nach einer Weile fand er seine Vermutung bestätigt. Und schließlich gelangte er unter manchen Schwierigkeiten zu Thorins Zelle, als niemand in der Nähe war, und konnte mit dem Oberhaupt der Zwerge reden.

Thorin war zu niedergeschlagen, um noch länger mit seinem Missgeschick zu hadern. Er dachte sogar schon darüber nach, ob er dem König nicht alles über seine Schatzsuche und sein Abenteuer erzählen sollte (was wohl zeigt, wie elend ihm zumute war), als er Bilbos leise Stimme durch das Schlüsselloch hörte. Zuerst wollte er seinen Ohren nicht trauen, aber bald fand er, dass er sich nicht getäuscht haben konnte, kam dicht an die Tür und hatte mit dem Hobbit auf der andern Seite eine lange, flüsternde Unterredung.

Und so konnte Bilbo nun allen anderen Zwergen heimlich eine Botschaft von Thorin zutragen: Sie erfuhren, dass Thorin, ihr Oberhaupt, ebenfalls und ganz in ihrer Nähe gefangen saß und dass keiner von ihnen dem König ihr Vorhaben verraten dürfe, zumindest nicht, bevor Thorin die Anweisung gegeben habe. Denn Thorin hatte wieder Mut geschöpft, als er hörte, wie der Hobbit seine Begleiter vor den Spinnen gerettet hatte; und nun war er von neuem entschlossen, sich nicht loszukaufen, indem er dem König einen Anteil an seinem Schatz versprach – solange nicht jede Hoffnung, auf billigere Weise davonzukommen, zunichte geworden war, solange diesem erstaunlichen Herrn Bilbo Siehtmannicht Beutlin, von dem er allmählich eine hohe Meinung bekam, vielleicht doch noch etwas Brauchbares einfiel.

Die anderen Zwerge waren mit Thorins Botschaft höchst einverstanden. Alle fanden, dass ihr eigener Anteil an dem Schatz (trotz ihrer misslichen Lage und trotz des unbesiegten Drachens taten sie so, als ob sie ihn schon hätten) beträchtlich geschmälert würde, wenn die Waldelben auch noch einen Anteil verlangten, und zu Bilbo hatten sie alle volles Vertrauen. (Genau, wie Gandalf gesagt hatte, seht ihr! Vielleicht war das ein Grund gewesen, warum er fortging und sie allein ließ.)

Bilbo jedoch war nicht halb so optimistisch wie sie. Es war ihm gar nicht recht, dass sie sich alle auf ihn verließen, und er wünschte sich den Zauberer herbei. Aber das half nichts; vermutlich lag die ganze schwarze Weite des Düsterwalds jetzt zwischen ihnen. Er setzte sich hin und dachte und dachte, bis ihm vor Anstrengung fast der Kopf platzte, aber der erleuchtende Einfall wollte nicht kommen. Ein Ring, der unsichtbar machte, war schön und gut, aber er reichte nicht für vierzehn Mann. Am Ende aber, wie ihr natürlich schon erraten habt, rettete er seine Freunde doch, und das kam so:

Eines Tages machte er bei seinen Streif- und Schnüffelzügen eine sehr interessante Entdeckung: Das große Tor war *nicht* der einzige Zugang zu den Höhlen. Unter den tiefsten Kellern des Palastes floss an einer Stelle ein Bach hindurch und mündete ein Stück weiter östlich in den Waldfluss, hinter dem steilen Hang, in den das große Tor führte. Wo dieser unterirdische Wasserlauf aus dem Berghang herauskam, befand sich ein Wassertor. Vom Felsdach, das dort bis dicht an die Wasseroberfläche herabreichte, konnte ein Fallgatter ins Bachbett versenkt werden, damit niemand auf diesem Wege herein oder hinaus konnte. Oft stand aber das Fallgatter offen, denn hier ging viel Verkehr aus und ein. Wäre jemand auf diesem Wege hereingekommen, so wäre er durch einen dunklen, grob behauenen Tunnel tief ins Innere des Berges gelangt. An einer Stelle, wo der Bach unter den Höhlen durchfloss, waren in das Felsdach Falltüren aus Eichenholz eingelassen worden. Diese führten nach oben in die königlichen Keller. Dort standen Fässer, Fässer und noch mal Fässer: die Waldelben, und ihr König nicht zuletzt, waren dem Wein sehr zugetan.

Weil aber in ihrer Gegend keine Reben wuchsen, musste der Wein von weit her herangeschafft werden, von ihren Verwandten im Süden oder von den Weinbergen der Menschen in fernen Ländern.

Bilbo, hinter einem der größten Fässer versteckt, entdeckte die Falltüren und erfuhr, wozu sie dienten, als er die Gespräche zwischen den Dienern des Königs belauschte. Der Wein und andere Güter wurden die Flüsse herauf oder über Land zum Langen See gebracht. Dort gab es anscheinend noch eine Stadt der Menschen, auf Pfählen weit in den See hinaus gebaut, zum Schutz vor Feinden aller Art und besonders vor dem Drachen vom Berge. Von der Seestadt wurden die Fässer den Waldfluss hinaufgeschafft. Oft wurden sie einfach zu großen Flößen zusammengebunden und flussaufwärts gerudert oder gestakt, manchmal auf flache Boote geladen.

Wenn die Fässer leer waren, warfen die Elben sie durch die Falltüren hinunter, öffneten das Wassertor, und die Fässer schwammen hüpfend mit dem Bach davon. Die Strömung trug sie bis zu einer Stelle weit flussabwärts am äußersten östlichen Saum des Düsterwalds, wo das Ufer weit vorsprang. Dort wurden sie gesammelt, zusammengebunden und wieder zur Seestadt geflößt, die nah an der Stelle stand, wo der Waldfluss in den Langen See mündete.

Bilbo saß da und dachte lange nach, ob dieses Wassertor seinen Freunden nicht als Fluchtweg dienen könnte, und endlich hatte er die ersten dürftigen Ideen zu einem Plan.

Eben hatten die Wachen den Gefangenen die Abendmahlzeit gebracht. Sie stapften durch die Gänge und nahmen die Fackeln mit hinaus, so dass hinter ihnen alles im Dunkeln blieb. Da hörte Bilbo, wie der Kellermeister des Königs dem Hauptmann der Wache einen guten Abend wünschte.

»Komm doch noch mit auf einen Becher!«, sagte er. »Wir kosten den neuen Wein, der gerade gekommen ist. Ich habe heute Nacht viel zu tun mit dem leeren Holz, das aus den Kellern geräumt werden muss. Lass uns vorher einen trinken, dann fällt die Arbeit leichter.«

»Schön«, lachte der Hauptmann. »Ich helfe dir kosten, um zu sehn, ob er für die königliche Tafel taugt. Heute Nacht ist ein großes Gelage, da kannst du nichts Schlechtes raufschicken.«

Bilbo geriet in helle Aufregung, als er das hörte. Er hatte wieder mal Glück! Hier war eine Chance, seinen verzweifelten Plan gleich in die Tat umzusetzen. Er schlich den beiden Elben nach bis in einen kleinen Kellerraum; dort setzten sie sich an einen Tisch, auf dem zwei große Kannen standen. Sie tranken, lachten und alberten. Und nun hatte Bilbo wirklich ein unerhörtes Glück. Um einem Waldelben zu Kopf zu steigen, muss ein Wein schon sehr stark sein; dies aber, so schien es, war das berauschende Gewächs der großen Gärten von Dorwinion, das nicht für die Diener und Soldaten des Königs, sondern nur für die königlichen Gelage selbst bestimmt war, und auch dort wurde es in kleinen Karaffen und nicht in den großen Kannen des Kellermeisters ausgeschenkt.

Sehr bald hing dem Wachhauptmann der Kopf vornüber, dann legte er ihn auf die Tischplatte und schlief fest ein. Anscheinend ohne es zu bemerken, schwatzte und kicherte der Kellermeister eine Weile allein vor sich hin, aber bald sank auch ihm der Kopf auf den Tisch, und dann schnarchten die beiden Freunde Seite an Seite. Nun kroch der Hobbit näher. Rasch hatte er dem Wachhauptmann die Schlüssel abgenommen und trabte so schnell er konnte durch die Gänge zu den Zellen hin. Der große Schlüsselbund war für seine Arme ziemlich schwer, und trotz seines Ringes klopfte ihm das Herz einige Mal bis zum Hals hinauf, und er zitterte am ganzen Leib, denn er konnte nicht vermeiden, dass die Schlüssel dann und wann laut rasselten und klirrten.

Zuerst schloss er Balin die Tür auf, und sobald der Zwerg draußen war, schloss er sie sorgfältig wieder zu. Balin war nicht wenig überrascht, wie ihr euch denken könnt; aber bei aller

Freude, aus seiner engen, öden Steinzelle herauszukommen, wollte er doch erst stehen bleiben, Fragen stellen und ganz genau wissen, wie Bilbo sich alles gedacht hatte.

»Keine Zeit jetzt!«, sagte der Hobbit. »Komm einfach mit! Wir müssen alle zusammenbleiben, damit wir nicht getrennt werden. Entweder entkommen wir alle oder keiner, und dies ist unsere letzte Chance. Wenn wir erwischt werden, dann weiß der Himmel, wohin euch der König nächstes Mal steckt, vermutlich mit Ketten an Händen und Füßen. Keine Diskussion jetzt, sei so lieb!«

Dann ging er weiter von Tür zu Tür, bis sein Gefolge auf zwölf Mann angewachsen war, von denen keiner, infolge der Dunkelheit und ihrer langen Gefangenschaft, sich allzu geräuschlos bewegte. Bilbo bekam jedes Mal Herzklopfen, wenn sie zusammenbumsten, knurrten oder flüsterten. »Verfluchter Zwergenradau!«, sagte er sich. Trotzdem ging alles gut, und sie begegneten keinem Wachtposten. Tatsächlich wurde in dieser Nacht im Walde und in den oberen Hallen des Palastes ein großes Herbstfest begangen. Fast das ganze Elbenvolk feierte.

Nach einigem Herumtappen kamen sie schließlich zu Thorins Kerker, tief in den untersten Höhlen und zum Glück nicht weit von den Kellern.

»Allerhand!«, sagte Thorin, als Bilbo ihn flüsternd aufforderte, zu seinen Freunden herauszukommen. »Gandalf hat die Wahrheit gesagt, wie üblich! Du wirst einen wunderbaren Meisterdieb abgeben, scheint mir, wenn es so weit ist. Ich versichere dir, dass wir alle dir immer zu Diensten sein werden, was auch geschehen mag. Aber was kommt als Nächstes?«

Bilbo sah ein, dass es Zeit wurde, seinen Plan zu erklären, so gut er konnte; aber er war sich gar nicht sicher, wie die Zwerge ihn aufnehmen würden. Seine Befürchtungen erwiesen sich als richtig: Er gefiel ihnen überhaupt nicht, und trotz der Gefahr fingen sie an, laut zu murren.

»Da werden wir ja durchgeschüttelt, dass uns alle Knochen brechen, und obendrein ersaufen wir, so viel ist sicher!«, schimpften sie. »Wir dachten, dir wäre etwas Vernünftiges eingefallen, bevor du dir die Schlüssel besorgt hast. Verrückte Idee!«

»Na schön!«, sagte Bilbo niedergeschmettert, aber auch ziemlich verärgert. »Also, dann zurück in eure hübschen Zellen! Ich schließe euch alle wieder ein, und dann setzt ihr euch hin und denkt euch in aller Ruhe einen vernünftigen Plan aus – aber ich glaube nicht, dass ich die Schlüssel noch einmal in die Hand bekomme, nicht mal, wenn ich Lust haben sollte, mich darum zu bemühen.«

Das war ihnen nun auch wieder nicht recht, und sie beruhigten sich. Am Ende blieb ihnen nichts anderes übrig, als zu tun, was Bilbo vorschlug. Dass sie den Weg durch die oberen Hallen nahmen und sich durch das magisch verschlossene Tor nach draußen durchschlugen, war natürlich unmöglich; und maulend in den Gängen herumzustehen, bis man sie wieder einfing, nützte ihnen auch nichts. Also schlichen sie hinter dem Hobbit her in die tiefsten Keller. Sie kamen an einer offenen Tür vorüber, durch die man den Wachhauptmann und den Kellermeister sah, die noch immer zufrieden lächelnd vor sich hin schnarchten. Der Wein von Dorwinion bringt tiefe und wohlige Träume. Am nächsten Tag würde dem Wachhauptmann das Lächeln vergehen, obwohl Bilbo sich erbarmte, hereinschlich und ihm die Schlüssel wieder an den Gürtel hängte, bevor sie weitergingen.

»Das wird ihm bei dem Ärger, der ihm bevorsteht, manches ersparen«, sagte sich Bilbo. »Er ist kein übler Kerl und war sehr nett zu den Gefangenen. Jetzt werden die Elben sich lange den Kopf zerbrechen. Sie werden denken, wir wären mit einem extrastarken Gegenzauber durch all diese verschlossenen Türen gekommen und verschwunden. Ja, verschwinden! Aber das muss jetzt schnell gehn, wenn etwas draus werden soll!«

Balin sollte bei dem Hauptmann und dem Kellermeister Wache stehen und Warnzeichen geben, wenn sie sich rührten. Die anderen gingen in den benachbarten Kellerraum, wo die Falltüren waren. Die Zeit war knapp. Bald, so wusste Bilbo, würden ein paar Elben herunterkommen, die Befehl hatten, dem Kellermeister zu helfen, die leeren Fässer durch die Falltüren in den Bach zu werfen. Die Fässer standen schon in der Mitte des Raums aufgereiht und mussten nur noch weggerollt werden. Manche waren Weinfässer und nützten ihnen nichts, denn der Deckel hätte sich nicht ohne viel Lärm abnehmen und dann nur schwer wieder dicht verschließen lassen. Aber zwischen ihnen standen auch Fässer, in denen andere Waren wie Butter, Äpfel und so weiter in den Königspalast gebracht worden waren.

Bald hatten sie dreizehn gefunden, in denen für je einen Zwerg Platz war. In manchen war sogar zu viel Platz, und als die Zwerge hineinkrochen, waren sie besorgt wegen des Gerütteltund Geschütteltwerdens, das ihnen darin bevorstand. Bilbo gab sich alle Mühe, sie mit Stroh und anderem Zeug so weichgepolstert einzupacken, wie es in der kurzen Zeit möglich war. Schließlich waren zwölf Zwerge verstaut. Mit Thorin war es besonders schwierig; er wand und drehte sich in seinem Fass und knurrte wie ein großer Kettenhund in einer zu kleinen Hütte. Balin, der als Letzter drankam, machte Theater wegen der Luftlöcher und behauptete schon zu ersticken, bevor noch der Deckel wieder geschlossen war. Bilbo hatte getan, was er konnte, um Löcher in den Wänden der Fässer zu stopfen und alle Deckel so fest wie möglich zu verschließen, und nun war er wieder allein, rannte herum, legte hier und da noch letzte Hand an und hoffte, dass sein Plan wider alle Wahrscheinlichkeit gelingen werde.

Er war nicht zu früh fertig geworden. Kaum hatte er Balin eingepackt, näherten sich Stimmen und flackernde Lichter. Eine Anzahl Elben kam unter Gelächter, Gesang und Geschwätz in die Keller herab. Sie kamen von einem fröhlichen Gelage in den oberen Hallen und wollten möglichst schnell wieder dorthin zurück.

»Wo ist der alte Galion, unser Kellermeister?«, sagte einer.

»Ich habe ihn heute nicht bei der Tafel gesehen. Er müsste jetzt hier sein, um uns zu zeigen, was es zu tun gibt.«

»Es wäre ärgerlich, wenn der alte Trieler zu spät kommt«, sagte ein anderer. »Ich hab keine Lust, hier meine Zeit zu vertrödeln, während oben die Musik spielt.«

»Haha!«, rief einer. »Da ist er ja, der alte Gauner, direkt an der Quelle! Er und sein Freund, der Hauptmann, haben ein bisschen für sich gefeiert.«

»Schüttelt ihn ordentlich! Weckt ihn auf!«, riefen die andern ungeduldig.

Wachgeschüttelt zu werden gefiel Galion gar nicht, und ausgelacht werden erst recht nicht. »Ihr kommt zu spät«, brummte er. »Ich sitze hier unten und warte und warte, während ihr Knaben bechert und euren Spaß habt und eure Pflicht vergesst. Kein Wunder, wenn ich da einschlafe!«

»Kein Wunder«, sagten sie, »wo doch die Erklärung in Gestalt einer leeren Kanne auf dem Tisch steht! Komm, lass uns auch mal von deinem Schlaftrunk kosten, ehe wir anfangen! Den Wachmann brauchst du nicht zu wecken. Es scheint, der hat genug für heute.«

Dann tranken sie eine Runde und wurden plötzlich alle sehr ausgelassen. Aber ganz von Sinnen waren sie noch nicht. »Bewahr uns, Galion!«, riefen einige, »du hast ein bisschen zu früh gefeiert und warst nicht mehr ganz beieinander. Du hast manche vollen Fässer zwischen die leeren gestellt, wenn das Gewicht irgendwas besagt.«

»Macht bloß weiter!«, knurrte der Kellermeister. »Woher wollt ihr arbeitsscheuen Trunkenbolde wissen, was ein Fass wiegt? Diese hier gehen raus und keine andern! Tut, was ich euch sage!«

»Schön, schön!«, antworteten sie und rollten die Fässer zu der Öffnung. »Geht auf deine Kappe, wenn du die vollen Butterfässer des Königs und seinen besten Wein in den Fluss schmeißt, dass sich die Menschen am See ins Fäustchen lachen!«

Rollen, rollen, rollen,
Die leeren und die vollen!
Runter, rauf, hauruck!
Verschnauf und nimm ein' Schluck!

So sangen sie, als sie die Fässer eins nach dem andern zu der dunklen Öffnung hinrollten und sie mit einem Stoß ins kalte Wasser ein paar Fuß darunter beförderten. Manche Fässer waren wirklich leer, andere enthielten je einen sauber verpackten Zwerg; aber alle plumpsten sie hinunter, eines wie das andere, mit viel Gerums und Gepolter, Drunter und Drüber, Aufklatschen, Zusammenprallen und Ankratzen an den Tunnelwänden, und dann schaukelten sie mit der Strömung davon.

Erst in diesem Augenblick ging Bilbo auf, welches der schwache Punkt in seinem Plan war. Sicher habt ihr schon eher daran gedacht und könnt jetzt über ihn lachen; aber ich weiß nicht, ob ihr es an seiner Stelle wirklich klüger angestellt hättet. Natürlich, er selbst saß nicht in einem Fass, und es war auch niemand mehr da, der ihn hätte einpacken können, selbst wenn dazu noch Gelegenheit gewesen wäre! Es sah ganz so aus, als würde er diesmal seine Freunde endgültig verlieren (fast alle waren sie schon in der dunklen Falltür verschwunden) und mutterseelenallein als ewiger Einbrecher durch die Elbenhöhlen schleichen müssen, bis er alt und grau würde. Denn selbst wenn er jetzt sofort durch das obere Tor hätte entkommen können, wären seine Aussichten, die Zwerge je wiederzufinden, erbärmlich schlecht gewesen. Er wusste nicht, auf welchem Weg er zu Lande an die Stelle gelangen konnte, wo die Fässer eingesammelt wurden. Er machte sich Sorgen, was ohne ihn wohl aus den Zwergen werden würde, denn er hatte keine Zeit gehabt, ihnen alles zu sagen, was er erfahren hatte und was er zu tun gedachte, wenn sie aus dem Wald erst herausgefunden hätten.

Während ihm all dies durch den Kopf ging, stimmten die

Elben, nun schon sehr angeheitert, am Wassertor ein Lied an. Manche hatten sich schon zu den Seilen begeben, an denen das Fallgatter hing, um es hochzuziehen und die Fässer hinauszulassen, sobald sie alle unten im Bach schwammen.

Ja, nun wird zurückgeschwommen
Dahin, wo ihr hergekommen.
Von den Höhen zu den Hallen
Unterm Berge lasst euch fallen,
Dann stromab, wo dunkler Wald
Um die Ufer dicht sich ballt.
Fort von Wurzel, Ast und Rinde,
In die Ebne, wo die Winde
Zwischen Schilf und Weidenbüschen
Über Marsch und Moore zischen,
Wo die Nebelschwaden bleich
Nachts entsteigen Pfuhl und Teich.
Folgt den Sternen, deren Tupfen
Tanzend auf der Strömung hupfen,
Über Wasserfall und Schnelle
Bis zur ersten Tageshelle;
Dann nach Süden kehrt ins Land,
Bis zum höchsten Sonnenstand,
Heim zu Schafen, Kühen, Stieren,
Blumengärten, Obstspalieren,
Heim zum Weinberg, wo die Beeren
Sich von Sonnenstrahlen nähren:
Südwärts, südwärts wird geschwommen,
Dahin, wo ihr hergekommen!

Das letzte Fass wurde nun zu der Luke gerollt. In seiner Verzweiflung, und weil ihm nichts anderes einfiel, klammerte der arme Bilbo Beutlin sich daran fest und wurde mit ihm über den Rand gestoßen. Runter fiel er, platsch! ins kalte Wasser, und auf ihn drauf fiel das Fass.

Spuckend kam er wieder hoch und krallte sich am Holz fest wie eine Ratte. Er versuchte, hinaufzukriechen, aber es ging nicht, so sehr er sich auch bemühte. Jedes Mal drehte sich das Fass und tauchte ihn wieder unter. Es war wirklich leer und schwamm leicht wie ein Korken. Obwohl er die Ohren voll Wasser hatte, hörte er die Elben oben im Keller noch singen. Dann fiel plötzlich die Falltür krachend zu, und die Stimmen verhallten. Er trieb im eiskalten Wasser des dunklen Tunnels, ganz allein – denn auf Freunde, die in Fässer verpackt sind, kann man nicht zählen.

Bald kam aus der Dunkelheit vor ihm ein grauer Fleck näher. Er hörte das Fallgatter knarren, als es hochgezogen wurde, und sah, dass er sich mitten in einem polternden und rumpelnden Haufen von Tonnen und Fässern befand, die alle dicht zusammengedrängt wurden, bevor sie unter dem Torbogen hindurch in die offene Strömung hinausschwammen. Er hatte alle Hände voll zu tun, um nicht zerstoßen und zerquetscht zu werden; doch endlich begann die drängelnde Masse sich aufzulösen, und ein Fass nach dem andern glitt unter dem steinernen Bogen durch und davon. Dann sah er, was ihm passiert wäre, wenn er es geschafft hätte, rittlings auf das Fass zu kommen: Zwischen dem oberen Rand und dem am Tor tief herabreichenden Dach war nicht mal mehr Platz für einen Hobbit.

Hinaus trieben sie, unter den überhängenden Ästen der Bäume an beiden Ufern. Bilbo hätte gern gewusst, wie es den Zwergen ging und ob wohl viel Wasser in ihre Fässer eindrang. Manche Fässer, die neben ihm dahinschwammen, soweit er sehen konnte, schienen ziemlich tief im Wasser zu liegen, vermutlich weil ein Zwerg drinsteckte.

»Ich kann nur hoffen, dass ich die Deckel fest genug aufgesetzt habe!«, dachte er, aber bald hatte er zu viel mit sich selbst zu tun und vergaß die Zwerge. Er konnte zwar den Kopf über Wasser halten, zitterte aber vor Kälte. Ob er nicht erfrieren würde, bevor sein Glück sich wenden konnte? Wie lange würde er sich noch an dem Fass festhalten können? Sollte er das Fass loslassen und den Versuch riskieren, irgendwie schwimmend ans Ufer zu kommen?

Sein Glück wendete sich rechtzeitig: Die strudelnde Strömung trug mehrere Fässer an einer Stelle nah ans Ufer, und dort blieben sie eine Weile an einer halb aus dem Wasser aufragenden Wurzel hängen. Bilbo benutzte die Gelegenheit, auf das Fass hinaufzukriechen, solange es zwischen anderen festgeklemmt war. Wie eine ertrunkene Ratte streckte er sich darauf aus, Arme und Beine ausgebreitet, um so gut wie möglich das Gleichgewicht zu halten. Der Wind war kalt, aber erträglicher als das Wasser. Er konnte nur hoffen, nicht gleich wieder herunterzurollen, wenn die Fahrt weiterging.

Bald kamen die Fässer wieder los und trieben langsam kreiselnd in die Hauptströmung hinein. Sich oben zu halten erwies sich als genauso schwierig, wie er befürchtet hatte, aber irgendwie schaffte er's, auch wenn es elend unbequem war. Zum Glück war er sehr leicht, und das Fass, ein großes, dickes, war ein bisschen undicht und hatte etwas Wasser aufgenommen. Trotzdem war es wie ein Ritt ohne Sattel und Zaumzeug auf einem rundlichen Pony, das immerzu darauf aus ist, sich im Grase zu wälzen.

Jedenfalls kam er auf diese Weise bis zu einer Stelle, wo die Bäume an beiden Ufern dünner standen. Er konnte den helleren Himmel zwischen ihren Kronen sehen. Der dunkle Bach öffnete sich hier plötzlich in die Breite und vereinigte sich mit dem Lauf des Waldflusses, der stürmisch vom Tor des Königspalastes herabkam. Auf einem Streifen der dahingleitenden Wasserfläche, der nun nicht mehr überschattet war, tanzten gebrochene Spiegelbilder von Wolken und Sternen. Die starke Strömung des Waldflusses trieb den ganzen Tross der Fässer und Tonnen ans Nordufer, wo sie eine breite Bucht ausgewaschen hatte. Der kiesbedeckte Strand lag unter steilen Böschungen und wurde nach Osten hin von einem kleinen vorspringenden Felskap abgedämmt. Am seichten Ufer liefen die meisten Fässer auf Grund; einige, die weiterschwammen, stießen polternd an den Felsen.

Auf den Böschungen hielten Leute Ausschau. Sie holten die Fässer mit Stangen heran und schoben sie alle ans Ufer, zählten sie und banden sie zusammen; dann ließen sie sie bis zum Morgen liegen. Die armen Zwerge! Bilbo war nicht so schlecht dran. Er rutschte von seinem Fass herunter und watete an Land, dann schlich er weiter zu den Hütten, die er nahe am Ufer gesehen hatte. Er überlegte sich's jetzt nicht mehr lange, wenn er uneingeladen zu einer Mahlzeit kommen konnte; so lange hatte er sich schon notgedrungen auf diese Weise verköstigt. Er wusste nun allzu gut, dass Hunger etwas anderes ist als höfliches Interesse an den Leckereien eines wohlangerichteten Büfetts. Außerdem hatte er ein Feuer durch die Bäume schimmern sehen, das ihn umso stärker anzog, als ihm seine nassen, zerlumpten Kleider kalt und klebrig am Leibe hingen.

Von seinen Erlebnissen in dieser Nacht muss ich nicht viel berichten, denn wir nähern uns dem Ende seiner Reise nach Osten und kommen allmählich zu seinem letzten und größten Abenteuer; darum ist nun Eile geboten. Natürlich kam er mit Hilfe des Zauberrings anfangs gut zurecht, aber bald verrieten ihn seine nassen Fußstapfen und die Tropfenspuren, die überall zurückblieben, wo er hinging oder sich hinsetzte; außerdem begann ihm die Nase zu laufen, und bei den gewaltigen Explosionen seines bis zum letzten Moment unterdrückten Niesens war er in keinem Versteck sicher. Bald war das ganze Dorf am Flussufer in heller Aufregung; doch Bilbo flüchtete in den Wald, unter Mitnahme eines Brotlaibs, einer Lederflasche mit Wein und einer Pastete, die er allesamt nicht bezahlt hatte. Den Rest der Nacht musste er, nass, wie er war, und ohne Feuer zubringen, aber die Flasche half ihm darüber hinweg, und auf einem Haufen trockener Blätter konnte er sogar ein Auge zutun, obwohl das Jahr schon weit fortgeschritten und die Luft kalt war.

An einem besonders lauten Niesen wachte er auf. Der Morgen graute schon, und am Ufer herrschte reger Betrieb. Ein Floß aus Fässern wurde gebaut, und die Floßelben würden es dann flussabwärts bis zur Seestadt steuern. Bilbo musste schon wieder niesen. Nass war er nun nicht mehr, aber er fror am ganzen Leib. Er kletterte die Böschung herab, so schnell seine steifen Beine es erlaubten, und kam gerade noch rechtzeitig auf das Fässerfloß, ohne dass ihn in dem lebhaften Hin und Her jemand bemerkte. Zum Glück schien die Sonne noch nicht, so dass sein Schatten ihn nicht in Verlegenheit brachte, und auch das Niesen blieb ihm eine ganze Weile erspart.

Es wurde mächtig gestakt. Die Elben, die im flachen Wasser standen, drückten und schoben das Floß an. Die zusammengebundenen Fässer scheuerten knarrend aneinander.

»Das ist aber eine schwere Ladung!«, murrten einige. »Die liegen zu tief – manche können nie und nimmer leer sein. Wären sie bei Tage angelandet, hätten wir mal hineinschauen können.«

»Keine Zeit jetzt!«, rief der Flößer. »Stoßt ab!«

Und dann trieben sie weiter, zuerst langsam, bis sie das Felskap passiert hatten, auf dem andere Elben standen, die sie mit Stangen abstießen, dann schneller und schneller, als die Hauptströmung sie erfasste und sie immer weiter flussabwärts zum See hin trug.

Den Kerkern des Elbenkönigs waren sie entkommen, und den Wald hatten sie hinter sich, ob aber tot oder lebendig, werden wir erst noch sehen.

ZEHNTES KAPITEL

EIN BEGEISTERTER EMPFANG

Der Tag wurde heller und wärmer, während sie dahintrieben. Nach einer Weile bog der Fluss um eine steile Landschulter herum, die sich von links hereindrängte. Unter ihrem felsigen Fuß, der wie eine Klippe in die Strömung hineinragte, floss das Wasser strudelnd und schäumend in einer tiefen Rinne hindurch. Plötzlich trat die Klippe zurück. Die Ufer wurden flach. Die Bäume verschwanden, und Bilbo hatte den Blick frei in die Ferne.

Weit lag das Land vor ihm ausgebreitet, durchströmt von den Wassern des Flusses, die sich hier aufteilten und in hundert Armen weiterschlängelten oder in den Sümpfen und Teichen zum Halt kamen, die auf allen Seiten mit kleinen Inseln gespickt waren; doch immer noch floss ein starker Wasserlauf stetig fort durch die Mitte. Und in der Ferne ragte der Berg auf, das dunkle Haupt von Wolkenfetzen umhangen. Die nächstbenachbarten Gipfel im Nordosten und das wellige Land dazwischen waren nicht zu sehen. Ganz allein stand er dort und blickte über die Sümpfe zum Wald hinüber. Der Einsame Berg! Bilbo war von weit her gekommen und hatte viele Abenteuer bestanden, um ihn zu sehen, und nun gefiel sein Anblick ihm gar nicht.

Als er den Gesprächen der Flößer zuhörte und sich aus dem, was er dabei bröckchenweise erfuhr, ein Bild machte, begriff er bald, dass er heilfroh sein konnte, ihn überhaupt je erblickt zu haben, und sei es auch nur von fern. So öde seine Gefangenschaft in den Elbenhöhlen auch gewesen und so bedenklich seine jetzige Lage war (um von der Lage der Zwerge unter seinen Füßen ganz zu schweigen), hatte er doch mehr Glück gehabt, als er ahnte. In den Gesprächen ging es um die Handelsschifffahrt auf den Wasserstraßen und den zunehmenden Verkehr auf dem Fluss, um das Verschwinden oder den Verfall der Straßen, die von Osten her zum Düsterwald führten, und um das Gezänk zwischen den Seemenschen und den Waldelben, die beiderseitigen Pflichten bei der Sicherung des Waldflusses und der Bewachung der Ufer betreffend.

Seit der Zeit, als die Zwerge den Berg bewohnten, einer Zeit, von der die Menschen zumeist nur noch aus schattenhaften Überlieferungen wussten, hatten diese Länder sich sehr verändert. Auch noch in den letzten Jahren, seit Gandalf zum letzten Mal Nachrichten aus ihnen erhalten hatte, hatten sie sich weiter verändert. Große Überschwemmungen und Regenfälle hatten die Flüsse, die nach Osten flossen, anschwellen lassen; und ein paar Erdbeben hatte es auch gegeben (manche waren geneigt, dem Drachen Smaug die Schuld zu geben, den sie meistens nur mit einem Fluch und einer vielsagenden Kopfbewegung in Richtung des Berges bezeichneten). Die Sümpfe und Moore hatten sich zu beiden Seiten des Flusses ausgebreitet. Wege waren verschwunden und auch manch ein Reiter oder Wanderer, der versucht hatte, sie wiederzufinden. Der Elbenweg durch den Wald, den die Zwerge auf Beorns Rat hin gewählt hatten, lief nun am Ostrand des Waldes in einer verrufenen und wenig benutzten Strecke aus. Nur der Fluss bot noch einen sicheren Weg vom nördlichen Saum des Düsterwaldes in die Ebenen am Fuß der Berge, und der Fluss wurde vom König der Waldelben bewacht.

Da seht ihr, dass Bilbo am Ende den einzigen Weg gefunden hatte, der etwas taugte. Und als er so bibbernd auf den Fässern saß, hätte es ihn sehr beruhigt zu wissen, dass Gandalf in der Ferne davon inzwischen Nachricht erhalten hatte und sich große Sorgen machte, weshalb er sogar seine anderen Geschäfte (von denen in dieser Geschichte nicht die Rede sein soll) schnell zu Ende brachte und kurz davor war, zu Thorin und seinen Gefährten aufzubrechen. Aber das konnte Bilbo nicht wissen.

Er wusste nur, dass der Fluss offenbar kein Ende nehmen wollte, dass er Hunger und einen üblen Schnupfen hatte und dass ihm der Anblick des Berges, der ihm, je näher er kam, immer finsterer und drohender entgegenzusehen schien, überhaupt nicht gefiel. Nach einer Weile bog der Fluss jedoch ein wenig nach Süden ab, und der Berg trat wieder zurück. Später am Nachmittag wurden die Ufer felsig, der Fluss sammelte alle seine verteilten Wasser wieder in ein tiefes Bett, und sie rauschten mit einer schnellen Strömung dahin.

Die Sonne war schon im Untergehen, als der Waldfluss mit einer neuen Biegung nach Osten in den Langen See einströmte. Zwei Felsklippen, mit Kieselbänken zu Füßen, standen wie Torpfosten zu beiden Seiten der breiten Flussmündung. Der Lange See! Bilbo hätte nie gedacht, dass ein Gewässer, wenn es nicht gerade das Meer war, so riesengroß aussehen könnte. Es war so breit, dass die Ufer auf der andern Seite als schmale, blasse Streifen erschienen, während das nördliche Ende, das zum Berg hin lag, überhaupt nicht zu sehen war. Nur von der Karte wusste Bilbo, dass dort oben, wo nun schon die Sterne des Großen Bären blinkten, der Fluss Eilend aus Thal in den See hinabfloss. Der Eilend und der Waldfluss zusammen hatten das ganze Gebiet, das einst ein tiefes, felsiges Tal gewesen sein musste, mit Wasser bedeckt. Am südlichen Ende floßss die vereinigte Wassermasse der beiden Flüsse über tiefe Fälle wieder ab und eilte unbekannten Ländern entgegen. Das Geräusch der Wasserfälle war in der stillen Abendluft als ein fernes Tosen zu hören.

Unweit der Mündung des Waldflusses stand die seltsame Stadt, von der die Elben, die er in den Kellern des Königs belauschte, gesprochen hatten. Sie war nicht ans Ufer gebaut, obwohl auch dort ein paar Hütten und andere Gebäude standen, sondern ein Stück weit draußen auf der Wasserfläche des Sees, an einer Stelle, wo sie vor den Wirbeln der Flussmündung durch eine felsige Landzunge geschützt war, die eine stille Bucht abgrenzte. Eine große Holzbrücke führte vom Ufer zu der geschäftigen Stadt hinüber, die auf großen Pfählen aus Baumstämmen stand und ganz aus Holz gebaut war. Es war keine Elbenstadt, sondern eine Stadt der Menschen – derjenigen, die es noch wagten, hier im Schatten des fernen Drachenberges zu wohnen. Sie lebten noch immer nicht schlecht vom Handel mit dem Süden, aus dem Waren den großen Fluss heraufgeschifft und dann mit Karren an den Wasserfällen vorbei in die Stadt gebracht wurden; doch einst, in der Blütezeit der Stadt Thal im Norden, war auch die Seestadt wohlhabender gewesen. Ganze Flotten von Booten hatten damals die Gewässer befahren, manche mit Gold beladen, manche mit Kriegern in voller Rüstung, und die Kriege und Heldentaten dieser Zeit waren nun nur noch Legende. Die verfaulten Pfähle der einstmals größeren Stadt waren noch entlang des Ufers zu sehen, wenn das Wasser bei Trockenheit fiel.

Aber an all dies erinnerten die Menschen sich kaum mehr, obwohl manche noch die alten Lieder von den Zwergenkönigen unter dem Berge sangen, von Thror und Thrain aus Durins Volk, von der Ankunft des Drachen und dem Untergang der Fürsten von Thal. In manchen Liedern hieß es auch, dass Thror und Thrain eines Tages wiederkehren, dass dann das Gold in Strömen aus dem Bergtor fließen und dass das ganze Land von neuem sich mit Gesang und Gelächter erfüllen werde. Aber auf die Alltagsgeschäfte der Menschen in der Stadt hatte diese schöne Legende wenig Einfluss.

Sobald das Fässerfloß in Sicht kam, stießen Boote von den Anlegestellen in der Stadt ab, und laute Zurufe begrüßten die Flößer. Taue wurden ausgeworfen und Ruder betätigt, und bald darauf wurde das Floß aus der Strömung des Waldflusses geschleppt und um die felsige Landzunge in die kleine Bucht bei der Seestadt gezogen. Nicht weit vom Kopf der großen Brücke wurde es am Ufer vertäut. Bald würden Menschen aus dem Süden kommen und manche der Fässer wieder mitnehmen, andere mit den Waren füllen, die sie herangeschafft hatten, damit sie flussaufwärts zu den Waldelben weiterbefördert würden. Einstweilen ließ man die Fässer am Ufer liegen, weil die Elben, die das Floß gesteuert hatten, zusammen mit den Männern aus den Booten in die Stadt gingen, um zu feiern.

Sie wären nicht wenig erstaunt gewesen, hätten sie gesehen, was am Ufer geschah, nachdem sie fort waren und die Schatten der Nacht sich herabgesenkt hatten. Zuerst einmal wurde eines der Fässer von Bilbo losgeschnitten, an den Strand gerollt und geöffnet. Ein Stöhnen war zu hören, und herausgekrochen kam ein Zwerg in elender Verfassung. Nasses Stroh hing in seinem verklebten Bart; er war so steif und wund, zerschrammt und zerschlagen, dass er sich kaum auf den Beinen halten konnte, als er durchs flache Wasser humpelte und sich ächzend auf den Strand fallen ließ. Er sah so verhungert und verwildert aus wie ein angeketteter Hund, den man eine Woche lang in seiner Hütte vergessen hat. Es war Thorin, aber ihr hättet ihn nur an seiner Goldkette und an der Farbe seiner nun schmutzigen und zerlumpten himmelblauen Kapuze mit der fleckigen Silberquaste erkannt. Es dauerte eine Weile, bis er gegen den Hobbit wenigstens wieder höflich wurde.

»Na, bist du nun tot oder lebendig?«, fragte Bilbo, etwas unwirsch. Er hatte wohl vergessen, dass er den Zwergen immerhin eine Mahlzeit voraushatte und dass er Arme und Beine hatte bewegen können, um von dem Segen des freien Atmens gar nicht zu reden. »Sitzt du noch im Gefängnis, oder bist du frei? Wenn du bald etwas zu essen haben und dieses blödsinnige Abenteuer fortsetzen willst – es ist schließlich deines und nicht meins –, dann solltest du dir jetzt die Arme um den Leib schlagen und die Beine massieren und dann versuchen, mir zu helfen, dass wir die andern rausholen, solange noch Zeit ist.«

Natürlich sah Thorin das ein, und nachdem er noch ein bisschen gestöhnt hatte, stand er auf und half dem Hobbit, so gut er konnte. Im Dunkeln in dem kalten Wasser herumzuplantschen, um die richtigen Fässer herauszufinden, war eine unangenehme Plackerei. Durch Klopfen und Rufen fanden sie nur sechs der Zwerge, die noch imstande waren, zu antworten. Diese packten sie aus und halfen ihnen aufs Trockene, wo sie sich knurrend und stöhnend hinsetzten oder hinlegten; sie waren so verkrampft und zerschlagen, dass sie ihre Befreiung noch gar nicht recht begreifen oder sich gebührend dafür bedanken konnten.

Dwalin und Balin waren am übelsten dran; um ihre Hilfe brauchte man gar nicht erst zu bitten. Bifur und Bofur waren trockener und nicht so schlimm durchgeschüttelt worden, aber sie blieben einfach liegen und wollten keinen Finger rühren. Fili und Kili aber, die noch jung waren (jedenfalls für Zwerge) und die auch mit viel Stroh und in kleineren Fässern besser verpackt gewesen waren, kamen mehr oder weniger lächelnd heraus, nur mit ein paar Schrammen und mit steifen Gliedern, die sie nicht lange behinderten.

»Mein Lebtag werde ich Äpfel nicht mehr riechen können«, sagte Fili. »Mein Fass roch danach. Immerzu den Geruch von Äpfeln in der Nase zu haben, wenn du dich kaum rühren kannst und frierst und dir ganz schlecht ist vor Hunger, das ist zum Verrücktwerden! Ich könnte jetzt stundenlang pausenlos essen, alles in der Welt – aber bitte keinen Apfel!«

Mit Filis und Kilis bereitwilliger Hilfe fanden Thorin und Bilbo schließlich die noch Fehlenden und holten sie aus ihren Fässern heraus. Der arme dicke Bombur schlief oder war bewusstlos; Dori, Nori, Ori, Oin und Gloin waren halb ertrunken und wirkten mehr tot als lebendig; sie mussten einzeln an den Strand getragen werden und blieben hilflos liegen.

»Schön! Da wären wir ja alle!«, sagte Thorin. »Und ich meine, wir müssen unseren Sternen und Bilbo Beutlin danken. Er hat unseren Dank gewiss verdient, wenn ich mir auch wünschen würde, er hätte für einen etwas komfortableren Transport gesorgt. Trotzdem – wieder mal sehr zu deinen Diensten, Herr Bilbo Beutlin! Unser Dank wird sicherlich noch tiefer empfunden sein, wenn wir erst den Hunger gestillt und uns etwas erholt haben. Einstweilen, was machen wir nun?«

»Ich schlage vor, wir gehen in die Seestadt«, sagte Bilbo. »Was sonst?«

Nichts sonst, dies war natürlich das einzig Mögliche; darum ließen Thorin, Fili und Kili und der Hobbit die andern zurück und gingen am Strand entlang zu der großen Brücke. Am Brückenkopf waren Wachtposten, aber sie passten nicht sehr scharf auf, denn es war schon zu lange her, dass sie das letzte Mal wirklich etwas zu tun gehabt hatten. Mit den Waldelben waren die Seestädter gut Freund, abgesehen vom gelegentlichen Zank um die Flusszölle, und alle andern Völker wohnten ziemlich weit weg. Manche junge Leute in der Stadt äußerten unverblümt Zweifel an der Existenz eines Drachen im Berge und lachten die Graubärte und die alten Mütterchen aus, die behaupteten, sie hätten ihn in ihrer Jugend am Himmel fliegen sehn. So war es nicht weiter verwunderlich, dass die Brückenwächter in ihrer Hütte trinkend und Witze erzählend am Feuer saßen, ohne den Lärm beim Auspacken der Zwerge oder die Schritte ihrer vier Abgesandten gehört zu haben. Sie waren mächtig erstaunt, als Thorin Eichenschild zur Tür hereintrat.

»Wer sind Sie und was wollen Sie?«, riefen sie, sprangen auf und tasteten nach ihren Waffen.

»Ich bin Thorin Thrainthrorssohnssohn, König unter dem Berge«, sagte der Zwerg mit lauter Stimme, und trotz der zerrissenen Kleider und der dreckigen Kapuze sah er wirklich aus wie ein König. Das Gold glänzte an Hals und Gürtel, seine Augen waren dunkel und tief. »Ich bin zurückgekehrt. Ich möchte den Bürgermeister eurer Stadt sprechen.«

Es gab eine mächtige Aufregung. Die Einfältigsten rannten aus der Hütte, wie um nachzusehen, ob sich der Berg über Nacht gleich in Gold verwandelte und das Wasser des Sees sich schon gelb färbte. Der Hauptmann der Wache trat vor.

»Und wer sind diese Herren?«, fragte er und deutete auf Fili und Kili und Bilbo.

»Die Söhne der Tochter meines Vaters«, antwortete Thorin, »Fili und Kili von Durins Volk und Herr Bilbo Beutlin, der uns aus dem Westen hierher begleitet hat.«

»Wenn ihr in Frieden kommt, dann legt eure Waffen nieder!«, sagte der Hauptmann.

»Wir haben keine«, sagte Thorin, und das war nicht gelogen:

die Waldelben hatten ihnen sogar die Messer abgenommen, und natürlich auch sein großes Schwert Orkrist. Bilbo allerdings hatte noch sein kurzes Schwert, aber er trug es wie gewöhnlich verborgen und sagte nichts davon. »Wir brauchen keine Waffen, da wir zu unserem angestammten Besitz zurückkehren, wie von alters her prophezeit. Gegen so viele könnten wir auch gar nicht kämpfen. Bringt uns zum Bürgermeister!«

»Er ist bei einem Essen«, sagte der Hauptmann.

»Ein Grund mehr, uns schleunigst zu ihm zu bringen«, platzte Fili heraus, dem das Zeremoniell zu lange dauerte. »Wir haben eine lange Reise hinter uns, sind erschöpft und halb verhungert, und draußen liegen unsere kranken Gefährten. Sparen Sie sich Ihre Worte und machen Sie schnell, oder Sie bekommen von Ihrem Bürgermeister etwas zu hören!«

»Also kommen Sie mit!«, sagte der Hauptmann, und mit einer Eskorte von sechs Mann führte er sie über die Brücke durchs Stadttor und auf den Marktplatz. Dieser war eine große, runde, ruhige Wasserfläche, umgeben von hohen Pfeilern, auf denen die größeren Häuser standen, und von langen hölzernen Kais mit vielen Treppen und Leitern, die bis zum Wasserspiegel herabreichten. Aus einer großen Halle leuchtete helles Licht, und viele Stimmen drangen nach außen. Sie traten ein, standen blinzelnd im Licht vor vielen Leuten, die an langen Tischen saßen.

»Ich bin Thorin Thrainthrorssohnssohn, König unter dem Berge! Ich bin zurückgekehrt!«, rief Thorin mit Donnerstimme gleich von der Tür aus, bevor der Hauptmann ein Wort herausbekam.

Alle sprangen auf. Der Bürgermeister fuhr hoch aus seinem großen Sessel. Aber niemand war erstaunter als die Elben vom Floß, die am hinteren Ende der Halle saßen. Sie drängten sich durch zum Tisch des Bürgermeisters und riefen:

»Dies sind entflohene Gefangene unseres Königs, vagabundierende Zwerge – sie konnten keine glaubwürdige Auskunft über sich geben, sind im Wald herumgeschlichen und haben unsere Leute belästigt!«

»Ist das wahr?«, fragte der Bürgermeister. Tatsächlich hielt er das für viel wahrscheinlicher als die Wiederkehr des Königs unter dem Berge – wenn es so einen je gegeben haben sollte.

»Wahr ist, dass der Elbenkönig ein Wegelagerer ist, der uns aufgelauert und uns ohne Grund eingekerkert hat, als wir in unser Land zurückkehren wollten«, antwortete Thorin. »Doch weder Schloss noch Riegel werden unsere Heimkehr verhindern, die von alters her prophezeit ist. Und diese Stadt liegt nicht im Reich der Waldelben. Ich spreche mit dem Bürgermeister der Seestadt, nicht mit den Flößern des Elbenkönigs.«

Da zögerte der Bürgermeister und blickte in die Runde. Der Elbenkönig war sehr mächtig in dieser Gegend, und der Bürgermeister wollte ihn sich nicht zum Feind machen; außerdem hielt er nicht viel von alten Liedern, sondern dachte nur an Gold, Handelsbeziehungen, Zolltarife und Lieferfristen, und dieser Gewohnheit verdankte er seine Stellung. Doch viele dachten nicht so wie er, und bald regelte sich die Angelegenheit ohne sein Zutun. Die Nachricht von der Wiederkehr des Zwergenkönigs hatte sich von der Tür der großen Halle wie ein Lauffeuer durch die ganze Stadt verbreitet. Jubelrufe waren zu hören, in der Halle und von draußen. Die Kais dröhnten unter herbeirennenden Füßen. Manche begannen Strophen aus einem alten Lied von der Wiederkehr des Königs unter dem Berge zu singen; dass es Thrors Enkel war, der wiederkehrte, und nicht Thror selbst, störte sie überhaupt nicht. Andere stimmten ein, und das Lied schallte laut und hoch über den See.

Der König unter dem Berge
Kehrt wieder auf seinen Thron,
Des Ahnherrn aller Zwerge
Urenkelsohnessohn.

Die Krone wird neu erstrahlen,
Die Harfe wird neu gestimmt,

Dass bald man aus seinen Hallen
Die alten Lieder vernimmt.

Und Gras soll wieder gedeihen
Und Wälder auf Hängen und Höhn.
Vom Berge die Quellen speien
Gold in die Flüsse und Seen.

Schon wollen die Wasser sich röten,
Schon glänzen Himmel und Erd,
Wenn nach viel Leiden und Nöten
Der König wiederkehrt.

So sangen sie, oder so ähnlich, nur dass das Lied noch viel länger war und außer von Harfen und Geigen auch noch von viel Geschrei begleitet wurde. Selbst die ältesten Großväter konnten sich nicht erinnern, die Stadt schon einmal in solchem Taumel gesehen zu haben. Sogar die Waldelben wurden nachdenklich und besorgt. Sie wussten nicht, wie Thorin hatte entkommen können, und glaubten allmählich, dass ihr König vielleicht einen schweren Fehler gemacht habe. Was den Bürgermeister anging, so begriff er, dass ihm zumindest für den Augenblick nichts anderes übrig blieb, als zum allgemeinen Jubel gute Miene zu machen und so zu tun, als glaube er, dass dieser Thorin das sei, was er zu sein behauptete. Also bot er ihm seinen eigenen großen Ratssessel an, und Fili und Kili bekamen Ehrenplätze an seiner Seite. Sogar für Bilbo fand sich ein Stuhl am Tisch der hohen Herren, und in dem allgemeinen Durcheinander fragte niemand nach einer Erklärung, was er mit der Sache zu tun habe – denn von einem Hobbit war in den Liedern ja nicht einmal anspielungsweise die Rede.

Mit Erstaunen und Begeisterung wurden auch die anderen Zwerge begrüßt, die man bald darauf in die Stadt brachte. Sie wurden verarztet, gepflegt, bewirtet, untergebracht und auf das liebenswürdigste zu ihrer vollen Zufriedenheit verwöhnt. Ein großes Haus wurde Thorin und seinen Gefährten überlassen; Boote und Ruderer standen ihnen zur Verfügung; und den ganzen Tag saßen Gruppen von Leuten vor ihrer Tür und sangen oder jubelten, sobald ein Zwerg auch nur die Nase aus dem Fenster steckte.

Unter den Liedern, die sie sangen, waren außer den alten auch einige ganz neue, die sehr zuversichtlich vom plötzlichen Tod des Drachen handelten und von den Bootsladungen kostbarer Geschenke, die den Fluss herab in die Seestadt kamen. Diese waren in der Hauptsache vom Bürgermeister selbst angeregt und gefielen den Zwergen nicht besonders, aber einstweilen waren sie mit allem zufrieden und wurden schnell wieder rund und stark. Schon nach einer Woche hatten sie sich leidlich erholt. Sie trugen neue Kleider von feinem Tuch in ihren persönlichen Farben, ihre Bärte waren wieder gekämmt und gepflegt, und sie gingen mit hocherhobenem Haupt durch die Stadt. Thorin, wie er ging und stand, machte den Eindruck, als hätte er sein Königreich schon zurückgewonnen und den Drachen Smaug in kleine Stücke zerhackt.

Wie er vorausgesagt hatte, wurden die Dankesgefühle der Zwerge gegen den Hobbit nun mit jedem Tag wärmer. Niemand stöhnte und schimpfte mehr. Sie tranken auf sein Wohl, klopften ihm auf die Schultern und machten viel Wesens um ihn. Bilbo jedoch war es egal; er war nicht besonders gut aufgelegt. Er hatte den Anblick des Berges nicht vergessen, der Gedanke an den Drachen ging ihm nicht aus dem Kopf, und außerdem hatte er eine schlimme Erkältung. Drei Tage lang nieste und hustete er und konnte nicht aus dem Haus gehn, und auch danach beschränkten sich seine Reden bei Banketten auf ein »Dabke vielbals«.

In der Zwischenzeit hatten die Elben ihre neue Fracht den Waldfluss wieder hinaufgeflößt, und im Palast ihres Königs herrschte große Aufregung. Ich habe nie erfahren, was mit dem Kellermeister und dem Wachhauptmann geschehen ist. Solange die

Zwerge in der Seestadt blieben, sagten sie natürlich kein Wort darüber, welche Rolle die Fässer und die Schlüssel bei ihrer Flucht gespielt hatten, und Bilbo hütete sich, dort je unsichtbar zu werden. Trotzdem erriet der König wohl einiges über das hinaus, was er wusste, auch wenn er sich über Herrn Beutlin sicher nicht recht klar werden konnte. Jedenfalls wusste er nun, was die Zwerge vorhatten, oder glaubte es zu wissen und sagte sich:

»Na schön, sehn wir mal! Kein Schatz kann durch den Düsterwald zurückgebracht werden, ohne dass ich ein Wort mitrede. Aber wahrscheinlich nehmen sie alle ein schlimmes Ende – geschieht ihnen recht!« Jedenfalls glaubte er nicht, dass die Zwerge einen Drachen wie Smaug bekämpfen oder gar töten könnten, sondern war ziemlich sicher, dass sie irgendeine Dieberei im Schilde führten – woran man sieht, dass er ein sehr klarsichtiger Elb war, klüger als die meisten Menschen in der Stadt, auch wenn er, wie sich dann herausstellte, nicht in allem Recht behielt. Er schickte Späher an die Ufer des Sees und nach Norden so weit zum Berg hin, wie sie sich getrauten, und wartete ab.

Nach zwei Wochen in der Stadt begann Thorin an den Aufbruch zu denken. Solange die Begeisterung noch anhielt, war Hilfe leichter zu gewinnen, als wenn sich bei einer Verzögerung alles erst abgekühlt hätte. Darum traf er sich mit dem Bürgermeister und seinen Ratsherren und sagte ihnen, dass er mit seinen Begleitern nun zum Berg weiterziehen müsse.

Da war der Bürgermeister zum ersten Mal überrascht und ein wenig erschrocken, und er fragte sich, ob Thorin womöglich wirklich ein Nachkomme der alten Könige sei. Er hatte nie geglaubt, dass die Zwerge sich tatsächlich an Smaug heranwagen würden, sondern hatte sie für Schwindler gehalten, die man früher oder später entlarven und aus der Stadt werfen könnte. Da hatte er sich geirrt. Natürlich war Thorin wirklich der Enkel des Königs unter dem Berge, und man kann nie wissen, was ein Zwerg nicht alles aufs Spiel zu setzen bereit ist, wenn es gilt, Rache zu nehmen oder seinen Besitz wiederzugewinnen.

Aber der Abschied fiel dem Bürgermeister nicht schwer. Die Bewirtung der Zwerge war kostspielig, und seit ihrer Ankunft herrschte eine ewige Festtagsstimmung, in der die Geschäfte zum Stillstand kamen. »Sollen sie nur hingehen und Smaug in die Quere kommen! Warten wir mal ab, welchen Empfang er ihnen bereitet!«, dachte er. Laut aber sagte er: »Gewiss doch, o Thorin Thrainthrorssohnssohn! Du musst zurückfordern, was dein ist. Die Stunde ist da, wie prophezeit. Jede Hilfe, die wir leisten können, soll dir zuteil werden, und wir vertrauen auf deine Dankbarkeit, wenn du dein Königreich wiedergewonnen hast.«

So brachen eines Tages, als der Herbst schon weit fortgeschritten war und kalte Winde das Laub von den Bäumen rissen, drei große Boote von der Seestadt auf, beladen mit Ruderern, Zwergen, Herrn Bilbo Beutlin und vielen Vorräten. Pferde und Ponys waren um den See herumgeschickt worden und sollten am verabredeten Landeplatz zu ihnen stoßen. Der Bürgermeister und seine Ratsherren verabschiedeten sie auf der großen Rathaustreppe, die bis zum See hinunterführte. Die weißen Ruder tauchten ins aufspritzende Wasser, und auf ging es, nordwärts den See hinauf zur letzten Etappe ihrer langen Reise. Als Einziger zutiefst unglücklich war Bilbo.

ELFTES KAPITEL

AUF DER TÜRSCHWELLE

In zwei Tagen ruderten sie über den Langen See und kamen an die Mündung des Eilend, und immer höher und finsterer sahen sie nun den Einsamen Berg vor sich aufragen. Gegen die starke Strömung kamen sie nur langsam voran. Am Ende des dritten Tages, einige Meilen weit flussaufwärts, legten sie am linken, dem westlichen Ufer an und schifften sich aus. Hier trafen sie die Pferde mit weiteren Vorräten und Ausrüstungsgegenständen und die Ponys, die ihnen als Reittiere dienen sollten. So viel wie möglich luden sie den Ponys auf; der Rest wurde als Reserve unter einem Zelt verstaut. Von den Männern aus der Stadt wollte keiner auch nur eine Nacht lang so nah am Fuß des Berges bei ihnen bleiben.

»Auf keinen Fall, solange die alten Lieder noch nicht wahr geworden sind!«, sagten die Männer. In dieser Wildnis war es leichter, an den Drachen zu glauben als an Thorin. Es war auch nicht nötig, das Reservelager bewachen zu lassen, denn das Land war öd und leer. Obwohl es schon dunkel wurde, machten sich ihre Begleiter in aller Eile flussabwärts zum Seeufer davon.

Sie verbrachten eine kalte Nacht in der Einsamkeit, und ihr Mut sank. Am nächsten Tag ging es weiter. Balin und Bilbo ritten als Letzte, jeder ein zweites, schwer beladenes Pony neben sich am Zügel führend; die anderen waren ein Stück voraus und suchten immer wieder die Richtung, denn es gab keine Wege. Sie hielten nach Nordwesten, schräg fort vom Ufer des Eilend und immer näher zu einem großen Ausläufer des Berges, der sich ihnen nach Süden entgegenstreckte.

Es war keine Vergnügungsreise, sondern ein stiller, verstohlener Anmarsch. Niemand lachte, sang oder spielte die Harfe, und der Stolz und die Hoffnungen, die beim Klang der alten Lieder am See in ihren Herzen erwacht waren, verloren sich im bedrückten Dahintrotten. Sie wussten, dass sie sich dem Ende der Reise näherten und dass es ein Ende mit Schrecken werden konnte. Das Land um sie her wurde öd und kahl, obwohl es einst, wie Thorin erzählte, grün und freundlich gewesen sein sollte. Gras gab es kaum, und nicht lange, so sahen sie auch keine Büsche oder Bäume mehr, und nur verkohlte Stümpfe verrieten, dass vor langer Zeit einmal welche hier gestanden hatten. Sie waren nun in der vom Drachen verwüsteten Einöde, und das Jahr ging schon zur Neige.

Trotzdem erreichten sie den Fuß des Berges, ohne irgendeine Gefahr oder ein Anzeichen von dem Drachen zu bemerken außer der Wildnis, die er um sich geschaffen hatte. Stumm und finster stand der Berg vor ihnen und schien immer höher zu werden. Ihr erstes Lager schlugen sie auf der Westseite des großen südlichen Berggrats auf, der in einer Anhöhe endete, die der Rabenberg hieß. Auf ihm war in alter Zeit eine Wache unterhalten worden; aber jetzt wagten sie nicht, ihn zu besteigen, denn er lag zu offen.

Bevor sie zu den westlichen Ausläufern des Berges aufbrachen, um dort nach der geheimen Tür zu suchen, auf die sich alle ihre Hoffnungen richteten, schickte Thorin einen Trupp Späher aus, die das Gelände südlich des Vordertors erkunden sollten. Für diese Aufgabe wählte er Balin, Fili und Kili aus, und mit ihnen ging Bilbo. Unter den stillen grauen Felsen kamen sie bis an den südlichen Fuß des Rabenbergs. Dort kehrte sich der Fluss, nachdem er in weitem Bogen das Tal durchströmt hatte, wo einst die Stadt Thal gestanden hatte, vom Berge fort und floss schnell und mit viel Getöse zum See hin. Das Ufer war kahl und felsig, steil über das Wasser aufragend, das zwischen Felsbrocken schäumte und strudelte; und als sie von dort über den schmalen Fluss hinwegblickten, sahen sie in dem breiten, von den Berggraten überschatteten Tal die grauen Ruinen alter Häuser, Türme und Mauern.

»Da liegt alles, was von Thal noch übrig ist«, sagte Balin. »Die

Berghänge waren grün und bewaldet, und das Tal, das in ihrem Schutz lag, war lieblich und fruchtbar in jenen Tagen, als in der Stadt die Glocken läuteten.« Er schaute traurig und zornig zugleich drein bei diesen Worten; er war an dem Tag, als der Drache kam, einer von Thorins Gefährten gewesen.

Sie wagten nicht, sich am Fluss entlang dem Tor weiter zu nähern, gingen aber über das Ende des südlichen Ausläufers hinaus, bis sie, hinter einem Felsen versteckt, die dunkle Höhlenöffnung in einer großen Felswand zwischen den Graten des Berges sehen konnten. Daraus sprangen die Wasser des Eilend hervor, und von dort stieg auch eine Wolke von Dunst und blauem Rauch auf. Nichts bewegte sich in der Einöde, außer der Dunstwolke, dem Wasser und hin und wieder einer schwarzen, verdächtigen Krähe. Die einzigen Laute waren das Geräusch des über die Steine fließenden Wassers und ab und zu das heisere Krächzen eines Vogels. Balin schauderte es.

»Kehren wir um!«, sagte er. »Hier können wir nichts ausrichten. Und diese schwarzen Vögel gefallen mir gar nicht; sie sehen aus wie Späher des Feindes.«

»Der Drache ist also noch am Leben und liegt in den Hallen unter dem Berg, dem Rauch nach zu urteilen«, sagte der Hobbit. »Der Rauch wäre kein Beweis«, sagte Balin, »obwohl ich nicht zweifle, dass du Recht hast. Aber er könnte auch schon eine ganze Weile fort sein oder draußen auf dem Berghang liegen und Wache halten, und aus dem Tor würde immer noch ein Dunst aufsteigen: alle Hallen im Innern müssen von seinem Gestank erfüllt sein.«

In solch düsteren Gedanken und stets verfolgt vom Gekrächz der Krähen brachten sie den Rückweg zum Lager hinter sich. Im Juni waren sie noch in Elronds freundlichem Haus zu Gast gewesen, doch diese schönen Tage schienen nun Jahre zurückzuliegen, obwohl eben erst der Herbst sich zum Winter hinneigte. Sie waren allein in dieser drohenden Einöde und konnten von nirgendwoher Hilfe erwarten. Sie waren am Ende ihrer Reise, aber dem Ende ihres Abenteuers schienen sie noch um keinen Schritt näher gekommen zu sein. Keiner von ihnen hatte mehr viel Unternehmungsgeist.

Aber etwas mehr davon als die andern hatte merkwürdigerweise ausgerechnet Herr Bilbo Beutlin. Oft lieh er sich Thorins Karte und studierte sie, grübelte nach über die Runen und den Sinn des Hinweises in Mondbuchstaben, den Elrond ihnen vorgelesen hatte. Er war es, der die Zwerge antrieb, an den Westhängen mit der gefährlichen Suche nach der Geheimtür zu beginnen. Sie bezogen einen neuen Lagerplatz in einem lang gezogenen Tal, schmaler als das große auf der Südseite, wo der Fluss entsprang, und von niedrigeren Berggraten umgeben. Zwei solcher Grate schoben sich vom Hauptmassiv in langen, steilwandigen Kämmen zur Ebene hin abfallend nach Westen vor. Hier fanden sich weniger Spuren von den alles verheerenden Füßen des Drachen, und es wuchs sogar ein bisschen Gras für die Ponys. Von diesem westlichen Lager aus, das den ganzen Tag im Schatten der Klippen und Steilhänge lag, bis die Sonne über dem Düsterwald zu sinken begann, zogen sie Tag für Tag in kleinen Trupps los und plagten sich ab, Pfade zu finden, die den Berghang hinaufführten. Wenn Thrors Karte richtig war, dann musste sich irgendwo hoch über der Klippe am Kopfende des Tales die geheime Tür befinden. Tag um Tag kehrten sie unverrichteter Dinge ins Lager zurück.

Aber schließlich fanden sie unversehens doch, was sie suchten. Fili und Kili und der Hobbit gingen eines Tages talabwärts und kletterten im Felsgeröll am äußeren Zipfel des südlichen Steilhangs herum. Gegen Mittag kroch Bilbo hinter einen hohen, säulenähnlichen Stein, der allein dastand, und entdeckte ein paar Steine, die wie Stufen einer roh behauenen, aufwärts führenden Treppe aussahen. Als er voller Erregung mit den Zwergen hinaufstieg, fanden sie Andeutungen eines schmalen Fußwegs, den sie mehrmals verloren, aber immer wiederfanden. Er führte bis auf den Kamm des südlichen Felsgrats und dann auf einen noch schmaleren Sims, der sich nach Norden an der

Bergwand entlangzog. Als sie nach unten blickten, sahen sie, dass sie sich auf der Klippe am Kopf des Tales befanden, genau über ihrem Lager. Stumm, mit den Händen an der Felswand zur Rechten Halt suchend, tappten sie einer hinter dem andern den Sims entlang, bis die Felswand zurückwich und sie in eine kleine, stille Nische einließ, zwischen steilen Wänden und mit grasbewachsenem Boden. Der Eingang war von unten wegen der überhängenden Klippe nicht zu sehen, und aus größerer Entfernung wäre er, weil er so klein war, nur als ein bedeutungsloser dunkler Spalt erschienen. Was sie gefunden hatten, war keine Höhle, denn oben war freier Himmel, aber an der Innenseite stieg eine Wand auf, die im unteren Teil, dicht über dem Boden, so glatt und aufrecht wie Mauerwerk war, doch ohne Fugen oder Spalte. Von Rahmen, Schwelle oder Pfosten war nichts zu sehen, auch nicht von Riegel, Schloss oder Schlüsselloch; und dennoch zweifelten sie nicht, dass sie die Tür endlich gefunden hatten.

Sie schlugen, stießen und drückten dagegen, sie flehten sie an, sich zu öffnen, beschworen sie mit Formeln aus türöffnenden Sprüchen, an die sie sich erinnerten, aber nichts regte sich. Erschöpft legten sie sich schließlich davor ins Gras, bis sie gegen Abend den langen Abstieg begannen.

In dieser Nacht herrschte Aufregung im Lager. Am Morgen machten sie sich bereit, noch einmal das Lager zu wechseln. Nur Bofur und Bombur blieben zurück, um die Ponys und die Vorräte, die sie vom Fluss mitgebracht hatten, zu bewachen. Die anderen gingen talabwärts, dann den neu gefundenen Pfad hinauf bis zu dem schmalen Sims. Hier konnten sie keine Bündel oder Säcke hinübertragen, so schmal war er, mit einem atemberaubenden Abgrund auf der einen Seite, wo man hundertfünfzig Fuß tief auf zackige Felsen hinabsah; aber sie hatten gute Seile mitgenommen, von denen sich jeder eine Schleife dicht um den Leib wand, und so gelangten sie ohne Zwischenfall in die kleine grasige Nische.

Dort schlugen sie ihr drittes Lager auf. An den Seilen zogen sie herauf, was sie brauchten, und auf demselben Wege ließen sie ab und zu auch einen der Unternehmungslustigsten unter ihnen, meistens Kili, hinab, um Nachrichten zu überbringen oder unten im Lager die Wache zu verstärken, während Bofur ins obere Lager hochgezogen wurde. Bombur allerdings wollte nicht hinaufkommen, weder mit dem Seil noch über den Fußpfad.

»Für solch einen Seiltanz bin ich zu dick«, sagte er. »Mir wird da oben schwindlig, ich trete mir auf den Bart, und dann seid ihr wieder dreizehn. Und die zusammengeknoteten Seile sind zu dünn für mein Gewicht.« Ein Glück für ihn, dass er sich da irrte, wie ihr noch sehen werdet!

In der Zwischenzeit erkundeten einige von ihnen den Felssims in seinem weiteren Verlauf jenseits der Nische. Sie fanden einen Pfad, der immer höher auf den Berg hinaufführte, wagten aber nicht sehr weit in diese Richtung zu gehen, und es war ja auch nicht nötig. Die Stille dort oben wurde von keinem Vogellaut und keinem anderen Geräusch mehr durchbrochen als dem Pfeifen des Windes in den Steinritzen. Sie sprachen leise, hüteten sich zu rufen oder zu singen, denn die Gefahr konnte hinter jedem Felsen lauern. Die anderen, die das Geheimnis der Tür herauszufinden versuchten, hatten auch nicht mehr Erfolg. In ihrem Übereifer dachten sie nicht mehr an die Runen und die Mondbuchstaben, sondern gingen ganz darin auf, die glatte Felswand auf Anzeichen für eine geheime Tür zu untersuchen. Aus der Seestadt hatten sie Spitzhämmer und allerlei Werkzeug mitgebracht, und zuerst versuchten sie es damit. Aber als sie gegen den Stein schlugen, zersplitterten die Stiele, und sie verrenkten sich die Arme, und die Stahlspitzen brachen ab oder bogen sich um wie Blei. Bergmannswerkzeug, so sahen sie ein, half nicht gegen den Zauber, mit dem diese Tür verschlossen war; und außerdem beängstigte sie der weithin hallende Lärm.

Bilbo fand es eintönig und ermüdend, so auf der Türschwelle zu sitzen – natürlich war da in Wirklichkeit keine Schwelle, aber so nannten sie das kleine grasige Fleckchen zwischen der Felswand und dem Öffnungsspalt, in scherzhafter Erinnerung an Bilbos Worte vor langer Zeit, bei ihrem unerwarteten Besuch in seiner Höhle: wenn sie nur lange genug auf der Türschwelle säßen, würde ihnen schon etwas einfallen, hatte er gesagt – und da saßen sie nun und grübelten oder liefen ziellos herum, und sie wurden immer trübsinniger.

Bei der Entdeckung des Fußpfades war ihr Mut ein wenig gestiegen, aber nun rutschte er ihnen wieder bis in die Stiefelschäfte. Und dennoch wollten sie nicht aufgeben und umkehren. Auch der Hobbit war nun nicht mehr viel regsamer als die Zwerge. Er tat nichts, als mit dem Rücken an die Felswand gelehnt dazusitzen und durch die Öffnung nach Westen zu blicken, über die Klippe hinweg, über das weite Land bis zu der schwarzen Mauer des Düsterwalds und in die Ferne dahinter, wo er manchmal blass und klein die Gipfel der Nebelberge zu erkennen glaubte. Wenn die Zwerge ihn fragten, was er da mache, antwortete er:

»Ihr habt gesagt, auf der Türschwelle zu sitzen und mir etwas einfallen zu lassen sei meine Aufgabe, um vom Überschreiten der Schwelle gar nicht zu reden, und da sitze ich nun und denke nach.« Ich befürchte nur, er dachte meistens nicht an seine Aufgabe, sondern an die blaue Ferne: das friedliche Land im Westen und seine Hobbithöhle unter dem Bühl.

In der Mitte des Grasfleckens lag ein großer grauer Stein. Trübsinnig blickte er oft darauf hin, oder er beobachtete die großen Schnecken, die sich in dieser kleinen Nische zwischen den kühlen Felswänden offenbar wohl fühlten, denn viele von ihnen, und zwar solche von ungewöhnlicher Größe, krochen träg und schleimig an dem Stein herum.

»Morgen fängt die letzte Herbstwoche an«, sagte Thorin eines Tages.

»Und nach dem Herbst kommt der Winter«, sagte Bifur.

»Und wenn das Jahr um ist, kommt das nächste«, sagte Dwalin, »und unsre Bärte wachsen bis ins Tal runter, bevor hier irgendetwas passiert. Was tut unser Meisterdieb für uns? Wo er doch nun einen Unsichtbarkeitsring hat, müsste er doch zu besonderen Glanzleistungen imstande sein. Ich meine, allmählich könnte er mal durchs Haupttor hineingehen und sich ein bisschen umschauen.«

Bilbo hörte es – die Zwerge saßen auf den Felsen ein wenig oberhalb von ihm. »Meine Güte!«, dachte er. »Also auf solche Gedanken kommen sie allmählich! Und immer muss ich armer Kerl ihnen aus ihren Schwierigkeiten heraushelfen, jedenfalls seit der Zauberer nicht mehr da ist. Was soll ich nur machen? Ich hätte mir ja denken können, dass es mir hier am Ende übel ergeht. Aber dieses unglückselige Tal voller Trümmer und dieses qualmende Tor noch mal wiederzusehen – nein, ich glaube, das halt ich nicht aus!«

In dieser Nacht fühlte er sich ganz elend und tat kaum ein Auge zu. Am nächsten Tag gingen die Zwerge in verschiedene Richtungen auseinander. Manche stiegen ins Tal hinunter, um den Ponys Bewegung zu verschaffen, andere streiften auf dem Berghang herum. Den ganzen Tag saß Bilbo brütend in der Grasnische und blickte auf den Stein oder nach Westen durch die schmale Öffnung. Er hatte das seltsame Gefühl, auf etwas zu warten. »Vielleicht kommt heute ganz plötzlich der Zauberer wieder«, dachte er.

Wenn er den Kopf hob, sah er in der Ferne ein Stück vom Walde. Als die Sonne nach Westen hin niederging, fiel ein gelber Schimmer auf das ferne Kronendach, wie wenn das Licht die letzten verdorrten Blätter trifft. Bald stand der orangerote Ball in Höhe seiner Augen. Er trat an die Öffnung der Felswand, und da sah er eine blasse, dünne Mondsichel über dem Horizont.

Im gleichen Augenblick hörte er hinter sich ein scharfes Knacken. Auf dem grauen Stein dort im Grase saß eine riesige Drossel, fast kohlschwarz, die blassgelbe Brust dunkel gefleckt.

Knack! Sie hatte eine Schnecke im Schnabel und zertrümmerte sie auf dem Stein. Knack! Knack!

Plötzlich begriff er. Die Gefahr missachtend, trat er auf den Sims hinaus und rief nach den Zwergen, brüllend und winkend. Die am nächsten waren, kamen über die Felsen gestolpert und krabbelten so schnell, wie es auf dem Sims möglich war, zu ihm hin, neugierig, was in aller Welt nur los sein mochte. Die anderen riefen von unten, dass man sie hochziehen sollte (bis auf Bombur natürlich: er schlief).

Schnell gab ihnen Bilbo die Erklärung. Dann verstummten sie alle. Der Hobbit stellte sich an den grauen Stein, und die Zwerge standen daneben und beobachteten den Vorgang mit vor Ungeduld wackelnden Bärten. Tiefer und tiefer sank die Sonne, und mit ihr sanken die Hoffnungen. Sie sank in einen Gürtel geröteter Wolken ein und verschwand. Die Zwerge stöhnten auf, aber Bilbo blieb fast regungslos stehen. Der schmächtige Mond berührte den Horizont. Es war Abend. Dann plötzlich, als ihre Hoffnung fast geschwunden war, stieß ein roter Sonnenstrahl wie ein spitzer Finger durch einen Riss in der Wolke. Ein Lichtschein drang durch die Öffnung in die Nische herein und fiel auf die glatte Felswand. Die alte Drossel, die auf einem Platz hoch über ihnen saß und mit blitzenden Knopfaugen zugesehen hatte, den Kopf auf die Seite gelegt, stieß einen kollernden Laut aus. Ein lautes Knacken war zu hören. Ein Steinplättchen splitterte von der Wand und fiel herab. Etwa drei Fuß über dem Boden war plötzlich ein Loch zu sehen.

Rasch, zitternd vor Angst, dass die Gelegenheit ungenutzt verstreichen könnte, stürmten die Zwerge zu der Felswand und stemmten sich dagegen – vergeblich.

»Der Schlüssel! Der Schlüssel!«, rief Bilbo. »Wo ist Thorin?«

Thorin eilte herbei.

»Der Schlüssel!«, brüllte Bilbo. »Der Schlüssel, der zu der Karte gehört! Probier ihn, solange noch Zeit ist!«

Thorin trat heran und nahm den Schlüssel von der Kette um seinen Hals. Er steckte ihn in das Loch. Er passte und ließ sich umdrehen. Schnapp! Der Lichtschein erlosch, die Sonne ging unter, der Mond war verschwunden, und die Nacht überzog den Himmel.

Nun stemmten sie sich alle zusammen gegen die Felswand, und langsam gab ein Stück davon nach. Lange, gerade Spalte wurden sichtbar und erweiterten sich: eine Tür, fünf Fuß hoch und drei Fuß breit, zeichnete sich ab und schwenkte langsam und lautlos nach innen. Es war, als ob Dunkelheit wie ein Dunst aus dem Loch in der Bergwand strömte, und eine tiefe Dunkelheit, in der nichts zu sehen war, lag vor ihren Augen, ein gähnender Schlund, der abwärts in den Berg hineinführte.

ZWÖLFTES KAPITEL

AUS GUT UNTERRICHTETER QUELLE

Lange standen die Zwerge vor der Tür und diskutierten, bis schließlich Thorin das Wort nahm:

»Nun kommt der Augenblick, wo unser hoch geschätzter Herr Bilbo Beutlin, der sich schon auf unserer ganzen langen Reise als ein vortrefflicher Mitarbeiter erwiesen hat, ein Hobbit von einem Mut und einer Findigkeit, die zu seiner Körpergröße in gar keinem Verhältnis stehen, und obendrein, wenn ich das so sagen darf, mit einer unverschämten Portion Glück gesegnet – nun kommt der Augenblick, wo er die Dienstleistung erbringen kann, um derentwillen er in unsere Gesellschaft aufgenommen wurde; nun kommt für ihn der Augenblick, sich sein Honorar zu verdienen.«

Ihr wisst ja schon, wie Thorin sich bei bedeutenden Anlässen ausdrückte, darum will ich es damit genug sein lassen, obwohl er noch eine ganze Weile so weiterredete. Ein bedeutender Anlass war es gewiss, aber Bilbo verlor die Geduld. Inzwischen kannte er Thorin gut genug, um zu wissen, worauf er hinauswollte.

»Wenn du sagen willst, dass es nun an mir ist, als Erster in den geheimen Gang einzusteigen, o Thorin Thrainssohn Eichenschild, möge dein Bart immer länger wachsen«, sagte er gereizt, »so sage es gleich und ohne Umschweife! Ich könnte mich weigern. Ich habe euch schon zweimal aus der Patsche geholfen, wie es wohl kaum in unserem Vertrag vorgesehen war, und glaube daher ein Honorar jetzt schon verdient zu haben. Aber aller guten Dinge sind drei, wie mein Vater immer sagte, und irgendwie muss ich dir den Gefallen wohl tun. Vielleicht verlasse ich mich inzwischen auch mehr auf mein Glück als in alten Zeiten«, damit meinte er das letzte Frühjahr, bevor er seine Höhle verlassen hatte, doch das schien nun Jahrhunderte her zu sein, »aber egal, ich denke, ich geh gleich mal runter und schau nach, wie es da aussieht. Dann haben wir's hinter uns. Wer kommt nun mit?«

Er hatte nicht erwartet, dass sie alle im Chor »ich« riefen, darum wurde er nicht enttäuscht. Fili und Kili schauten verlegen drein und traten von einem Fuß auf den andern; die Übrigen taten nicht mal zum Schein so, als wollten sie sich anbieten – ausgenommen der alte Balin, der Ausguckmann, der den Hobbit ins Herz geschlossen hatte. Er sagte, er wolle wenigstens ein Stück weit mitgehen, damit er wenn nötig Hilfe herbeirufen könnte.

Zugunsten der Zwerge kann man nur so viel sagen, dass sie Bilbo für seine Dienste anständig zu bezahlen gedachten: Sie hatten ihn für eine vertrackte Sonderaufgabe mitgenommen, und nun sollte der arme kleine Kerl gefälligst tun, wozu er da war! Käme er dabei in Schwierigkeiten, würden sie sich redlich bemühen, ihm zu helfen, wie zu Anfang ihrer Abenteuer schon bei den Trollen, als sie noch gar keinen besonderen Grund hatten, ihm dankbar zu sein. Es ist nun mal so: Zwerge sind keine Helden; sie sind Geschäftsleute mit einer sehr hohen Meinung vom Wert des Geldes. Manche von ihnen sind Gauner, Schufte und Verräter; andere, und zu diesen gehörten Thorin & Co., sind grundanständige Leute, wenn man nicht zu viel von ihnen verlangt.

Hinter ihm traten die Sterne eben an den fahlen Himmel, der sich schwarz versperrte, als der Hobbit verstohlen durch die verzauberte Tür ins Innere des Berges trat. Es ging sich dort viel leichter, als er erwartet hatte. Dies war kein Orkstollen und keine Waldelbenhöhle mit roh behauenen Wänden. Es war ein von Zwergen angelegter Durchgang, von Zwergen auf dem Gipfel ihres Könnens und ihres Reichtums: schnurgerade und ohne jede Unebenheit am Boden oder an den Wänden führte er mit leichtem, gleich bleibendem Gefälle direkt zu einem fernen Ziel in der schwarzen Tiefe.

Nach einer Weile wünschte Balin dem Hobbit viel Glück und

blieb stehen, wo er eben noch einen blassen Schimmer von der Tür sehen und, dank einer Laune des Echos im Tunnel, die murmelnden und flüsternden Stimmen der andern hören konnte, die draußen dicht davorstanden. Bilbo steckte seinen Ring auf und schlich, durch das Echo gewarnt, noch lautloser als selbst unter Hobbits üblich immer weiter und weiter in die Dunkelheit hinab. Er bebte vor Angst, aber seine Miene war finster entschlossen. Es war schon ein ganz anderer Hobbit aus ihm geworden, seit er vor langer Zeit ohne Taschentuch aus Beutelsend weggelaufen war. Seit ewigen Zeiten hatte er nun schon kein Taschentuch mehr. Er lockerte seinen Dolch in der Scheide, schnallte sich den Gürtel fester und ging weiter.

»Jetzt mach dich auf einiges gefasst, mein lieber Bilbo Beutlin!«, sagte er sich. »Da hast du dich auf etwas Schönes eingelassen, an dem Abend, als die Zwerge zu Besuch kamen, und jetzt musst du sehn, wie du dich aus der Affäre ziehst. Es kann dich teuer zu stehen kommen. Liebe Güte, was war und was bin ich für ein Trottel!«, sagte derjenige in ihm, der ganz und gar kein Tuk war. »Für Drachenhorte hab ich überhaupt keine Verwendung! Meinetwegen könnte der ganze Krempel für immer hier liegen bleiben, wenn ich jetzt nur aufwachte und merkte, dass dieser verwünschte Tunnel nur die Diele in meiner eigenen Höhle ist!«

Er wachte nicht auf, sondern ging immer weiter, bis von der Tür hinter ihm auch nicht mehr der kleinste Schimmer zu sehen war. Er war nun ganz allein. Bald kam es ihm vor, als ob es warm wurde. »Ob das eine Art Glut ist, da unten vor mir?«, dachte er.

Ja, dort glühte etwas. Als er weiterging, wuchs und wuchs es. Kein Zweifel, ein roter Lichtschein wurde stärker und stärker, und auch die Hitze im Tunnel war nun nicht mehr zu leugnen. Dampfkringel stiegen auf und wehten an ihm vorüber; er begann zu schwitzen. Ein Geräusch füllte allmählich seine Ohren aus, eine Art Brodeln wie aus einem riesigen Kochtopf auf dem Feuer, vermischt mit einem Knarren, das wie das Schnurren eines Riesenkaters klang. Das Ganze schwoll an zu dem unverkennbaren gurgelnden Schnarchen eines gewaltigen Tieres, das in der roten Glut dort unten schlief.

Bilbo blieb stehen. Dass er dann doch weiterging, war die mutigste Tat seines Lebens. All die stürmischen Ereignisse nachher waren nichts dagegen. Den entscheidenden Kampf focht er dort im Tunnel ganz allein aus, bevor er die Gefahr, die ihn erwartete, in ihrem ganzen Ausmaß erkannt hatte. Jedenfalls, nach kurzem Zögern ging er weiter, und nun stellt euch das Bild vor, wie er ans Ende des Tunnels kommt, eine Öffnung, etwa gleicher Art und Größe wie die Geheimtür oben. Der kleine Kopf des Hobbits lugt heraus. Vor ihm liegt der unterste Keller, das tiefste Verlies des alten Zwergenreichs an den Wurzeln des Berges. Es ist fast dunkel, so dass man nur ahnen kann, wie groß die Halle sein muss, aber auf der Seite, in die der Gang mündet, steigt vom Felsboden ein mächtiger Glutschein auf: Smaugs Feuer!

Da lag er, ein gewaltiger rotgoldener Drache in tiefem Schlaf. Ein Dröhnen kam aus seinem Maul und seinen Nüstern, und Rauchfäden stiegen auf, aber sein Feuer schwelte nur, wenn er schlief. Unter ihm, unter seinen Gliedmaßen und dem riesigen zusammengerollten Schwanz und überall ringsum, soweit der Boden zu übersehen war, lagen haufenweise ungezählte Kostbarkeiten, Gold, geschmiedet oder roh, Gemmen und Edelsteine und Silber, das in der Glut rötlich schimmerte.

Mit angelegten Flügeln, wie eine unermesslich große Fledermaus, lag Smaug ein wenig auf die Seite gedreht, so dass der Hobbit seine Unterseite und den langen, bleichen Bauch sehen konnte, der sich in den vielen Jahren auf diesem kostbaren Bett mit einer Kruste von Gemmen und Goldstücken bedeckt hatte. Hinter ihm, wo das trübe Licht bis zu den Wänden reichte, hingen Panzerhemden, Helme, Äxte, Schwerter und Speere, und davor standen in Reihen Krüge und Schalen voller unschätzbarer Reichtümer.

Zu sagen, dass der Anblick Bilbo den Atem nahm, wäre noch

zu wenig. Es gibt keine Worte mehr für solches Erstaunen, seit Menschen die Sprache vergessen haben, die sie einst von den Elben erlernten, als die Welt noch voller Wunder war. Bilbo hatte schon allerlei von Drachenhorten singen und sagen gehört, aber die Pracht und der Glanz eines solchen Schatzes und die Begierde, die er zu wecken vermochte, waren ihm nie so ganz aufgegangen. Nun war sein Herz durchdrungen und verzaubert von demselben Verlangen, das auch die Zwerge erfüllte, und er starrte regungslos, den furchtbaren Hüter fast vergessend, auf das aller Zählung spottende Gold.

Eine Ewigkeit, wie es ihm schien, stand er so da, bis er sich, fast gegen seinen Willen angezogen, aus dem Schatten des Eingangs löste und bis zum Rand des nächsten Schatzhaufens schlich. Nahezu über ihm lag der Drache, furchtbar noch im Schlaf. Mit einem ängstlichen Seitenblick aufwärts griff er nach einem großen zweihenkligen Pokal, so schwer, dass er ihn eben noch tragen konnte. Smaug zuckte mit einem Flügel, öffnete eine Klaue, und sein dröhnendes Schnarchen wechselte den Ton.

Da ergriff Bilbo die Flucht. Aber der Drache erwachte nicht – noch nicht –, sondern ging nur zu anderen Träumen von Begierden und Gewalttaten über. Er blieb liegen in seinem gestohlenen Palast, während der kleine Hobbit sich durch den langen Tunnel zurückschleppte. Sein Herz klopfte wild, und die Beine zitterten ihm noch fieberhafter als schon beim Abstieg, aber immer noch hielt er den Pokal in den Händen, und sein einziger Gedanke war: »Ich hab's geschafft! Sollen sie mal sehen! ›Mehr wie ein Krämer als wie ein Meisterdieb‹ – von wegen! Solche Sprüche werden ihnen jetzt vergehen.«

Und so war es. Balin war überglücklich, den Hobbit wiederzusehen, und seine Überraschung war mindestens so groß wie seine Freude. Er hob Bilbo hoch und trug ihn ins Freie hinaus. Es war Mitternacht, und Wolken verdeckten den Sternenhimmel, aber Bilbo lag keuchend und mit geschlossenen Augen im Gras und schlürfte die frische Luft in sich hinein, fast ohne die

Zwerge zu beachten, die ihm vor Begeisterung auf die Schultern klopften und sich mitsamt all ihren Nachkommen auf Generationen hinaus zu seinen ergebensten Dienern erklärten.

Immer noch ließen die Zwerge den Pokal von Hand zu Hand gehen und sprachen voll Entzücken von der Wiedergewinnung ihres Schatzes, als ein tiefes Grollen im Berg erwachte, wie wenn ein alter Vulkan sich entschlossen hätte, wieder einmal auszubrechen. Die Tür hinter ihnen stand dicht angelehnt, mit einem in den Spalt geklemmten Stein, der verhinderte, dass sie zufiel, aber durch den langen Gang hallte aus den Tiefen des Berges ein Brüllen und Stampfen herauf, das den Boden unter ihren Füßen erzittern ließ.

Die Freude und die zuversichtlichen Prahlereien, in denen sie eben noch geschwelgt hatten, waren vergessen. Ängstlich zogen sie die Köpfe ein. Smaug war auch noch da. Ein lebendiger Drache in der näheren Umgebung kann die schönsten geschäftlichen Kalkulationen über den Haufen werfen. Drachen wissen zwar mit all ihrem Besitz nicht viel anzufangen, aber in der Regel kennen sie ihn auf Mark und Pfennig, besonders wenn sie schon lange darauf sitzen; und Smaug war keine Ausnahme. Er war aus einem unbehaglichen Traum (in dem ein Krieger, der Größe nach harmlos, aber sehr mutig und mit einem bissigen Schwert, eine sehr störende Rolle spielte) in den Halbschlaf übergegangen und aus dem Halbschlaf nun in einen hellwachen Zustand. Ein fremder Geruch war in seiner Höhle. Etwa ein Luftzug aus dem kleinen Loch da? So klein es auch war, er war nie ganz damit einverstanden gewesen, und nun glotzte er es argwöhnisch an und wunderte sich, dass er es nie zugeschüttet hatte. In letzter Zeit war ihm so gewesen, als hätte er ein undeutliches Echo von einem Klopfgeräusch gehört, das von irgendwo weit oben durch das Loch zu ihm herabkam. Er rührte sich und reckte den Hals, um zu schnüffeln. Dann vermisste er den Pokal.

Diebe! Mörder! Feurio! So etwas war ihm noch nicht passiert, seit er im Berg lag! Sein Zorn war unbeschreiblich – ein Zorn, wie man ihn nur bei reichen Leuten erleben kann, die mehr haben, als sie brauchen, und plötzlich etwas verlieren, das sie schon lange besitzen, aber noch nie benutzt oder benötigt haben. Er spie Feuer, bis die Halle voll Rauch war, er schüttelte den Berg an seinen Wurzeln. Vergebens stieß er mit dem Kopf gegen das kleine Loch in der Wand. Dann entrollte er sich zu seiner ganzen Länge und raste, brüllend wie unterirdischer Donner, fort aus seinem tiefen Nest, durch die große Tür in die breiten Gänge des Bergpalastes hinaus und aufwärts zum Vordertor.

Den ganzen Berg abzusuchen, bis er den Dieb erwischt, zerfetzt und in den Boden gestampft hätte, war sein einziger Gedanke. Er kam aus dem Tor, und das Wasser des Flusses stieg in einer schrill pfeifenden Dampfsäule auf. Glühend erhob er sich in die Luft und landete, grüne und scharlachrote Stichflammen werfend, auf dem Gipfel des Berges. Die Zwerge hörten das gewaltige Brausen seines Fluges und drückten sich an die Felswände um die kleine Grasterrasse, duckten sich unter Felsbrocken, in der Hoffnung, den furchtbaren Augen des jagenden Drachen irgendwie zu entgehen.

Dort hätte er sie alle erwischt, wenn Bilbo nicht gewesen wäre – wieder einmal! »Schnell, schnell!«, rief er keuchend. »Die Tür! In den Tunnel! Hier sind wir nicht sicher.«

Diesen Worten Folge leistend, wollten sie eben hineinschlüpfen, als Bifur aufschrie: »Meine Vettern, Bombur und Bofur – wir haben sie vergessen, sie sind unten im Tal!«

»Sie werden getötet und unsere Ponys auch, und alle unsere Vorräte sind wir dann los!«, jammerten die anderen. »Wir können nichts tun.«

»Unsinn!«, sagte Thorin, sich seiner Würde erinnernd. »Wir dürfen sie nicht im Stich lassen. Bilbo Beutlin und Balin, ihr geht in den Tunnel, Kili und Fili auch – der Drache soll uns nicht alle kriegen! Aber ihr andern – wo sind die Seile? Macht schnell!«

Dies waren wohl die schlimmsten Augenblicke, die sie bis jetzt überstanden hatten. Smaugs Toben und Wüten hallte aus den hoch gelegenen Felsmulden wider; jede Sekunde konnte er herabgestoßen kommen oder sie bei einer Runde um den Berg entdecken, während sie am Rand der steilen Klippe standen und wie verrückt an den Seilen zogen. Bofur kam oben an, und noch war alles ruhig. Dann kam Bombur, keuchend und schnaufend, und die Seile knirschten, aber immer noch war alles ruhig. Manche Werkzeuge und Bündel mit Vorräten kamen auch noch herauf. Und dann wurde es gefährlich.

Ein schwirrendes Geräusch kam näher. Ein roter Lichtschein fiel auf die Felsspitzen. Der Drache.

Ihre Bündel hinter sich herziehend und -schleifend, hatten sie kaum Zeit, in den Tunnel zu flüchten, als Smaug von Norden herangebraust kam und die Berghänge mit Flammen bestrich. Sein gewaltiger Flügelschlag hörte sich an wie ein brüllender Sturm. Sein heißer Atem verbrannte das Gras vor der Tür, schlug durch den Spalt herein, den sie offen gelassen hatten, und versengte einige, die dort lagen. Flammen loderten auf, und schwarze Felsschatten tanzten wild umher. Dann wurde es wieder dunkel, als er weiterflog. Die Ponys wieherten vor Entsetzen, zerrissen ihre Seile und galoppierten in Panik davon. Der Drache drehte eine Kurve und stieß ins Tal hinab, um sie zu verfolgen. Er war fort.

»Das wird das Ende unserer armen Tiere sein«, sagte Thorin. »Niemand kann Smaug entkommen, wenn der ihn einmal gesehen hat. Da sitzen wir also! Wir werden hier bleiben müssen, es sei denn, jemand hat Lust, die vielen Meilen durchs offene Gelände bis zum Fluss zurückzulaufen, während Smaug durch die Gegend streift.«

Es war kein verlockender Gedanke. Sie krochen tiefer in den Tunnel hinab, und obwohl es warm und stickig war, lagen sie dort und zitterten, bis ein blasser Morgenschimmer durch den Türspalt zu sehen war. Die ganze Nacht hindurch hörten sie ab und zu das brausende Fluggeräusch, wie es näher kam und vorüberzog. Der Drache kreiste immer noch um die Berghänge.

An den Ponys und an den Lagerspuren, die er entdeckte, erkannte er, dass Menschen vom See den Fluss heraufgekommen sein mussten und von dem Tal aus, wo die Ponys gestanden hatten, den Berghang erstiegen hatten; aber die geheime Tür war seinem Blick entgangen, und die kleine, von hohen Felswänden umschlossene Nische hatte seine heißesten Flammen abgehalten. Lange hatte er vergeblich gejagt, bis der Morgen seinen Zorn abkühlte und er auf sein goldenes Bett zurückkehrte, um zu schlafen – und neue Kraft zu schöpfen. Den Diebstahl aber würde er nie vergeben und vergessen sein lassen, und wenn er in tausend Jahren darüber zu einem schwelenden Stein werden sollte: Er konnte warten! Ganz still und langsam kroch er wieder in sein Lager und schloss die Augen, aber nur halb.

Gegen Morgen erholten sich die Zwerge von ihrem Schreck. Sie sahen ein, dass dergleichen Gefahren nun einmal nicht zu vermeiden waren, wenn man es mit einem Drachen zu tun hatte, und dass es nicht anging, ihr Unternehmen jetzt schon abzubrechen. Außerdem konnten sie vorläufig gar nicht fort, wie Thorin schon erklärt hatte. Ihre Ponys waren fort oder tot, und sie würden einige Zeit warten müssen, bis Smaugs Wachsamkeit so weit nachließe, dass sie es wagen könnten, sich zu Fuß auf den langen Weg zu machen. Zum Glück hatten sie von ihren Vorräten so viel in Sicherheit gebracht, dass sie es noch eine ganze Weile aushalten konnten.

Lange berieten sie, was zu tun sei, aber es fiel ihnen einfach nichts dazu ein, wie Smaug aus dem Wege zu räumen wäre – schon von Anfang an ein schwacher Punkt in ihren Plänen, wie Bilbo sich anzumerken erlaubte. Dann, wie es ganz und gar ratlose Leute zu tun pflegen, begannen sie zu schimpfen, und zwar auf den Hobbit, dem sie nun zum Vorwurf machten, was sie zuerst so erfreut hatte: dass er den Pokal mitgenommen und damit so frühzeitig den Zorn des Drachen erregt hatte.

»Was denkt ihr denn, wozu ein Meisterdieb da ist?«, sagte Bilbo wütend. »Ihr habt mich nicht als Drachentöter engagiert, das wäre Sache eines Kriegers, sondern zum Stehlen. Ich habe so gut es ging angefangen, die Schätze zu stehlen. Habt ihr vielleicht erwartet, dass ich mit Thrors gesamtem Hort auf dem Buckel zu euch zurückgetrabt komme? Wenn hier irgendwer Grund zu Beschwerden hat, dann ich. Ihr hättet fünfhundert Diebe mitnehmen sollen und nicht nur einen. Dass ihr mir dieses Ausmaß des Schatzes, so sehr es euren Großvater ehren mag, je deutlich gemacht hättet, könnt ihr nicht behaupten. Ich würde hundert Jahre brauchen, um alles heraufzuschleppen, selbst wenn ich fünfzigmal größer und Smaug zahm wie ein Kaninchen wäre.«

Natürlich baten ihn die Zwerge daraufhin um Verzeihung. »Was also meinst du, sollen wir tun, Herr Bilbo Beutlin?«, fragte Thorin sehr höflich.

»Ich habe einstweilen keine Ahnung – wenn du meinst, wie wir den Schatz wegschaffen sollen. Dazu müssten wir offenbar noch einmal Glück haben und Smaug auf irgendeine Weise aus dem Weg räumen. Wie man einen Drachen aus dem Weg räumt, davon versteh ich gar nichts, aber ich will mir Mühe geben und drüber nachdenken. Ich für mein Teil mache mir gar keine Hoffnungen und wünsche mir bloß, ich wäre wohlbehalten wieder daheim.«

»Davon für den Augenblick mal abgesehen! Aber was tun wir jetzt, heute?«

»Also, wenn ihr meinen Rat hören wollt, würd ich sagen, wir tun am besten erst mal gar nichts und bleiben, wo wir sind. Bei Tage können wir sicher ohne Gefahr draußen ein wenig Luft schnappen. Vielleicht können wir bald einen oder zwei von uns zum Lager am Fluss schicken, um neue Vorräte zu holen. Aber einstweilen sollten wir nachts lieber alle im Tunnel bleiben.

Und eines kann ich euch noch anbieten: Ich habe ja meinen Ring und könnte gleich heute Mittag – denn wann sonst wird Smaug ein Nickerchen machen? – noch mal hinunterschleichen und sehen, was er macht. Vielleicht kommt etwas dabei heraus. ›Jeder Drache hat seinen wunden Punkt‹, wie mein Vater immer sagte, allerdings sicher nicht aufgrund persönlicher Erfahrung.«

Selbstverständlich gingen die Zwerge auf sein Anerbieten mit

Freuden ein. Schon lange hatten sie vor Bilbo großen Respekt; nun aber wurde er der wahre Anführer ihres Unternehmens. Nun hatte er auch seine eigenen Pläne und Ideen. Gegen Mittag machte er sich bereit, von neuem in den Berg hinabzusteigen. Gern tat er es nicht, aber er fand es nicht mehr so schlimm, weil er nun mehr oder weniger wusste, was ihn erwartete. Wäre er über Drachen und ihre Tücken genauer im Bilde gewesen, hätte er wohl mehr Bedenken und weniger Hoffnung gehabt, Smaug bei einem Nickerchen anzutreffen.

Draußen schien die Sonne, als er losging, aber im Tunnel war es schwarz wie die Nacht. Das Licht von der fast geschlossenen Tür schwand schnell. Ein Rauchschwaden oder ein Windhauch hätten nicht leiser sein können als seine Schritte, und er erlaubte sich, ein wenig stolz auf sich zu sein, als er dem unteren Ende des Tunnels näher kam. Nur ein klein wenig Glut war zu sehen.

»Der alte Herr ist müde und schläft«, dachte er. »Sehen kann er mich nicht und hören auch nicht, also keine Sorge, Bilbo!« Er hatte vergessen oder vielleicht nie gehört, was Drachen für einen Geruchssinn haben. Außerdem bleibt es eine leidige Tatsache, dass sie im Schlaf ein wachsames halbes Auge offenhalten können, wenn sie misstrauisch sind.

Smaug sah zwar so aus, als ob er fest schliefe, fast wie tot und erloschen, so leise schnarchend, dass kaum mehr als ein Fädchen unsichtbaren Dampfes von ihm aufstieg, als Bilbo zum zweiten Mal vom Eingang hereinlugte. Er wollte eben weiter vortreten, als er unversehens einen dünnen, bohrenden roten Strahl bemerkte, der unter dem tief herabhängenden Lid von Smaugs linkem Auge hervorkam. Der Drache stellte sich nur schlafend! Er beobachtete den Tunneleingang! Hastig trat Bilbo zurück und war heilfroh, dass er den Ring aufgesteckt hatte. Dann sprach Smaug.

»Sei gegrüßt, Dieb! Ich kann dich riechen. Ich kann deinen Luftzug spüren. Ich kann deinen Atem hören. Tritt nur näher! Bediene dich abermals, es ist noch genug da!«

Aber ganz so unbeschlagen in der Drachenkunde war Bilbo denn doch nicht, und wenn Smaug gehofft haben sollte, ihn so leicht zum Nähertreten bewegen zu können, so wurde er enttäuscht. »Nein, danke, o Smaug, du Gewaltiger!«, antwortete er. »Ich komme nicht, um Geschenke zu empfangen. Ich wollte dich nur anschauen und mit eigenen Augen sehen, ob du wirklich so groß bist, wie es in den Geschichten heißt. Ich hatte es nicht geglaubt.«

»Und glaubst du's jetzt?«, sagte der Drache, ein bisschen geschmeichelt, obwohl er seinerseits Bilbo kein Wort glaubte.

»Alle Lieder und Sagen bleiben weit hinter der Wirklichkeit zurück, o Smaug, du ehrwürdigste und entsetzlichste aller Katastrophen«, antwortete Bilbo.

»Für einen Dieb und Lügner hast du gute Manieren«, sagte der Drache. »Meinen Namen scheinst du zu kennen, aber ich kann mich nicht entsinnen, dich schon einmal gerochen zu haben. Wer bist du, und wo kommst du her, wenn ich das fragen darf?«

»Fragen darfst du! Ich komme von Unterm Bühl, und mein Weg hat mich auch untern Berg und übern Berg geführt. Und durch die Lüfte auch. Ich bin der wandelnde Unsichtbare.«

»Das dünkt mich glaubhaft«, sagte Smaug, »doch ist dies wohl kaum dein gewöhnlicher Name?«

»Ich bin der Rätsellöser, der Netzzerhauer, die Stechfliege. Ich wurde wegen der Glückszahl genommen.«

»Allerliebst, diese Titel!«, spöttelte der Drache. »Aber die Glückszahl fällt nicht immer.«

»Ich bin, der seine Freunde lebendig begräbt, sie ersäuft und lebendig wieder aus dem Wasser zieht. Ich komme aus dem Ende eines Beutels, wurde aber in keinen Beutel gesteckt.«

»Ach was, das kann ich nun nicht mehr glauben!«, wehrte der Drache ab.

»Ich bin der Bärenfreund und der Adlergast. Ich bin der Ringfinder und Glücksbringer, und ich bin der Fassreiter«, fuhr Bilbo fort, der an seiner Rätselrede Spaß zu finden begann.

»Schon besser!« sagte Smaug. »Aber lass die Phantasie nur nicht mit dir durchgehn!«

Das ist natürlich die Art, wie ihr mit Drachen reden müsst, wenn ihr euren wirklichen Namen nicht verraten (was nicht ratsam ist), sie aber auch nicht durch die glatte Weigerung, ihn zu nennen, erzürnen wollt (was erst recht nicht ratsam ist). Rätselreden und der schöne Zeitvertreib im Bemühen, sie zu verstehen, sind für jeden Drachen von unwiderstehlichem Reiz. Vieles, was er eben gehört hatte, verstand Smaug überhaupt nicht (obwohl ihr es sicher verstehen werdet, denn ihr wisst ja über die Abenteuer Bescheid, auf die Bilbo dabei anspielte), aber er glaubte, genug verstanden zu haben, und tief in seiner schwarzen Seele musste er grinsen.

»Hab ich mir's doch gestern Abend schon gedacht«, sagte er sich lächelnd, »Seemenschen – irgendein hinterlistiger dummer Streich dieser elenden Fassverhökerer vom See, das ist es, oder ich will eine Eidechse sein! Denen habe ich schon lange keinen Besuch mehr gemacht, aber das soll sich ändern!«

»Vortrefflich, o Fassreiter!«, sagte er laut. »Fass könnte dein Pony vielleicht geheißen haben oder vielleicht auch nicht, aber fett genug war es. Mag sein, dass du unsichtbar wandelst, aber du bist nicht den ganzen Weg zu Fuß gewandelt. Interessiert es dich, dass ich letzte Nacht sechs Ponys verspeist habe? Und die andern hole ich mir in nächster Zeit auch noch. Zum Dank für die ausgezeichnete Mahlzeit will ich dir einen guten Rat geben: Lass dich nicht mit Zwergen ein, wenn du's vermeiden kannst!«

»Mit Zwergen?«, sagte Bilbo in gespieltem Erstaunen.

»Erzähl mir nichts!«, sagte Smaug. »Ich kenne doch den Geruch und Geschmack von Zwergen – nichts kenn ich besser! Mach mir nicht weis, wenn ich so ein Pony verzehre, wüsste ich nicht, wer drauf geritten ist! Du wirst ein schlimmes Ende nehmen, o Dieb und Fassreiter, wenn du dich mit solchen Freunden zusammentust. Jetzt wandle meinetwegen zurück und sag ihnen das von mir!« Aber er verriet Bilbo nicht, dass da noch ein anderer Geruch war, aus dem er überhaupt nicht klug wurde, der Hobbitgeruch: den kannte er noch gar nicht, und das irritierte ihn gewaltig.

»Ich nehme an, für den Pokal letzte Nacht hast du einen guten Preis bekommen?«, redete er weiter. »Sag schon, stimmt's? Überhaupt nichts! Na, das sieht ihnen ähnlich. Und dabei nehm ich doch an, die liegen irgendwo da draußen gemütlich in ihrem Versteck, und die gefährliche Arbeit überlassen sie dir: Sachen mitgehn lassen, wenn ich mal nicht aufpasse – und alles für die? Einen fairen Anteil sollst du kriegen? Glaub doch das nicht! Wenn du mit dem Leben davonkommst, kannst du froh sein.«

Bilbo war allmählich gar nicht mehr wohl in seiner Haut. Immer wenn Smaugs schweifender Blick, der in den Schatten nach ihm suchte, durch ihn hindurchblitzte, zitterte er, und ein unerklärliches Verlangen packte ihn, hinauszurennen, sich Smaug zu zeigen und ihm die reine Wahrheit zu sagen. Er war in höchster Gefahr, unter den Bann des Drachen zu fallen. Aber er nahm allen Mut zusammen und antwortete:

»Nicht alles weißt du, o großmächtiger Smaug! Wir sind nicht allein des Goldes wegen gekommen.«

»Haha! Du gibst also zu, dass ihr mehrere seid«, lachte Smaug. »Sag doch gleich ›wir vierzehn‹, und lass uns nicht länger raten, Herr Glückszahl! Es freut mich natürlich zu hören, dass euch noch andere Geschäfte als die mein Gold betreffenden in unsere Gegend führen. In diesem Fall mag es ja sein, dass ihr eure Zeit nicht ganz und gar verschwendet.

Ich weiß nicht, ob dir schon aufgegangen ist, dass du mit dem Gold, selbst wenn du es Stück für Stück stehlen könntest – was so etwa hundert Jahre dauern würde –, nicht sehr weit kämest? Was nützt es dir hier auf den Berghängen? Was nützt es dir im Walde? Meine Güte! Hast du dir nie überlegt, wo in euren Abmachungen der Haken sitzt? Ein Vierzehntel, nehm ich an, oder so ähnlich, so waren doch die Bedingungen, eh? Aber wie steht's mit den Lieferfristen? Mit den Transportkosten? Zölle und bewaffneter Geleitschutz?« Smaug lachte laut. Sein böses Herz kannte alle Tücken, und er wusste, dass solche Vermutungen selten weit fehlgehen; allerdings glaubte er, dass hiner diesem Unternehmen die Menschen vom See steckten und dass der größte Teil der Beute in der Seestadt bleiben sollte, die in seiner Jugend Esgaroth geheißen hatte.

Ihr werdet es kaum glauben, aber der arme Bilbo war ernstlich verwirrt. Bisher hatte sich all sein Tun und Trachten auf das Ziel beschränkt, zum Einsamen Berg zu gelangen und dort den Eingang zu finden. Wie der Schatz fortgeschafft werden sollte und wie ein ihm etwa zufallender Anteil bis nach Beutelsend unter dem Bühl zu transportieren wäre, darüber hatte er sich noch nie den Kopf zerbrochen.

Ein böser Verdacht wollte nun in ihm aufkommen: Hatten die Zwerge diese in der Tat wichtige Frage auch einfach übersehen, oder lachten sie sich über ihn schon die ganze Zeit ins Fäustchen? So können Drachenworte auf den Unerfahrenen einwirken! Bilbo hätte auf der Hut sein sollen, gewiss – aber Smaug war auch eine Persönlichkeit von bezwingender Kraft.

»An das Gold«, sagte Bilbo, einfach um seinen Freunden die Treue zu halten und um nicht klein beigeben zu müssen, »haben wir nur nebenher gedacht, wie ich dir schon sagte. Die Absicht, in der wir gekommen sind, über die Berge und unter den Bergen, mit Wind und Wellen, ist *Rache*. Dir ist doch sicher klar, o Smaug, du unermesslich Reicher, dass dein Erfolg dir manche bitteren Feinde gemacht hat?«

Da lachte Smaug, dass die Wände wackelten und Bilbo fast zu Boden geworfen wurde, während die Zwerge weit oben im Tunnel sich zusammendrängten und dachten, der Hobbit habe ein jähes und schreckliches Ende gefunden.

»Rache!«, schnaubte er, und das Licht aus seinen Augen erhellte die Halle vom Boden bis zur Decke wie ein scharlachroter Blitz. »Rache! Der König unter dem Berge ist tot, und wo wäre jemand von seiner Sippschaft, der auch nur den Versuch wagen würde, ihn zu rächen? Girion, der Fürst von Thal, ist tot, und unter seinem Volk hab ich mich satt gefressen wie der Wolf unter den Schafen, und wo sind die Söhne seiner Söhne, die sich getrauen, mir zu nahe zu kommen? Die alten Krieger hab ich zur Strecke gebracht, und ihresgleichen gibt es heut auf der ganzen Welt nicht mehr. Damals war ich noch jung und schmächtig. Heute bin ich alt und stark, stark, stark, du Dieb, der im Schatten wandelt!«, prahlte er. »Mein Panzer ist wie zehn Schilde, meine Zähne sind Schwerter, meine Klauen Speere, mein Schwanz schlägt ein wie der Blitz, meine Flügel sind ein Hurrikan, und mein Atem bringt den Tod!«

»Ich habe immer gehört«, sagte Bilbo mit furchtsamer Piepsstimme, »dass Drachen unterwärts etwas dünnhäutiger sind, besonders in der Gegend der – äh – Weichteile; aber wenn du so gut gerüstet bist, hast du daran natürlich auch gedacht.«

Smaug prahlte nun nicht mehr. »Deine Informationen sind veraltet«, sagte er wegwerfend. »Ich bin von oben bis unten mit Stahlschuppen und harten Edelsteinen gepanzert. Keine Klinge dringt da durch.«

»Hätte ich mir denken können!«, sagte Bilbo. »Wahrhaftig, niemand kommt Fürst Smaug dem Undurchdringlichen gleich. Was für eine Pracht, eine Weste aus lauter edlen Diamanten!«

»Ja, freilich, die ist sehr schön, eine Rarität«, sagte Smaug, wider alle Vernunft geschmeichelt. Er wusste nicht, dass der Hobbit schon bei seinem vorigen Besuch etwas von seinem eigentümlichen Unterkleid zu sehen bekommen hatte und nun aus gutem Grund darauf brannte, noch einmal näher hinzuschauen. Der Drache rollte sich herum. »Schau!«, sagte er. »Was sagst du dazu?«

»Atemberaubend herrlich! Perfekt! Makellos! Umwerfend!«, rief Bilbo laut aus; für sich aber dachte er: »Alter Narr! Wenn das kein kahler Fleck ist, auf der Mulde an der linken Brustseite! Da bist du so nackt wie eine Schnecke ohne Häuschen.«

Nachdem er das gesehen hatte, wollte er schleunigst fort. »So, nun will ich deine Herrlichkeit nicht länger aufhalten«, sagte er, »oder dich um den wohlverdienten Schlaf bringen. Ich glaube,

Ponys wollen erst mal gefangen sein, wenn sie einen ordentlichen Vorsprung haben. Und mit Dieben ist das auch nicht anders«, fügte er als kleine Stichelei zum Abschied hinzu. Dann rannte er los, den Tunnel hinauf.

Es war eine Bemerkung, die dem Drachen nicht gefiel, denn er blies ihm mächtige Flammen nach, und so schnell der Hobbit auch die Steigung hinaufrannte, er war noch lange nicht in Sicherheit, als Smaug seinen grässlichen Kopf in die Tunnelöffnung drückte. Der ganze Kopf mit dem Rachen passte zum Glück nicht hinein, aber die Nüstern schickten ihm Dampf und Feuer hinterher, die ihn fast betäubten. Blindlings taumelte er weiter, in Angst und unter Schmerzen. Weil er sich im Gespräch mit Smaug so gut gehalten hatte, war er schon sehr zufrieden mit sich gewesen, aber sein Fehler am Ende brachte ihn zur Vernunft.

»Lache nie über einen Drachen, solang er noch lebt, Bilbo, du Trottel!«, sagte er sich, und später sagte er das oft auch laut, bis es ein Sprichwort wurde. »Du hast dieses Abenteuer noch lange nicht hinter dir«, fügte er hinzu, und auch das war nur allzu richtig.

Der Nachmittag neigte sich schon zum Abend hin, als er oben wieder ankam, über die »Türschwelle« stolperte und ohnmächtig umfiel. Die Zwerge brachten ihn wieder zu sich und kümmerten sich so gut sie konnten um seine Verbrennungen. Aber es dauerte lange, bis das Haar an seinem Hinterkopf und an den Fersen richtig nachgewachsen war: Es war bis auf die Haut versengt und verbrannt. Einstweilen gaben seine Freunde sich alle Mühe, ihn aufzumuntern. Sie waren neugierig, was er zu erzählen hatte, und wollten vor allem wissen, warum der Drache so einen fürchterlichen Krach gemacht hatte und wie Bilbo entkommen war.

Aber der Hobbit machte sich Sorgen und Vorwürfe, und es fiel ihnen schwer, etwas aus ihm herauszubekommen. Wenn er alles recht bedachte, fand er, dass er dem Drachen manche Dinge lieber nicht hätte sagen sollen, und er hatte wenig Lust, davon zu berichten. Die alte Drossel saß wieder nahebei auf einem Felsen, den Kopf auf die Seite gelegt, und hörte alles mit an, was sie redeten. Was Bilbo für eine schlechte Laune hatte, kann man daran sehen, dass er einen Stein nahm und nach der Drossel warf. Sie flatterte nur ein wenig beiseite und setzte sich wieder auf ihren Platz.

»Verwünschter Vogel!«, knurrte Bilbo. »Ich glaube, er belauscht uns. Er gefällt mir gar nicht.«

»Lass die Drossel in Frieden!«, sagte Thorin. »Drosseln sind gut und hilfreich – dies ist ein sehr alter Vogel, vielleicht einer der letzten vom alten Stamm, der einst hier lebte und von meinem Vater und Großvater gezähmt war. Es war eine Rasse langlebiger Zaubervögel, und diese hier könnte eine von denen sein, die damals schon lebten, vor bald zweihundert Jahren. Die Menschen von Thal verstanden früher ihre Sprache und ließen sie mit Botschaften zur Seestadt und anderswohin fliegen.«

»Na, dann hat sie jetzt Neuigkeiten genug, die sie dort hinbringen kann, wenn sie darauf aus ist«, sagte Bilbo, »nur glaube ich nicht, dass es dort noch Leute gibt, die sich mit der Drosselsprache befassen.«

»Was ist denn nun passiert?«, riefen die Zwerge. »Fang endlich an zu erzählen!«

Also erzählte ihnen Bilbo, woran er sich erinnern konnte, und er gestand auch, dass er das unbehagliche Gefühl hatte, der Drache könnte aus seinen Rätseln zu viele richtige Schlüsse gezogen haben, da er ja auch noch die Lager und die Ponys gesehen hatte. »Ich bin sicher, er weiß, dass wir aus der Seestadt gekommen sind und von dort Unterstützung hatten; und ich habe das grässliche Gefühl, dass er als Nächstes in dieser Richtung etwas unternehmen könnte. Hätte ich doch um alles in der Welt nichts von einem Fassreiter gesagt – da kann in dieser Gegend ja selbst ein blindes Kaninchen nur an die Menschen vom See denken!«

»Lass gut sein, das ist nicht zu ändern! Es ist schwer, sich nicht zu verplappern, wenn man mit einem Drachen redet – jedenfalls habe ich das schon oft gehört«, sagte Balin, um ihn zu trösten. »Wenn du mich fragst: ich finde, du hast dich sehr gut gehalten. Immerhin hast du eine sehr nützliche Sache herausgefunden und bist mit dem Leben davongekommen, und das kann nicht jeder von sich sagen, der einmal mit Smaug oder seinesgleichen geredet hat. Zu wissen, dass der alte Wurm ein Loch in seiner Diamantenweste hat, könnte noch ein großes Glück sein.«

Damit nahm das Gespräch eine andere Wendung, und sie begannen über die historischen, mythischen und umstrittenen Fälle von Drachentötung zu diskutieren, über die verschiedenen Arten von Stichen, Stößen, Finten und Körpertäuschungen und über allerlei Kunstgriffe, Methoden und Strategien, die dabei angewandt wurden. Einen schlummernden Drachen zu überraschen war nach herrschender Meinung nicht so leicht, wie es sich anhörte, und beim Versuch, ihn im Schlaf zu erstechen oder zu verwunden, war ein katastrophaler Misserfolg noch wahrscheinlicher als beim kühnen Frontalangriff. Die ganze Zeit, während sie redeten, hörte die Drossel ihnen zu, bis sie schließlich, als die Sterne hervorkamen, still die Flügel ausbreitete und davonflog. Und die ganze Zeit, während sie redeten und die Schatten länger wurden, fühlte sich Bilbo immer unbehaglicher und bekam immer mehr Vorahnungen.

Zuletzt unterbrach er sie. »Ich bin sicher, wir sitzen hier auf keinem guten Platz«, sagte er, »und ich sehe auch keinen Grund, hier zu bleiben. Das schöne grüne Gras hat der Drache versengt, außerdem ist es schon Nacht, und es wird kalt. Aber ich spür es in den Knochen, dass dieser Platz noch einmal angegriffen wird. Smaug weiß jetzt, wie ich in seine Halle heruntergekommen bin, und ihr könnt ihm zutrauen, dass er erraten wird, wo das andere Ende des Tunnels ist. Er wird diese ganze Seite des Berges kurz und klein schlagen, wenn nötig, um uns den Eingang zu versperren. Und wenn wir dabei zermalmt werden, ist ihm das nur umso lieber.«

»Du bist heute ein Schwarzseher, Bilbo Beutlin!«, sagte Thorin. »Warum hat Smaug nicht den unteren Eingang versperrt, wenn ihm so viel dran liegt, uns fern zu halten? Das hat er bisher nicht getan, sonst hätten wir es gehört.«

»Ich weiß nicht, ich weiß nicht – weil er zuerst noch einmal versuchen wollte, mich in die Falle zu locken, nehme ich an, und jetzt vielleicht, weil er damit warten will bis nach der Jagd heute Nacht, oder weil er sein Schlafzimmer nicht beschädigen will, wenn er's vermeiden kann – aber mir wär es lieber, ihr würdet jetzt nicht diskutieren. Smaug wird jetzt jeden Moment hervorkommen, und unsere einzige Chance ist dann, rechtzeitig im Tunnel zu sein und die Tür zu schließen.«

Es war ihm offenbar so ernst damit, dass die Zwerge schließlich taten, was er wollte; nur mit dem Schließen der Tür zögerten sie noch: es schien eine Verzweiflungstat zu sein, denn keiner wusste, ob oder wie sie von innen wieder zu öffnen wäre, und den Gedanken, an einem Ort eingeschlossen zu sein, von dem der einzige Ausweg durch das Schlafzimmer des Drachen führte, fanden sie nicht verlockend. Außerdem schien alles ruhig zu sein, sowohl draußen als auch unten im Tunnel. Längere Zeit saßen sie darum drinnen nicht weit von der halb offenen Tür und redeten weiter.

Das Gespräch kam auf die bösen Worte, die der Drache über die Zwerge gesagt hatte. Bilbo wünschte sich, er hätte sie nie gehört. Konnte er ganz sicher sein, dass die Zwerge vollkommen aufrichtig waren, wenn sie nun behaupteten, überhaupt noch nie bedacht zu haben, was dann wäre, wenn sie den Schatz erst gewonnen hätten? »Wir wussten, dass es ein riskantes Unternehmen ist«, sagte Thorin, »und das wissen wir immer noch; und ich glaube immer noch, wenn es uns gelungen ist, wird es früh genug sein, zu überlegen, was wir mit dem Schatz anfangen. Was deinen Anteil betrifft, Bilbo Beutlin, so versichere ich dir, dass wir dir mehr als dankbar sein werden und dass du dir dein Vierzehntel aussuchen kannst, sobald wir etwas zu verteilen haben. Es tut mir Leid, dass du wegen des Transports Bedenken hast, und, zugegeben, die Schwierigkeiten sind beträchtlich – die Länder werden nicht sicherer im Laufe der Zeit, eher das

Gegenteil –, aber wir werden für dich tun, was wir können, und auch unseren Teil zu den Kosten beitragen, wenn es so weit ist. Glaub es mir, oder glaub es nicht!«

Von da aus wandte sich das Gespräch dem großen Hort selbst zu und den Gegenständen, an die Thorin und Balin sich erinnerten. Sie fragten sich, ob sie alle noch unbeschädigt dort unten in der Halle lägen: die Speere, die einst für das Heer des großen Königs Bladorthin (er war schon lange tot) geschmiedet wurden, jeder mit dreifach gehärteter Spitze und mit kunstvollen Einlegearbeiten aus Gold in den Schäften, aber niemals abgeliefert oder bezahlt; Schilde für längst verblichene Krieger; Thrors großer Goldpokal, zweihenklig, gehämmert und graviert mit Vögeln und Blumen, deren Augen und Blütenblätter aus Juwelen bestanden; Panzerhemden, vergoldet, versilbert und undurchdringlich; das Halsband Fürst Girions von Thal, bestehend aus fünfhundert grasgrünen Smaragden, das der Fürst für die Rüstung seines ältesten Sohnes hergegeben hatte, ein Panzerhemd aus eng verschlungenen Ringen, wie es noch nie zuvor geschmiedet worden war, denn es war von reinem Silber, doch von der Festigkeit dreifach gehärteten Stahls. Das Kostbarste von allem aber war der große weiße Edelstein, den die Zwerge unter den Wurzeln des Berges gefunden hatten, das Herz des Berges, Thrains Arkenstein.

»Der Arkenstein, der Arkenstein!«, murmelte Thorin im Dunkeln, halb träumend, das Kinn auf den Knien. »Er war wie eine Kugel mit tausend Facetten; er leuchtete wie Silber im Feuerschein, wie Wasser in der Sonne, wie Schnee unter den Sternen, wie Regen bei Mondlicht!«

Aber von Bilbo war der Zauber, der ihn den Schatz hatte begehren lassen, abgefallen. Die ganze Zeit, während sie redeten, hörte er nur halb zu. Er saß gleich neben der Tür, das eine Ohr gespitzt nach Geräuschen von draußen, um jedes gleich im Anflug zu erkennen, mit dem anderen über das Gemurmel der Zwerge hinweg nach leisen Echos aus dem Tunnel horchend.

Die Dunkelheit wurde dichter, und er wurde immer nervöser. »Schließt doch bitte die Tür!«, bat er die Zwerge. »Mir geht die Angst vor diesem Drachen durch Mark und Bein. Diese Stille gefällt mir noch weniger als sein Krawall letzte Nacht. Schließt die Tür, bevor es zu spät ist!«

Etwas in seiner Stimme machte auch die Zwerge nervös. Langsam löste sich Thorin aus seinen Träumen, stand auf und stieß den Stein weg, der die Tür offen hielt. Dann drückten sie gegen die Tür, und sie schloss sich mit einem lauten, schnappenden Ton. Innen war keine Spur von einem Schlüsselloch. Sie hatten sich in den Berg eingeschlossen!

Und keinen Augenblick zu früh. Kaum waren sie ein Stück weit in den Tunnel hineingegangen, als ein Schlag gegen den Berghang krachte, wie der Aufprall eines von Riesen geschwungenen Rammbocks aus Eichenstämmen. Der Fels dröhnte, die Wände knackten, und von der Decke fielen Steine auf sie herab. Nicht auszudenken, was passiert wäre, hätten sie die Tür noch offen gelassen. Sie flüchteten weiter in den Tunnel hinab, froh, dass sie noch am Leben waren, und hörten, wie Smaug draußen tobte und wütete. Er schlug Felsen in Stücke, zerschmetterte Wände und Klippen mit den Peitschenhieben seines gewaltigen Schwanzes, bis ihr kleiner oberer Lagerplatz mit dem verbrannten Gras, dem Drosselstein und den Schnecken an den Wänden und der schmale Felssims davor ein einziger Haufen Trümmer waren und eine Lawine von Felssplittern über die Klippe zu Tal stürzte.

Smaug war in aller Stille von seinem Lager aufgestanden, hatte sich leise in die Luft aufgeschwungen und war in schwerfälligem, langsamem Schwebeflug wie eine ungeheure Krähe auf dem Westhang des Berges niedergegangen, in der Hoffnung, dort jemanden oder etwas zu überraschen und den Ausgang des Tunnels zu erkennen, den der Dieb benutzt hatte. Dann, als er dort nichts und niemanden sah, selbst dort nicht, wo seiner Vermutung nach der Ausgang sein musste, ließ er seiner Wut freien Lauf.

Nachdem er sich ausgetobt hatte, war ihm wohler. Von dieser Seite, so glaubte er fest, war keine Störung mehr zu befürchten. Aber noch eine Rechnung war zu begleichen. »Fassreiter!«, schnaubte er. »Deine Füße kamen vom Wasser her, und ohne Zweifel bist du den Wasserlauf heraufgekommen. Deinen Geruch kenn ich nicht, aber wenn du auch keiner von diesen Seemenschen bist, dann haben sie dir doch geholfen. Die sollen mich kennen lernen, damit sie nicht vergessen, wer der wahre König unter dem Berge ist!«

Und Flammen sprühend schwang er sich in die Luft auf und flog nach Süden, in die Richtung des Flusses.

DREIZEHNTES KAPITEL

NICHT DAHEIM

Unterdessen saßen die Zwerge im Dunkeln, und tiefe Stille umgab sie. Sie aßen wenig, sprachen wenig, konnten die Stunden nicht zählen und wagten kaum, sich zu rühren, denn schon das leiseste Geflüster hallte und schwirrte weit durch den Tunnel. Wenn sie eingeschlafen waren und erwachten, war es immer noch genauso dunkel, immer noch genauso still. Endlich, nach Tagen über Tagen des Wartens, wie es ihnen vorkam, halb erstickt und benommen aus Mangel an frischer Luft, hielten sie es nicht mehr aus. Geräusche von unten, die ihnen die Rückkehr des Drachen anzeigten, wären ihnen beinah willkommen gewesen. Sie befürchteten, dass die Stille vielleicht nur eine seiner hinterlistigen Teufeleien war, aber sie konnten nicht ewig hier sitzen bleiben.

Thorin nahm das Wort: »Sehen wir uns mal die Tür an!«, sagte er. »Ich muss bald wieder den Wind im Gesicht spüren, oder ich komme um. Ich glaube, ich lasse mich lieber im Freien von Smaug niedermachen, als dass ich hier drinnen ersticke.« Mehrere von den Zwergen standen auf und tasteten sich dahin zurück, wo die Tür gewesen war. Aber sie fanden das obere Tunnelende zertrümmert und mit Felsgeröll verschüttet. Weder der Schlüssel noch die Magie, denen diese Tür einst gehorcht hatte, konnten sie je wieder öffnen.

»Wir sind gefangen!«, stöhnten sie. »Das ist das Ende. Hier kommen wir nicht lebend hinaus.«

Aber gerade wenn die Zwerge am tiefsten verzweifelt waren, wurde es Bilbo immer irgendwie leichter ums Herz, wie wenn ihm unter seiner Weste ein schweres Gewicht abgenommen worden wäre.

»Hört auf zu jammern!«, sagte er. »Wo Leben ist, da ist auch Hoffnung, hat mein Vater immer gesagt, und, wie er auch gesagt hat, aller guten Dinge sind drei. Ich gehe noch mal den Tunnel *hinunter*. Ich bin den Weg schon zweimal gegangen, als ich wusste, dass am andern Ende ein Drache liegt, also kann ich es zum dritten Mal riskieren, wenn ich gar nicht sicher bin, dass er da ist. Ohnehin führt unser einziger Ausweg nach unten. Und ich glaube, diesmal solltet ihr alle lieber mitkommen.«

Aus Verzweiflung willigten sie ein, und Thorin ging ihnen voran, Seite an Seite mit Bilbo.

»Nun aber bitte vorsichtig!«, flüsterte der Hobbit. »Und so leise, wie ihr irgend könnt! Vielleicht ist Smaug nicht unten, vielleicht doch. Kein unnötiges Risiko!«

Tiefer und immer tiefer kamen sie. Natürlich konnten sich die Zwerge, was die Kunst des Schleichens anging, nicht mit dem Hobbit messen; sie konnten gar nicht gehen, ohne zu schnaufen und zu schlurfen, und das Echo verstärkte die Geräusche in besorgniserregendem Maße; aber obwohl Bilbo ab und zu stehen blieb und horchte, schien sich weiter unten nichts zu rühren. Als Bilbo schätzte, dass sie nahe beim unteren Ende des Tunnels waren, ging er allein voraus. Er steckte den Ring auf, aber es wäre nicht nötig gewesen: in der vollkommenen Dunkelheit waren sie alle unsichtbar, ob mit oder ohne Ring. Es war eine so pechschwarze Finsternis, dass der Hobbit, als er unerwartet zum Ausgang kam, mit der Hand ins Leere griff, stolperte und kopfüber in die Halle stürzte.

Mit dem Gesicht auf dem Boden blieb er liegen, wagte kaum zu atmen, geschweige denn aufzustehen. Aber nichts rührte sich. Kein Lichtstrahl war zu sehen, es sei denn – wie ihm schien, als er endlich ganz langsam wieder den Kopf hob – ein blasser weißer Schimmer irgendwo hoch oben und weit entfernt in der Dunkelheit. Aber das war mit Sicherheit kein Funke vom Drachenfeuer; allerdings lag der Gestank des Wurms dick in der Luft, und den Dunst schmeckte er auf der Zunge.

Schließlich ertrug er es nicht länger. »Smaug, du verwünschter Wurm!«, quiekte er laut heraus, »hör auf mit diesem Versteckspiel! Mach Licht, und dann friss mich meinetwegen, wenn du mich fängst!«

Ein schwaches Echo sprang in der undurchdringlich dunklen Halle hin und her, aber es kam keine Antwort.

Bilbo stand auf und stellte fest, dass er nicht mehr wusste, in welche Richtung er sich wenden sollte.

»Jetzt möchte ich wissen, was in aller Welt Smaug gerade treibt«, sagte er. »Ich glaube, heute ist er den ganzen Tag – oder die ganze Nacht, wie soll ich's wissen? – nicht daheim. Wenn Oin und Gloin ihre Zunderbüchsen nicht verloren haben, können wir vielleicht ein bisschen Licht machen und uns hier umsehen, solange das Glück uns treu bleibt.

Licht!«, rief er. »Kann mal jemand ein Licht anzünden?«

Den Zwergen war natürlich der Schreck in die Glieder gefahren, als Bilbo mit Gepolter von der Stufe am Ende des Ganges in die Halle fiel, und sie saßen noch dicht beisammen an der Stelle, wo er sie verlassen hatte.

»Psssst, psssst!«, machten sie, als sie ihn rufen hörten, und das half dem Hobbit zwar, die Richtung festzustellen, in der sie sich befanden, aber es dauerte eine Weile, bis er mehr aus ihnen herausbekam. Doch zuletzt, als Bilbo schon anfing, vor Ungeduld mit den Füßen aufzustampfen, und mit fast überschnappend schriller Stimme nach Licht schrie, gab Thorin nach, und Oin und Gloin wurden zurückgeschickt zu ihren Bündeln, die sie am oberen Tunnelende liegen gelassen hatten.

Nach einer Weile zeigte ein flimmerndes Licht an, dass sie wiederkamen, Oin mit einer kleinen brennenden Kienfackel in der Hand und Gloin mit einem Bündel anderer unter dem Arm. Bilbo trabte zum Eingang und nahm die Fackel, konnte aber die Zwerge nicht dazu überreden, auch die anderen anzuzünden und zu ihm in die Halle zu kommen. Wie Thorin ausführlich klarstellte, war Herr Beutlin offiziell immer noch ihr Experte für Diebstahl, Einbruch und diskrete Ermittlungen, und wenn er es in dieser Eigenschaft riskieren wolle, ein Licht anzuzünden, so wäre das seine Sache. Die anderen aber würden im Tunnel seine Meldung abwarten. Also setzten sie sich nah beim Ausgang hin und schauten zu.

Sie sahen, wie die kleine dunkle Gestalt des Hobbits, das schwache Licht hochhaltend, in die große Halle hineinging. Ab und zu, solange er noch nah genug war, bemerkten sie ein Aufblitzen und ein Klirren, wenn er mit dem Fuß an etwas Goldenes stieß. Das Licht wurde kleiner, als er sich in den weiten Raum hinein entfernte; dann erhob es sich tänzelnd in die Luft. Bilbo stieg auf den großen Schatzhügel. Bald war er oben und ging immer noch weiter von ihnen fort. Dann sahen sie, wie er einen Augenblick stehen blieb und sich bückte; aber den Grund kannten sie nicht.

Es war der Arkenstein, das Herz des Berges. Bilbo erkannte ihn nach Thorins Beschreibung; aber zwei solcher Edelsteine konnte es selbst in einem so sagenhaften Hort und auf der ganzen Welt nicht geben. Schon beim Hinaufsteigen hatte ihm immer derselbe weiße Schimmer entgegengeleuchtet und seine Schritte angezogen. Langsam wuchs er zu einer kleinen fahl schimmernden Kugel an. Als er nun nah herantrat, zeigte der Stein ein vielfarbiges Blitzen und Funkeln an seiner Oberfläche, wo sich das flackernde Licht seiner Fackel spiegelte und brach. Schließlich stand er vor dem Stein und blickte auf ihn hinab. Er hielt den Atem an. Der große Stein leuchtete vor seinen Füßen aus eigenem, innerem Licht, und dennoch, weil er von den Zwergen geschnitten und geschliffen war, die ihn vor langer Zeit aus dem Herzen des Berges gegraben hatten, nahm er auch alles Licht an, das auf ihn fiel, und verwandelte es in ein weißes Leuchten, durchglüht von Feuern in allen Farben des Regenbogens.

Plötzlich streckte sich Bilbos Arm, magisch angezogen, danach aus. Seine kleine Hand konnte den Stein nicht umschließen, so groß und schwer war er; aber er hob ihn auf, schloss die Augen und steckte ihn in seine tiefste Tasche.

»Jetzt bin ich wirklich ein Dieb«, dachte er. »Aber ich denke, ich muss es den Zwergen sagen – irgendwann. Sie haben gesagt, ich könnte meinen Anteil auswählen; und ich meine, ich würde den Stein nehmen, und alles andere können sie haben.« Trotzdem hatte er das unbehagliche Gefühl, dass das Auswählen, so wie es gemeint gewesen war, nicht auch diesen wunderbaren Stein treffen durfte und dass ihm daraus noch Ärger erwachsen würde.

Er ging weiter. Auf der anderen Seite des großen Hügels stieg er hinab, und der Lichtpunkt seiner Fackel verschwand aus dem Blickfeld der Zwerge. Aber bald leuchtete er noch weiter entfernt wieder auf. Bilbo durchquerte die ganze Halle.

Er ging bis zu den großen Torbögen auf der anderen Seite, und dort kam ihm ein erfrischender Luftzug entgegen, der aber fast auch seine Fackel ausgelöscht hätte. Ängstlich spähte er hindurch und sah große Tunnels und, verschwommen im Hintergrund, den Ansatz einer breiten Treppe, die irgendwo ins Dunkel hinaufführte. Von Smaug war immer noch nichts zu hören oder zu sehen. Gerade wollte er kehrtmachen, als ein schwarzes Etwas auf ihn herabstieß und sein Gesicht streifte. Er schrie auf und fuhr zusammen, stolperte rückwärts und fiel hin. Seine Fackel fiel mit der Spitze zuunterst und erlosch.

»Nur eine Fledermaus, will ich hoffen!«, sagte er kläglich. »Aber was mache ich nun? Wo ist Osten, Süden, Norden oder Westen?

Thorin! Balin! Oin! Gloin! Fili! Kili!«, rief er, so laut er konnte, aber in der dunklen Weite der Halle klang es wie ein dünnes Zirpen. »Mein Licht ist ausgegangen! Komm doch mal einer her und hilf mir!« Für den Augenblick hatte aller Mut ihn verlassen.

Von weitem hörten die Zwerge sein dünnes Stimmchen, und das einzige Wort, das sie verstehen konnten, war »hilf!«

»Was in aller Ober- oder Unterwelt ist denn nun passiert?«, sagte Thorin. »Der Drache kann jedenfalls nicht gekommen sein, sonst würde er nicht weiterquieken.«

Sie warteten ein paar Sekunden, und noch immer waren keine

Drachentöne zu hören, überhaupt keine Geräusche, bis auf Bilbos fernes Geschrei. »Los, zündet noch ein Licht an, einer von euch!«, befahl Thorin. »Es scheint, wir müssen dahin rausgehn und unserm Meisterdieb zu Hilfe kommen.«

»Ausnahmsweise einmal wir ihm!«, sagte Balin. »Ich gehe gern. Auch scheint im Moment keine Gefahr zu bestehen.«

Gloin zündete noch einige Fackeln an, und dann gingen sie alle hinaus, einer nach dem andern, an der Wand entlang, so schnell sie konnten. Gleich darauf kam Bilbo selbst ihnen entgegen. Er hatte die Fassung wiedergefunden, sobald er ihre Lichter flackern sah.

»Nur eine Fledermaus, und dann ist mir die Fackel runtergefallen, nichts Schlimmes!«, sagte er. Trotz ihrer Erleichterung hätten sie ihn am liebsten beschimpft, weil er sie ohne Grund erschreckt hatte; was sie aber gesagt hätten, wenn er in diesem Augenblick auf den Arkenstein zu sprechen gekommen wäre, weiß ich nicht. Schon der flüchtige Anblick der Schätze, an denen sie eben in Eile vorübergegangen waren, hatte das Feuer in ihren Herzen neu angefacht; und wenn sich das Herz eines Zwerges, und sei er noch so ehrenwert, einmal an Gold und Juwelen entzündet hat, wird er plötzlich waghalsig und vielleicht sogar tollköpfig.

Jedenfalls ließen die Zwerge sich nun nicht länger bitten, sondern sie alle brannten darauf, sich in der Halle umzusehen, solange dazu Gelegenheit war. Sie glaubten nur zu gern, dass von Smaug einstweilen nichts zu befürchten sei. Jeder nahm sich nun eine brennende Fackel, und als sie die Schätze zuerst auf der einen Seite, dann auf der andern bestaunten, da war nicht nur ihre Furcht, sondern auch alle Vorsicht vergessen. Sie redeten laut und riefen einer den andern herbei, wenn sie eine der alten Kostbarkeiten von dem großen Haufen oder von der Wand nahmen, sie ins Licht hielten, betasteten und liebkosten.

Fili und Kili waren in nahezu übermütiger Laune, und weil an der Wand noch viele goldene Harfen hingen, mit silbernen Saiten bespannt, nahmen sie zwei herunter und spielten. Es waren Zauberharfen, und der Drache (der ziemlich unmusikalisch war) hatte sie nie angerührt; darum waren sie nicht verstimmt. Die dunkle Halle erfüllte sich mit einer Melodie, die hier lange nicht erklungen war. Aber die meisten der Zwerge dachten praktischer: Sie sammelten Edelsteine auf und stopften sich die Taschen voll; was sie nicht mehr tragen konnten, ließen sie sich mit einem Seufzer durch die Finger gleiten. Unter diesen war nicht zuletzt Thorin; doch dabei durchsuchte er die Halle von einer Seite zur andern nach etwas, das er nicht finden konnte. Es war der Arkenstein; aber davon sagte er einstweilen zu niemand ein Wort.

Nun nahmen die Zwerge Panzer und Waffen von den Wänden und rüsteten sich. Wahrhaft wie ein König sah Thorin aus, im goldverzierten Kettenhemd, eine Axt mit silbernem Griff am Gürtel, der mit scharlachroten Steinen besetzt war.

»Meisterdieb!«, rief er. »Hier ist eine erste Anzahlung auf dein Honorar. Zieh deinen alten Mantel aus und leg das hier an!«

Damit half er dem Hobbit in ein kleines Kettenhemd hinein, das vor langer Zeit für einen jungen Elbenprinzen geschmiedet worden war. Es war aus dem Silberstahl, den die Elben *mithril* nennen, und dazu gehörte ein mit Perlen und Kristallen besetzter Gürtel. Auf den Kopf setzte er ihm einen Helm aus geprägtem Leder, mit Stahlreifen unterlegt und am Rand mit weißen Edelsteinen besetzt.

»Darin fühlt man sich ganz stattlich«, dachte Bilbo; »aber vermutlich sieht es eher komisch aus. Was würden sie zu Hause unter dem Bühl über mich lachen! Trotzdem sähe ich mich gern mal so im Spiegel.«

Immerhin behielt der Hobbit den Kopf von der Behexung durch den Schatz freier als die Zwerge. Während sie gar nicht wieder aufhören wollten, ihre Schätze zu sichten, wurde er es bald müde und setzte sich auf den Boden. Er begann unruhig zu grübeln, was dies wohl für ein Ende nehmen werde. »Ich gäbe alle diese kostbaren Becher«, dachte er, »für einen tiefen Zug aus Beorns hölzernen Metkrügen.«

»Thorin!«, rief er laut. »Was nun? Gerüstet sind wir jetzt, aber was hätten Rüstungen je gegen Smaug den Entsetzlichen getaugt? Dieser Schatz ist noch nicht zurückgewonnen. Was wir jetzt brauchen, ist nicht Gold, sondern ein Fluchtweg; und wir haben unser Glück schon zu lange auf die Probe gestellt.«

»Wahr gesprochen!«, antwortete Thorin, bemüht, wieder zu Verstand zu kommen. »Gehn wir! Ich kann euch führen. In tausend Jahren werde ich die Wege in diesem Palast nicht vergessen.« Dann rief er die anderen, und sie sammelten sich. Die Fackeln über ihre Köpfe hochhaltend, gingen sie durch die breiten Torbögen, nicht ohne manch einen sehnsüchtigen Blick zurück.

Über die schimmernden Panzerhemden hatten sie wieder die alten Mäntel gezogen, über die blanken Helme die zerlumpten Kapuzen, und einer nach dem andern gingen sie hinter Thorin her, eine Reihe schwacher Lichter in der Dunkelheit, oft anhaltend und ängstlich lauschend, ob irgendein Geräusch die Rückkehr des Drachen anzeigte.

Obwohl der alte Zierat längst vermodert oder zertrümmert und alles von dem aus und ein gehenden Ungeheuer besudelt und verpestet war, kannte Thorin jeden Gang und wusste, wohin jede Abzweigung führte. Sie stiegen eine lange Treppe hinauf, wandten sich in eine andere Richtung, breite, hallende Flure entlang, machten noch einmal kehrt und stiegen wieder treppauf, immer weiter treppauf. Es waren breite, glatte Treppen, ins Naturgestein gehauen, immer höher und höher hinauf; und sie trafen nichts Lebendiges an, bis auf ein paar flatternde Schatten in den Ecken, die beim Nahen ihrer im Luftzug flackernden Lichter die Flucht ergriffen.

Allerdings waren die Treppenstufen nicht für Hobbitbeine bemessen, und Bilbo fühlte sich schon am Ende seiner Kräfte, als das Deckengewölbe mit einem Sprung in die Höhe entwich, so hoch, dass der Schein ihrer Fackeln nicht bis hinauf reichte. Durch eine Öffnung hoch oben sah man einen weißen Lichtschimmer hereinfallen, und die Luft schien frischer zu sein. Vor ihnen kam ein trübes Licht durch große Türen herein, die verbogen und halb verbrannt in den Angeln hingen.

»Dies ist Thrors große Halle«, sagte Thorin, »der Fest- und Ratssaal. Von hier ist es nicht mehr weit bis zum Vordertor.«

Sie gingen durch den verwüsteten Saal. Tische moderten vor sich hin, Stühle und Bänke lagen umgekippt, verkohlt und verfault; auf dem Boden Schädel und Knochen zwischen Krügen, Bechern und zerbrochenen Trinkhörnern, und über allem Staub. Als sie durch die Türen auf der andern Seite wieder hinausgingen, hörten sie Wasser rauschen, und das graue Licht wurde plötzlich hell.

»Dort ist die Quelle des Eilend«, sagte Thorin. »Von hier fließt er zum Tor. Gehn wir ihm nach!«

Aus einer dunklen Öffnung in einer Felswand sprang ein schäumendes Wasser hervor und floss strudelnd durch eine schmale Rinne, glatt und tief eingegraben mit der Kunst der alten Baumeister. Daran entlang führte eine mit Steinen gepflasterte Straße, breit genug, dass viele Männer nebeneinander gehn konnten. Schnell liefen sie darauf um eine weit ausschwingende Kurve – und kamen plötzlich ins volle Tageslicht hinaus. Vor ihnen erhob sich ein mächtiger Torbogen, an dessen Innenwänden, so verwittert, zerbröselt und geschwärzt sie auch waren, noch Reste von zierlichen Steinmetzarbeiten zu erkennen waren. Blass schien die Sonne zwischen den Berggraten herab, und einige goldene Strahlen fielen auf das Pflaster am Tor.

Ein Knäuel von Fledermäusen, durch ihre rauchenden Fackeln aus dem Schlaf geschreckt, flatterte über sie hinweg. Als sie weiterliefen, glitten ihre Füße auf den glatten Steinen aus, die vom Körper des Drachen abgewetzt und schleimig waren. Vor ihnen stürzte das Wasser nach draußen und floss schäumend ins Tal hinab. Sie warfen die blassen Fackeln zu Boden, blieben stehen und blickten mit zusammengekniffenen Augen umher. Sie standen am Vordertor und sahen auf Thal hinab.

»Na ja!«, sagte Bilbo, »ich hätte nie gedacht, dass ich aus dieser Tür einmal *hinaus* schauen würde. Und ich hätte auch nie gedacht, dass ich mich einmal so freuen könnte, die Sonne wiederzusehen und den Wind im Gesicht zu spüren. Aber brrr!, das ist ja ein kalter Wind!«

So war es. Von Osten wehte eine scharfe Brise, Vorbotin des Winters. Sie fegte über die Berggrate und wirbelte ins Tal hinab, pfiff durch die Felsen. Nach dem langen Aufenthalt in der stickigen Tiefe der Drachenhöhlen bibberten sie nun sogar in der Sonne.

Bilbo merkte auf einmal, dass er nicht nur müde, sondern auch sehr hungrig war. »Es scheint spät am Vormittag zu sein«, sagte er, »und folglich wäre eigentlich Zeit für ein Frühstück – wenn es etwas zu frühstücken gibt. Aber ich glaube nicht, dass Smaugs Vordertürschwelle der sicherste Platz dafür ist. Gehen wir irgendwohin, wo wir eine Weile still sitzen können!«

»Ganz richtig!«, sagte Balin, »und ich denke, ich weiß auch, wohin. Wir sollten zu dem alten Ausguckposten auf dem südwestlichen Zipfel des Bergs gehen.«

»Wie weit ist das?«, fragte der Hobbit.

»Fünf Stunden zu Fuß, würde ich meinen. Es wird ein unbequemer Marsch. Die Straße, die vom Tor am linken Flussufer entlangführte, scheint überall aufgebrochen zu sein. Aber sieh mal da unten: Der Fluss biegt vor der zerstörten Stadt scharf nach Osten ab, und an der Stelle war früher eine Brücke, über die man zu einer steilen Treppe kam, das rechte Ufer hinauf und dann auf eine Straße zum Rabenberg. Dort gibt es oder gab es einen Weg, der von der Straße abzweigt und zum Ausguck hinaufführt. Eine anstrengende Kletterpartie, selbst wenn die alten Stufen noch da sind.«

»Liebe Güte!«, stöhnte der Hobbit. »Noch mehr laufen und noch mehr Treppen steigen, und alles ohne Frühstück! Ich möchte wissen, wie viele Frühstücke und andere Mahlzeiten wir in diesem Dreckloch, wo es nicht mal eine Uhr gibt, versäumt haben.«

Tatsächlich waren zwei Nächte und der Tag zwischen ihnen

vergangen (doch nicht ganz ohne Essen), seit der Drache die magische Tür zertrümmert hatte, aber Bilbo hatte das Zeitgefühl verloren und hätte nicht sagen können, ob es nun eine Nacht oder eine ganze Woche lang Nacht gewesen war.

»Lass gut sein!«, sagte Thorin munter – seine Lebensgeister waren wieder im Erwachen, und er rasselte mit den Edelsteinen in seinen Taschen. »Nenne meinen Palast nicht ein Dreckloch! Warte nur ab, bis er gesäubert und neu hergerichtet ist!«

»Dazu müsste Smaug erst mal tot sein«, sagte Bilbo verdrossen. »Aber wo der jetzt nur steckt? Ich gäbe ein gutes Frühstück dafür, wenn ich es wüsste. Hoffentlich sitzt er nicht oben auf dem Berg und blickt auf uns herab.«

Die Vorstellung war den Zwergen sehr unbehaglich, und sie sahen rasch ein, dass Bilbo und Balin Recht hatten.

»Wir müssen machen, dass wir von hier verschwinden«, sagte Dori. »Mir ist, als ob er mir über die Schulter blickt.«

»Kalt und öde ist es hier«, sagte Bombur. »Wasser gibt es zwar, aber etwas Essbares ist nicht in Sicht. Ein Drache müsste doch verhungern in solch einer Gegend.«

»Los, komm, komm schon!«, riefen die andern. »Nehmen wir Balins Weg!«

Unter der Felswand zur Rechten gab es keinen Weg, also stapften sie zwischen den Steinen auf der linken Seite des Flusses entlang, und die wüste Einöde wirkte selbst auf Thorin schnell wieder ernüchternd. Die Brücke, von der Balin gesprochen hatte, war längst eingestürzt, und die meisten ihrer Steine lagen nun wie Felsbrocken im flachen, rauschenden Wasser; aber sie wateten ohne viel Mühe hinüber, fanden die alte Treppe und stiegen die hohe Uferböschung hinauf. Nach einem kurzen Stück Weges trafen sie auf die alte Straße, und nicht lange, so kamen sie zu einer tiefen, zwischen Felsen verborgenen Schlucht. Dort rasteten sie eine Weile und holten das Frühstück nach – mit dem, was sie hatten, nämlich in der Hauptsache *Cram* und Wasser. (Wenn ihr wissen wollt, was Cram ist, kann ich nur sagen, dass ich das

Rezept auch nicht kenne; aber es ist eine Art Zwieback, unbegrenzt haltbar, angeblich sehr nahrhaft und mit Sicherheit keine Leckerei; für den Gaumen reizlos, aber nützlich, um die Kauwerkzeuge in Übung zu halten. Es wurde von den Menschen am See für lange Reisen gebacken.)

Dann gingen sie weiter. Die Straße bog nun nach Westen ab und entfernte sich vom Fluss, und die breite Schulter des nach Süden verlaufenden Berggrats rückte immer näher. Endlich erreichten sie den Bergpfad. Er stieg steil an, und sie schlurften langsam einer hinter dem andern her, bis sie am späten Nachmittag oben auf dem Kamm waren und die winterliche Sonne im Westen niedergehen sahen.

Sie kamen zu einer flachen Stelle, die nach drei Seiten offen lag, nach Norden aber von einer Felswand begrenzt wurde, in die eine Öffnung, ähnlich einer Tür, hineinführte. Von der Tür aus hatte man einen weiten Ausblick nach Osten, Süden und Westen.

»Hier unterhielten wir in der alten Zeit eine ständige Wache«, sagte Balin, »und die Tür dort führt in eine in den Felsen gehauene Kammer, in der die Wachen untergebracht waren. Um den Berg herum gab es mehrere Wachtposten wie diesen. Doch in der Zeit unseres Wohlstands schienen Wachen kaum nötig zu sein, und die Posten machten es sich wohl allzu gemütlich – sonst wären wir vielleicht früher gewarnt worden, als der Drache kam, und alles hätte anders ausgehen können. Immerhin haben wir jetzt hier ein Obdach und ein Versteck und können vieles sehen, ohne gesehen zu werden.«

»Nützt nicht viel, wenn wir gesehen wurden, als wir hierher kamen«, sagte Dori, der immer wieder zum Berggipfel hochblickte, als erwartete er, Smaug dort wie einen Vogel auf einem Kirchturm sitzen zu sehen.

»Darauf müssen wir's ankommen lassen«, sagte Thorin. »Weiter können wir heute nicht mehr gehen.«

»Hört, hört!«, rief Bilbo und ließ sich zu Boden fallen.

In der Felsenkammer wäre für hundert Mann Platz gewesen,

und tiefer drinnen, weiter ab von der kalten Außenwand, war ein kleiner Nebenraum. Er war völlig verlassen; selbst wilde Tiere schienen in all den Jahren unter Smaugs Herrschaft nicht hier hereingekommen zu sein. Dort legten sie ihre Traglasten ab, und manche von ihnen ließen sich sofort zu Boden fallen und schliefen; aber die anderen setzten sich nah an die Außentür und berieten über ihre Pläne. In allen ihren Gesprächen kamen sie immer wieder auf eine Frage zurück: Wo war Smaug? Sie schauten nach Westen, und da war nichts zu sehen, im Osten ebenfalls nichts und auch im Süden kein Anzeichen von einem Drachen, aber dort hatten sich große Vogelschwärme gesammelt. Zu ihnen blickten sie hin und fragten sich, was sie zu bedeuten hätten, aber als die ersten kalten Sterne am Himmel standen, waren sie der Antwort noch nicht näher gekommen.

VIERZEHNTES KAPITEL

FEUER UND WASSER

Wenn ihr nun ebenso wie die Zwerge wissen wollt, was aus Smaug geworden war, müssen wir zu dem Abend zwei Tage vorher zurückkehren, als er die Geheimtür zertrümmerte und wutentbrannt davonflog.

In Esgaroth, der Seestadt, waren die meisten Menschen in ihren Häusern, denn aus dem dunklen Osten wehte ein kalter Wind, aber einige wenige, die gern die ersten Sterne des Abends in den glatten Stellen auf der Wasserfläche des Sees gespiegelt sahen, liefen noch auf den Kais umher. Von der Stadt aus war der Blick auf den Einsamen Berg zumeist verdeckt von den niedrigen Hügeln am andern Ende des Sees, zwischen denen der Eilend von Norden herabfloss. Nur der hohe Gipfel war bei klarem Wetter zu sehen, und dort schaute man selten hin, denn dies war selbst im Morgenlicht ein Anblick, der nichts Gutes verhieß. Nun war er verschwunden, ausgelöscht von der Dunkelheit.

Plötzlich kam er flackernd in Sicht: ein Aufglühen, das gleich wieder verblasste, ließ ihn einen Moment hervortreten.

»Seht nur!«, sagte einer. »Die Lichter wieder! Letzte Nacht haben die Wachmänner sie auch gesehen. Von Mitternacht bis zum Morgen sind sie immer wieder aufgeflammt und verblasst. Irgendwas tut sich da oben.«

»Vielleicht schmiedet der König unter dem Berge dort Gold«, sagte ein anderer. »Ist lange genug her, dass er nach Norden gefahren ist. Wird auch Zeit, dass die alten Lieder mal wahr werden.«

»Was für ein König?«, sagte einer mit einer knarrenden Stimme. »Viel eher ist es das Feuer des Drachen, der die Gegend verwüstet. Der ist der einzige König unter dem Berge, von dem wir wissen.«

»Sie sehen aber auch immer schwarz!«, sagten die anderen.

»Ob Sie nun Überschwemmungen voraussagen oder Fischvergiftungen. Lassen Sie sich doch mal was Netteres einfallen!«

Dann tauchte plötzlich ein heller Lichtschein weiter unten in den Hügeln auf, und das nördliche Ende des Sees färbte sich golden. »Der König unter dem Berge!«, riefen die Leute. »Sein Reichtum strahlt wie die Sonne! Die Quellen speien Silber und Gold! Der Fluss kommt golden vom Berg herab!« Überall gingen Fenster auf, und von allen Seiten hörte man Fußgetrappel.

Wieder einmal herrschte Hochstimmung, Begeisterung. Aber der Mann mit der knarrenden Stimme rannte in aller Eile zum Bürgermeister. »Der Drache kommt, oder ich will ein Narr sein!«, rief er. »Brecht die Brücken ab! Zu den Waffen! Zu den Waffen!«

Dann wurden die Alarmtrompeten geblasen und hallten von den felsigen Ufern wider. Der Jubel brach ab, die Freude schlug um in Entsetzen. So kam es, dass der Drache die Stadt nicht ganz unvorbereitet fand.

Binnen kurzem, so schnell flog er, sahen sie ihn als glühenden Funken herangestürmt kommen, immer größer und heller werdend, und es waren nicht die Dümmsten, die auf die Prophezeiungen der alten Lieder nun nicht mehr viel geben wollten. Immerhin, sie hatten ein wenig Zeit. Jedes Gefäß in der Stadt war mit Wasser gefüllt, jeder Krieger war bewaffnet, jeder Pfeil oder Bolzen griffbereit, und die Brücke zum Land war niedergerissen, bevor das Brausen, das man nun nicht mehr überhören konnte, beängstigend laut wurde und der See sich unter dem mächtigen Flügelschlag des Drachen feuerrot kräuselte.

Begleitet von Geschrei, Gejammer und Kommandorufen überflog er die Stadt und schwenkte zur Brücke hin ab – doch da kam er zu spät! Die Brücke lag in Trümmern. Seine Feinde standen auf einer Insel im tiefen Wasser – jedenfalls zu tief und kalt und dunkel für seinen Geschmack. Wäre er hineingetaucht, hätte es eine Dampfwolke gegeben, die das Land ringsum tagelang mit Nebel bedeckte; aber der See war stärker als er und hätte sein Feuer gelöscht, ehe er die Stadt erreichte.

Fauchend drehte er ab und flog wieder über die Stadt hin. Ein dunkler Pfeilhagel stieg auf, knallte und klapperte gegen seine juwelenbesetzten Schuppen, und dann sanken die Schäfte, von seinem Atem entzündet, brennend herab und fielen zischend in den See. Ein Feuerwerk wie in dieser Nacht über der Seestadt habt ihr bestimmt noch nie gesehen. Das Schwirren der Bogensehnen und das Schmettern der Trompeten trieben den Zorn des Drachen bis zu blinder Raserei. Seit ewigen Zeiten schon hatte niemand mehr gewagt, sich ihm zum Kampf zu stellen; und auch heute hätten sie es nicht gewagt, wäre dieser Kerl mit der knarrenden Stimme (er hieß übrigens Bard) nicht gewesen, der wie ein Verrückter herumrannte, die Bogenschützen anfeuerte und den Bürgermeister unter Druck setzte, Befehl zu geben, dass bis zum letzten Pfeil gekämpft werden müsse.

Feuer züngelte aus dem Maul des Drachen. Eine Weile kreiste er hoch in der Luft über der Stadt, wie ein Leuchtfeuer, das den ganzen See erhellte. Die Bäume am Ufer glänzten wie Kupfer und Blut, zu ihren Füßen zuckende tiefschwarze Schatten. Dann stieß der Drache herab, mitten durch das Pfeilgewitter, unbändig in seiner Wut, ohne sich darum zu kümmern, ob er seinen Feinden die schuppigen Seiten zukehrte, einzig darauf bedacht, ihre Stadt in Flammen aufgehen zu lassen.

Feuer sprang auf von Schilfdächern und Balkenenden, als er vorüberzog, kreiste und wiederkam. Aber vorher war alles mit Wasser übergossen worden, und auch jetzt waren hundert Hände bereit, die Eimer dorthin zu reichen, wo auch nur ein Funke sich zeigte. Wieder stieß der Drache herab. Ein Schwanzhieb, und das Dach der großen Halle splitterte und stürzte ein. Unlöschbare Flammen schossen hoch auf in die Nacht. Noch ein Anflug und noch einer, und jedes Mal ging ein Haus in Flammen auf und brach zusammen; und noch immer konnte kein Pfeil den Drachen behelligen oder ihm mehr Schaden tun als der Stich einer Sumpffliege.

Schon sprangen auf allen Seiten Menschen ins Wasser. Auf dem Marktteich wurden Frauen und Kinder in Frachtkähne gedrängt. Waffen wurden weggeworfen. Alles schrie und jammerte, wo vor nicht so langer Zeit noch die alten Lieder über die Zwerge gesungen worden waren, die frohe Zeiten verhießen. Jetzt verfluchte man die Zwerge. Der Bürgermeister selbst machte, dass er zu seinem großen vergoldeten Boot kam, in der Hoffnung, dass es in dem allgemeinen Durcheinander nicht auffallen würde, wenn er sich in Sicherheit brachte. Nicht mehr lange, und die ganze Stadt wäre verlassen und bis auf den Wasserspiegel des Sees niedergebrannt.

Dem Drachen war es recht so. Sollten sie nur alle in die Boote steigen! Dann könnte er in aller Ruhe Jagd auf sie machen oder sie auf dem See verhungern lassen. Gingen sie aber an Land, so wäre er auch darauf vorbereitet. Alle Uferwälder würde er in Brand stecken und alle Felder und Weiden versengen. Erst einmal wollte er jetzt sein Spiel mit dieser Stadt treiben. Schon lange hatte er keinen solchen Spaß mehr gehabt.

Aber noch immer hielt sich ein Trupp Bogenschützen zwischen den brennenden Häusern. Ihr Hauptmann war Bard, der mit der knarrenden Stimme und dem finsteren Gesicht, dem seine Freunde vorgeworfen hatten, er prophezeie immer nur Überschwemmungen und Fischvergiftungen; aber sie kannten seinen Mut und wussten, was der Mann wert war. Er war ein später Nachkomme Girions, des Fürsten von Thal, dessen Weib und Kind einst auf dem Eilend dem Verderben entronnen waren. Mit seinem großen Eibenbogen hatte er jetzt schon alle Pfeile bis auf einen verschossen. Dicht neben ihm loderten die Flammen. Seine Mitstreiter machten sich davon. Er spannte den Bogen zum letzten Mal.

Plötzlich flatterte aus der Dunkelheit etwas heran und setzte sich auf seine Schulter. Er zuckte zusammen – aber es war nur eine alte Drossel. Furchtlos hockte sie sich neben sein Ohr und erzählte ihm Neuigkeiten. Er war selbst überrascht, dass er ihre Sprache verstand, aber er stammte ja aus dem alten Volk von Thal.

»Warte! Warte!«, sagte sie zu ihm. »Der Mond geht auf. Such nach der Mulde auf der linken Brustseite, wenn er anfliegt und über dir wendet!« Und während Bard voll Verwunderung wartete, berichtete sie ihm alles, was sie oben am Einsamen Berg gehört hatte.

Dann zog Bard die Bogensehne bis an sein Ohr durch. Der Drache beschrieb tief über dem Wasser einen Bogen und flog von neuem gegen die Stadt an. Als er näher kam, stieg der Mond über das östliche Ufer und versilberte seine gewaltigen Flügel.

»Pfeil! Du schwarzer Pfeil!«, sagte der Bogenschütze. »Dich hab ich bis zuletzt aufgespart. Du hast nie gefehlt, und immer hab ich dich wiedergefunden. Ich habe dich von meinem Vater, und er hatte ihn aus alten Zeiten. Zeig jetzt, ob du wirklich aus den Schmieden des wahren Königs unter dem Berge kommst! Flieg und triff!«

Tiefer denn je stieß der Drache herab, und als er im Sturzflug wendete, glitzerte sein Bauch im Mondlicht weiß vor funkelnden Juwelen – doch nicht an der einen Stelle. Der große Bogen schwirrte. Der schwarze Pfeil flog von der Sehne, genau auf die Mulde an der linken Brustseite unter dem Ansatz des ausgestreckten Vorderbeins. Er schlug ein und verschwand mit Spitze, Schaft und Feder, so viel Wucht hatte der Schuss. Mit einem Schrei, der Ohren betäubte, Bäume entwurzelte und Steine zersplittern ließ, fuhr Smaug hoch in die Luft hinauf, überschlug sich und stürzte alles zertrümmernd herab.

Mitten auf die Stadt stürzte er. Seine letzten Zuckungen zerhackten die Häuser zu lodernden Scheiten. Der See brach über sie herein. Eine große Dampfwolke stieg auf, weiß in der plötzlichen Finsternis unter dem Mond. Ein Zischen, ein sprudelndes Aufbrausen des Wassers, und dann wurde es still. Und das war Smaugs Ende und Esgaroths Ende. Aber Bards Ende war es nicht.

Der zunehmende Mond stieg höher und höher, und der Wind blies kalt und laut. Er riss den weißen Nebel in krumme Säulen und flatternde Wolken auseinander, trieb ihn nach Westen und verstreute ihn in Fetzen über die Sümpfe vor dem Düsterwald. Nun sah man die vielen Boote als dunkle Tupfen auf der Wasseroberfläche, und der Wind wehte die Stimmen der Menschen von Esgaroth über den See, wie sie um die verlorene Stadt, ihren Besitz und ihre zertrümmerten Häuser klagten. Doch eigentlich konnten sie froh sein, hätten sie es sich recht überlegt, was man allerdings im Augenblick nicht von ihnen erwarten konnte: Drei Viertel der Stadtbewohner waren wenigstens mit dem Leben davongekommen; ihre Wälder, Felder und Weiden, ihr Vieh und die meisten ihrer Boote hatten keinen Schaden genommen. Und der Drache war tot. Was das bedeutete, hatten sie noch gar nicht begriffen.

Ihre traurigen Scharen versammelten sich auf dem westlichen Ufer, sie standen zitternd im kalten Wind, und ihre Vorwürfe und Zornesäußerungen richteten sich zuerst gegen den Bürgermeister, der sich so früh aus der Stadt davongemacht hatte, während manche noch bereit waren, sie zu verteidigen.

»Von Geschäften versteht er ja etwas – besonders von seinen eigenen«, murmelten manche, »aber wenn es ernst wird, taugt er nichts.« Und voll Bewunderung sprachen sie über Bard und seinen letzten gewaltigen Bogenschuss. »Wenn er doch nur nicht umgekommen wäre!«, sagten sie alle. »Wir würden ihn zum König krönen. Bard, der Drachentöter aus Girions Geschlecht! Ach, wie schade, dass er hin ist!«

Und während sie noch so redeten, trat ein großer Kerl aus den Schatten hervor. Wasser troff an ihm herab, das schwarze Haar hing ihm nass über Gesicht und Schultern, und seine Augen leuchteten gefährlich.

»Bard ist nicht hin!«, rief er. »Er ist ins Wasser gesprungen, als der Feind tot war. Ich bin es, Bard aus Girions Geschlecht; ich bin der Drachentöter.«

»König Bard, König Bard!«, brüllten die Leute; aber der Bürgermeister klapperte oder knirschte mit den Zähnen, bis sie ihn anhörten.

»Girion war der Fürst von Thal, nicht König von Esgaroth«, sagte er. »In der Seestadt haben wir unsere Regierung immer gewählt, und zwar unter den alten und weisen Männern. Herrscher, die bloß Krieg führen können, haben wir nie geduldet. Lasst den König Bard doch in sein Königreich heimkehren – Thal ist dank seiner Tapferkeit ja nun frei, und nichts hindert ihn an der Rückkehr. Und wer will, soll mit ihm gehen, wenn ihm die kalten Steine im Schatten des Berges lieber sind als die grünen Ufer des Sees. Wer gescheit ist, bleibt hier, wo wir die Stadt hoffentlich bald neu aufgebaut haben, und lebt dann wieder in Frieden und Wohlstand.«

»Wir wollen König Bard!«, riefen die in der Nähe Stehenden zur Antwort. »Die alten Herren und die Geldscheffler haben wir satt!« Und die etwas weiter entfernt Stehenden nahmen das Geschrei auf: »Es lebe der Bogenschütze! Nieder mit den Geldsäcken!«, hallte es weit am Ufer entlang.

»Ich bin der Letzte, der den Bogenschützen Bard geringschätzen würde«, sagte der Bürgermeister, behutsam einlenkend, denn Bard stand nun dicht neben ihm. »Er hat sich heute Nacht einen hervorragenden Platz auf der Liste der Wohltäter unserer Stadt verdient, und viele unvergängliche Lieder sollen ihn feiern. Warum aber, o Volk von Esgaroth« – und hier erhob der Bürgermeister sich auf die Zehenspitzen, und seine Stimme wurde sehr laut und deutlich – »warum gebt ihr mir an allem die Schuld? Welchen Fehler hab ich gemacht, dass ihr mich absetzen wollt? Wer hat denn den Drachen aus seinem Schlaf aufgestört, möchte ich wissen? Wer hat reiche Gaben und großzügige Unterstützung von uns empfangen und uns weisgemacht, die alten Lieder könnten wahr werden? Wer hat unser gutes Herz und unsere Wundergläubigkeit ausgenützt? Und welcherlei Gold haben sie uns zum Lohn den Fluss herabgeschickt? Drachenfeuer und Verderben! Von wem müssen wir daher die Erstattung unserer Schäden und Hilfe für unsere Witwen und Waisen fordern?«

Wie ihr seht, war der Mann nicht umsonst Bürgermeister geworden. Seine Worte bewirkten, dass die Leute ihren Wunsch nach einem neuen König für den Augenblick mehr oder weniger vergaßen; und dafür richtete sich ihre Erbitterung gegen Thorin & Co. Derbe und heftige Worte von vielen Seiten wurden gegen sie laut; und manche, die vor kurzem noch begeistert die alten Lieder angestimmt hatten, hörte man nun schimpfen und zetern, die Zwerge hätten ihnen den Drachen mit Vorbedacht auf den Hals gehetzt.

»Ihr Dummköpfe!«, sagte Bard. »Warum wütet ihr mit Worten gegen diese Unglücklichen? Sicherlich sind sie im Feuer umgekommen, ehe der Drache uns angriff.« Dann, noch während er sprach, kam ihm der Gedanke an den fabelhaften Schatz, der nun ohne Hüter oder Besitzer unter dem Berg lag, und er schwieg plötzlich still. Er dachte auch an die Worte des Bürgermeisters und an das wiedererstandene Thal, das eine Stadt voller goldener Glocken werden konnte, fände er nur die Menschen, die es mit ihm neu aufbauten.

Aber schließlich nahm er doch noch einmal das Wort: »Jetzt ist keine Zeit für böse Worte, Bürgermeister, auch nicht für gewichtige Erörterungen, wie in Zukunft alles anders werden muss. Wir haben viel zu tun. Ich stehe immer noch in Ihrem Dienst – allerdings kann es sein, dass ich mir später noch mal überlege, was Sie gesagt haben, und mit allen, die mir folgen wollen, nach Norden gehe.«

Dann ging er fort, um in den Lagern Ordnung zu schaffen und bei der Pflege der Kranken und Verwundeten zu helfen. Der Bürgermeister blickte ihm finster nach und rührte sich nicht vom Fleck. Er setzte sich auf den Boden, bedachte vieles und sagte wenig, außer um Leute herbeizurufen, damit sie ihm ein Feuer anzündeten und etwas zu essen brachten.

Wohin Bard auch kam, sprachen die Leute von dem riesigen Schatz, der nun unbewacht war. Daraus wollten sie für alles, was sie erlitten hatten, entschädigt werden – und nicht nur das, denn es sollte auch noch einiges an Überschuss bleiben, von dem man sich herrliche Sachen aus dem Süden kaufen könnte. Solche Gedanken munterten die Leute mächtig auf, und das war gut so, denn ihre Lage war übel und die Nacht eisig kalt. Notdürftige Unterkünfte konnten nur für wenige errichtet werden (der Bürgermeister bekam eine), und Nahrung war knapp (selbst der Bürgermeister wurde nicht satt). Viele, die bei der Zerstörung der Stadt unverletzt entkommen waren, starben später an den Folgen der Nässe und Kälte in dieser Nacht oder vor Kummer über das, was sie erlebt hatten; und auch in den nächsten Tagen litten viele an Hunger und Krankheiten.

Einstweilen trat Bard an die Spitze und regelte alles, wie er es für richtig hielt, doch immer im Namen des Bürgermeisters. Er hatte große Mühe, unter den Leuten Ordnung zu halten und Vorbereitungen zu ihrer Unterbringung und Versorgung zu treffen. Wahrscheinlich wären die meisten Menschen in dem Winter, der nun immer näher rückte, umgekommen, hätte man sie sich selbst überlassen. Aber bald kam Hilfe, denn Bard hatte sofort Eilboten den Waldfluss hinaufgeschickt und den Elbenkönig um Beistand gebeten. Unterwegs begegneten die Boten einem ganzen Heer der Waldelben, das schon auf dem Marsch war, obwohl seit dem Tod des Drachen erst drei Tage vergangen waren.

Der Elbenkönig hatte die Neuigkeit von seinen eigenen Kundschaftern und von den Vögeln erfahren, die mit seinem Volk befreundet waren und die schon viel von dem, was geschehen war, wussten. An den Grenzen der von dem Drachen verwüsteten Einöde war nämlich alles, was Flügel hatte, in Bewegung geraten. Die Luft war voller kreisender Vogelschwärme, und ihre schnellen Boten flogen in alle Himmelsrichtungen. Überall an den Säumen des Düsterwalds piepste, flötete und zwitscherte es. Bis weit über den Wald hinaus verbreitete sich die Nachricht: »Smaug ist tot.« Das Laub raschelte; neugierige Ohren wurden gespitzt. Noch bevor der Elbenkönig mit seinem

Heer aufbrach, war die Nachricht nach Westen bis zu den Kiefernwäldern des Nebelgebirges gelangt; Beorn in seinem Blockhaus hatte sie gehört, und die Orks berieten darüber in ihren Höhlen.

»Ich fürchte, dies wird das Letzte gewesen sein, was wir von Thorin Eichenschild hören«, sagte der Elbenkönig. »Er hätte doch lieber mein Gast bleiben sollen. Trotzdem, es bläst ein böser Wind«, fügte er hinzu, »der niemandem Gutes bringt.« Auch er wusste von Thrors sagenhaften Schätzen. Und so kam es, dass Bards Abgesandte ihn mit vielen Speerträgern und Bogenschützen schon auf dem Marsch fanden; und die Krähen sammelten sich über ihnen in dichten Schwärmen, denn sie glaubten, dass der Krieg wieder aufflammen werde, den es in dieser Gegend schon lange nicht mehr gegeben hatte.

Doch auf Bards Ersuchen änderte der König seinen Plan, denn er war Herr über ein gutmütiges, hilfsbereites Volk. Er marschierte nicht, wie es zuerst seine Absicht gewesen war, geradewegs zum Einsamen Berg, sondern in aller Eile flussabwärts zum Langen See. Boote und Flöße hatte er nicht genug für sein Heer, darum mussten seine Krieger den viel längeren und beschwerlicheren Weg zu Fuß nehmen; aber was er an Vorräten entbehren konnte, schickte er zu Wasser voraus. Zum Glück sind Elben leichtfüßig, und obwohl sie zu dieser Zeit mit den Sümpfen und dem tückischen Land zwischen dem Wald und dem See nicht allzu gut vertraut waren, kamen sie schnell voran. Nur fünf Tage nach dem Tod des Drachen erreichten sie das Ufer und sahen die Trümmer der Stadt. Sie wurden herzlich empfangen, wie man sich denken kann, und die Menschen und ihr Bürgermeister waren bereit, dem Elbenkönig seine Hilfe mit jeder Abmachung, die er sich für die Zukunft nur wünschen konnte, zu vergelten.

Bald hatten sie ihre Pläne gemacht. Der Bürgermeister blieb mit den Frauen und Kindern, den Alten und Gebrechlichen zurück. Bei ihm blieben auch manche Handwerker und viele von den Elben, die sich bei den Bauarbeiten nützlich machen konnten: Sie fällten Bäume und sammelten die auf dem Fluss herangeflößten Stämme ein. Dann begannen sie, am Ufer Hütten für den nahen Winter zu bauen, und unter dem Vorsitz des Bürgermeisters berieten sie über die ersten Pläne einer neuen Stadt, die schöner und großzügiger angelegt werden sollte als die alte, doch etwas weiter nordwärts und näher am Ufer. Denn für alle Zeiten behielten sie eine Scheu vor der Stelle im See, wo der Drache lag. Er würde nun nie mehr auf sein goldenes Bett zurückkehren, sondern lag kalt wie Stein und mit verrenkten Gliedern auf dem flachen Grund.

Viele Jahre lang konnte man dort bei ruhigem Wetter seine gewaltigen Knochen zwischen den abgebrochenen Pfählen der alten Stadt liegen sehen. Aber nur wenige wagten sich mit Booten an den verfluchten Ort, und niemand tauchte je in das kalte Wasser, um die kostbaren Steine zu bergen, die von seinem verwesenden Kadaver abfielen.

Alle waffenfähigen Männer aber und die meisten Krieger des Elbenkönigs machten sich bereit, zum Einsamen Berg im Norden zu ziehen. Und elf Tage nach der Zerstörung der Stadt durchschritt ihre Vorhut das Felsentor am Ende des Sees und drang in das Einödland vor.

FÜNFZEHNTES KAPITEL

DIE WOLKEN SAMMELN SICH

Zurück zu Bilbo und den Zwergen. Die ganze Nacht hindurch hatte je einer von ihnen Wache gehalten, doch bis zum Morgen hatten sie kein Anzeichen von einer Gefahr bemerkt. Aber immer dichter sammelten sich die Vogelschwärme. Sie kamen von Süden herangeflogen, und die Krähen, die noch immer in der Gegend um den Berg nisteten, kreisten und krächzten unablässig.

»Etwas Seltsames ist im Gange«, sagte Thorin. »Die Zeit der Herbstzüge ist vorüber; und dies sind Vögel, die immer im Lande bleiben, Staren- und Finkenschwärme; und dort in der Ferne sehe ich viele Aaskrähen, wie wenn eine Schlacht bevorstünde.«

»Da ist die alte Drossel wieder!«, rief Bilbo plötzlich und zeigte hin. »Anscheinend hat sie sich in Sicherheit gebracht, bevor Smaug den Berghang zertrümmert hat, aber ich glaube nicht, dass die Schnecken auch davongekommen sind.«

Kein Zweifel, es war die alte Drossel, und als Bilbo auf sie zeigte, kam sie herangeflogen und setzte sich nahe bei ihnen auf einen Stein. Dann schlug sie mit den Flügeln, sang ein paar Töne, legte den Kopf auf die Seite, wie um zu lauschen; sang wieder; lauschte wieder.

»Ich glaube, sie will uns etwas sagen«, sagte Balin, »aber ich komme bei der Sprache dieser Vögel nicht mit, sie ist zu schnell und schwierig. Wirst du daraus klug, Beutlin?«

»Nicht ganz«, sagte Bilbo (tatsächlich hatte er kein Wort verstanden), »aber die alte Dame scheint sehr erregt zu sein.«

»Wenn sie doch nur ein Rabe wäre!«, sagte Balin.

»Ich dachte, die magst du nicht! Du schienst etwas gegen sie zu haben, als wir das erste Mal hier vorüberkamen.«

»Das waren Krähen! Und was für welche – widerliche Biester, denen nicht zu trauen ist, und frech obendrein! Du hättest nur hören sollen, was für Schimpfworte sie uns nachgerufen haben. Aber Raben sind ganz anders. Früher waren sie mit Thrors Volk eng befreundet. Oft brachten sie uns geheime Nachrichten und bekamen dafür ein paar blanke Klunker, nach denen sie ganz verrückt waren und die sie dann in ihren Nestern versteckten. Sie werden sehr alt und haben ein gutes Gedächtnis, und was sie wissen, geben sie an ihre Jungen weiter. Von den Raben hier aus den Felsen kannte ich viele, als ich ein junger Bursche war. Diese Anhöhe hier hieß der Rabenberg, weil ein sehr kluges und angesehenes Rabenpärchen hier direkt über der Wachkammer nistete, der alte Carc mit seiner Gattin. Aber ich glaube nicht, dass sich jemand von diesem alten Stamm bis heute hier gehalten hat.«

Kaum hatte er das gesagt, als die alte Drossel einen lauten Ruf ausstieß und davonflog.

»Wir verstehen sie zwar nicht, aber die Alte versteht uns, ganz gewiss!«, sagte Balin. »Passt auf und wartet ab, was jetzt passiert!«

Und nicht lange darauf hörten sie Flügelschläge, und die Drossel kam zurück, und mit ihr kam ein sehr gebrechlicher alter Vogel. Er war fast blind, er konnte kaum mehr fliegen, und sein Kopf war oben kahl. Er war ein großer, uralter Rabe. Steif landete er vor ihnen, schlug ein paarmal langsam mit den Flügeln und machte eine Verbeugung vor Thorin.

»O Thorin Thrainssohn und o Balin Fundinssohn!«, krächzte er (und Bilbo verstand ihn, denn er gebrauchte die gewöhnliche Sprache, nicht die Vogelsprache). »Ich bin Roac Carcssohn. Carc ist tot, aber einst kanntet ihr ihn gut. Hundertunddreiundfünfzig Jahre ist es nun her, seit ich aus dem Ei gekrochen, doch nie werd ich vergessen, was mein Vater mich lehrte. Nun bin ich der Herr der großen Raben vom Berge. Wir sind nur noch wenige, doch erinnern wir uns des Königs von einst. Die meisten von meinem Volk sind unterwegs, denn große Dinge werden von Süden gemeldet – manches, das ihr mit Freuden, und manches, das ihr nicht so gern hören werdet.

Seht dort! Von Süd und Ost und West sammeln sich die Vögel, um zum Berg und nach Thal zurückzukehren, denn es ward gemeldet, dass Smaug tot ist.«

»Tot! Tot?«, brüllten die Zwerge. »Tot! Dann war unsere Angst unnötig – und der Schatz ist unser!« Sie machten Luftsprünge und Purzelbäume vor Freude.

»Ja, er ist tot«, sagte Roac. »Die Drossel – mögen ihr die Federn nie ausfallen – sah ihn sterben, und ihren Worten dürfen wir glauben. Vor drei Nächten bei Mondaufgang sah sie ihn fallen im Kampf mit den Menschen von Esgaroth.«

Es dauerte eine Weile, bis Thorin die Zwerge so weit zur Ruhe bringen konnte, dass sie dem Raben weiter zuhörten. Nachdem er ihnen ausführlich von dem Kampf mit dem Drachen berichtet hatte, fuhr er fort:

»So viel der erfreulichen Nachrichten, Thorin Eichenschild. Du kannst unbesorgt in deine Hallen zurückkehren. Der ganze Schatz ist dein – einstweilen. Doch nicht nur die Vögel werden sich nun hier sammeln. Die Nachricht vom Tod des Schatzhüters ist weit übers Land getragen worden, und Thrors sagenhafter Reichtum ist unvergessen. Viele sind bestrebt, sich einen Teil der Beute zu sichern. Schon ist ein Heer der Elben unterwegs, und die Aasvögel ziehen mit ihnen, die auf Gemetzel hoffen. Am See murren die Menschen, an ihrem Elend seien die Zwerge schuld: viele von ihnen sind umgekommen, und seit Smaug ihre Stadt zerstört hat, haben sie kein Obdach. Auch sie gedenken sich aus deinem Schatz zu entschädigen, ob du nun tot oder lebendig bist.

Du musst nach eigenem Ratschluss entscheiden, was du tun willst; doch dreizehn sind nur ein kleiner Rest von Durins großem Volk, das einst hier wohnte und nun weit verstreut ist. Wenn du meinen Rat hören willst, so traue nicht dem Bürgermeister der Seemenschen, sondern dem Bogenschützen, der den Drachen getötet hat: Bard aus dem Stamm von Thal und aus Girions Geschlecht, ein grimmiger, aber gerechter Mann. Wir hätten gern wieder Frieden zwischen Zwergen, Menschen und

Elben nach der langen Zeit der Verwüstung, aber es kann dich viel Gold kosten. Ich habe gesprochen.«

Thorin konnte mit seinem Zorn nicht mehr an sich halten: »Wir danken dir, Roac Carcssohn. Du und dein Volk, ihr sollt nicht vergessen werden. Aber kein Stück von unserem Gold soll Dieben oder Räubern in die Hände fallen, solange wir leben. Wenn du uns weiter zu Dank verpflichten willst, dann bring uns Nachricht von allen, die näher kommen. Auch bitte ich dich, wenn manche von euch noch jung sind und starke Flügel haben, sie als Boten zu unseren Verwandten in den Gebirgen des Nordens zu entsenden, nach Westen wie nach Osten, und ihnen unsere Notlage zu melden. Vor allem aber fliegt zu meinem Vetter Dain in den Eisenbergen, denn er hat viele gut gerüstete Krieger und wohnt am nächsten. Er soll sich beeilen.«

»Ich heiße diesen Entschluss weder gut noch schlecht«, krächzte Roac, »aber ich tue, was ich kann.« Dann flog er langsam davon.

»Zurück nun zum Berg!«, rief Thorin. »Wir haben nicht viel Zeit.«

»Und nicht viel zu beißen!«, rief Bilbo, der wie immer in solchen Dingen an das Nächstliegende dachte. Jedenfalls war er der Meinung, dass mit dem Tod des Drachen das Abenteuer nun eigentlich vorüber sei – ein schwerer Irrtum –, und er hätte viel von seinem Gewinnanteil dafür gegeben, wenn diese Streitigkeiten friedlich beigelegt werden könnten.

»Zurück zum Berg!«, riefen die Zwerge, als hätten sie seinen Einwand gar nicht gehört; also musste er sich ihnen anschließen.

Weil ihr von manchem, das vorangegangen war, schon gehört habt, wisst ihr, dass die Zwerge noch ein paar Tage Zeit hatten. Sie erkundeten die Höhlen noch einmal gründlich und stellten fest, dass, wie zu erwarten, nur das Vordertor offen geblieben war; alle anderen Tore (abgesehen von der kleinen Geheimtür) hatte Smaug schon vor langer Zeit zerstört und versperrt, so dass keine Spur mehr von ihnen zu sehen war. Also begannen sie nun mit allen Kräften, den Haupteingang zu befestigen und einen neuen Weg anzulegen, der von dort ins Tal führte. Werkzeuge, wie sie die alten Bergleute, Steinbrecher und Maurer benutzt hatten, fanden sich in Hülle und Fülle; und in solchen Arbeiten waren die Zwerge noch immer sehr tüchtig.

Währenddessen brachten die Raben ihnen ständig neue Nachrichten. So erfuhren sie, dass der Elbenkönig erst einmal zum See hingezogen war, was ihnen eine Atempause gewährte. Und besser noch: sie hörten, dass drei ihrer Ponys dem Drachen entkommen waren und nun an den Ufern des Eilend umherschweiften, nicht weit von ihrem dort zurückgelassenen Vorratslager. Darum wurden Fili und Kili unter Führung eines Raben ausgeschickt, die Ponys zu suchen und so viel wie möglich von den Vorräten mitzubringen, während die anderen die Arbeiten fortsetzten.

Sie blieben vier Tage fort, und in dieser Zeit kam Nachricht, dass die vereinten Heere der Seemenschen und der Elben nun zum Berg heraneilten. Inzwischen waren die Aussichten für die Zwerge besser geworden: Sie hatten nun Nahrung, die zur Not einige Wochen reichen konnte – allerdings hauptsächlich Cram, das sie alle satt hatten, das aber immer noch besser war als gar nichts; außerdem hatten sie das Tor in voller Breite mit einer sehr dicken und hohen Mauer, wenn auch nur aus trocken übereinander gelegten Quadersteinen, versperrt. In der Mauer waren Löcher, durch die sie sehen (oder schießen) konnten, aber kein Eingang. Hinein oder hinaus stiegen sie mit Leitern, und Sachen wurden an Seilen hochgehievt. Unter der neuen Mauer ließen sie das Quellwasser durch einen kleinen niedrigen Bogen hinausfließen, doch gleich beim Eingang hatten sie das schmale Flussbett so eingeebnet, dass sich ein breiter Teich von der Bergwand bis zu dem Wasserfall hin erstreckte, über den der Fluss nach Thal hinabfloss. Ans Tor gelangte man, ohne zu schwimmen, nur über einen schmalen Sims, der sich, von der Mauer aus gesehen, auf der rechten Seite an der Felswand entlangzog. Die

Ponys hatten sie nur bis an die Treppe über der alten Brücke gebracht, sie dort abgeladen und reiterlos zu ihren Besitzern im Süden zurückgeschickt.

Dann kam eine Nacht, als im Süden, bei den Ruinen der alten Stadt, plötzlich viele Lichter von Fackeln und Lagerfeuern aufflammten.

»Sie sind da!«, rief Balin. »Ihr Lager ist sehr groß. Sie müssen im Schutze der Dämmerung die Flussufer entlanggekommen sein.«

In dieser Nacht schliefen die Zwerge nur wenig. Der Morgen war noch grau, als sie eine Schar sich nähern sahen. Durch ihre Mauer verfolgten sie den langsamen Aufstieg bis zum Winkel des Tales. Bald konnten sie erkennen, dass unter den Anrückenden sowohl Menschen vom See in Kriegsrüstung als auch elbische Bogenschützen waren. Schließlich kletterten die Vordersten über das Felsgeröll herauf und erschienen oben an den Wasserfällen. Groß war ihr Erstaunen, als sie vor dem Teich standen und das Tor mit einer Mauer aus neu behauenen Steinen versperrt fanden.

Als sie dort standen, die Anlagen betrachteten und miteinander sprachen, rief Thorin mit laut hallender Stimme zu ihnen hinüber: »Wer seid ihr, die ihr wie zum Krieg gerüstet vor meinem Tor steht? Ich bin Thorin Thrainssohn, König unter dem Berge. Was begehrt ihr?«

Aber er bekam keine Antwort. Manche der Neuankömmlinge kehrten sofort um, andere guckten noch eine Weile das Tor und seine Befestigung an und gingen dann ebenfalls. Das Lager wurde an diesem Tag ans Ostufer des Flusses verlegt, an eine Stelle, wo die beiden Berggrate schon dicht zusammenrückten. Wie seit vielen Jahren nicht mehr hallten die Felsen wider von Stimmen und Gesang. Auch liebliche Klänge von Elbenharfen waren zu hören; und ihr Echo, das zu den Zwergen hinaufdrang, schien die kalte Luft zu erwärmen und mit einem Hauch von blühenden Waldblumen im Frühling zu erfüllen.

Gern hätte Bilbo da ihre düstere Festung verlassen und wäre hinuntergestiegen zu den Feuern, um an den vergnüglichen Gelagen dort teilzunehmen. Auch manchen Jüngeren unter den Zwergen ging die Musik nahe, und sie gaben murmelnd zu verstehen, dass sie sich von Herzen wünschten, die Dinge wären anders ausgegangen, so dass sie die Leute draußen als Freunde begrüßen könnten; aber Thorin wollte davon nichts hören.

Nun holten die Zwerge ihrerseits Harfen und andere Instrumente aus ihrem wiedergewonnenen Schatz hervor und machten Musik, um ihren Führer versöhnlicher zu stimmen; aber sie war nicht wie der Elbengesang, sondern ähnlich dem Lied, das sie einst in Bilbos Hobbithöhle gesungen hatten.

Unter dem Berge, hoch und kahl,
Der König tritt in seinen Saal.
Zu End die Not, der Drache tot!
Und Tod den Feinden allzumal!

Scharf ist das Schwert und lang der Speer,
Der Pfeil ist schnell, die Axt ist schwer.
Und Mut erwacht, wenn Gold ihm lacht!
Nun dulden wir kein Unrecht mehr!

Wo einst das Reich der Zwerge lag,
Wo glockengleich ihr Hammerschlag
Manch Wunder weckt, das still versteckt
Schlief in Gewölben unter Tag.

An Silberkettchen Stern an Stern,
Des Sonn- und Mondlichts reiner Kern,
Von Drachenblut die letzte Glut
Schmolz ein in Kronen großer Herrn.

Des Königs Thron ist nun befreit:
Ihr Brüder, Vettern nah und weit,

Herbei, für Sold in purem Gold,
Kommt schnell! Dem König steht zur Seit'!

Der König tritt in seinen Saal
Unter dem Berge, hoch und kahl.
Zu End die Not, der Drache tot!
Den Freunden Gold, den Feinden Stahl!

Das Lied schien Thorin zu gefallen. Er lächelte wieder und wurde ganz aufgeräumt; dann begann er zu rechnen, wie lange es bei der Entfernung zu den Eisenbergen dauern könnte, bis Dain am Einsamen Berg einträfe, wenn er gleich nach Erhalt der Nachricht aufgebrochen wäre. Bilbo aber war nicht glücklich, weder über das Lied noch über Thorins Reden: Beides klang ihm zu kriegerisch.

Früh am nächsten Morgen sahen sie einen Trupp Speerträger über den Fluss und das Tal heraufkommen. Das grüne Banner des Elbenkönigs und das blaue Banner der Seestadt wurden ihnen vorangetragen, und sie kamen so nah wie möglich an die Mauer vor dem Tor.

Wieder rief Thorin sie mit lauter Stimme an: »Wer seid ihr, und warum kommt ihr in Kriegsrüstung an Thorin Thrainssohns Tor?« Dieses Mal erhielt er Antwort.

Ein großer Mann trat vor, dunkelhaarig und mit finsterem Gesicht, und rief: »Sei gegrüßt, Thorin! Warum verschanzt du dich wie ein Räuber in seiner Burg? Noch sind wir nicht Feinde. Wir freuen uns, dass ihr noch am Leben seid – wir hatten es nicht erwartet, als wir hierher kamen. Aber da wir uns nun hier begegnen, haben wir über einiges zu reden und zu verhandeln.«

»Wer bist du, und über was willst du verhandeln?«

»Ich bin Bard, und ich habe den Drachen getötet: Nur deshalb konntest du deinen Schatz wiedererlangen. Findest du, dass dich das nichts angeht? Außerdem bin ich der Nachkomme und rechtmäßige Erbe Girions von Thal, und dein Schatz ist mit vielem vermischt, das einst Girions Hallen und seine Städte zierte, wo Smaug es geraubt hat. Ist dies kein Thema, über das wir zu reden hätten? Und weiter: In seinem letzten Kampf hat der Drache die Häuser der Menschen von Esgaroth zerstört, und ich stehe noch im Dienst ihres Bürgermeisters. Ich möchte für ihn sprechen und dich fragen, ob dir Leid und Elend seines Volkes gleichgültig sind! Sie haben euch aus der Not geholfen, und zum Dank habt ihr ihnen bisher nur Verderben gebracht, wenn auch gewiss nicht absichtlich.«

So stolz und grimmig Bard dies auch vorbrachte, es war maßvoll und richtig, und Bilbo dachte, dass Thorin es auch gleich zugeben würde. Dass es ja Bilbo gewesen war, der ganz allein die verwundbare Stelle des Drachen entdeckt hatte, davon sprach natürlich niemand, und Bilbo erwartete es auch nicht anders. Aber er hatte nicht geahnt, wie viel Macht das Gold, auf dem ein Drache lange gelegen hat, über die Herzen der Zwerge gewinnen kann. Viele Stunden hatte Thorin während der letzten Tage in der Schatzkammer verbracht, und die Habgier hatte ihn schwer gepackt. Zwar hatte er hauptsächlich nach dem Arkenstein gesucht, doch fielen ihm auch so manche andere Herrlichkeiten, die dort lagen, ins Auge: Dinge, an die sich alte Erinnerungen an die Leiden und Mühen seines Volkes knüpften.

»Du erhebst deinen schwächsten Anspruch an letzter und wichtigster Stelle«, antwortete Thorin. »Auf den Schatz meines Volkes hat niemand deshalb einen Anspruch, weil Smaug, der uns den Schatz geraubt hat, auch ihm etwas geraubt hat, sei es das Leben oder sein Haus. Da der Schatz dem Drachen nicht gehörte, können auch seine Untaten nicht mit einem Anteil daran vergolten werden. Für die Güter und die Hilfe, die wir aus der Seestadt empfangen haben, werden wir einen anständigen Preis zahlen – zu gegebener Zeit. Doch *nichts* geben wir her, keinen Pfennig, wenn man uns mit Gewalt droht. Solange ihr mit einem Heer in Waffen vor unserer Tür steht, betrachten wir euch als Feinde und Räuber.

Ich frage mich übrigens, welches Erbteil ihr wohl unserer

Sippe überlassen hättet, wenn ihr den Schatz unbewacht und uns tot vorgefunden hättet.«

»Eine berechtigte Frage«, antwortete Bard. »Aber ihr seid nicht tot, und wir sind keine Räuber. Und der Reiche könnte sich wohl der Bedürftigen erbarmen, besonders wenn sie ihm Freundschaft erwiesen haben, als er in Not war. Außerdem hast du zu meinen übrigen Ansprüchen noch nichts erwidert.«

»Ich verhandle nicht mit Bewaffneten vor meinem Tor, wie schon gesagt. Und schon gar nicht mit dem Volk des Elbenkönigs, das ich nicht in guter Erinnerung habe. In diesem Handel haben die Elben nichts zu suchen. Verschwindet jetzt, ehe wir unsere Pfeile fliegen lassen! Und wenn du noch einmal mit mir sprechen willst, dann schicke zuerst das Elbenheer wieder in die Wälder, wo es hingehört, und wenn du dann wiederkommst, leg erst die Waffen ab, bevor du dich unserer Schwelle näherst!«

»Der Elbenkönig ist mein Freund, und er hat den Menschen vom See in ihrer Not Hilfe gewährt, ohne anders als durch Freundschaft dazu verpflichtet zu sein«, antwortete Bard. »Wir wollen dir Zeit lassen, deine Worte zu bereuen. Nimm deinen Verstand zusammen, ehe wir wiederkommen!« Dann wandte er sich ab und ging zurück ins Lager.

Nach wenigen Stunden schon kamen die Bannerträger wieder, und Trompeter traten vor und bliesen eine Fanfare.

»Im Namen der Stadt Esgaroth und im Namen des Waldes«, rief einer, »sprechen wir zu Thorin Thrainssohn Eichenschild, der sich König unter dem Berge nennt, und fordern ihn auf, den erhobenen Ansprüchen stattzugeben, oder er wird zu unserem Feind erklärt. Zumindest ein Zwölftel des Schatzes soll er an Bard, den Drachentöter und Girions Erben, abtreten. Aus diesem Anteil wird Bard selbst zur Hilfe für Esgaroth beisteuern; doch wenn Thorin sich in den Nachbarländern Freundschaft und Achtung bewahren will, wie seine Vorväter sie einst genossen, so sollte er auch für sein Teil etwas zur Unterstützung der Menschen am See beitragen.«

Da griff Thorin nach einem Hornbogen und schoss einen Pfeil auf den Sprecher ab. Er traf seinen Schild. Zitternd blieb der Pfeil darin stecken.

»Wenn das deine Antwort ist«, rief der Sprecher, »so erkläre ich den Berg für belagert! Ihr sollt nicht herauskommen, solange ihr nicht eurerseits Waffenstillstand und Verhandlungen anbietet. Wir werden euch nicht angreifen, sondern euch auf eurem Gold sitzen lassen. Vielleicht könnt ihr es ja essen!«

Nach diesen Worten zogen die Boten sich rasch zurück, und die Zwerge hatten nun Zeit, sich das Für und Wider zu überlegen. Aber Thorin war in so grimmiger Laune, dass die anderen, selbst wenn sie gewollt hätten, nicht wagten, ihm zu widersprechen; doch schienen die meisten Thorins Meinung sogar zu teilen – ausgenommen vielleicht der dicke alte Bombur und Fili und Kili. Bilbo natürlich war mit der Wendung, die die Dinge genommen hatten, überhaupt nicht einverstanden. Er hatte von diesem Berg nun mehr als genug, und darinnen belagert zu werden war nicht nach seinem Geschmack.

»Diese ganze Höhle stinkt immer noch nach dem Drachen«, knurrte er in sich hinein. »Mir wird ganz übel davon! Und dieses Cram bleibt mir allmählich im Halse stecken.«

SECHZEHNTES KAPITEL

EIN DIEB IN DER NACHT

Nun schleppten die Tage sich müde dahin. Viele von den Zwergen verbrachten ihre Zeit damit, den Schatz zu sichten und zu sortieren, und dann sprach Thorin über Thrains Arkenstein und forderte sie auf, unermüdlich in allen Winkeln danach zu suchen.

»Denn der Arkenstein meines Vaters«, sagte er, »ist allein mehr wert als ein ganzer Fluss voller Gold, und zu keinem Preis verkäuflich. Diesen Stein aus dem ganzen Schatz nenne ich mein eigen, und meine Rache wird jeden treffen, der ihn findet und mir vorenthält.«

Als Bilbo das hörte, bekam er es mit der Angst, was wohl passieren würde, wenn sie den Stein bei ihm fänden – eingewickelt in ein Bündel alter Lappen, die ihm als Kopfkissen dienten. Trotzdem sagte er kein Wort davon, denn als die Tage immer bedrückender wurden, waren ihm die ersten Andeutungen eines Plans durch den Kopf gegangen.

So standen die Dinge nun schon seit einiger Zeit, als die Raben Nachricht brachten, dass Dain mit über fünfhundert Zwergen, die von den Eisenbergen im Nordosten heraneilten, nur noch zwei Tagesmärsche von Thal entfernt war.

»Aber sie können den Berg nicht unbemerkt erreichen«, sagte Roac, »und ich befürchte, es wird im Tal zur Schlacht kommen. Dies kann ich nicht gutheißen. Obwohl sie grimmige Burschen sind, werden sie das Heer, das euch belagert, wahrscheinlich nicht überwinden können. Aber selbst wenn sie es könnten, was hättet ihr damit gewonnen? Der Winter und der Schnee folgen ihnen auf dem Fuße. Wie wollt ihr euch ernähren ohne die Freundschaft und das Wohlwollen eurer Nachbarn? Der Schatz könnte leicht euer Tod sein, auch wenn der Drache ihn nicht mehr behütet.«

Aber Thorin blieb unbewegt. »Winter und Schnee werden auch die Menschen und die Elben quälen«, sagte er, »und ihnen den Aufenthalt in der Einöde verleiden. Wenn meine Freunde hinter ihnen stehen und der Winter über ihr Lager hereinbricht, wird mit ihnen vielleicht besser zu verhandeln sein.«

In dieser Nacht fasste Bilbo seinen Entschluss. Der Himmel war schwarz und mondlos. Sobald es ganz dunkel war, ging er zu seinem Bündel, das in der Ecke einer Kammer dicht hinter dem Tor lag, und nahm ein Seil und den in einen Lappen eingewickelten Arkenstein heraus. Dann stieg er auf die Mauer. Nur Bombur war dort, der Wache hatte, denn die Zwerge ließen immer nur einen auf Posten.

»Mächtig kalt!«, sagte Bombur. »Ich wünschte, wir könnten auch ein Feuer machen wie die da unten im Lager.«

»Drinnen ist es schön warm«, sagte Bilbo.

»Das will ich glauben, aber ich muss noch bis Mitternacht hier aushalten«, maulte der dicke Zwerg. »Eine verfahrene Geschichte! Nicht, dass ich geradezu sagen möchte, ich bin mit Thorin – möge sein Bart immer länger wachsen – nicht einverstanden, aber er hatte schon immer einen sehr steifen Nacken.«

»Nicht so steif wie meine Beine«, sagte Bilbo. »Diese Treppen und Steinfußböden gehn mir auf die Nerven. Ich gäbe viel dafür, mal wieder Gras unter den Zehen zu spüren.«

»Und ich würde mir so gern mal wieder tüchtig die Kehle befeuchten und nach einem guten Abendessen in einem weichen Bett schlafen!«

»Damit kann ich dir nicht dienen, solange wir hier belagert werden. Aber ich hab schon lange keine Wache mehr gehabt, und wenn du willst, übernehme ich deine. Schlafen kann ich heute Nacht sowieso nicht.«

»Du bist doch ein lieber Kerl, Bilbo Beutlin! Das nehme ich dankbar an. Sollte irgendetwas los sein, weck mich bitte als Ersten, ja? Ich liege in der Kammer links, gleich hinterm Tor.«

»Geh schon!«, sagte Bilbo. »Ich wecke dich um Mitternacht, und du kannst dann den wecken, der dich ablöst.«

Sobald Bombur fort war, steckte Bilbo seinen Ring auf, befestigte das Seil an der Mauer, ließ sich hinab und machte sich davon. Er hatte etwa fünf Stunden Zeit. Bombur würde schlafen (er konnte zu jeder Zeit schlafen, und seit seinem Erlebnis im Düsterwald versuchte er immer wieder in die schönen Träume zurückzufinden, die er damals gehabt hatte); und alle andern waren mit Thorin an der Arbeit. Wahrscheinlich würde keiner von ihnen zur Mauer herauskommen, selbst Fili oder Kili nicht, solange sie nicht Wache hatten.

Es war sehr dunkel, und den Weg, nachdem er das neu angelegte Stück verlassen hatte und zum unteren Flusslauf hinuntergeklettert war, kannte er nicht. Endlich kam er an die Biegung, wo er übers Wasser musste, wenn er zum Lager wollte. Das Flussbett war dort flach, aber schon sehr breit, und der Übergang im Dunkeln war nicht einfach für jemanden, der so klein war wie der Hobbit. Er war schon fast hinüber, als er auf einem runden Stein ausrutschte und mit einem lauten Platsch ins kalte Wasser fiel. Kaum war er zitternd und spuckend aufs andere Ufer gekrabbelt, als ein paar Elben mit Laternen aus der Dunkelheit auftauchten, auf der Suche nach der Ursache des Geräusches.

»Das war kein Fisch«, sagte einer. »Hier schleicht ein Späher herum. Verdeckt eure Laternen! Die nützen ihm mehr als uns. Womöglich ist es das unheimliche kleine Kerlchen, das ihr Diener sein soll.«

»Von wegen Diener!«, schnaubte Bilbo durch die Nase, und dann musste er laut niesen. Sofort sammelten sich die Elben an der Stelle, wo das Geräusch herkam.

»Macht doch mal ein bisschen Licht!«, sagte er. »Hier bin ich, wenn ihr mich sprechen wollt.« Er streifte den Ring ab und trat hinter einem Felsen vor.

Trotz ihrer Überraschung hatten sie ihn schnell im Griff. »Wer bist du? Bist du der Hobbit, der bei den Zwergen ist? Was machst du hier? Wie bist du an unseren Wachposten vorbeigekommen?«, fragten sie einer nach dem andern.

»Ich bin Bilbo Beutlin aus Beutelsend unter dem Bühl«, antwortete er, »Thorins Gefährte, wenn ihr's wissen wollt. Euren König kenne ich gut vom Sehen, obwohl er sich wahrscheinlich nicht an mich erinnern kann. Aber Bard wird sich erinnern, und den möchte ich vor allem sprechen.«

»Soso!«, sagten die Elben. »Und in welcher Sache?«

»In meiner eigenen, ihr braven Elben! Aber wenn ihr aus dieser kalten, öden Gegend je wieder in eure Wälder zurückzukehren vorhabt«, antwortete er bibbernd, »dann bringt mich jetzt ganz schnell erst mal zu einem Feuer, wo ich meine Sachen trocknen kann, und dann lasst ihr mich bitte schleunigst bei euren Chefs vor. Ich habe nur ein oder zwei Stunden Zeit.«

Und so kam es, dass er etwa zwei Stunden, nachdem er sich aus dem Tor geschlichen hatte, an einem warmen Feuer vor einem großen Zelt saß, Bard und dem Elbenkönig gegenüber, die ihn neugierig musterten. Einen Hobbit in einer Elbenrüstung, teilweise eingehüllt in eine alte Decke, hatten sie noch nie gesehen.

»Also, wissen Sie«, sagte Bilbo im schönsten Geschäftston, »die ganze Affäre ist doch unmöglich! Ich persönlich hab das alles gründlich satt. Ich wünschte, ich wär wieder zu Hause im Westen, wo die Leute vernünftiger sind. Aber ich bin nun mal an der Sache beteiligt – zu einem Vierzehntel, genau gesagt, laut einem Brief, den ich glücklicherweise aufbewahrt habe.« Aus einer Tasche seiner alten Jacke, die er noch über dem Panzerhemd trug, zog er den zerknitterten und vielfach gefalteten Brief, den Thorin ihm im Mai unter die Uhr auf dem Kaminsims gelegt hatte.

»Ein Anteil an den *Profiten*, wohlgemerkt«, fuhr er fort. »So viel ist mir klar. Persönlich bin ich nur zu gern bereit, alle Ihre Ansprüche genau in Rechnung zu stellen und das, was Ihnen zusteht, vom Gesamtbetrag zu subtrahieren, ehe ich meinen Anspruch geltend mache. Aber Sie kennen Thorin Eichenschild nicht so gut, wie ich ihn heute kenne. Ich kann Ihnen versichern, der ist imstande, auf seinem Goldhaufen sitzen zu bleiben und zu verhungern, während Sie hier draußen sitzen.«

»Na, soll er doch!«, sagte Bard. »Geschieht ihm recht, wenn er so dumm ist.«

»Könnte man meinen«, sagte Bilbo. »Ich verstehe, dass Sie es so sehn. Andererseits, der Winter steht vor der Tür. Es dauert nicht mehr lange, dann haben wir Schnee und was nicht noch alles – mit Versorgungsschwierigkeiten sogar für die Elben, würde ich meinen. Und es wird noch andere Probleme geben. Haben Sie noch nichts von Dain und dem Zwergenvolk aus den Eisenbergen gehört?«

»Natürlich haben wir von Dain gehört, schon seit langem; aber was hat er mit der Sache zu tun?«, fragte der König.

»Hab ich mir gedacht! Ich sehe, ich habe einen Informationsvorsprung. Ich kann Ihnen sagen, Dain befindet sich jetzt keine zwei Tagesmärsche von hier mit mindestens fünfhundert kampferprobten Zwergen, viele davon mit Erfahrung aus den grässlichen Kriegen mit den Orks, wie sicher bekannt ist. Wenn die ankommen, könnte es hier heiß hergehen.«

»Warum sagen Sie uns das? Wollen Sie Ihre Freunde verraten, oder wollen Sie uns drohen?«, fragte Bard finster.

»Mein lieber Bard!«, piepste Bilbo. »Nicht so hastig! So etwas von Misstrauen! Ich möchte allen Beteiligten nur Ärger ersparen. Und jetzt will ich ein Angebot machen.«

»Wir hören!«, sagten sie.

»Ihr könnt es sogar sehen«, sagte er. »Das hier!« Und er holte den Arkenstein hervor und warf den Lappen weg, in den er eingewickelt war.

Sogar der Elbenkönig, dessen Augen den Anblick von Herrlichkeiten und Wunderdingen gewohnt waren, stand auf vor Erstaunen. Auch Bard blickte sprachlos vor Verwunderung auf den Stein. Es war, als hinge vor ihnen eine mit Mondlicht gefüllte Kugel in einem feinen Netz aus den Strahlen eisig funkelnder Sterne.

»Dies ist Thrains Arkenstein«, sagte Bilbo, »das Herz des Berges, und er ist auch Thorins Herz. Er ist ihm mehr wert als ein Fluss voller Gold. Ich gebe ihn euch. Er wird euch die Verhandlungen leichter machen.« Nicht ohne ein Erschauern und nicht ohne ein schmerzliches Widerstreben reichte er Bard den Stein, der ihn wie erstarrt in der Hand hielt.

»Aber wie ist er in Ihren Besitz gekommen, dass Sie ihn hergeben können?«, zwang er sich schließlich zu fragen.

»Ach so!«, sagte der Hobbit verlegen. »Er gehört mir eigentlich nicht, aber, nun ja, ich bin bereit, dafür auf meinen ganzen Anteil zu verzichten. Mag sein, dass ich ein Dieb bin – oder jedenfalls sagen sie, ich bin einer: meinerseits bin ich mir nie so vorgekommen –, aber ein ehrlicher Dieb, hoffe ich doch, mehr oder weniger. Jedenfalls, ich muss jetzt zurück, und dann sollen die Zwerge mit mir machen, was sie wollen. Ich hoffe, ihr könnt etwas damit anfangen.«

Der Elbenkönig sah Bilbo mit neuer Verwunderung an. »Bilbo Beutlin«, sagte er, »du bist würdiger, die Rüstung eines Elbenprinzen zu tragen, als manch einer, der stattlicher darin aussah. Ich frage mich nur, ob Thorin Eichenschild das auch so sehen wird. Ich kenne die Zwerge vielleicht doch besser, als du sie kennst. Ich rate dir, bleibe bei uns, wo du ein dreifach willkommener Ehrengast bist.«

»Vielen Dank, natürlich«, sagte Bilbo mit einer Verbeugung, »aber ich glaube, ich kann meine Freunde nicht so im Stich lassen, nach allem, was wir zusammen durchgemacht haben. Und ich habe auch versprochen, den alten Bombur um Mitternacht zu wecken. Ich muss nun wirklich gehn, und zwar schnell.«

Durch nichts, was sie sagten, ließ er sich zurückhalten; also gaben sie ihm eine Eskorte mit, und sowohl der König wie auch Bard ergingen sich in Ehrenbezeigungen, als sie ihn verabschiedeten. Als sie durchs Lager kamen, stand ein alter Mann in einem dunklen Mantel vor der Tür eines Zeltes auf, wo er gesessen hatte, und trat auf sie zu.

»Gute Arbeit, Bilbo Beutlin!«, sagte er und klopfte Bilbo auf den Rücken. »Ich hab doch schon immer gesagt, es steckt mehr in dir, als irgendwer ahnt!« Es war Gandalf.

Zum ersten Mal seit vielen Tagen war Bilbo wirklich froh. Doch für all die Fragen, die er gern sofort gestellt hätte, war keine Zeit.

»Warte ab!«, sagte Gandalf. »Alles kommt nun langsam zum Ende, oder ich müsste mich sehr irren. Du hast noch einiges Unangenehme durchzustehen, aber lass den Mut nicht sinken – vielleicht schaffst du es ja! Da braut sich einiges zusammen, wovon selbst die Raben noch nichts gehört haben. Gute Nacht!«

Verwirrt, aber mächtig aufgemuntert, eilte Bilbo weiter. Er wurde zu einer bequemen Furt geleitet und trockenen Fußes hinübergebracht; dann nahm er Abschied von den Elben und stieg vorsichtig wieder zum Tor hinauf. Er wurde sehr müde; aber es war noch eine ganze Weile bis Mitternacht, als er an dem Seil wieder hinaufkletterte – es hing immer noch da, wo er es gelassen hatte. Er band es los und versteckte es; dann setzte er sich auf die Mauer und überließ sich sorgenvollen Gedanken, was wohl als Nächstes passieren würde.

Um Mitternacht weckte er Bombur, und dann legte er sich seinerseits in seiner Schlafecke aufs Ohr, ohne die Danksagungen des alten Zwergs anzuhören (er fand, er hatte sie kaum verdient). Bald lag er in tiefem Schlaf und vergaß für den Rest der Nacht all seine Sorgen. Genau gesagt, er träumte von Rühreiern mit Speck.

SIEBZEHNTES KAPITEL

DIE WOLKEN BERSTEN

Früh am nächsten Tag hörten sie Fanfarenstöße aus dem Lager. Bald kam ein Läufer den schmalen Weg herauf. In einiger Entfernung blieb er stehen und rief zu ihnen herüber: Ob Thorin bereit sei, eine neue Botschaft anzuhören? Nachrichten seien eingetroffen, welche die Lage veränderten.

»Das wird Dain sein«, sagte Thorin, als er es hörte. »Sie werden von seinem Anmarsch Wind bekommen haben. Hab ich mir doch gedacht, dass ihre Stimmung sich da ändern würde!« Und dem Boten rief er zu: »Sie sollen zu wenigen und ohne Waffen kommen, dann will ich sie anhören.«

Gegen Mittag wurden wieder die Banner des Waldes und der Seestadt herangetragen. Ein Trupp von zwanzig Mann näherte sich. Zu Beginn des schmalen Weges legten sie Schwert und Speer ab und kamen zum Tor. Verwundert sahen die Zwerge, dass sowohl Bard wie auch der Elbenkönig unter ihnen waren; und vor ihnen ging ein alter Mann, in Mantel und Kapuze gehüllt, der ein hölzernes, von starken Eisenbändern umschlossenes Kästchen trug.

»Sei gegrüßt, Thorin!«, sagte Bard. »Bist du noch immer derselben Meinung?«

»Meine Meinung ändert sich nicht alle paar Tage«, antwortete Thorin. »Bist du gekommen, um mir müßige Fragen zu stellen? Das Elbenheer ist noch immer nicht abgezogen, wie ich befohlen hatte. Bis das nicht geschehen ist, verhandle ich nicht mit dir.«

»Gibt es denn nichts, wofür du etwas von deinem Gold hergäbest?«

»Nichts, das du und deine Freunde zu bieten haben.«

»Auch nicht Thrains Arkenstein?«, sagte Bard, und im gleichen Augenblick öffnete der alte Mann das Kästchen und hielt das Juwel hoch. Hell und weiß sprang das Licht aus seiner Hand in den Tag.

Thorin war sprachlos vor Erstaunen und Verwirrung. Eine ganze Weile sagte niemand ein Wort.

Schließlich brach Thorin das Schweigen; seine Stimme war heiser vor Wut. »Dieser Stein gehörte meinem Vater, und er ist mein«, sagte er. »Warum sollte ich um mein Eigentum feilschen?« Aber er konnte es noch immer nicht fassen und fügte hinzu: »Aber wie ist dies Erbstück meines Hauses in eure Hände gekommen – wenn es denn nötig ist, Dieben eine solche Frage zu stellen?«

»Wir sind keine Diebe«, antwortete Bard. »Wir werden dir zurückgeben, was dein ist, wenn du uns gibst, was uns zusteht.«

»Wie seid ihr dazu gekommen?«, brüllte Thorin in unbezähmbarer Wut.

»Ich habe es ihnen gegeben«, piepste Bilbo und lugte über die Mauer, inzwischen in Todesangst.

»Du! Du!«, rief Thorin, wandte sich zu ihm und packte ihn mit beiden Händen. »Du erbärmlicher Hobbit! Du zu kurz geratener – Meisterdieb!«, brüllte er, weil ihm kein passendes Wort einfiel, und schüttelte den armen Bilbo wie ein Kaninchen.

»Bei Durins Bart, ich wollte, ich hätte Gandalf hier! Verflucht soll er sein, weil er dich empfohlen hat! Der Bart soll ihm ausfallen! Und was dich angeht, dich werf ich runter auf die Felsen!«, rief er und hob Bilbo hoch.

»Halt! Dein Wunsch wird erfüllt«, sagte eine Stimme. Der alte Mann mit dem Kästchen schlug Mantel und Kapuze beiseite. »Hier ist Gandalf! Und nicht zu früh, wie mir scheint. Wenn du mit meinem Meisterdieb auch nicht zufrieden bist, tu ihm bitte nichts! Lass ihn los und hör dir erst an, was er zu sagen hat!«

»Es scheint, ihr steckt alle unter einer Decke!«, sagte Thorin und stellte Bilbo auf die Mauer. »Nie wieder will ich mit einem Zauberer oder seinen Freunden etwas zu schaffen haben. Was hast du zu sagen, du Rattensohn?«

»Meine Güte!«, sagte Bilbo. »Klar, das ist alles sehr unangenehm. Erinnerst du dich vielleicht daran, dass du gesagt hast, ich könnte mir mein Vierzehntel auswählen? Vielleicht habe ich das zu wörtlich genommen – ich habe gehört, dass Zwerge manchmal in Worten höflicher sind als in Taten. Trotzdem, das war zu einer Zeit, als du zu denken schienst, dass ich mich nützlich gemacht hatte. Und nun bin ich ein Rattensohn, soso! Sind das die Dienste, die du mir mehrfach verheißen hast, Thorin, mitsamt deiner ganzen Familie? Nimm an, dass ich über meinen Anteil verfügt habe, so wie ich es für richtig halte, und lass es dabei bewenden!«

»Das werde ich«, sagte Thorin finster. »Und mit dir lass ich es auch dabei bewenden – und hoffe dich nie wiederzusehn.« Dann drehte er sich um und sprach über die Mauer hinweg. »Man hat mich verraten«, sagte er. »Die Annahme war richtig: ich kann nicht umhin, den Arkenstein auszulösen, den Schatz meines Hauses. Dafür gebe ich den vierzehnten Teil des Schatzes in Silber und Gold, abgesehen von den Edelsteinen; und das soll als der versprochene Anteil dieses Verräters gelten. Mit diesem Lohn soll er verschwinden, und ihr könnt unter euch teilen, wie ihr wollt. Ich bin mir sicher, viel wird für ihn nicht übrig bleiben. Nehmt ihn denn, wenn ihr ihn lebend haben wollt! Keine Freundschaft verbindet mich mehr mit ihm.

Los, mach, dass du zu deinen Freunden kommst«, sagte er zu Bilbo, »oder ich werfe dich runter!«

»Was ist mit dem Gold und Silber?«, fragte Bilbo.

»Das kommt nach, sobald es sich machen lässt«, sagte er. »Runter jetzt!«

»Bis wir es haben, behalten wir den Stein!«, rief Bard.

»Bis jetzt machst du als König unter dem Berge keine sehr gute Figur«, sagte Gandalf. »Aber es kann ja noch alles anders werden.«

»Und ob!«, sagte Thorin. Und unter dem Bann des Schatzes, der nun auf ihm lag, erwog er schon, ob er nicht mit Dains Hilfe den Arkenstein zurückerobern könnte, ohne den Anteil des Meisterdiebs hergeben zu müssen.

So wurde Bilbo von der Mauer herabgelassen und ohne jedes Honorar für all seine Mühen davongejagt, abgesehen von der Rüstung, die Thorin ihm schon gegeben hatte. Mehr als einer von den Zwergen schämte sich zutiefst und bedauerte, dass er fortging.

»Lebt wohl!«, rief er ihnen zu. »Vielleicht treffen wir uns einmal wieder als Freunde.«

»Verschwinde!«, rief Thorin. »Du trägst einen Panzer, der von meinem Volk geschmiedet und zu gut für dich ist. Pfeile können ihn nicht durchdringen, aber wenn du dich nicht beeilst, schieße ich dir in deine jämmerlichen Füße. Also renne!«

»Nicht so hastig!«, sagte Bard. »Wir lassen euch Zeit bis morgen. Um die Mittagszeit kommen wir wieder, um zu sehen, ob ihr den Teil des Schatzes herausgebracht habt, der gegen den Stein ausgetauscht werden soll. Wenn das ohne Betrug geschehen ist, ziehen wir ab, und das Elbenheer kehrt in den Wald zurück. Bis dahin lebt wohl!«

Dann gingen sie zurück zum Lager. Thorin aber schickte durch Roac Boten aus, die Dain berichteten, was geschehen war, und ihn aufforderten, in höchster Eile kampfbereit anzurücken.

Der Tag ging hin und die Nacht. Am Tag darauf sprang der Wind um; er kam nun von Westen, und das Wetter wurde trüb und dunkel. Schon am frühen Morgen hörte man Rufe im Lager. Läufer kamen und berichteten, dass ein Zwergenheer um den östlichen Ausläufer des Berges herum auf Thal zueilte. Dain kam. Er war die Nacht hindurch marschiert und traf nun früher ein als erwartet. Jeder seiner Krieger trug ein stählernes Kettenhemd, das ihm bis auf die Knie hing, und Beinkleider aus einem feinen, schmiegsamen Drahtgeflecht, das nur Dains Volk herzustellen verstand. Die meisten Zwerge sind für ihre Größe sehr kräftig, aber Dains Leute waren selbst für Zwerge ungewöhnlich stark. Im Kampf gebrauchten sie schwere, beidhändig zu schwingende Äxte; aber jeder hatte auch ein kurzes, breites Schwert an der Seite und einen Rundschild auf dem Rücken. Ihre Bärte waren gegabelt und geflochten und unter dem Gürtel festgesteckt. Die Sturmhauben waren aus Eisen, die Stiefel eisenbeschlagen, die Gesichter zum Fürchten.

Trompeten riefen die Menschen und Elben zu den Waffen. Nicht lange, so sah man die Zwerge im Eilschritt das Tal heraufkommen. Zwischen dem Fluss und dem östlichen Berggrat machten sie Halt, doch einige gingen weiter, überschritten den Fluss und kamen bis nahe ans Lager, wo sie die Waffen niederlegten und zum Zeichen des Friedens die Hände erhoben. Bard ging ihnen entgegen, und mit ihm ging Bilbo.

»Dain Nainssohn schickt uns«, sagten sie auf Befragen. »Wir eilen herbei zu unseren Verwandten im Berg, denn wir haben erfahren, dass das alte Königreich wiederhergestellt wird. Wer aber seid ihr, die ihr auf freiem Feld wie Feinde vor einer Festung lagert?« Dies, in der höflichen und etwas altväterischen Sprache, deren man sich bei solchen Gelegenheiten bedient, bedeutete einfach: »Ihr habt hier nichts zu suchen. Wir marschieren weiter, also macht uns Platz, oder wir nehmen ihn uns!« Sie gedachten, zwischen der Bergflanke und der Biegung des Flusses durchzustoßen, denn der schmale Landstreifen dort schien nicht stark geschützt zu sein.

Natürlich verweigerte Bard ihnen die Erlaubnis zum Durchzug. Er war entschlossen zu warten, bis das Gold und Silber im Tausch für den Arkenstein ausgeliefert worden wären, denn er glaubte nicht, dass dies geschehen würde, wenn die Festung erst einmal eine so starke und kriegerische Besatzung hätte. Dains Leute brachten große Mengen Vorräte mit, trotz des Eilmarsches, denn die Zwerge können sehr schwere Lasten schleppen; fast alle Krieger trugen außer ihren Waffen noch ein mächtiges Bündel auf dem Rücken. So konnten sie wochenlang einer Belagerung standhalten, und in dieser Zeit würden immer mehr Zwerge hinzukommen, denn Thorin hatte viele Verwandte. Außerdem würde es ihnen vielleicht gelingen, einen der anderen Ausgänge wieder zu öffnen und zu bewachen, so dass die Belagerer den ganzen Berg umzingeln müssten, wozu sie nicht zahlreich genug waren.

Dies also waren ihre Pläne (die Raben waren emsig zwischen Thorin und Dain hin- und hergeflogen). Im Augenblick aber fand Dains Schar ihren Weg versperrt, darum zogen seine Boten sich nach einigen heftigen Worten in die Bärte brummend zurück. Sofort schickte Bard nun Boten zum Tor, doch dort fanden sie nichts von Gold oder anderen Zahlungsmitteln. Pfeile flogen ihnen entgegen, als sie in Reichweite kamen, und sie beeilten sich, ins Lager zurückzukehren. Dort war nun alles auf den Beinen und kampfbereit, denn Dains Zwerge gingen längs des östlichen Ufers vor.

»Dummköpfe!«, lachte Bard. »Sich so dicht unter die Bergflanke zu drängen! Vom Krieg über Tage verstehen sie nichts, so gut sie in ihren Bergwerken auch sein mögen. Viele unserer Bogenschützen und Speerträger sitzen jetzt gut getarnt in den Felsen über ihrer rechten Flanke. Ihre Panzer werden gleich viel aushalten müssen. Greifen wir sie gleich von beiden Seiten an, ehe sie zur Ruhe gekommen sind!«

Aber der Elbenkönig sagte: »Noch lange möchte ich abwarten, ehe ich diesen Krieg um Gold beginne. Die Zwerge können nicht an uns vorüber, wenn wir es nicht zulassen, und sie können auch sonst nichts unternehmen, ohne dass wir es bemerken. Hoffen wir, dass eine Versöhnung noch nicht ganz ausgeschlossen ist! Unsere Überzahl wird den Ausschlag geben, sollte es am Ende doch zu dem unseligen Kampf kommen.«

Aber da kannte er die Zwerge schlecht. Zu wissen, dass der Arkenstein sich in den Händen der Belagerer befand, erhitzte ihre Gemüter. Außerdem errieten sie, warum Bard und seine Freunde zögerten, und darum schlugen sie entschlossen los, solange die Gegner noch debattierten.

Überraschend, ohne jedes Signal, stürmten sie vor zum Angriff. Bogen surrten und Pfeile zischten durch die Luft; jeden Augenblick konnte es zum Handgemenge kommen.

Aber noch überraschender, mit beängstigender Geschwindigkeit verfinsterte sich plötzlich der Himmel. Eine schwarze Wolke überzog das Tal. Auf einem rasenden Wind rollte ein Wintergewitter heran, prallte gegen den Berg und erhellte den Gipfel mit einem Blitzschlag. Und unter dem Gewitter kam wirbelnd eine zweite schwarze Wolke daher, aber nicht mit dem Wind, sondern von Norden. Wie ein gewaltiger Vogelschwarm war sie, so dicht an dicht, dass kein Lichtstrahl zwischen den Flügeln zu sehen war.

»Halt!«, rief Gandalf, der plötzlich allein mit erhobenen Armen zwischen den anstürmenden Zwergen und den Reihen, die sie erwarteten, stand. »Halt!«, brüllte er mit seiner Gewitterstimme und schlug mit seinem Stab einen Blitz, der dem auf dem Berggipfel gleichkam. »Vernichtung droht euch allen. Sie naht schneller, als ich ahnte. Die Orks rücken an. Bolg aus dem Norden kommt, o Dain, dessen Vater du in Moria erschlagen hast! Seht, die Fledermäuse flattern seinen Scharen voraus wie ein Meer von Heuschrecken. Er kommt mit Wolfreitern und Wargen.«

Bestürzung und Verwirrung griffen um sich. Während Gandalf sprach, hatte die Dunkelheit sich verdichtet. Die Zwerge waren stehen geblieben und blickten zum Himmel auf. Die Elben riefen vielstimmig durcheinander.

»Herbei!«, brüllte Gandalf. »Noch ist Zeit, Rat zu halten. Dain Nainssohn soll schnell zu uns kommen!«

So begann eine Schlacht, die niemand erwartet hatte. Sie wurde später die Schlacht der Fünf Heere genannt und war ein furchtbares Gemetzel. Auf der einen Seite kämpften die Orks und die wilden Wölfe, auf der andern Elben, Menschen und Zwerge. Und so war es dazu gekommen: Nach dem Tod ihres großen Führers in den Nebelbergen hatte sich der Hass der Orks auf die Zwerge neu entzündet. Zwischen allen ihren Städten, Kolonien und Festungen waren Boten hin- und hergeeilt; denn nun wollten sie die Herrschaft über die Nordlande erringen. Auf geheimen Wegen wurden Nachrichten gesammelt, und überall in den Bergen wurde zum Krieg geschmiedet und gerüstet. Sie sammelten sich in Tälern und unter Bergen, marschierten nur durch Tunnels oder bei Dunkelheit, bis schließlich unter dem großen Gundabadberg im Norden, wo ihre Hauptstadt war, und in der Gegend ringsum ein großes Heer bereitstand, um bei Gelegenheit eines Unwetters unversehens über den Süden herzufallen. Dann erfuhren sie vom Tod des Drachen, der sie von Herzen freute. Nacht für Nacht hetzten sie durch die Berge und kamen so ganz plötzlich von Norden herunter, Dain unmittelbar auf den Fersen. Selbst die Raben bemerkten sie erst, als sie schon in das offene, zerklüftete Land hinauskamen, das den Einsamen Berg von den Gebirgen im Norden trennte. Wie viel Gandalf wusste, ist schwer zu sagen, aber anscheinend hatte auch er den Angriff so bald nicht erwartet.

Dies nun ist der Schlachtplan, den er machte, als er sich mit dem Elbenkönig und mit Bard beriet – und mit Dain, denn der Zwergenfürst schloss sich ihnen nun an: Die Orks waren ihr gemeinsamer Feind, dessen Ankunft sie alle anderen Streitigkeiten vergessen ließ. Ihre einzige Hoffnung war, dass sie die Orks in das Tal zwischen den Berggraten locken und selbst die nach Süden und Osten vorspringenden Grate besetzen könnten. Auch dies war jedoch gefährlich, wenn die Orks zahlreich genug waren, um einen Teil ihrer Streitmacht über den Berg selbst steigen zu lassen. Dann würden sie die Verteidiger auch im Rücken und von oben angreifen. Aber um einen besseren Plan zu machen oder von irgendwo Hilfe herbeizurufen, blieb keine Zeit.

Bald war das Gewitter vorüber und rollte nach Südosten davon; aber die Fledermauswolke, die tiefer flog, kam über die Schulter des Berges und schwirrte über den Köpfen der Verteidiger, sperrte das Licht aus und drückte den Kampfesmut nieder.

»An die Berghänge!«, rief Bard. »An die Hänge! Nehmt alle eure Plätze ein, solange noch Zeit ist!«

Auf den unteren Hängen des südlichen Berggrates und in den

Felsen an seinem Fuße gingen die Elben in Stellung, am östlichen Grat die Menschen und Zwerge. Bard und einige der gewandtesten Menschen und Elben kletterten bis auf den Gipfel der östlichen Bergschulter, um einen Blick nach Norden zu bekommen. Bald sahen sie im Vorland des Berges das schwarze Gewimmel der heraneilenden Scharen. Die Vorhut bog schon um das Ende des Grates und stürmte ins Tal hinein. Dies waren die schnellsten Wolfreiter, und ihr Geschrei und Geheul zerfetzte die Luft. Einige wenige tapfere Männer waren in einer dünnen Kette gegen sie aufgestellt, um Widerstand vorzutäuschen, und nicht wenige von ihnen fielen, ehe die übrigen sich zurückzogen und zu beiden Seiten hin flohen. Wie Gandalf gehofft hatte, stürmte das Heer, das sich hinter der aufgehaltenen Vorhut gesammelt hatte, nun wutentbrannt ins Tal hinein zwischen die Berggrate, auf der Suche nach dem Feind. Mit ungezählten schwarzen und roten Bannern brandeten sie ungeordnet tobend wie eine Flutwelle heran.

Es wurde eine furchtbare Schlacht, das Schlimmste, was Bilbo je erlebt hatte. Jedenfalls fand er die Schlacht zu der Zeit, als sie im Gange war, äußerst unerfreulich – was ihn nicht hinderte, später mächtig stolz darauf zu sein, dass er an ihr teilgenommen hatte, und sich nach vielen Jahren noch liebevoll an sie zu erinnern. Dabei spielte er im Kampfgeschehen keine bedeutende Rolle. Ich darf nicht verschweigen, dass er gleich, als die Sache ungemütlich zu werden begann, seinen Ring aufsteckte, und damit war er außer Sicht, allerdings nicht außer Gefahr. Ein Zauberring dieser Art bietet keinen absolut sicheren Schutz gegen einen Orkangriff; er hält herumfliegende Pfeile und verirrte Speerstöße nicht auf, aber immerhin hilft er, ihnen auszuweichen, und bewahrt den Kopf vor gezielten Schwerthieben.

Den ersten Angriff unternahmen die Elben. Ihr Hass auf die Orks ist kalt und bitter. Ihre Speere und Schwerter leuchteten im Halbdunkel wie eisige Flammen, so tödlich war der Zorn in den Händen, die sie führten. Sobald die Scharen der Feinde sich im Tal drängten, schossen sie einen Hagel von Pfeilen auf sie ab, und jeder Pfeil blitzte im Flug wie eine Stichflamme auf. Dann sprangen tausend ihrer Speerträger die Hänge hinunter und griffen an. Das Gebrüll war ohrenbetäubend. Von den Felsen troff schwarzes Orkblut.

Gerade als die Orks sich zu geordneter Gegenwehr aufrafften und der Ansturm der Elben ins Stocken kam, erhob sich von der andern Talseite ein Gebrüll von tiefen Bassstimmen. »Moria!«, riefen die Zwerge von den Eisenbergen und »Dain! Dain!«, als sie mit ihren Streitäxten gegen die hinteren Reihen der Orks vorgingen; und Seite an Seite mit ihnen kamen die Seestädter mit langen Schwertern.

Panik erfasste die Orks, und als sie kehrtmachten, um dem neuen Angriff zu begegnen, stießen die Elben mit frisch aufgefüllten Reihen von neuem vor. Schon rannten viele der Orks am Fluss entlang davon, um aus der Falle zu entkommen, und manche ihrer Wölfe wandten sich gegen sie und zerfleischten die Toten und Verwundeten. Der Sieg schien nahe, aber da kam ein Gejohl von den Höhen des Berges herab.

Ein Teil der Orks hatte den Berg von der anderen Seite her überstiegen, und nun waren viele schon auf den Hängen über dem Tor und strömten herab, ohne Rücksicht auf die Verluste, die sie erlitten, wenn manche brüllend von den Klippen und Vorsprüngen in die Tiefe stürzten. Sie griffen die Ausläufer des Berges von oben an. Jeder dieser Berggrate war auf Pfaden zu erreichen, die vom zentralen Hauptmassiv herabführten; und die Verteidiger waren zu wenige, um diese Zugänge lange zu sperren. Jede Siegeshoffnung verflog. Sie hatten nur dem ersten Anbranden der schwarzen Flut standgehalten.

Der Tag rückte vor. Die Orks sammelten sich von neuem im Tal. Ein Trupp heißhungriger Warge erschien auf dem Schlachtfeld, und mit ihnen kam Bolgs Leibwache, Orks von riesigem Wuchs, mit stählernen Krummschwertern bewaffnet. Bald färbte der Abend den wolkenschweren Himmel noch dunkler. Immer noch wirbelten die großen Fledermäuse den Elben und Menschen um die Ohren oder sogen sich vampirgleich an den

Gefallenen fest. Bard hatte nun Mühe, den östlichen Ausläufer zu verteidigen, und musste langsam zurückweichen; und auf dem südlichen Grat, wo sie sich in der Nähe des Wachtpostens auf dem Rabenberg um ihren König scharten, kamen die Elben in Bedrängnis.

Plötzlich hörte man vom Tor lautes Geschrei und einen Trompetenstoß. Thorin hatten sie vergessen! Ein Teil der Mauer, von Hebelarmen bewegt, stürzte krachend nach außen in den Teich. Hervor sprang der König unter dem Berge, gefolgt von seinen Gefährten. Sie hatten die Mäntel und Kapuzen abgelegt und kamen in schimmernder Rüstung, und rote Funken glommen in ihren Augen. Wie Gold in erlöschender Glut schimmerte der König im Abenddunkel.

Von hoch oben warfen die Orks Steine auf sie herab, aber sie ließen sich nicht aufhalten, eilten zum Fuß des Wasserfalls hinab und stürzten sich in die Schlacht. Wolf und Reiter fielen unter ihren Schlägen oder flüchteten. Thorin teilte gewaltige Hiebe mit seiner Axt aus, und nichts schien ihm etwas anhaben zu können.

»Her zu mir! Her zu mir, Elben und Menschen! Her zu mir, o ihr Brüder und Vettern jeden Grades!« brüllte er, und seine Stimme schallte durchs Tal wie ein Hornruf.

Da kamen alle Zwerge Dains ohne Rücksicht auf die Schlachtordnung von den Hängen herabgestürmt, um ihm beizustehen. Auch viele von den Seestädtern liefen hinab, denn Bard konnte sie nicht zurückhalten, und von der andern Seite kamen viele Speerträger der Elben. Wieder wurden die Orks niedergemetzelt, bis das Tal schwarz war von den Haufen ihrer abscheulichen Kadaver. Die Warge wurden auseinander getrieben, und Thorin ging schnurstracks auf Bolgs Leibwache los. Deren Reihen jedoch konnte er nicht durchdringen.

Schon lagen hinter ihm zwischen den Leichen der Orks auch viele erschlagene Menschen und Zwerge und so manch ein schöner Elb, der noch viele frohe Feste in den Wäldern hätte feiern können. Und als das Tal breiter wurde, verlangsamte sich

Thorins Vordringen mehr und mehr. Zu wenige folgten ihm; seine Flanken blieben ungedeckt. Bald wurden die Angreifer ihrerseits angegriffen, und zwar von allen Seiten. Sie wurden in einem großen Kreis zusammengedrängt, mit den Orks und den Wölfen ringsum, die nun von neuem gegen sie vorgingen. Bolgs Leibwache trat johlend gegen sie an und drang in ihre Reihen ein, wie sich Wellen in Sanddünen fressen. Die Freunde auf den Hängen konnten ihnen nicht helfen, denn auch der Angriff vom Berg herab wurde mit verdoppelten Kräften erneuert, und auf beiden Seiten wurden die Menschen und Elben langsam ins Tal hinabgetrieben.

All dies sah Bilbo mit Grauen. Er hatte bei den Elben auf dem Rabenberg Stellung bezogen, teils weil von dort aus leichter zu entkommen war, teils (mit dem tukschen Teil seines Herzens) weil er, wenn er denn schon an einem verzweifelten letzten Gefecht teilnehmen müsste, dann doch lieber den Elbenkönig verteidigen wollte. Auch Gandalf war dort, und von ihm kann ich nur sagen, dass er auf dem Boden saß, tief in Gedanken versunken, vermutlich in Vorbereitung irgendeines letzten magischen Blitz- und Donnerschlags, ehe das Ende kam.

Das schien nicht fern zu sein. »Lange kann es jetzt nicht mehr dauern«, dachte Bilbo, »dann nehmen die Orks das Tor ein, und wir werden alle abgeschlachtet, hinuntergejagt oder gefangen genommen. Man könnte heulen, nach all dem, was wir durchgemacht haben! Lieber wollte ich, der alte Smaug wäre auf dem ganzen verfluchten Schatz sitzen geblieben, als dass diese widerlichen Kreaturen ihn in die Finger kriegen! Der arme alte Bombur, Balin, Fili und Kili und all die andern werden ein schlimmes Ende nehmen, ebenso Bard und die Seestädter und die fröhlichen Elben. Was für ein Jammer! In Liedern hab ich schon von vielen Schlachten gehört, und da hieß es immer, dass auch die Niederlage ruhmreich sein kann. Aber jetzt kommt es mir so vor, als ob sie bloß sehr ärgerlich ist, um nicht zu sagen, traurig. Wenn ich doch bloß aus alledem heil herauskäme!«

Der Wind riss die Wolken auf, und die untergehende Sonne

stach von Westen grell herein. Das unerwartete Licht in der Düsternis ließ Bilbo umherblicken. Er stieß einen lauten Schrei aus. Er hatte etwas gesehen, das ihm das Herz höher schlagen ließ: dunkle Silhouetten, klein, doch majestätisch gegen das Licht vom fernen Horizont.

»Die Adler! Die Adler!«, rief er. »Die Adler kommen!«

Bilbos Augen trogen ihn selten. Die Adler kamen mit dem Wind, Reihe um Reihe, ein Heer, zu dem alle Horste des Nordens sich gesammelt haben mussten.

»Die Adler! Die Adler!«, rief Bilbo immer wieder, hüpfte auf und nieder und winkte mit beiden Armen. Die Elben konnten ihn zwar nicht sehen, aber sie hörten ihn. Bald nahmen sie den Ruf auf, dass er durchs ganze Tal hallte. Viele Augen blickten erstaunt zum Himmel, aber bis jetzt war außer von den südlichen Schultern des Berges aus noch nichts zu sehen.

»Die Adler!«, rief Bilbo noch einmal, aber im gleichen Augenblick schlug ihm ein von oben herabgeworfener Stein schwer auf den Helm. Er hörte es noch krachen, dann fiel er um und wusste von nichts mehr.

ACHTZEHNTES KAPITEL

DER RÜCKWEG

Als er wieder zu sich kam, war er buchstäblich ganz bei sich, denn niemand anders war in der Nähe. Er lag auf den flachen Steinen des Rabenbergs. Er zitterte und war so kalt wie die Steine, aber sein Kopf glühte.

»Jetzt möchte ich doch mal wissen, was passiert ist«, sagte er sich. »Jedenfalls gehöre ich noch nicht zu den gefallenen Helden. Aber vermutlich kann sich auch das schnell genug ändern.«

Mühsam setzte er sich auf. Unten im Tal sah er nichts von lebenden Orks. Als ihm nach einer Weile etwas klarer im Kopf war, glaubte er, unten zwischen den Felsen Elben herumlaufen zu sehen. Er rieb sich die Augen. Sicher, da war in einiger Entfernung immer noch ein Lager in der Ebene, und was war da für ein Kommen und Gehen um das Bergtor? Anscheinend Zwerge, die die Mauer wegräumten. Aber alles war totenstill. Kein Ruf, kein Widerhall eines Liedes. Kummer schien in der Luft zu liegen.

»Also war's wohl doch ein Sieg«, sagte er und betastete seinen schmerzenden Kopf. »Na, dafür kommt mir alles sehr trübsinnig vor.«

Plötzlich bemerkte er einen Menschen, der den Hang herauf und auf ihn zu kam.

»Hallo, Sie!«, rief er mit zittriger Stimme. »Hallo, Sie, was gibt's Neues?«

»Wer spricht da zwischen den Steinen?«, sagte der Mann, blieb stehen und blickte sich um, nicht weit von der Stelle, wo Bilbo saß.

Da fiel Bilbo ein, dass er den Ring aufgesteckt hatte. »Verflucht«, sagte er sich, »Unsichtbarkeit hat auch ihre Nachteile! Wahrscheinlich hätte ich die Nacht sonst in einem warmen Bett schlafen können.«

»Ich bin's, Bilbo Beutlin, Thorins Gefährte!«, rief er und streifte schleunigst den Ring ab.

»Ein Glück, dass ich Sie gefunden habe!«, sagte der Mann und kam näher. »Sie werden vermisst, und wir suchen schon lange nach Ihnen. Wir hätten Sie zu den Toten gezählt, von denen es viele gibt, wenn der Zauberer Gandalf nicht gesagt hätte, dass Ihre Stimme zuletzt an dieser Stelle gehört wurde. Ich wurde heraufgeschickt, um zum letzten Mal nachzusehen. Sind Sie schwer verletzt?«

»Ich glaube, ich habe mächtig eins auf den Kopf gekriegt«, sagte Bilbo. »Aber ich habe einen Helm auf und einen harten Schädel. Trotzdem, mir ist übel, und meine Beine sind wie Strohhalme.«

»Ich trage Sie zum Lager ins Tal hinunter«, sagte der Mann und hob ihn ohne viel Mühe hoch.

Der Mann ging schnell und trittsicher, und nicht lange, dann setzte er Bilbo vor einem Zelt im Tal ab. Dort stand Gandalf, einen Arm in einer Binde. Sogar der Zauberer war nicht mit heiler Haut davongekommen, und nur wenige in allen Heeren waren ganz unverletzt geblieben.

Gandalf war erleichtert, als er Bilbo sah. »Beutlin!«, rief er aus. »Na also! Doch noch am Leben – *bin* ich froh! Mir kamen schon Zweifel, ob dein Glück dich diesmal nicht im Stich gelassen hat. Eine furchtbare Geschichte, und beinah wäre alles schiefgegangen. Aber was es noch zu erzählen gibt, kann warten. Komm«, sagte er in ernsterem Ton, »du wirst erwartet.« Und er ging dem Hobbit voraus ins Zelt hinein.

»Grüß dich, Thorin!«, sagte er. »Hier ist er.«

Und wahrhaftig, da lag Thorin Eichenschild mit vielen Wunden, neben ihm auf dem Boden seine zerhauene Rüstung und die schartige Axt. Er blickte auf, als Bilbo an seine Seite trat.

»Lebe wohl, Meisterdieb!«, sagte er. »Ich gehe nun in die Hallen der Erwartung, um dort bei meinen Vätern zu sitzen, bis die Welt neu erschaffen wird. Weil ich nun alles Gold und Silber zurücklassen muss, denn da, wo ich nun hingehe, ist es nicht viel wert, möchte ich in Freundschaft von dir scheiden und zurücknehmen, was ich am Tor gesagt und getan habe.«

Traurig ließ sich Bilbo auf ein Knie nieder. »Lebe wohl, König unter dem Berge!«, sagte er. »Dies ist ein bitteres Abenteuer, wenn es so enden muss; und ein Berg von Gold kann es nicht gutmachen. Doch bin ich froh, dass ich mit dir durch die Gefahren gehen durfte – das ist mehr, als einem Beutlin zukommt.«

»Nein«, sagte Thorin, »in dir steckt mehr Gutes, als du weißt, du Kind des freundlichen Westens. Ein bisschen Mut und ein bisschen Klugheit in gut abgewogener Mischung. Gäbe es solche nur mehr, die ein gutes Essen, einen Scherz und ein Lied höher achten als gehortetes Gold, so wäre die Welt glücklicher. Doch ob traurig oder glücklich, ich muss sie nun verlassen. Lebe wohl!«

Da wandte Bilbo sich ab und ging aus dem Zelt. Sobald er allein war, setzte er sich hin, nahm eine Decke um, und, ob ihr es glaubt oder nicht, er weinte, bis er rote Augen und eine heisere Stimme bekam: er hatte ein gutes, freundliches Hobbitherz. Es dauerte lange, bis er wieder zu Späßen aufgelegt war. »Ein Glück nur«, sagte er sich schließlich, »dass ich rechtzeitig aufgewacht bin. Ich wollte, Thorin bliebe am Leben, aber ich bin auch froh, dass wir uns in Freundschaft getrennt haben. Du bist ein Trottel, Bilbo Beutlin, und hast mit dem Arkenstein einen großen Schlamassel angerichtet. Sosehr du dich auch bemüht hast, Ruhe und Frieden zu erkaufen, es ist doch zur Schlacht gekommen; aber ich glaube, daran kann dir kaum einer die Schuld geben.«

Was alles geschehen war, nachdem ihn der Stein betäubt hatte, erfuhr Bilbo später; aber es bereitete ihm mehr Kummer als Freude, und er war sein Abenteuer nun gründlich leid. Er wollte nur noch nach Hause. Bis er sich aber auf den Rückweg machen konnte, musste er noch ein wenig warten, und inzwischen kann ich einiges von dem, was vorgefallen war, berichten. Die Adler hatten schon lange den Verdacht geschöpft, dass die Orks sich zu einem Kriegszug sammelten; ihrer Wachsamkeit konnten die Marschkolonnen in den Bergen nicht ganz verborgen bleiben. Darum hatten auch sie sich in großer Zahl unter der Führung des Adlerfürsten der Nebelberge gesammelt, und als sie schließlich den Krieg von fern wittern konnten, waren sie, vom Sturm getragen, herbeigeeilt und in letzter Sekunde zur Stelle gewesen. Sie waren es, die die Orks von den Berghängen verjagten: Sie warfen sie über die Klippen oder scheuchten sie hinunter, dass sie heulend und entgeistert ihren Feinden in die Waffen liefen. Nicht lange, so waren die Orks vom Einsamen Berg weggeräumt, und die Elben und Menschen konnten endlich den Zwergen unten im Tal zu Hilfe kommen.

Aber auch mit den Adlern waren die Verbündeten noch weit in der Unterzahl. In dieser letzten Stunde war Beorn auf dem Schlachtfeld erschienen – niemand wusste, wie und woher. Er kam ganz allein und in Bärengestalt, doch die Kampfeswut schien ihn ins fast Riesenhafte vergrößert zu haben.

Sein Gebrüll klang wie Paukenschlag und Kanonendonner; und er fegte die Orks und die Wölfe wie Federn und Strohhalme beiseite. Er fiel über ihre Nachhut her und durchbrach ihren Einschließungsring wie ein Donnerkeil. Auf einem runden Hügel hielten die Zwerge noch stand, um ihre Fürsten geschart. Dort beugte Beorn sich nieder und hob Thorin auf, der von Speeren durchbohrt gefallen war, und trug ihn aus dem Getümmel.

Gleich darauf kam er wieder, in verdoppelter Wut. Nichts konnte ihm widerstehen, keine Waffe schien ihn verwunden zu können. Er zerfetzte Bolgs Leibwache; dann griff er sich Bolg selbst und erdrückte ihn. Entsetzen packte die Orks, und sie flohen in alle Richtungen. Bei ihren Feinden aber verscheuchte die neue Hoffnung alle Müdigkeit. Sie setzten den Flüchtenden scharf nach und ließen nicht viele entkommen. Manche trieben sie in den Eilend; manche, die nach Süden oder Westen flohen, jagten sie in die Sümpfe um den Waldfluss, wo die meisten von ihnen umkamen, während die wenigen, die noch bis ins Reich der Waldelben gelangten, dort erschlagen wurden oder im weglosen Dunkel des Waldes verschwanden. In den Liedern hieß es später, drei Viertel der Orksoldaten des Nordens seien an diesem Tag umgekommen, und danach hatte das Gebirge etliche Jahre lang Frieden.

Vor Einbruch der Nacht war die Schlacht entschieden gewesen, aber die Verfolgung war noch im Gange, als Bilbo ins Lager zurückkehrte, und außer den ernstlich Verwundeten waren nicht viele im Tal geblieben.

»Wo sind die Adler?«, fragte er Gandalf am Abend, als er es sich unter vielen warmen Decken bequem machte.

»Manche jagen die Feinde«, sagte der Zauberer, »aber die meisten sind zu ihren Horsten heimgeflogen. Sie wollten nicht länger bleiben und sind schon in der Morgendämmerung aufgebrochen. Dain hat ihren Fürsten mit Gold bekrönt und ihnen ewige Freundschaft geschworen.«

»Das ist schade – ich meine, ich hätte sie so gern wiedergesehen«, sagte Bilbo schläfrig. »Aber vielleicht seh ich sie noch auf dem Heimweg. Ich denke, ich kann doch bald heimkehren?«

»So bald du nur willst«, sagte der Zauberer.

Tatsächlich vergingen aber noch ein paar Tage, bevor Bilbo aufbrach. Sie begruben Thorin Eichenschild tief unter dem Berg, und Bard legte ihm den Arkenstein auf die Brust.

»Dort soll er liegen, bis der Berg einstürzt«, sagte er. »Möge er all seinem Volk Segen bringen, das bald wieder hier wohnen wird!«

Auf Thorins Grab legte der Elbenkönig dann das Schwert Orkrist, das Thorin in der Gefangenschaft abgenommen worden war. In den Liedern heißt es, immer wenn Feinde nahten, würde das Schwert im Dunkeln aufleuchten, und so könnten die Zwerge in ihrer Festung nie überrascht werden. Dain Nainssohn nahm nun dort seinen Wohnsitz und wurde König unter dem Berge, und um seinen Thron in den alten Hallen sammelten sich viele andere Zwerge. Von Thorins zwölf Gefährten blieben nur noch zehn: Fili und Kili waren gefallen, als sie ihn mit ihren Schilden und ihren Leibern deckten, denn er war der ältere Bruder ihrer Mutter. Die anderen blieben bei Dain.

Mit dem Schatz verfuhr Dain zu aller Zufriedenheit. Es konnte natürlich keine Rede mehr davon sein, jedem den ursprünglich vorgesehenen Anteil zu geben: Balin und Dwalin, Dori, Nori und Ori, Oin und Gloin, Bifur, Bofur und Bombur – oder auch Bilbo. Doch ein Vierzehntel allen geschmiedeten und ungeschmiedeten Silbers und Goldes wurde Bard überlassen, denn Dain sagte: »Wir wollen die Abmachung, die der Tote getroffen hat, achten, und den Arkenstein hat er nun in Verwahrung genommen.«

Auch ein Vierzehntel von diesem Schatz war noch ein gewaltiges Vermögen, mehr als viele Menschenkönige besaßen. Von seinem Anteil schickte Bard dem Bürgermeister der Seestadt eine Menge Gold; und seine Freunde und Gefolgsmänner belohnte er großzügig. Dem Elbenkönig gab er Girions Smaragde, die Edelsteine, die er am höchsten schätzte und die Dain ihm zurückerstattet hatte.

Zu Bilbo sagte er: »Dieser Schatz gehört Ihnen ebenso gut wie mir, obwohl die alten Verträge nicht mehr gelten können, weil so viele dazu beigetragen haben, den Schatz zu gewinnen und zu verteidigen. Und wenn Sie auch bereit waren, auf Ihren Anspruch ganz zu verzichten, möchte ich doch nicht, dass Thorins Worte, die er bereut hat, wahr werden: dass für Sie wenig übrig bleiben wird. Darum möchte ich Sie von allen am reichsten belohnen.«

»Sehr freundlich von Ihnen«, sagte Bilbo. »Aber eigentlich bin ich erleichtert, dass mir die Sorge abgenommen wird. Wie in aller Welt hätte ich all das Zeug ohne Mord und Totschlag unterwegs bis nach Hause schaffen sollen? Und was ich zu Hause damit anfangen könnte, weiß ich auch nicht. Ich bin mir sicher, bei Ihnen ist der Schatz besser aufgehoben.«

Aber am Ende war er doch bereit, zwei kleine Kisten mitzunehmen, die eine voll Silber, die andere voll Gold, nicht mehr, als ein einziges kräftiges Pony tragen konnte. »Damit kann ich gerade noch fertig werden«, sagte er.

Dann wurde es endlich Zeit, von den Freunden Abschied zu nehmen. »Lebe wohl, Balin!«, sagte er, »und lebe wohl, Dwalin, lebt wohl, Dori, Nori und Ori, Oin und Gloin, Bifur, Bofur und Bombur! Mögen eure Bärte sich niemals lichten!« Und zum Berg hingewandt fügte er hinzu: »Lebe wohl, Thorin Eichenschild! Lebt wohl, Fili und Kili! Möge euer Andenken nie verblassen!«

Dann machten die Zwerge vor ihrem Tor eine tiefe Verbeugung, aber die Worte blieben ihnen im Halse stecken. »Auf Wiedersehn und viel Glück auf deinen Wegen!«, brachte Balin schließlich heraus. »Wenn du uns je besuchst, sobald unsere Hallen wieder schön hergerichtet sind, werden wir dir ein prächtiges Festessen geben.«

»Wenn ihr je in meine Gegend kommt«, sagte Bilbo, »dann zögert nicht zu klingeln! Tee gibt's um vier, aber jeder von euch ist jederzeit willkommen.«

Dann wandte er sich fort.

Das Elbenheer war auf dem Rückmarsch. Es war betrüblich zusammengeschmolzen, und doch waren viele froh, denn nun würden die Nordlande für manch einen langen Tag Frieden haben. Der Drache war tot, die Orks waren niedergeworfen, und die Elben freuten sich von Herzen auf einen schönen Frühling nach diesem Winter.

Gandalf und Bilbo ritten hinter dem Elbenkönig, und neben ihnen ging Beorn, nun wieder in Menschengestalt, der auf dem ganzen Weg laut sang und alberte. So kamen sie bis nahe an den Saum des Düsterwalds, etwas nördlich von der Stelle, wo der Waldfluss ins offene Land heraustrat. Dort hielten sie an, denn der Zauberer und Bilbo mochten den Wald nicht betreten, obwohl der König sie einlud, eine Weile in seinen Hallen zu Gast zu bleiben. Sie gedachten, am Rand des Waldes entlangzureiten, um sein nördliches Ende herum durch die Einöde, die ihn vom

Grauen Gebirge trennte. Es war ein langer und eintöniger Weg, aber nachdem die Orks nicht mehr zu fürchten waren, schien er ihnen sicherer als die schrecklichen Pfade unter den Bäumen. Außerdem nahm auch Beorn diesen Weg.

»Lebe wohl, o Elbenkönig!«, sagte Gandalf. »Glücklich sei der Grünwald, solange die Welt noch jung ist! Und glücklich sei dein ganzes Volk!«

»Lebe wohl, o Gandalf!«, sagte der König. »Mögest du stets dort auftauchen, wo man dich am dringendsten braucht und am wenigsten erwartet! Je öfter du in meine Hallen trittst, desto mehr soll es mich freuen.«

»Ich bitte dich, o König«, sagte Bilbo stotternd und auf einem Bein stehend, »dies als Geschenk von mir anzunehmen.« Und er holte ein Halsband von Silber und Perlen hervor, das Dain ihm zum Abschied geschenkt hatte.

»Womit habe ich ein solches Geschenk verdient, o Hobbit?«, sagte der König.

»Na ja, äh, ich dachte, nicht«, sagte Bilbo ziemlich verwirrt, »dass eine kleine, äh, Erkenntlichkeit für deine, äh, Gastfreundschaft angebracht wäre. Ich meine, auch als Einbrecher hat man doch seinen Stolz. Ich habe viel von deinem Wein getrunken und von deinem Brot gegessen.«

»Ich nehme dein Geschenk an, o Bilbo, du Freigebiger!«, sagte der König feierlich. »Und ich ernenne dich zum Elbenfreund und segne dich. Möge dein Schatten nie blasser werden oder das Stehlen würde zu einfach! Lebe wohl!«

Dann wandten die Elben sich dem Walde zu, und Bilbo machte sich auf seinen langen Heimweg.

Mancherlei Nöte und Abenteuer musste er noch durchstehen, ehe er heimkam. Wildnis blieb Wildnis, und zu jener Zeit war sie auch ohne Orks immer noch gefährlich genug; aber mit dem Zauberer und für ein großes Stück Weges auch mit Beorn als Führern und Begleitern konnte ihm nichts allzu Schlimmes passieren.

Bis Mittwinter jedenfalls hatten sie den ganzen Weg an den Waldrändern entlang hinter sich gebracht, bis vor die Tür von Beorns Haus, und dort blieben sie eine Weile. Über die Jultage hatten sie es warm und behaglich, und Menschen kamen auf Beorns Einladung von weit her zu einem großen Gelage. Die Orks der Nebelberge, nur noch ein kleines, verschüchtertes Häuflein, hatten sich in die tiefsten Löcher verkrochen, die sie nur finden konnten, und die Warge waren aus den Wäldern verschwunden, sodass die Menschen unbesorgt überall hingehen konnten. Beorn wurde später ein großer Fürst in jener Gegend und herrschte über einen weiten Landstrich zwischen dem Gebirge und dem Wald. Es heißt, über viele Generationen hin hätten die Menschen aus seinem Geschlecht die Kraft besessen, Bärengestalt anzunehmen. Manche von ihnen sollen üble, finstere Burschen gewesen sein, die meisten aber herzensgut wie Beorn, wenn auch weniger groß und stark. Zu ihrer Zeit wurden auch die letzten Orks aus dem Nebelgebirge verjagt, und am Rand der wilden Lande breitete sich von neuem Frieden aus.

Es war schon Frühling, bei freundlichem Wetter und hellem Sonnenschein, als Bilbo und Gandalf endlich von Beorn Abschied nahmen, und so sehr er sich auch heimsehnte, ging Bilbo doch mit Bedauern fort, denn die Blumen in Beorns Garten waren im Frühling nicht minder herrlich als im Hochsommer.

Endlich kamen sie über den langen Weg zu eben dem Pass, auf dem die Orks sie gefangen genommen hatten. Jene hoch gelegene Stelle erreichten sie an einem Vormittag, und als sie zurückschauten, sahen sie die Sonne weiß auf die hingebreiteten Lande herabscheinen. Hinter ihnen lag der Düsterwald, blau in der Ferne und auf der nahen Seite dunkelgrün, sogar jetzt im Frühling. Und dort, ganz hinten am äußersten Rand des Horizonts, stand der Einsame Berg. Von seinem höchsten Gipfel schimmerte bleich der noch nicht geschmolzene Schnee.

»So folgt Schnee auf Feuer, und selbst Drachen finden ihr Ende«, sagte Bilbo und kehrte seinem Abenteuer den Rücken. Der Tuk in ihm erschlaffte, und der Beutlin wurde jeden Tag stärker. »Wenn ich doch nur schon daheim in meinem Sessel säße!«, sagte er.

NEUNZEHNTES KAPITEL

DIE LETZTE ETAPPE

Es war am ersten Mai, als Gandalf und Bilbo endlich wieder an den Rand von Bruchtal kamen, wo das Letzte (oder Erste) Heimische Haus stand. Wieder war es Abend, ihre Ponys waren müde, besonders das eine mit dem Gepäck, und sie fanden, dass sie eine Ruhepause nötig hatten. Als sie den steilen Pfad hinabritten, hörte Bilbo die Elben immer noch in den Bäumen singen, als ob sie die ganze Zeit, in der sie fort waren, nie aufgehört hätten; und sobald die Reiter in die unteren Waldlichtungen kamen, stimmten sie ein Lied mit einer ähnlichen Melodie an wie beim vorigen Mal. So etwa ging es:

Ist der Drache verröchelt, verfault seine Knochen,
Sein Panzer durchlöchert, sein Goldglanz erloschen,
Mögen Helden erschlaffen, verfallen dem Hohne
Mit rostigen Waffen und blecherner Krone:
Wird Gras hier noch sprießen, Wein reifen in Kellern,
Der Bach wird noch fließen, die Elben noch trällern:
Kommt hollalalale
Zu uns hier im Tale!

Ach, zu so später Stund kehrt ihr heim aus der Ferne?
Der Bach fließt noch im Grund, es leuchten die Sterne.
Ach, von wie weiten Fahrten so müd und verdrossen?
Elb und Elbin erwarten euch zu Tänzen und Possen.
Bleibt lallalalale
Bei uns hier im Tale!

Dann kamen die Elben hervor, begrüßten sie und führten sie über den Bach zu Elronds Haus. Ein herzlicher Empfang wurde ihnen zuteil, und an diesem Abend warteten viele gespannte

Zuhörer auf die Erzählung ihrer Abenteuer. Es war Gandalf, der erzählte, denn Bilbo war still und schläfrig geworden. Zum größten Teil kannte er die Geschichte ja, denn schließlich hatte er sie erlebt, und vieles davon hatte er selbst dem Zauberer auf dem Heimweg oder in Beorns Haus berichtet; aber ab und zu schlug er doch ein Auge auf und hörte zu, wenn etwas kam, das er noch nicht wusste.

Auf diese Weise erfuhr er, wo Gandalf gewesen war, denn er hörte mit an, was der Zauberer zu Elrond sagte. Anscheinend hatte Gandalf an einer Ratssitzung der weißen Zauberer teilgenommen, der Gelehrten, die sich in den alten Weissagungen und in der guten Magie auskannten; und die hatten nun endlich den Nekromanten aus seiner dunklen Festung im südlichen Düsterwald vertrieben.

»Nicht mehr lange nun«, sagte Gandalf, »und in dem Wald wird es allmählich wieder mehr mit rechten Dingen zugehn. Der Norden, hoffe ich, wird nun vor diesem Unhold auf viele Jahre hinaus sicher sein. Aber ich wollte, er wäre erst ganz aus der Welt verbannt.«

»Das wäre in der Tat zu wünschen«, sagte Elrond, »aber ich fürchte, das werden wir in diesem Zeitalter der Welt nicht mehr erleben und auch in den späteren nicht.«

Als von ihren Reisen alles erzählt war, kamen andere Geschichten und dann wieder andere, Geschichten aus alten Zeiten und allerletzte Neuigkeiten, Geschichten von nirgendwann und immerdar, bis Bilbo der Kopf auf die Brust herabsank und er in seiner Ecke behaglich schnarchte.

Als er wieder aufwachte, lag er in einem weißen Bett, und durch ein offenes Fenster schien der Mond herein. Unter dem Fenster floss der Bach vorbei, und von dort kam ein lauter Gesang von vielen klaren Elbenstimmen:

Singet nun alle zusammen vor Freude!
Wind schwenkt die Wipfel und kräuselt die Heide;

Voll blüht der Mond, und die Sterne erschauern;
Hell leuchten Fenster aus nachtschwarzen Mauern.

Tanzet nun alle zusammen vor Freude!
Leicht ist der Fuß, und das Gras ist wie Seide;
Silbern der Bach, wo die Schatten verwehen,
Schön ist der Mai, und schön, dich zu sehen!

Singet nun leis, ihn in Schlummer zu wiegen,
Lasset die Träume sich an ihn schmiegen!
Bach, stell dein Rauschen ein! Quakt nicht, ihr Frösche!
Wind, hör zu pfeifen auf! Mondlicht, erlösche!

»Na, ihr seid mir ein fideles Völkchen!«, sagte Bilbo, als er zu ihnen hinausschaute. »Welche Mondstunde ist das denn jetzt? Mit eurem Schlaflied könntet ihr ja einen betrunkenen Ork aufwecken. Trotzdem, danke!«

»Und dein Schnarchen hört sich an, als würdest du einen versteinerten Drachen mittendurch sägen – und trotzdem, danke!«, antworteten sie unter Gelächter. »Es geht schon auf die Morgendämmerung zu, und du hast seit dem Abend geschlafen. Vielleicht wirst du morgen von deiner Müdigkeit geheilt sein.«

»Schon ein kurzer Schlaf in Elronds Haus heilt vieles«, sagte er, »aber von dieser Medizin kann ich nie genug kriegen. Darum jetzt zum zweiten Mal gute Nacht, Freunde!« Und damit ging er wieder zu Bett und schlief bis in den späten Vormittag hinein.

Bald fiel in diesem Haus die Müdigkeit von ihm ab, und er tanzte und alberte mit den Elben des Tales, ob früh oder spät. Aber selbst dort hielt es ihn nun nicht mehr lange, denn er sehnte sich heim in seine Hobbithöhle.

Nach einer Woche sagte er daher Elrond Lebewohl, machte ihm ein paar Geschenke, die so klein waren, dass man sie nicht ablehnen konnte, und ritt mit Gandalf davon.

Als sie eben das Tal hinter sich ließen, verdunkelte sich vor ihnen im Westen der Himmel, und Wind und Regen schienen nur auf sie gewartet zu haben.

»Wie lieblich ist der Maien!«, sagte Bilbo, als ihm der Regen ins Gesicht schlug. »Aber nun haben wir die Sagen und Mären hinter uns und kommen heim. Dieser Regen gibt uns wohl den ersten Vorgeschmack der Heimat.«

»Es ist noch ein weiter Weg bis dahin«, sagte Gandalf.

»Doch dies ist das letzte Stück«, sagte Bilbo.

Sie kamen an den Fluss am äußersten Rand der Gegenden, die an die wilden Lande angrenzten, und zu der Furt unter dem steilen Ufer, an die ihr euch vielleicht noch erinnert. Der Fluss war angeschwollen, sowohl von der Schneeschmelze beim Nahen des Sommers als auch von dem tagelangen Regen; aber mit einiger Mühe kamen sie trotzdem hinüber, und als es Abend wurde, ritten sie weiter, zur letzten Etappe ihrer Reise.

Diese war ganz so wie beim vorigen Mal, aber stiller, weil sie ja nur zu zweit waren; und Trollen begegneten sie dieses Mal nicht. An jeder Stelle des Weges fiel Bilbo ein, was sie vor einem Jahr – aber es kam ihm vor, als wäre es zehn Jahre her – dort getan, gesagt oder gesehen hatten; und natürlich wusste er noch genau, wo das Pony in den Fluss gefallen war und wo sie sich vom Weg entfernt und die unangenehme Bekanntschaft mit Toni, Berti und Hucki gemacht hatten.

Nicht weit ab von der Straße fanden sie das Gold der Trolle unberührt vor, wo sie es vergraben hatten. »Ich habe davon schon genug für den Rest meines Lebens«, sagte Bilbo, als sie es ausgegraben hatten. »Nimm du es lieber, Gandalf! Ich glaube, du kannst etwas damit anfangen.«

»Und ob!«, sagte der Zauberer. »Aber lass uns redlich teilen! Vielleicht hast du es doch nötiger, als du meinst.«

Also füllten sie das Gold in Säcke und luden es den Ponys auf, die überhaupt keine Freude daran hatten. Von nun an kamen sie langsamer voran, denn die meiste Zeit mussten sie laufen. Aber das Land war grün, und der Hobbit spürte mit Wonne das dichte Gras unter den Fußsohlen. Er tupfte sich mit einem roten

Seidentaschentuch das Gesicht ab – mit einem von Elrond entliehenen; von seinen eigenen war keines übrig geblieben –, denn mit dem Juni war der Sommer eingezogen, und es war wieder schönes und heißes Wetter.

Und da alles einmal ein Ende haben muss, auch diese Geschichte, kam endlich der Tag, an dem sie das Land vor Augen hatten, wo Bilbo geboren und aufgewachsen war und wo er jeden Baum und Strauch kannte wie seine Westentasche. Als sie auf eine Anhöhe kamen und er in der Ferne den Bühl sah, blieb er stehen und sagte:

Die Straße gleitet fort und fort,
Weg von der Tür, wo sie begann,
Weit überland, von Ort zu Ort,
Ich folge ihr, so gut ich kann.
Ihr lauf ich raschen Fußes nach,
Bis sie sich groß und breit verflicht
Mit Weg und Wagnis tausendfach.
Und wohin dann? Ich weiß es nicht.

Die Straße gleitet fort und fort
Durch Berg und Schlucht, durch Feld und Tann,
Bald säumend hier, bald eilend dort,
Hin zu der Tür, wo sie begann.
Das Aug, das Feuer sah und Schwert,
Gefahr und Gräuel ohne End,
Nun schaut es wieder, heimgekehrt,
Baum, Bach und Hügel, die es kennt.

Gandalf sah ihn an. »Mein lieber Bilbo!«, sagte er, »irgendwas stimmt nicht mit dir! Du bist nicht mehr der Hobbit, den ich mal kannte.«

Dann kamen sie über die Brücke und an der Mühle am Fluss vorüber, und bald standen sie vor Bilbos Tür.

»Du lieber Himmel, was ist denn hier los?«, rief Bilbo. Dort war nämlich ein Auflauf. Leute jeden Schlages, achtbare und weniger achtbare, standen dicht gedrängt um die Tür, viele gingen ein und aus – ohne sich auch nur auf der Matte die Füße abzutreten, wie Bilbo empört bemerkte.

Wenn er schon überrascht war, die Leute waren es noch mehr. Er war mitten in eine Versteigerung hineingeplatzt. An der Tür hing ein großer schwarzroter Anschlag, der besagte, dass das Auktionshaus Wühler, Kramer & Stiebitz am zweiundzwanzigsten Juni die Hinterlassenschaften des seligen Herrn Bilbo Beutlin aus Beutelsend unter dem Bühl, Hobbingen, veräußern werde. Beginn der Versteigerung Punkt zehn Uhr. Inzwischen war es fast Mittag, und die meisten Sachen waren zu unterschiedlichen Preisen, mal für ein Butterbrot und mal für einen Apfel und ein Ei (wie es bei Auktionen zu gehen pflegt), schon verkauft worden. Die Sackheim-Beutlins, Bilbos Vettern, waren sogar schon dabei, die Zimmer auszumessen, um zu sehn, wie ihre eigenen Möbel hineinpassten. Kurz, Bilbo war für tot erklärt worden, und nicht alle, die sagten, dass sie den Irrtum bedauerten, waren froh, dass es ein Irrtum war.

Sowohl unter dem Bühl wie über dem Bühl und jenseits der Wässer stiftete die Rückkehr des Herrn Bilbo Beutlin einige Aufregung; sie war nicht mehr und nicht weniger als eine Sensation. Die juristischen Scherereien zogen sich über Jahre hin, und es dauerte eine ganze Weile, bis Herr Beutlin auch von Rechts wegen wieder am Leben war. Die Leute, die bei der Auktion besonders schöne Schnäppchen gemacht hatten, waren schwer zu überzeugen, und am Ende musste Bilbo, um Zeit zu sparen, einen beträchtlichen Teil seiner Möbel zurückkaufen. Viele seiner silbernen Löffel jedoch, die niemand ersteigert hatte, blieben auf rätselhafte Weise verschwunden. Bilbo hatte die Sackheim-Beutlins in Verdacht, die ihrerseits den heimgekehrten Beutlin nie als echt anerkannten. Ihr Verhältnis zu Bilbo wurde auch in späteren Jahren nie mehr sehr freundschaftlich. Sie hätten seine schöne Hobbithöhle so gern für sich gehabt.

Aber Bilbo merkte bald, dass er noch mehr verloren hatte als seine Löffel – er hatte seinen guten Ruf eingebüßt. Zwar blieb er für alle Zeiten ein Elbenfreund und hatte die Ehre, Zwerge, Zauberer und solcherlei hergelaufenes Volk bei sich zu empfangen; aber so ganz ehrbar war er nun nicht mehr. Alle Hobbits in der Nachbarschaft fanden, er sei »nicht recht bei Trost« – ausgenommen seine Neffen und Nichten auf der Tukseite, aber auch deren Eltern sahen ihren Umgang mit Bilbo nicht gern.

Leider muss ich sagen, dass ihn das alles nicht kümmerte. Er war ganz zufrieden, und der Teekessel auf seinem Herd hatte selbst in den ruhigen Zeiten vor dem unerwarteten Besuch der Zwerge nie musikalischer gepfiffen. Sein Schwert hängte er über den Kaminsims; sein Kettenhemd wurde an einem Ständer in der Diele zur Schau gestellt (bis er es als Leihgabe einem Museum überließ). Sein Gold und Silber ging zum großen Teil für Geschenke drauf – sowohl nützliche wie auch überflüssige –, woraus sich, bis zu einem gewissen Grad jedenfalls, die Zuneigung seiner Neffen und Nichten erklärte. Seinen Zauberring hielt er geflissentlich geheim und benutzte ihn fast nur, um unerwünschten Besuchern zu entgehen.

Er fand Freude daran, Gedichte zu schreiben und die Elben zu besuchen; und obgleich viele den Kopf schüttelten, sich an die Stirn tippten und »der arme alte Beutlin!« seufzten, während nur wenige an seine Geschichten glaubten, lebte er überaus glücklich bis ans Ende seiner Tage, und das lag noch in weiter Ferne.

An einem Herbstabend ein paar Jahre später saß Bilbo in seinem Studierzimmer und schrieb an seinen Memoiren – er gedachte sie »Hin und zurück, oder Ein Hobbit auf Reisen« zu nennen, als es an der Tür klingelte. Es waren Gandalf und ein Zwerg, nämlich Balin.

»Herein mit euch!«, sagte Bilbo, und bald saßen sie in Sesseln am Feuer. Während Balin nicht entging, dass Herrn Beutlins Weste (mit echten Goldknöpfen) etwas praller gerundet war, konnte Bilbo feststellen, dass Balins Bart eine Handbreit länger geworden war und dass er einen prächtigen juwelenbesetzten Gürtel trug.

Natürlich redeten sie ausführlich von alten Zeiten und von allem, was sie zusammen erlebt hatten, und Bilbo erkundigte sich, wie es in den Ländern um den Berg stünde. Anscheinend war dort alles in bester Ordnung. Bard hatte die Stadt Thal wieder aufgebaut, und Menschen vom See, aus dem Süden und Westen waren ihm zugeströmt. Das ganze Tal war wieder bestelltes, fruchtbares Land; die verwüstete Einöde war im Frühjahr nun wieder voller Blumen und Vögel, und im Herbst gab es dort etwas zu ernten und zu feiern. Die Seestadt war neu aufgebaut worden und wohlhabender denn je, und reiche Frachten kamen und gingen auf dem Eilend. In der ganzen Gegend herrschte Freundschaft zwischen Elben, Zwergen und Menschen.

Mit dem alten Bürgermeister hatte es ein schlimmes Ende genommen. Bard hatte ihn für die Hilfe der Seestädter mit viel Gold entschädigt, doch da hatte ihn die Drachenkrankheit befallen, für die Menschen wie er überaus anfällig sind: Er flüchtete mit dem größten Teil des Goldes und verhungerte in der Wildnis, von allen Begleitern im Stich gelassen.

»Der neue Bürgermeister ist klüger«, sagte Balin, »und sehr beliebt, denn natürlich sieht es so aus, als wäre es hauptsächlich ihm zu verdanken, dass es nun allen so gut geht. Sie dichten schon Lieder, in denen es heißt, zu seiner Zeit seien Ströme von Gold geflossen.«

»Dann haben sich die Prophezeiungen der alten Lieder also in gewissem Maße als richtig erwiesen«, sagte Bilbo.

»Natürlich!«, sagte Gandalf. »Und warum sollten sie nicht? Du zweifelst doch nicht etwa an den Prophezeiungen, bloß weil du selbst ein bisschen mit Hand angelegt hast, um sie wahr werden zu lassen? Du denkst doch wohl nicht, es war immer nur glücklicher Zufall, dass du bei all deinen Abenteuern mit heiler Haut davongekommen bist, und alles wäre nur dir zuliebe gut gegangen? Du bist ein sehr tapferes Kerlchen, Bilbo Beutlin, und ich hab dich sehr gern; aber schließlich bist du doch nur einer von sehr vielen auf der großen weiten Welt.«

»Dem Himmel sei Dank!«, sagte Bilbo und reichte ihm lachend die Tabakdose.

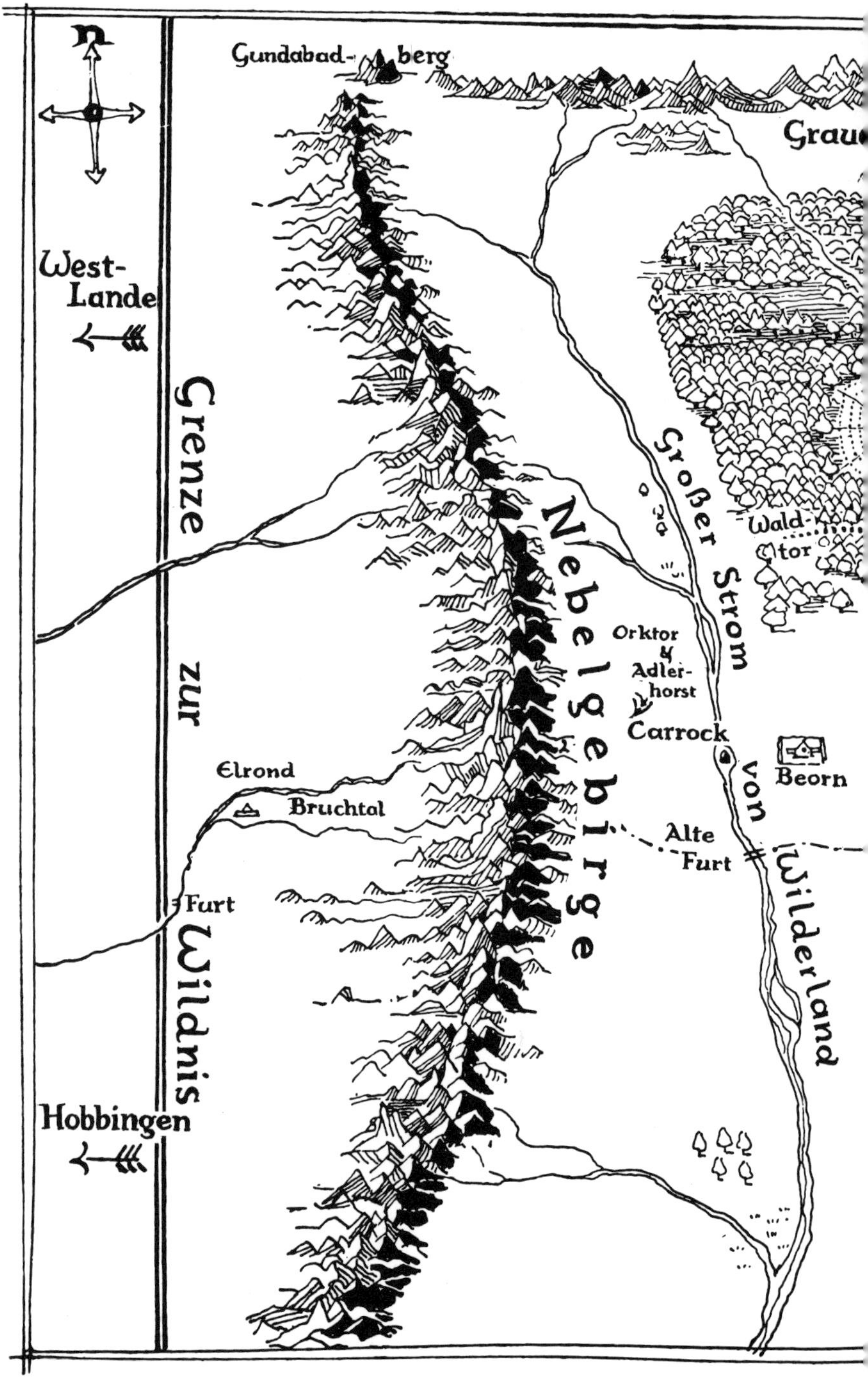

n
Gundabad-berg
Grau
West-
Lande
Grenze zur Wildnis
Hobbingen
Nebelgebirge
Großer Strom
Wald-
tor
Orktor
&
Adler-
horst
Carrock
Beorn
von Wilderland
Elrond
Bruchtal
Alte
Furt
Furt